O CORAÇÃO DA ESFINGE

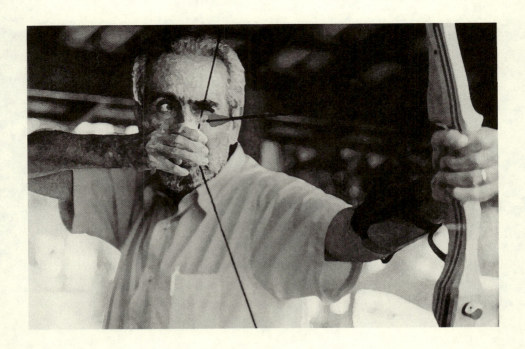

O Arqueiro

GERALDO JORDÃO PEREIRA (1938-2008) começou sua carreira aos 17 anos, quando foi trabalhar com seu pai, o célebre editor José Olympio, publicando obras marcantes como *O menino do dedo verde*, de Maurice Druon, e *Minha vida*, de Charles Chaplin.

Em 1976, fundou a Editora Salamandra com o propósito de formar uma nova geração de leitores e acabou criando um dos catálogos infantis mais premiados do Brasil. Em 1992, fugindo de sua linha editorial, lançou *Muitas vidas, muitos mestres*, de Brian Weiss, livro que deu origem à Editora Sextante.

Fã de histórias de suspense, Geraldo descobriu *O Código Da Vinci* antes mesmo de ele ser lançado nos Estados Unidos. A aposta em ficção, que não era o foco da Sextante, foi certeira: o título se transformou em um dos maiores fenômenos editoriais de todos os tempos.

Mas não foi só aos livros que se dedicou. Com seu desejo de ajudar o próximo, Geraldo desenvolveu diversos projetos sociais que se tornaram sua grande paixão.

Com a missão de publicar histórias empolgantes, tornar os livros cada vez mais acessíveis e despertar o amor pela leitura, a Editora Arqueiro é uma homenagem a esta figura extraordinária, capaz de enxergar mais além, mirar nas coisas verdadeiramente importantes e não perder o idealismo e a esperança diante dos desafios e contratempos da vida.

DEUSES DO EGITO – LIVRO II

COLLEEN HOUCK

O CORAÇÃO DA ESFINGE

Título original: *Recreated*
Copyright © 2016 por Colleen Houck
Copyright da tradução © 2016 por Editora Arqueiro Ltda.
Todos os direitos reservados. Nenhuma parte deste livro pode ser utilizada ou reproduzida sob quaisquer meios existentes sem autorização por escrito dos editores.

tradução: Alves Calado

preparo de originais: Raquel Zampil

revisão: Hermínia Totti e Luis Américo Costa

diagramação: Natali Nabekura

capa: Chris Saunders

adaptação de capa: Miriam Lerner

impressão e acabamento: Cromosete Gráfica e Editora Ltda.

CIP-BRASIL. CATALOGAÇÃO NA PUBLICAÇÃO
SINDICATO NACIONAL DOS EDITORES DE LIVROS, RJ

H831c

    Houck, Colleen
      O coração da esfinge/ Colleen Houck; tradução de Alves Calado. São Paulo: Arqueiro, 2016.
      368 p.; 16 x 23 cm. (Deuses do Egito; 2)

      Tradução de: Recreated
      Sequência de: O despertar do príncipe
      Continua com: A coroa da vingança
      ISBN 978-85-8041-606-0

      1. Ficção americana. I. Calado, Alves. II. Título. III. Série.

16-33930

                     CDD: 813
                     CDU: 821.111(73)-3

Todos os direitos reservados, no Brasil, por
Editora Arqueiro Ltda.
Rua Funchal, 538 – conjuntos 52 e 54 – Vila Olímpia
04551-060 – São Paulo – SP
Tel.: (11) 3868-4492 – Fax: (11) 3862-5818
E-mail: atendimento@editoraarqueiro.com.br
www.editoraarqueiro.com.br

Para Matthew, Alan, Sarah, Katie e Chris, que adoram estar nos meus livros mesmo que não sejam sereias ou dragões

O amor perdido de uma mulher

Antigo poema de amor egípcio

Perdido! Perdido! Ó amor perdido!
Ele passa por minha casa e sequer vejo seu rosto,
Enfeito-me com cuidado; ele não vê.
Ele não me ama.
Quisera Deus eu estar morta! Tamanho desgosto!
Deus! Deus! Deus! Ó Amon poderosíssimo!
Serão meus sacrifícios e orações em vão?
Ofereço a ti tudo o que possa agradar,
Ouve meu grito e traz o amor do meu coração.
Doces, doces, doces como o mel em minha boca,
Seus beijos em meus lábios, meu cabelo, meus seios;
Mas agora meu coração é como o Sul calcinado pelo sol,
Onde os campos são desertos, cinzentos e feios.
Venha! Venha! Venha! E me beije quando eu morrer,
Pois a vida está em teu hálito, a vida que desejei;
E com esse beijo, mesmo estando na tumba,
Hei de me levantar e as amarras da morte romperei.

PRÓLOGO

Perdido

Como pude fazer uma coisa tão idiota?, pensou Amon. Deixar a segurança do além em troca da incerteza do mundo dos mortos tinha sido uma decisão ruim, perigosa. Mas sentira que não havia outra opção. Além disso, a morte era o que ele buscava, ainda que, admitia, preferisse uma mais tranquila.

Seguindo pelo caminho de pedras que deveria levar a um refúgio temporário, Amon se perguntou que forma a morte assumiria. Seria engolido por um monstro que iria digeri-lo vagarosamente no correr de séculos? Seria esfolado vivo por uma criatura cuja especialidade fosse fazer um ser humano sofrer? A melhor hipótese em que podia pensar era a da morte por envenenamento. O mundo dos mortos era cheio de criaturas peçonhentas propensas a destruir quem entrasse em seus ninhos.

Ainda que cortejasse a morte, por enquanto Amon não queria sucumbir a ela. Apenas recentemente Lily havia retornado à sua vida mortal e anos se passariam antes que houvesse ao menos uma chance remota de estar com ela outra vez. Tinha prometido encontrá-la no além. Não sabia exatamente como, mas tinha décadas para descobrir um modo. A verdade era que, mesmo se não tivesse conhecido Lily e se apaixonado por ela, teria desistido da missão. Aquilo durava muitos anos. Tempo demais. E a morte não era a pior coisa que ele podia imaginar.

As breves incursões pelo reino dos mortais não eram mais suficientes. Se tivesse se reunido com os irmãos antes do julgamento, eles saberiam o que ele desejava fazer, tentariam convencê-lo a desistir. Por isso saltou antes de vê-los outra vez. Queria mais. Precisava de mais do que apenas uma sombra pálida de vida.

E, assim, tinha abandonado seu dever. Abandonado os irmãos. E agora tinha abandonado os próprios deuses. Haveria um preço a pagar, mas ele não se importava. Lily era a única amarra que ainda o ligava ao caminho por onde andava. A única razão por que não se entregava ao próximo plano de existência. Onde quer que isso fosse. Por isso, lutava para ganhar tempo enquanto esperava.

À medida que os dias passavam, ele despedaçava cada uma das feras furiosas e apavorantes que o desafiavam no mundo dos mortos. Algumas vinham porque ele era imprudente. Outras, Amon suspeitava, eram mandadas como castigo dos deuses. Outras ainda eram atraídas por sua melancolia. Os breves momentos de descanso eram curtos demais. Não importava aonde fosse ou como se esquivasse, os demônios sempre o encontravam.

Apesar de ter deixado o corpo mortal para trás, sua alma desgarrada ainda sentia as angústias da carne. Felizmente suas necessidades eram bem mais escassas do que no mundo humano. Quando sentia sede, implorava presentes aos espíritos que viviam nas árvores. Quando sentia fome, roubava provisões armazenadas pelas criaturas que ele trucidava; e de vez em quando, se nada pudesse ser encontrado e as dores do estômago vazio ficassem insuportáveis, assava os corpos das feras que havia matado.

Quando estava absolutamente exausto dos terrores que tinha provocado contra si e se via em segurança relativa, Amon dormia. Era sempre um sono breve. Sempre entrecortado. Sonhar era a única felicidade que sentia em sua existência horrenda.

A pior parte de vaguear pelo mundo dos mortos não era o ataque interminável de monstros ou os perigos que o ameaçavam com uma segunda morte, dessa vez permanente. Não era a separação dos irmãos, companheiros constantes por milhares de anos. Não era nem mesmo a perda de objetivo que sentia, a ausência de autoconfiança que sempre havia possuído ou o conhecimento de que tinha um lugar no Cosmo, um lugar que, mesmo não sendo satisfatório, ele aceitava.

Não. A pior parte era também a melhor.

Ele podia senti-la.

Lily estava em outro lugar, em outro mundo, e no entanto ele podia se permitir encontrá-la. Quando tinha certeza de que não havia algum ataque iminente, ele deixava o corpo exausto descansar, fechava os olhos e a via. Essa era a parte que Amon adorava. Podia pairar junto dela como um fantasma. Não podia falar com ela nem tocá-la, e ela não sabia que ele estava ali, pelo menos conscientemente. Mas o subconsciente de Lily podia sentir que ele estava perto, vigiando-a como um anjo da guarda. Essa era uma bênção extraordinária. Mas era também uma maldição.

Amon sabia que uma conexão poderosa como a deles era de mão dupla. Ele tivera esperança de que os dois se encontrassem apenas nos sonhos. Que o elo tivesse sido suficientemente breve para que as mentes roçassem com suavidade uma na outra enquanto dormiam. Mas a ligação era mais forte do que isso. Assim como Amon caminhava com Lily por Nova York, ele sabia que ela também viajava com ele através da sua terra de pesadelos.

A decisão de deixar o paraíso havia provocado consequências terríveis para a garota que ele amava, e, agora que estava no mundo dos mortos, não havia como sair. Os deuses não iriam ajudar; Amon tinha abandonado a causa deles. A morte seria seu único indulto, mas toda vez que pensava que a havia ferido demais e que desistiria, que iria se entregar a qualquer criatura sinistra que estivesse querendo destruí-lo, sentia a presença dela, um apelo inconsciente para continuar tentando, suportar um pouco mais.

Amon buscava respostas para o dilema espiando através do Olho de Hórus, mas as coisas que via o confundiam. Às vezes o Olho o provocava com vislumbres de um futuro possível. Uma saída. Se pudesse resistir o suficiente, sobreviver na forma em que existia no momento até a morte natural de Lily, haveria uma chance de encontrá-la. De que o elo entre os dois os unisse outra vez.

Em outras ocasiões via Lily como uma pessoa estranha, uma criatura totalmente diferente da garota que ele conhecia. Tinha visões de si mesmo torturado e sofrendo abusos. Seus irmãos expressando ciúme e raiva. Os deuses em guerra contra o Caos. Essas imagens não faziam sentido. O Caos seria mantido a distância por mais um milênio. E os deuses não se reuniriam nem mesmo para uma refeição, quanto mais para uma guerra.

A incerteza sentida por Amon era normal. Estava acostumado com as estranhas sombras do passado e do futuro se misturando. O Olho via tudo, mas nada que revelava fazia sentido. Os acontecimentos nunca estavam na ordem correta. Era necessário uma concentração e energia tremendas para fazer com que o Olho mostrasse alguma coisa específica. Para não enlouquecer, Amon passava boa parte do tempo tentando ignorar as visões que inquietavam sua mente. Mas, desde que chegara ao mundo dos mortos, o Olho havia começado a trabalhar de modo intensivo.

O gasto enorme de energia quando ele pedia para ver o futuro de Lily valia a pena. As coisas que vislumbrava lhe davam esperança. Esperança de se reencontrarem, de um futuro em que poderia tê-la nos braços.

Havia momentos em que se via segurando o rosto dela, beijando suas pálpebras fechadas, sentindo o gosto de sal das lágrimas que escorriam lentamente pelo rosto dela. Esses lampejos abençoados de felicidade eram tudo que precisava saber. Deixaria o Universo se preocupar com o restante. Talvez fosse egoísmo de sua parte manter a conexão, mas simplesmente não conseguia abandonar Lily. Ainda não. Não enquanto houvesse uma chance.

Embora sentisse que ela provavelmente caminhava pelo mundo dos mortos com ele durante os sonhos, havia ocasiões, ainda que breves, em que ambos dormiam. Nesses momentos era possível se comunicar com ela, mas a mente de Lily sempre o bloqueava: seu corpo ficava tão exausto das provações criadas pela conexão que sua consciência se fechava e ela dormia profundamente.

Quando isso acontecia, ele não pressionava. Ela precisava descansar, e, por mais que Amon quisesse falar com ela, não fazia sentido. Sua fraqueza condenara os dois a esse destino. Se ao menos a tivesse amado o bastante no início para deixá-la em paz, ou se a tivesse mandado embora mais cedo, talvez nada disso tivesse acontecido.

Claro, sem Lily era bem possível que ele e seus irmãos estivessem mortos e o mundo, dominado pelo Caos. Mesmo assim, se tivesse sido um pouco mais vigilante em relação às próprias emoções, ela não estaria sofrendo. Seria apenas outra garota humana, uma dentre as bilhões que existem no mundo. Ninguém importante, e certamente ninguém em quem os deuses prestariam atenção. Ninguém, a não ser ele.

Amon suspirou. A verdade era que, enquanto Lily fosse dona do seu coração, ele lutaria. Tinha uma obrigação para com ela; se Lily queria que ele fosse em frente, ele daria um jeito.

Trégua

– Amon!

Acordei com um susto, o pulso disparado, até que aos poucos o pesadelo foi se dissipando. Eu passara a deixar o abajur aceso perto da cama porque os horrores que dominavam meus sonhos continuavam a assombrar o quarto escuro quando eu acordava. Alguma criatura terrível o havia encurralado, soltando um guincho de satisfação, o hálito pútrido ardendo no meu nariz quando sua língua se projetava para lamber o sangue de um corte no ombro de Amon. Tudo parecia real demais.

Tremendo, abracei meu corpo, deslizei para fora da cama e fui para meu local preferido na varanda que dava para o Central Park. Ali, passei a mão na cabeça da estátua do falcão empoleirada no parapeito.

A ave me lembrava Amon em sua forma de falcão dourado e, quando o sol a aquecia, o calor armazenado na escultura de metal parecia perdurar, mesmo tarde da noite enquanto eu andava pelo quarto, sem conseguir dormir. Ela me acalmava quando eu a tocava e me permitia visualizar Amon como o tinha deixado pela última vez, e não como o homem ferido e cheio de dores que aparecia nos meus sonhos.

Ele estava perdido para mim. Eu sabia. Tinha consciência de que deveria tentar ir em frente, talvez tentar namorar outra pessoa, mas a lembrança do meu príncipe do sol egípcio encarnado era difícil de superar. Amon não era perfeito, mas chegava bem perto disso. Agora mesmo eu podia facilmente visualizá-lo perto de mim – a pele dourada aquecida pelo sol, o brilho nos olhos cor de avelã e aquele sorriso secreto escondido atrás dos lábios bem desenhados e altamente sedutores.

Suspirando, me debrucei no parapeito e olhei o parque. Eu estava apaixonada por um cara que tinha séculos de idade e que, no momento, mofava num sarcófago decorado com desenhos complexos fabricado por Anúbis em pessoa. Sua metade espírito, a metade que deveria estar no paraíso enquanto ele aguardava a próxima vez que seus serviços seriam necessários, assombrava meus sonhos.

Das duas uma: ou ele estava com problemas sérios, ou havia algo profundamente errado comigo desde que voltara do Egito. Mas as criaturas que eu via nos sonhos eram muito mais horrendas do que as que eu poderia inventar. Eu não era tão criativa assim. Pior ainda do que minhas suspeitas de que Amon corria perigo era o fato de eu não poder contar isso a ninguém. Ninguém sabia de sua existência.

Bom, isso não era de todo verdade. O Dr. Hassan sabia, mas ele morava do outro lado do mundo. Eu tinha escrito para ele quando voltei para casa, e sua resposta empolgada me fez sorrir, mesmo tendo certeza de que ele devia ter deduzido o que acontecera quando não encontrou meu corpo na pirâmide depois de Amon e seus irmãos terem salvado o mundo. Eu me sentia mais do que honrada por ter participado daquilo tudo, embora enganar Amon para fazê-lo usar a minha energia tenha quase me matado.

Demorei um mês para receber uma resposta do Dr. Hassan, apesar de todo dia checar ansiosamente a caixa postal que tinha alugado para nossa correspondência secreta. Ele disse que eu não me preocupasse, que Amon gozava da proteção dos deuses, que ele, Hassan, havia escondido os irmãos muito bem e que eu deveria sentir orgulho dos sacrifícios que tinha feito para manter o mundo em segurança.

Suas cartas praticamente se resumiam a isso. E foram ficando cada vez mais sucintas à medida que o tempo passava. Era como se ele também quisesse que eu simplesmente esquecesse tudo que havia acontecido e seguisse com a minha vida. Mas como eu poderia? Amon assombrava meus sonhos. Não que eu não ficasse feliz em vê-lo. Eu ficava, sim. Mas os horrores que ele enfrentava eram suficientes para fazer qualquer garota, até mesmo uma que tinha visto tudo o que vi, sair correndo para o hospício mais próximo.

Meus pais estavam preocupados. Embora eu tentasse agir como se estivesse levando uma vida normal, minha insônia começava a ficar perceptível. Eles não tinham a menor ideia de que eu havia quase morrido, me apaixonado por uma múmia linda de morrer (sem trocadilho) que voltara à vida e passado umas férias no Egito. O fato de eu ter conseguido chegar ao fim do ano escolar sem que as notas caíssem foi um feito enorme.

Eles não sabiam da minha experiência com Amon no Egito e de quanto isso havia me transformado. Eu mesma não sabia quanto tinha mudado até voltar para casa. Pensei que estariam evidentes no meu rosto toda a emoção, todo o trauma, toda a... morte, mas meus pais só notaram o cabelo. Meu cabelo castanho, liso e comum agora estava cheio de mechas louras em diferentes tons. Eles não gostaram.

A primeira coisa que minha mãe disse foi:

– Onde você estava com a cabeça?

Na mesma hora pegou o telefone e deu uma bronca no nosso cabeleireiro, que não tinha nada a ver com a história mas assim mesmo liberou a agenda imediatamente para reparar o "dano". Eu expliquei a ela, em voz baixa porém firme, que gostava do meu cabelo como estava e que minha intenção era mantê-lo assim. Dizer que eles ficaram chocados com meu pequeno ato de rebeldia seria um eufemismo.

Assim como protestaram contra minha decisão de manter as mechas louras, recusaram com veemência quando pedi que me chamassem de Lily em vez de Lilliana. Como resultado, comecei a me sentir uma estranha em minha própria casa. Para manter a paz, disse que iria para a faculdade que eles quisessem, contanto que me permitissem passar o verão na fazenda da minha avó, em Spring Lake, no estado de Iowa. Achei que não tinha mais importância aonde eu iria estudar, e esse arranjo serviu para aplacar os temores incitados pelo novo tom do cabelo.

Assim que recebi a carta de aceitação eles me deixaram em paz, o que significou que eu podia lamentar a perda de Amon sem que ninguém notasse. Os meses foram passando e logo chegou a formatura do ensino médio.

Quando me olhei no espelho na manhã da colação de grau, fiquei arrasada ao ver que meus reflexos dourados, a última prova tangível do toque de Amon, estavam desbotando. Nesse ritmo, no Natal já teriam sumido. Assim, me permiti chorar um bocado antes de tomar banho e me vestir para a cerimônia.

Se minha mãe notou meus olhos muito brilhantes, provavelmente atribuiu ao fato de eu estar abalada por deixar a escola. A verdade era que eu não estava nem aí para a escola. Não estava nem aí para a faculdade nem para os outros garotos. Não estava nem aí para mais nada.

Logo chegou a hora de eu partir para as férias de verão, e fiquei surpresa com o fato de meus pais quererem me levar ao aeroporto. Talvez tenham notado mais do que eu pensava, ou talvez só estivessem nostálgicos porque eu estava crescendo e deixando o ninho. Qualquer que fosse o motivo, o clima no carro durante o trajeto foi meio esquisito.

Olhei meu reflexo na janela.

Meus olhos estavam grandes e sem brilho, o cabelo enrolado num coque perfeito apertado na nuca e os lábios esticados numa linha fina e dura, rígida feito uma régua. Na verdade, eu estava parecendo uma professora severa. Um sorrisinho levantou o canto da minha boca quando imaginei quanto Amon odiaria meu cabelo desse jeito. Ele o preferia solto e rebelde.

Depois das despedidas discretas e de alguns abraços tensos, meus pais me entregaram ao caos do aeroporto. Lá dentro, uma profusão de emoções me atingiu ao mesmo tempo. Lembrei-me de quando estive ali com Amon, poucos meses antes, e de como, com um aceno e um sorriso charmoso, ele conseguia que qualquer um fizesse o que ele queria.

Embarquei no avião e prendi o cinto, lembrando de como até mesmo as ações mais corriqueiras, como ajustar o cinto de segurança, eram completamente novas e estranhas para Amon. Embora eu tentasse não pensar nele, aparentemente essa era a única coisa que eu conseguia fazer, e quando fechei os olhos, acalentada pelo barulho do avião, fui parar de novo no mundo de Amon.

Ele não estava lutando contra um monstro, o que foi um alívio, mas tinha um ferimento feio na coxa, que fazia o sangue escorrer na calça justa. Respirando fundo, ele rasgou o tecido no local e enrolou o ferimento com as ataduras que havia criado a partir da areia. Uma espécie de armadura estava largada ao lado dele, e Amon tirou uma túnica antes de mergulhá-la numa pequena piscina natural e esfregá-la nos braços e no pescoço. Esperei que as preciosas gotas que escorriam pela lateral de uma pedra bastassem para aplacar sua sede e limpar o ferimento. O lugar era muito desolado e seco.

Ainda que a visão de seu peito nu me distraísse, a expressão de seu rosto chamou ainda mais a minha atenção. Ele estava exausto e com muita dor, e não somente física. Imaginei se Amon sentia tanto a minha falta quanto eu a dele.

– Amon? – sussurrei, involuntariamente.

No sonho ele se imobilizou e olhou em volta, os olhos brilhando na escuridão com uma luz verde iridescente. Apesar de ele nunca ter conseguido me ouvir antes, eu ainda tentava. Um dia talvez ele escutasse. Depois de um instante, Amon relaxou os ombros, acomodou-se com as costas apoiadas numa pedra e fechou os olhos. O peito nu subia e descia num ritmo que foi ficando mais lento à medida que os minutos passavam, e então algo mudou.

Enquanto seu corpo continuava a dormir, uma pressão suave me envolveu.

– *Lily? – Ouvi a voz familiar e contive um soluço.*

– *Amon? Está me ouvindo? – perguntei à escuridão etérea.*

– *Sim. Estou ouvindo, Nehabet.*

– *Isto está acontecendo mesmo?*

Ele não respondeu imediatamente, mas por fim disse:

– *Queria que não estivesse.*

– *O que está acontecendo com você? – perguntei, desesperada. – Por que está sofrendo? Achei que você estivesse no além. Achei que estivesse em paz. Por que vive atormentado, noite após noite?*

– *Não estou mais sob a proteção dos deuses. Abri mão da minha condição.*

– *Não entendo. O que isso significa?*

– *Que prefiro sofrer a continuar fazendo o que eles mandam.*

– *Mas, se você não salvar o mundo, quem vai fazer isso?*

– *Eles vão encontrar outro para me substituir.*

– *Ainda não entendo. Eles estão castigando você?*

Eu não só ouvi o seu suspiro como também o vi.

– *Eles não escolheram isso para mim. Fui eu que decidi andar por este caminho.*

– *É um caminho muito difícil, Amon. Seus irmãos não podem ajudar?*

– *Estamos separados. Não há nada que possam fazer por mim agora.*

– *Detesto ver você desse jeito.*

– *Eu sei. Desculpe por lhe causar dor. Não achei que nosso vínculo seria tão forte. – Ele parou um momento antes de acrescentar: – Você também está sofrendo, Lily.*

Com amargura, falei com a voz abalada:

– *Não tanto quanto você.*

– *Não. Não tanto quanto eu. Mas mesmo assim está sofrendo. A culpa é minha. Foi a minha solidão que causou isso.*

– *Não foi o seu desejo por uma conexão humana que causou isso. Foram os deuses. Eles não entendem. Todo mundo precisa ser amado. É totalmente natural.*

Ele deu uma risada irônica.

– *Eu já fui humano um dia, Lily. Mas agora sou uma coisa totalmente diferente. Abri mão da minha humanidade em prol do bem maior.*

Um trovão ressoou no céu acima da forma imóvel de Amon, nuvens pesadas movendo-se como um oceano agitado. Raios cruzaram o firmamento e seu corpo acordou com um sobressalto. Senti a perda de sua presença, como se um cobertor quente fosse arrancado de cima de mim. Com o chão tremendo, ele se levantou, cansado, e invocou a armadura feita de areia para que envolvesse seu corpo. Então ergueu o rosto para o vento enquanto fechava os olhos e dizia:

– Eu te amo, Lily. Mas está na hora de você acordar.

Ele correu para a escuridão, indo enfrentar alguma fera que o esperava, enquanto suas palavras ecoavam em minha mente.

– Eu também te amo – sussurrei, mesmo sabendo que ele não me escutava mais.

Senti um cutucão no ombro e alguém disse:

– Acorde, senhorita. O avião já pousou.

O Lago do Espírito

A comissária de bordo me lançou um olhar estranho antes de seguir em frente. Esfreguei os olhos com as palmas das mãos, esperando que a conversa com Amon tivesse acontecido apenas na minha mente e que eu não tivesse falado enquanto dormia.

Ao me dirigir para a esteira de bagagens, não pude deixar de notar a mulher grisalha agitando de um lado para outro uma placa onde estava escrito à mão LILYPAD, o apelido pelo qual minha avó me chamava.

– Oi, vó.

Sorri enquanto ela baixava a placa e me abraçava. Era uma mulher robusta, de braços fortes e sólidos. Quando ela me apertou com força, senti a tensão nos ombros se dissolver como manteiga numa frigideira de ferro fundido.

– Senti sua falta, Lilypad. Faz muito tempo.

– Também senti a sua.

Ela segurou meus ombros, deu um passo para trás e me lançou um dos seus olhares perscrutadores.

– Humm. Você está magra demais. Bom, vamos cuidar disso. – Sorrindo, me envolveu com o braço e nos viramos para a esteira de bagagens. – Nem consigo expressar como você me deixou feliz quando pediu para passar este verão comigo.

– Fiquei contente que você tenha concordado.

– Claro que eu ia concordar. Você sabe como eu queria que você viesse fazer uma visita demorada.

Dei de ombros.

– É que nunca aparecia uma ocasião propícia.

Vovó fez um muxoxo.

– Você quer dizer que nunca aparecia uma ocasião propícia para os seus pais. Pensar que meu próprio filho é ocupado demais para se lembrar da coisa mais importante da vida.

– Você sabe que eles amam você, vovó.

– Se amar é o mesmo que estar ocupado demais para ligar para a própria mãe, sim. Tenho certeza de que eles me amam, do jeito deles.

Avistei minha mala e a tirei da esteira, com vovó me ajudando a colocá-la de pé.

– Está com fome? – perguntou ela enquanto caminhávamos até o carro.

– Morrendo! – admiti com um sorriso.

E estava mesmo. Surpreendentemente, meu apetite havia retornado. Eu não sabia se era porque estava com minha avó ou porque tinha tido a recente conversa com Amon, ou se apenas porque de repente me sentia mais eu mesma. Mas estava com fome suficiente para comer um boi inteiro, o que não era uma possibilidade muito remota na fazenda da minha avó.

Depois de pararmos numa lanchonete, voltamos à estrada e descobrimos que estávamos ambas doidas para escutar Elvis. Como seu carro velho não tinha rádio por satélite e a maioria das estradas por onde seguíamos ficava longe demais das estações normais, cantamos. Felizmente Elvis gravou tantas músicas que não precisamos repetir nenhuma. Olhei as letras no meu telefone e cantamos com entusiasmo durante todo o trajeto até a fazenda.

Havia algo de libertador em estar na estrada. Eu me sentia mais próxima do que eu era, como não me sentia havia meses, e sabia que era porque estava fazendo aquilo que Amon amava: rir, saborear uma farta refeição e estar com pessoas que gostam da gente.

Quando vovó parou junto à sede da fazenda, a tarde já ia avançada. Ela me apresentou ao seu novo cachorro, Winston, batizado em homenagem a Winston Churchill, que, ela jurava, era igualzinho a ele. Não vi a semelhança. Winston se levantou do local onde dormia na varanda e farejou minha mão balançando o rabo. Vovó foi olhar os outros animais enquanto eu arrastava a bagagem para dentro. Sabia que ela estaria cansada quando voltasse. Vovó era do tipo que dorme cedo e acorda cedo.

Mesmo assim, em vez de ir direto para o quarto, ela preparou um chá de camomila, adoçando como eu gostava, com leite e mel, e o serviu com biscoitinhos amanteigados. Depois foi para a sala, como se sentisse que eu precisava falar. Coloquei a bagagem no quarto de hóspedes, peguei uma velha colcha de retalhos e me aconcheguei numa poltrona reclinável puída, enquanto ela ocupava sua cadeira de balanço predileta.

Bebericando o chá e se balançando, vovó me examinou com seus olhos brilhantes na penumbra da sala.

– O que está perturbando você, Lilypad?

Um jorro de palavras cruzou minha língua mas derreteu como chocolate sobre o fogo.

– Eu... é difícil falar – respondi finalmente.

– São seus pais? A faculdade?

– Não.

– Ah... então é um rapaz. – Fiz uma careta e assenti uma vez. – Fale dele.

Será que eu podia? Se alguém pudesse me entender ou acreditar em mim, seria ela. Anúbis não dissera que eu não podia contar a ninguém. Provavelmente presumindo que ninguém aceitaria o que eu dissesse, de qualquer modo. E o fato de eu revelar minha história não mudaria nada.

– Ele tem queixo forte? – perguntou ela, interrompendo meus pensamentos.

– Tem... o quê? – retruquei.

– Queixo forte. É sempre possível dizer se um homem é bom pela linha do queixo.

Não pude evitar: dei uma gargalhada.

– Vovó, do que você está falando?

– Não: é sério. Um homem de queixo fraco é um homem de quem você deve se afastar.

Ela cortou o ar diante do corpo com a mão, como se derrubasse o sujeito com um golpe de caratê.

– Tem certeza de que não está falando de cavalos nem de vacas? – provoquei.

Vovó se inclinou para a frente.

– Seu avô, que Deus o tenha, tinha um queixo marcante. Era um homem forte. Um homem bom. Desde então nunca vi outro igual.

Cruzei os braços diante do peito e olhei para ela com um sorriso.

– Foi assim que você o escolheu? Com base no queixo?

– Bom, tinha isso e as janelas embaçadas.

– Janelas embaçadas?

– Toda vez que nos beijávamos, as janelas ficavam embaçadas.

Engasguei com o chá e pousei a xícara.

– Eu *não* precisava saber disso sobre o vovô.

– Você não respondeu à minha pergunta.

Meio sem graça, dei de ombros ligeiramente e admiti:

– Pode ter havido algumas janelas embaçadas, e ele tem, sim, um queixo bem marcante, pensando bem.

– Arrá! – Os olhos de vovó reluziram. – Agora estamos chegando a algum lugar.

Percebendo que eu não acrescentaria mais nenhuma informação, ela me instigou de novo, com gentileza:

– Ele partiu seu coração, Lilypad?

Esfreguei as mãos e, apesar de um grande esforço para me controlar, as lágrimas rolaram pelo meu rosto.

– Bom, meu coração *está* partido, mas não foi culpa dele.

– Como assim?

– Ele... ele morreu, vovó.

– *Ah*. Ah, minha querida. Eu sinto muito! – Vovó se levantou e foi até o sofá, estendendo os braços para mim. Sem nem pensar, eu me levantei e me atirei em seus braços, deixando as lágrimas escorrerem pelo rosto numa torrente enquanto ela massageava minhas costas e murmurava: – Pode chorar, querida. Ponha tudo para fora. – Depois de um momento, acrescentou: – Seus pais não sabem?

Sacudi a cabeça.

– Eles não aprovariam.

Ela assentiu e me apertou com mais força. Mesmo sabendo que Amon ainda vivia, de algum modo, o reconhecimento de que ele estava fora do meu alcance pelo resto da minha vida mortal me oprimia demais o coração. O sofrimento era quente e apertado em meu peito. Ficar ali com vovó e deixar as emoções fluírem tão livremente ajudou. A tristeza foi me deixando devagar, me esvaziando até eu me sentir exaurida.

Ficamos sentadas em silêncio por vários minutos, a mão dela dando tapinhas de leve no meu ombro, até que finalmente levantei o rosto manchado de lágrimas.

– Como você fez, vovó? Como superou a perda do vovô?

Ela soltou um suspiro pesado enquanto suas mãos iam até o meu cabelo e o acariciavam com leveza.

– A gente não supera. De verdade, não supera. Sei que não é a resposta que a maioria dos seus amigos vai dar, mas é a verdade, pela minha experiência.

Os outros não querem saber realmente disso, portanto se prepare. Ah, eles deixam a gente em paz durante um tempo, dão uma trégua, mas depois esperam que a gente se recupere e continue vivendo.

– Então você não superou?

– Acho que nunca vou superar. Seu avô era parte integral da minha vida. Não me entenda mal. Com o tempo o sofrimento muda. A gente se ocupa. Às vezes a mente até esquece a dor durante um tempinho. Mas, quando morre alguém que amamos, vamos sempre sentir uma dor por dentro, como uma farpa, e, quando pensamos naquela pessoa, a dor volta.

Meu lábio tremeu quando pensei que a farpa no meu coração mais parecia um tronco de árvore serrilhado.

– Ah, querida. Espero não ter piorado as coisas.

– Não sei se poderiam ficar piores.

– Sei que parece que não resta mais nada. Que a vida não vai continuar sem ele. Mas continua. Pelo menos até onde você permitir. Gosto de pensar que ele não se foi para sempre, que só está num lugar aonde eu não posso ir por enquanto. Pensei um bocado na morte desde o dia em que ele partiu deste mundo, e concluí que ela é como uma longa viagem de negócios. É uma separação que nenhum de nós quer, mas é uma parte normal da vida. E algum dia, não sei quando, essa viagem de negócios vai chegar ao fim e vamos ficar juntos de novo.

– Você acha mesmo que vai reencontrar o vovô?

– Eu não acho. Eu sei que vou.

– Nunca imaginei que você fosse tão romântica, vovó.

– Jamais subestime o poder do coração, Lilypad.

Soltei o ar num longo suspiro.

– E o que eu faço até que a gente possa se reunir de novo?

– Ocupe-se. Trabalhe. Ria. Aprenda. Ame sua família. Aproveite a vida do melhor modo que puder.

– Acho que ele concordaria com você, vovó.

Ela sorriu.

– Você vai ter de me contar mais sobre ele amanhã. Ele deve ter sido muito especial, para causar um impacto tão grande.

– Foi mesmo. – Funguei. – Acho que eu gostaria de dormir agora.

– Claro. Vou lhe dar outra colcha.

Enquanto ela remexia no armário e eu seguia para o quarto de hóspedes, virei-me e disse:

– Às vezes tenho pesadelos. Não quero que se preocupe se ouvir alguma coisa. Vovó pôs nos meus braços a colcha grossa que ela mesma havia feito.

– Não se preocupe. Tenho sono profundo. Além disso, Mandona vai mugir pedindo para ser ordenhada antes de o sol nascer, de modo que nenhuma de nós vai dormir muito esta noite.

– Tudo bem. – Ela se virou para subir a escada até seu quarto. – Vovó? – chamei.

– Sim, querida?

– Estou feliz por estar aqui.

– Eu também, Lilypad. Eu também.

A barulhada de potes e panelas na cozinha me acordou antes da hora em que meu corpo despertaria naturalmente. Vesti um roupão gasto que estava no armário e fui para a cozinha. Ela já estava vestida e usava um par de botas de trabalho reforçadas.

– Prefere fazer o café da manhã ou ordenhar Mandona? – perguntou sem se virar.

– Cuido da Mandona – respondi bocejando.

– Certo. O balde está pendurado num gancho perto da porta. Dê um bom bocado de feno a ela. Vai distraí-la enquanto está sendo ordenhada.

– Ótimo.

Vesti rapidamente as roupas de trabalho que ela mantinha para mim. Se eu tentasse levá-las para casa, meus pais iriam queimá-las. Além disso, minha avó insistia que minhas roupas comuns eram "frufru" demais para trabalhar numa fazenda, por isso tinha comprado várias calças resistentes e camisas grossas, de mangas compridas, que ficavam guardadas na cômoda do quarto de hóspedes. Deveriam estar meio apertadas, já que fazia dois anos que eu tinha visitado vovó. As calças estavam mesmo curtas, mas eu tinha perdido peso nos últimos meses, de modo que as roupas ainda cabiam razoavelmente.

Reprimindo outro bocejo, fui para o celeiro e tateei no escuro até achar a corrente pendurada, para acender a luz.

– Oi, Mandona! – exclamei em resposta quando a vaca mugiu na minha direção. – Segure as pontas aí.

Depois de encher seu cocho com feno recém-cortado, de amarrá-la à baia e posicionar o balde e o banquinho, lavei as mãos e então me sentei perto da vaca. Encostei a bochecha em seu flanco macio e firmei o balde, esperando me lembrar da técnica. Após um mugido irritado e algumas tentativas erradas, descobri como era e entrei num ritmo confortável.

Meia hora depois meus dedos estavam meio rígidos, mas eu tinha quase 10 litros de leite e uma vaca feliz. Dei tapinhas no dorso de Mandona, alimentei os cavalos, recolhi os ovos e fui para a casa com os prêmios. Depois que coloquei o balde e o cesto de ovos na bancada, vovó agradeceu com um grunhido e apontou sua espátula para a mesa.

– Espero que esteja com fome. O cardápio é aquele chique, do qual você gosta.

– Rabanada com *crème brûlée*? – perguntei, a boca se curvando num sorriso esperançoso.

– Claro. Além disso tem ovos com bacon e queijo, portanto coma.

Um bom café da manhã depois do trabalho manual era algo a ser louvado. Consegui devorar três fatias de rabanada, uma porção gigantesca de ovos, um copo cheio de leite fresco e espumante e quatro fatias de bacon antes de gemer e me afastar da mesa.

Lavamos os pratos juntas e, quando perguntei qual era a programação, vovó me entregou uma das suas famosas listas. Eu também gostava de fazer listas, e, enquanto examinava a sua, me perguntei se teria adquirido o hábito com ela ou se havia algo em nossos genes que nos dava um sentimento de satisfação ao ticar os itens do dia.

A lista de vovó incluía limpar a horta, retirando as ervas daninhas; colher os tomates e as abobrinhas; dar banho no cachorro; exercitar os cavalos; fazer um bolo para o aniversário de seu irmão, Melvin; e visitar o túmulo do vovô.

Quando as tarefas da fazenda acabaram, fizemos o bolo de Melvin. Vovó não só bateu a massa como também o recheou com sua geleia de morango caseira. Depois achou que seria boa ideia matar dois coelhos com uma só cajadada e irmos de cavalo entregar o bolo.

Quando perguntei por que estávamos fazendo um bolo para Melvin, e não para Melvin e Marvin, ela disse que, quando os gêmeos eram mais novos, insistiam em que os pais comemorassem os aniversários separados, para evitar que eles tivessem a ideia louca de dar um único presente para os dois irmãos. O bolo predileto de Marvin, de limão, tão azedo que ninguém suportava comer a não ser ele próprio, tinha sido entregue na semana anterior.

Inexplicavelmente, vovó determinou que eu, a amazona menos experiente, deveria carregar o bolo durante a viagem. Apesar de a embalagem ser praticamente antibombas, um antigo recipiente de plástico da década de 1950, eu ainda me preocupava achando que, na melhor das hipóteses, iria estragar o glacê ou, na pior, largá-lo numa pilha de bosta de vaca.

De algum modo, consegui manter as mãos nas rédeas e no bolo e chegamos sem qualquer incidente à casa de Melvin, na extremidade oposta da propriedade. Depois da inevitável visita de uma hora à família de Melvin, das perguntas educadas sobre seus filhos e netos, da orgulhosa exibição por parte de vovó de sua neta recém-formada, da troca de várias mudas de plantas e da devolução de algumas saladeiras, finalmente nos vimos a caminho de casa.

Quando perguntei a vovó se ela queria ir logo ao túmulo do vovô, que ficava razoavelmente perto da casa, ela sacudiu a cabeça.

– Ele gosta quando eu me arrumo.

Fomos para casa, levamos os cavalos de volta às baias e, como havia sido um dia quente, úmido, do tipo perfeito para dar um banho no cachorro, também fui para o chuveiro quando voltei.

Depois de dizer olá ao vovô e substituir as flores mortas pelas novas que cortamos naquele dia, deixei-a a sós e fui para a sombra de uma árvore ali perto, para esperar. De vez em quando captava o som baixinho de sua voz vindo com a brisa, falando com o marido, e me perguntava o que ela estaria dizendo. Estaria contando o que havia acontecido em sua vida desde a última visita? Dizendo quanto sentia sua falta? Ou só que o amava?

Repassei as coisas que eu dissera a Amon e lamentei que ele não tivesse me ouvido dizer que o amava. Deveria ter ouvido. Essa deveria ter sido a primeira coisa dita por mim. Mas eu só perguntei se aquilo estava acontecendo mesmo. Que desperdício! Joguei fora uma oportunidade de falar de verdade com ele; em vez disso, apenas o enchi de perguntas. O que estava acontecendo e por que estava acontecendo não eram tão importantes quanto explicar como eu me sentia. Da próxima vez, se houvesse uma próxima vez, eu diria primeiro que o amava.

Quando me deitei na cama, soube que vovó estava certa. Levar a vida do melhor modo possível e trabalhar duro poderia ajudar a entorpecer a dor de perder uma pessoa amada. Tirei da bolsa o escaravelho do coração que Amon me deixara e o esfreguei com a ponta dos dedos. A pedra verde brilhou com a luz refletida do meu abajur. Estava quente e havia uma pulsação leve, como a batida fraca de um coração, emanando do interior da pedra. Comprimi os lábios contra ela, desejando que fosse a pele dourada de Amon, depois a coloquei sobre o coração, a posição em que Anúbis a teria deixado ao preparar a múmia de Amon.

Puxei as cobertas até o queixo, com a parte inferior presa sob o corpo, cruzei os dois braços sobre o peito, a palma da mão cobrindo a joia preciosa, e me perguntei se era essa a sensação de estar mumificada. Apesar do pensamento mórbido, não demorou muito para que eu caísse no sono, os dedos envolvendo o escaravelho. No entanto, em vez de encontrar Amon nos sonhos, como esperava, fui acordada bruscamente por uma luz forte e uma voz profunda, reverberante:

– É hora de levantar, Lilliana Young.

3

O escaravelho do coração

Acordei bruscamente, o escaravelho ainda apertado entre os dedos. Recuei de encontro à cabeceira da cama e examinei o quarto. Com as cortinas de blecaute fechadas, o lugar estava mais escuro do que um sarcófago. Não dava para ver o intruso, mas senti sua presença com tanta certeza quanto sentia o coração martelando contra as costelas.

– Quem está aí? – sussurrei, alarmada, derrubando da mesinha de cabeceira o livro que estivera lendo antes de dormir.

– Já esqueceu de mim? – O homem riu baixinho.

Enquanto tateava à procura do interruptor da luz, ouvi um cão gemer e me imobilizei. Se eu já não houvesse adivinhado quem estava no quarto, o animal teria revelado a identidade do dono. Winston não emitia o mesmo som que esse cão. Na verdade, eu só havia encontrado um outro que possuía certo poder de reverberação por trás do latido.

Finalmente meus dedos trêmulos conseguiram acender a luz, e ali, parado diante de mim em toda a sua glória divina, e ainda assim totalmente ajustado em uma fazenda do Iowa, estava o deus egípcio da mumificação, Anúbis. No museu, ele havia usado um terno atual. Dessa vez vestia calça jeans justa, camisa social branca de corte perfeito nos ombros largos, botas de caubói escuras e jaqueta também de jeans.

Parecia um modelo da *GQ* edição *country*. Tinha até a sombra muito atraente de uma barba crescendo. Anúbis parecia um homem capaz de lançar longe um fardo de feno, montar um cavalo chucro, fazer um churrasco na companhia dos rapazes e ainda arrebatar qualquer garota de fazenda, dos 18 aos 80 anos, sem nem mesmo suar.

Imaginei se essa era uma qualidade exclusiva de Anúbis ou se fundir-

-se ao ambiente e ao mesmo tempo atrair a atenção era uma espécie de poder divino.

Embora estivesse inegavelmente bonito, como da última vez que eu o vira, havia algo em seus olhos, uma seriedade, que contradizia a expressão casual e despreocupada. Qualquer que fosse seu motivo para me procurar, eu tinha certeza de que aquela não era uma visita social.

Puxando as cobertas até o pescoço e deslizando o escaravelho de Amon para baixo do travesseiro do modo mais disfarçado possível, tentei parecer mais digna e no controle do que uma garota mortal poderia estar, enrolada na colcha de retalhos da avó, com meias grossas e descombinadas escapando por baixo das cobertas e um macacão empoeirado pendurado num gancho perto da porta.

– Anúbis, por que está aqui? – perguntei, desconfiada mas ao mesmo tempo esperançosa. – Aconteceu alguma coisa errada na cerimônia? Você decidiu apagar minha memória, no fim das contas? Veio me mumificar também?

Os lugares que minha mente visitava naquele momento eram meio amedrontadores, mas, ao mesmo tempo, o conhecimento de que aquele homem tinha o poder de permitir que eu visse Amon de novo suplantava qualquer opção apavorante. Não ousei verbalizar a pergunta que queria fazer de verdade. A indagação que queimava a ponta da minha língua tinha a ver com a segurança de Amon, e eu sentia medo de que, ao perguntar, acabasse revelando informações demais.

Anúbis me lançou um olhar divertido que diminuiu a solenidade em seus olhos enquanto cruzava os braços diante do peito largo.

– Só em ocasiões muito raras e especiais sou chamado para fazer uma mumificação, Lilliana Young. E, como você não está morta, sua suposição parece pouco razoável. A cerimônia correu bem. Seth está seguramente contido pelo futuro próximo. E a última coisa que desejo é tirar sua memória. Se essa fosse a minha intenção, você não estaria me vendo agora.

– Certo. Então o que está fazendo no meu quarto no meio da noite? – O cachorro preto tocou minha mão com o focinho e acariciei sua cabeça. Quando pulou ao meu lado e enfiou a cabeça embaixo do meu braço para que eu coçasse suas costas, Anúbis aproximou-se e se sentou ao pé da cama. Olhou para mim com uma mistura de curiosidade e assombro.

– Eu... nós... precisamos da sua ajuda – disse por fim.

– V... vocês – gaguejei –, assim... os deuses egípcios, precisam de *mim*, de uma garota humana sem poderes?

Anúbis olhou para seu cachorro quando ele o acertou com o rabo, lambendo meu braço.

– Em geral ele não aprecia ficar perto de mortais.

– Parece que ele gosta de mim.

– É. Gosta.

– Qual é o nome dele?

– Abutiu.

– Humm. Nome interessante para um cachorro.

– Abutiu não é *um* cachorro. É *o* cachorro.

– Assim como Nebu, o garanhão dourado encontrado por Hórus, é *o* cavalo?

– Os dois são semelhantes no sentido de que ambos têm poderes que vão muito além dos de qualquer animal. Abutiu, no entanto, foi o primeiro de sua espécie, ao passo que *cavalo* é um conceito simples demais para ser aplicado a Nebu.

– Então Abutiu é o cachorro original?

– Algo assim.

Anúbis se afastou de mim na cama e continuou:

– Precisamos que você encontre Amon.

– Encontrá-lo? Como assim, encontrá-lo? Você o perdeu? – Cruzei os braços. – Isso tem alguma coisa a ver com Amon se demitir da função de múmia?

Os olhos escuros do deus da mumificação me perfuraram, enraizando-me no lugar. Engoli em seco, subitamente inquieta, e me censurei por ter mostrado minhas cartas. *Que beleza, Lily.*

– Muito bem. Você sabe – disse ele. – Devo admitir que não estou surpreso. Com que frequência você o vê?

Nesse ponto eu não soube se deveria dizer mais alguma coisa. Dei de ombros, sem me comprometer, e fechei a boca.

– Não importa se você vai me contar ou não. Sei que a conexão entre vocês ainda é viável. Na verdade, estou contando com isso.

– Que diferença faz? Ele não vai voltar.

Anúbis segurou meu pulso e apertou-o de leve.

– Ele precisa voltar, Lilliana Young. – Espantada, puxei o braço delicadamente, me soltando. O deus olhou para a própria mão como se estivesse surpreso por me tocar, depois se levantou e andou pelo quarto, abrindo as cortinas para olhar a noite enluarada pela janela.

– Por que você precisa tanto dele? – perguntei. – Não há outro que possa atrair para servir o Egito durante algumas eras?

Ainda olhando pela janela, ele balançou a cabeça.

– Os três Filhos do Egito estão ligados entre si. Romper esse laço é deixar os três sem poderes. Sem eles, o Cosmo fica vulnerável.

– Então está dizendo que Seth poderia encontrar uma forma de voltar.

– Sim.

– Bom, por que não deu essa informação a Amon antes? Ele acha que você pode arranjar outro para substituí-lo.

Anúbis se virou e um olhar mal-humorado atravessou seu rosto bonito.

– Ele nunca teve problemas com esse trabalho, nunca hesitou antes. Nós só contamos aos Filhos do Egito o suficiente para que cumpram com seu dever. Francamente, eu achava que, se algum deles viesse a abrir mão da imortalidade por causa de uma mulher, seria Asten.

– Não. Asten jamais abandonaria os irmãos. Nem por causa de uma mulher.

Franzindo a testa e passando a mão pelos cabelos, Anúbis disse:

– É pior do que eu temia. Você está ligada aos três.

– O... o quê? – perguntei, incrédula. – Quero deixar claro que não sou desse tipo de garota.

Ele agitou a mão no ar, mostrando sua irritação.

– Não estou falando do aspecto físico, ainda que haja manifestações do elo no plano físico. – Ele me espiou na penumbra do quarto. – Ísis estava certa. Você é especial, Lilliana Young. Isso é bom para você. Me dá esperança de que você possa sobreviver à jornada.

– Jornada? Do que você está falando?

– A jornada que você precisa fazer ao mundo dos mortos para resgatar Amon e levá-lo de volta ao além.

– O mundo dos mortos e o além não são a mesma coisa?

– Infelizmente não tenho tempo para explicar.

– Acho melhor você arranjar tempo, se espera minha ajuda.

Ele me observou com os olhos estreitados por um momento antes de ceder:

– Muito bem, mas vou dar a versão resumida.

– Ótimo.

– Eu governo o além. É uma espécie de área intermediária onde o coração dos mortos é julgado.

– Certo.

– Parte dele é um paraíso, onde os que têm bom coração vivem a eternidade num estado de bem-aventurança e felicidade.

– Sei. Então é o céu.

– É. Mais ou menos.

– Então o mundo dos mortos seria...

– A coisa mais próxima a que você poderia compará-lo é o inferno ou o purgatório.

– Entendo. E é lá que Amon está preso?

– Sim.

– Bom, então por que ele não foi para o além? Você não achou que o coração dele era digno?

Anúbis se virou de costas e manuseou um chapéu de palha pendurado num gancho.

– Os Filhos do Egito não deveriam ser julgados. Pelo menos até que suas tarefas estejam terminadas.

– Então imagino que algo aconteceu.

– A deusa Maat decidiu que a ligação dele com uma humana merecia uma... – ele pareceu procurar a palavra certa – ... uma verificação.

– Ela quis pesar o coração dele.

– Correto. Pediram a Amon que colocasse o coração na Balança da Verdade e da Justiça. Ele então saltou para outro plano. Como você sabe, ele está de posse do Olho de Hórus, e usou o poder deste para entrar no mundo dos mortos.

– Existia algum perigo de o coração dele ser considerado... hã... mau?

– Há certa medida de sombras em todo coração humano. O que é pesado na balança é o equilíbrio da vida da pessoa. Se ela aprendeu com os erros e seguiu com mais frequência o que está certo, é considerada digna.

– Então isso não deveria ser problema para Amon.

Inclinando a cabeça, Anúbis me examinou.

– Sua suposição não é incorreta.

– Então por que ele fugiu?

– Suspeito que tenha fugido porque não estava mais de posse do *próprio* coração.

Um arrepio tomou conta do meu corpo e, mesmo tentando fazer cara de inocente, tive certeza de que Anúbis podia ver através de mim. Engolindo em seco, nervosa, eu disse:

– Não entendo. Quero dizer, como ele poderia viver?

– Não pode. Não como você está pensando. Ele não precisa de um coração físico. Você pode acreditar que o coração é meramente um órgão, usado para fazer o sangue circular e bater rapidamente quando alguém se apaixona, mas na verdade o coração é muito mais do que isso. É o lugar onde a memória e a inteligência ficam armazenadas. Guarda o que é mais sagrado: o verdadeiro nome de seu dono.

– Humm, tenho quase certeza de que você está falando do cérebro, não do coração.

– Não. Estou falando da essência da pessoa, do que torna um indivíduo único. Você pode chamar de alma, coração, cérebro ou de qualquer coisa. No Egito chamamos uma alma totalmente unida, carregando seu nome verdadeiro, de Akh. Sem o coração, Amon não pode fundir os diferentes aspectos de si mesmo. Cada parte que o define se afasta, à deriva, como um barco quebrado no mar. Isso o torna... vulnerável. No além, uma coisa assim poderia ter passado despercebida se não tivessem lhe pedido que mostrasse o coração, mas no mundo dos mortos...

– Isso o coloca em perigo.

– Sim. A ponto de ele poder ter uma segunda morte, dessa vez definitiva. E não podemos permitir que isso aconteça.

– Uma segunda morte?

– Amon morreu pela primeira vez há muitos séculos. Ele ganhou uma espécie de imortalidade porque estava disposto a servir aos deuses, mas ir para o mundo dos mortos sem o coração é a coisa mais perigosa que ele poderia fazer. Parece que ele deseja um fim para sua existência. Se morrer pela segunda vez, estará perdido para nós, para sempre.

Lembrei-me então de como Amon parecia exausto em nosso sonho. Talvez Anúbis estivesse certo e Amon não quisesse mais viver. Eu tinha certeza de que ele não desejava servir aos deuses, mas abrir mão da própria vida? O pior era que parte de mim sabia que sua insatisfação com o status quo era minha culpa. Atarantada, perguntei:

– Então agora Amon é... exatamente o quê?

– Uma sombra que vaga. Uma faceta de seu eu anterior. E, sem unir a sombra ao seu nome verdadeiro, tenho medo de que ele esteja perdido.

– Achei que você disse que não tinha muita importância se estivesse faltando o escaravelho do coração quando o mumificou.

– Não tem. O amuleto apenas guia seu Akh de volta ao corpo, do qual ele não vai precisar pelos próximos mil anos. De posse do Olho de Hórus, ele poderá encontrá-lo sozinho, mas uma sombra não pode voltar ao reino dos mortais. – Anúbis fez uma pausa, depois esfregou os dedos, olhando para eles, e não para mim. – Quer saber qual é a minha teoria?

Engoli em seco e disse debilmente:

– Claro.

– Acredito... que Amon deixou com você o coração que contém o nome verdadeiro dele. Uma coisa assim só aconteceu antes uma vez, e Amon deve saber muito bem que é terminantemente proibido usar esse tipo de magia. Na verdade, o conhecimento desse fato foi escondido de todos, menos dos deuses. Claro, no caso de Amon, tendo acesso ao Olho de Hórus ele conheceria esse tipo de encantamento.

– Um en-encantamento? – gaguejei, um suor frio se espalhando por minha pele.

– Ele foi usado antes por Ísis e Osíris. Ísis fez um feitiço para que ela e o marido jamais se separassem totalmente. Nem a morte poderia mantê-los distantes.

– Mas Seth matou Osíris.

– Matou. Como a morte é natural e Ísis usou meios que não eram naturais para fazer o encantamento, houve... digamos... complicações. Um preço terrível foi pago, e o equilíbrio do Cosmo precisou ser ajustado. Desde então, essa coisa foi proibida.

– Mas funcionou, não foi? Quero dizer, os dois ainda estão juntos. Amon me contou como ela enganou Amon-Rá para que pudesse visitar o marido.

– É. Funcionou – admitiu ele.

– Mas não entendo o que isso tem a ver comigo e com Amon. Nós rompemos a ligação, lembra? Eu tive de matá-lo.

– Sim. Mas, se um encantamento assim ligou vocês antes da morte de Amon, ele ainda teria efeito após a sua separação.

– Bom, que eu me lembre, Amon não fez nenhum encantamento.

– Não estou aqui para julgar nenhum de vocês. O que aconteceu, aconteceu. Meu propósito é consertar a importante questão que tenho em mãos.

– Encontrar Amon – murmurei, pensativa. Ele curvou a cabeça, confirmando, e eu disse: – Eu entendo. De verdade. Mas receio que *você* não entenda. Amon não quer voltar para o ponto em que estava. Ele quer largar o trabalho.

– Não, Lilliana. Você é que não entende. Amon *precisa* ser resgatado. Se você não quer fazer isso para salvar o Cosmo do pior tipo de escuridão e malignidade que pode imaginar, e se não quer fazer isso para salvar a vida de Asten e Ahmose, que sofrerão uma morte permanente no mesmo instante em que Amon morrer, talvez faça isso para salvar Amon da tortura e da dor intermináveis, pois é isso que ele está sofrendo agora.

Ele me fitou e continuou:

– O que mais me dá medo não é a morte dele ou saber que ele sofre. É que ele seja encontrado pela Devoradora de Almas, que reside no mundo dos mortos. Ela procura as almas perdidas que andam pelos Caminhos da Desolação e sacia seu apetite interminável consumindo-as. Se ela puser as mãos nele, o sofrimento de Amon será eterno, porque ela poderá se alimentar dele para sempre. A ligação de Amon com você irá torná-lo especialmente desejável para ela. Não é comum ela ter a oportunidade de se refestelar com um coração como o de Amon, um coração cheio de amor. As almas enegrecidas que mandamos para ela nunca são suficientemente satisfatórias, e qualquer energia que ainda mantenham é consumida muito depressa. O poder dela é contido simplesmente porque a fazemos passar fome. Um coração suculento como o de Amon, alimentado pela ligação entre vocês, iria lhe dar energia suficiente para escapar dos confins do mundo dos mortos.

– Achei que você tivesse dito que o coração dele estava desaparecido.

– Essa é a minha... teoria.

– Então como ela pode comê-lo?

Anúbis suspirou.

– O elo entre Amon e os irmãos, e entre vocês dois, torna os quatro suscetíveis, pois ela pode encontrá-los através de Amon. Qualquer pedaço do coração de Amon que reste, seja sua memória ou sua alma, será tão atraente para ela quanto o sangue fresco é para um tubarão.

Santo céu egípcio! Minhas mãos tremiam. Eu não sabia se entendia tudo que Anúbis estava explicando, mas não podia negar a seriedade da situação.

– Supondo que tudo isso seja verdade, e que eu acredite e queira fazer alguma coisa a respeito, por que eu não poderia simplesmente usar nossa conexão e dizer a ele para sair de lá?

– Porque, mesmo que você pudesse dizer, o mundo dos mortos é projetado para prender a pessoa assim que ela entra.

– Então o que vai evitar que eu fique presa lá junto com ele?

– Vamos amarrar você ao além. E a "corda" só funciona com alguém vivo. Assim que você localizar Amon, a corda ficará ativa e você irá segui-la até um ponto de saída, onde iremos esperar para tirar os dois.

– "Iremos"?

– Sim, nós cinco: Ísis, Osíris, eu, Néftis e Maat.

– E Asten e Ahmose?

– Estão ocupados cumprindo suas tarefas.

– Certo, e Amon-Rá ou Hórus? Eles não se importam com o que está acontecendo?

– Como Amon está imbuído do poder de Hórus e Amon-Rá, eles não podem intervir diretamente. Usar seu poder para trazer Amon de volta alertaria a Devoradora de sua presença. Além disso, Amon-Rá não ficou totalmente convencido de que os Filhos do Egito eram necessários, para começo de conversa. Foi só com grande relutância que ele concordou em compartilhar seu poder. Imagino que ele considere a traição de Amon aos presentes que eles deram como uma confirmação de que estava correto em sua posição original, e provavelmente me culpa por escolher um vaso defeituoso.

– Bom para você. Bem, pelo menos os deuses não vão jogar espinhos no meu caminho, certo? – Anúbis pareceu subitamente desconfortável. – Eles não fariam isso, *certo*? – insisti.

– Só posso dizer que, para entrar no além, que é necessariamente o seu ponto de partida, você terá de convencer Amon-Rá a lhe permitir viajar em sua barca celestial.

– Você está falando da mesma barca em que Ísis viajou quando o enganou?

– É. E ele provavelmente não vai cair no mesmo truque de novo.

– E não vai simplesmente me dar permissão...

– Não. Como eu disse, ele não vê a coisa do mesmo modo que nós.

– Que generosidade! Bom, resumindo: eu preciso enganar o deus mais poderoso do Egito ou convencê-lo a me dar um lugar em sua barca, entrar no mundo dos mortos com uma corda enrolada na cintura e lutar contra vários monstros e demônios, inclusive um que deseja comer meu coração, tudo isso na esperança de ser capaz de me orientar num mundo cheio de armadilhas, localizar Amon e convencê-lo a voltar e retomar o trabalho que ele odeia, sem que nenhum de nós dois tenha uma morte permanente. É isso?

– A corda é figurativa.

Cruzei os braços. Ele fez uma careta.

– É um resumo grosseiro, mas não é inexato.

– E por que, exatamente, você mesmo não faz isso tudo?

– O coração dele só fala com você, Lilliana Young. Se eu entrasse no mundo dos mortos, poderia passar uma eternidade procurando por ele. E quem cumpriria com minhas tarefas nos séculos que eu passaria tentando encontrá-lo? Eu teria de lançar luz em cada fenda sem fundo, em cada buraco úmido e em cada pântano infestado de monstros daquele lugar. O mundo dos mortos é tão vasto, tão... perturbador... que a probabilidade de eu encontrá-lo antes da

Devoradora é pequena. Você, minha cara, com uma linha direta com o coração de Amon, vai nos poupar tempo. Você é nossa melhor chance.

Suspirei, esfregando as têmporas.

– E se... – fiz uma pausa. – E se eu encontrá-lo e ele não quiser voltar?

Anúbis deu a volta na cama e pôs as mãos nos meus ombros.

– Você vai explicar tudo a ele.

– Mas...

– Lilliana, Amon deixou o além por sua causa. E, por você, ele irá retornar.

Será? Como eu poderia fazer isso? Eu não era nenhuma heroína egípcia. Mal conseguia usar uma faca para cortar uma maçã, quanto mais uma espada contra um monstro, presumindo que eu ao menos recebesse uma espada. Considerando a abordagem tipo "cruzar os braços e esperar para ver" que Hórus e Amon-Rá estavam adotando, eu não tinha garantia nem de chegar ao além, quanto mais ao mundo dos mortos. E, mesmo se conseguisse, como descobriria onde Amon estava escondido?

– Como vou encontrá-lo?

– Seu coração vai levá-la até ele – respondeu Anúbis, baixinho.

Havia tantas perguntas. Perguntas demais. *Mesmo que eu soubesse onde ficava o mundo dos mortos, não precisaria morrer para chegar lá?* Acho que minha decisão dependia do meu nível de confiança em Anúbis. Eu acreditava no que ele estava me dizendo?

Minha intuição dizia que sim. Tentei raciocinar com lógica, mas, nessa situação, a lógica me escapava. Quando a gente lida com um mundo de deuses e deusas, corações figurativos e feitiços, poderes sobrenaturais e criaturas monstruosas, não se pauta pelo cérebro, mas pelo coração. E o meu coração dizia que Amon precisava de mim. Se eu fosse honesta comigo mesma, admitiria que sabia disso havia um bom tempo.

Se tudo o que Anúbis dizia era verdade, as consequências de meu fracasso seriam maiores do que eu podia compreender. Eu perderia tudo e o Caos destruiria o mundo. De jeito nenhum eu poderia ficar parada e deixar que essa tragédia acontecesse. Se, por algum motivo, Anúbis estivesse me enganando e me usando apenas para manter Amon na linha, eu cuidaria disso mais tarde.

O luar se infiltrava pela janela e batia no rosto do deus do além. A noite estava silenciosa. Eu não ouvia os grilos cricrilando lá fora nem os roncos de vovó, e imaginei brevemente se Anúbis nos teria envolvido numa de suas bolhas de tempo, em que o mundo exterior deixava de existir.

Energia e ansiedade pulsavam pelas minhas veias e logo minha mente só conseguiu se concentrar em uma coisa. Eu não estava pensando no perigo, na incerteza, no milhão de perguntas que tinha, em Seth, nos deuses ou mesmo na Devoradora. A única coisa em que conseguia pensar era a possibilidade de rever Amon. Fui tomada por uma determinação de aço.

Anúbis pareceu sentir isso e examinou meu rosto, esperançoso.

– Você vai, Lilliana?

Hesitando apenas por um instante, respondi baixinho:

– Vou.

Anúbis me presenteou com um sorriso raro e sincero.

– Você é mesmo uma garota corajosa. Posso entender o afeto que Amon sente por você. Mas, Lilliana, há uma coisa que você precisa fazer primeiro. Se não puder realizar essa tarefa, não terá permissão de entrar no reino de Amon-Rá, quanto mais de viajar em sua barca celestial ou entrar no além.

Franzi a testa, dominada pela incerteza.

– O que é?

– Você precisa se transformar.

Engolindo o medo, perguntei:

– Quer dizer que primeiro preciso morrer?

Anúbis sacudiu a cabeça.

– Morrer, não. Para que a corda funcione, você precisa estar viva. Mas sua mortalidade será alterada. É uma coisa inevitável nesse tipo de transformação. E você deve entender que, assim que isso for feito, você nunca mais será apenas Lilliana Young. Será algo totalmente diferente.

– O que eu preciso fazer? – perguntei, aterrorizada com a resposta.

– Você terá de se tornar... uma esfinge.

Hassan

– Uma... o quê? – perguntei, sem saber se tinha ouvido direito.
 – Uma esfinge.
 – Como aquela que fica perto das pirâmides?
 – Não. – Ele soltou um suspiro frustrado. – Há muita coisa que você não sabe.
 – Não brinca!
 – Vou mandá-la ao vizir. Ele vai ajudá-la.
 – O vizir? Quer dizer, o Dr. Hassan?
 – É. Hassan. Agora venha, Lilliana. Já perdemos tempo demais.
 – Você quer que eu vá agora? Deixe ao menos que eu me vista e pense em alguma coisa para dizer à vovó.
 – Não precisa incomodá-la. Se você tiver sucesso, será trazida de volta exatamente a esta hora, como se nada tivesse acontecido.
 Quase não tive coragem de perguntar:
 – E se eu fracassar?
 – Se fracassar – murmurou ele –, sua avó e o resto da humanidade terão muito mais com que se preocupar do que com o seu desaparecimento.
 – Certo – respondi com um nó no estômago.
 – Agora, com relação à sua vestimenta...
 Anúbis batia com a ponta do dedo no queixo enquanto me examinava. Minhas bochechas queimavam. Com um movimento rápido dos dedos, partículas minúsculas de areia e pó dispararam na direção dele e giraram, formando um caminho em torno de sua mão. Então se fundiram e se iluminaram, girando mais depressa, até que não pude mais distingui-las.
 Anúbis direcionou a massa giratória para mim e a substância brilhante

envolveu meus braços e pernas. Nervosa, saltei da cama no instante em que a luz explodiu. Então ela se liquefez, descendo pelo meu corpo, tornando-se um vestido esvoaçante de um verde exatamente do mesmo tom do escaravelho do coração de Amon. Escamas douradas, que pareciam as asas do escaravelho, se prendiam à parte de cima do vestido, formando uma espécie de gola preciosa que envolvia suavemente meus ombros, as costas e a parte de baixo dos braços, como um arnês de ombros.

Os segmentos se alongavam e continuavam descendo pelas laterais do vestido, cruzando-se na minha barriga como o corpete alado de uma armadura reluzente. Um brilhante escaravelho de esmeralda estava no centro da cintura, no ponto onde as asas se encontravam. A parte de baixo do vestido se abria num tecido diáfano e delicado, terminando nos tornozelos. Nos pés eu tinha sandálias douradas que brilhavam como os cascos dos cavalos do deserto descendentes de Nebu, o famoso garanhão imortal.

– É lindo – admiti.

– É. Deve servir, por enquanto. – Ele me observou inspecionar a armadura e acrescentou: – Usei o escaravelho que você escondeu embaixo do travesseiro para criá-lo.

Espantada, olhei para ele.

– Você sabia?

– É claro que eu sabia. Afinal de contas, sou um deus. O fato de esse escaravelho ter sumido quando mumifiquei Amon não me passou despercebido. – Ele deu um passo adiante e estendeu um dedo para a esmeralda, mas parou antes de tocá-la. – A pedra não é nada, é um badulaque. O importante é o poder que Amon instilou nela. Um pedaço dele reside aí. Só você tem a capacidade de tirá-lo e devolvê-lo inteiro a ele mesmo.

– É normal que eu possa sentir os batimentos cardíacos dele quando toco o escaravelho? – perguntei, sem encará-lo.

Por alguns segundos Anúbis não respondeu, e com relutância voltei meus olhos para os dele. Ele estava me fitando com uma expressão um tanto perplexa. Seu olhar desceu lentamente do meu rosto até a joia na cintura.

– Isso significa que a conexão entre vocês é mais forte do que todos pensávamos. Nem Ísis podia sentir o coração do marido depois que ele morreu. Isso não deveria ser possível para um mortal, no entanto... – Suas palavras ficaram no ar enquanto ele fechava os olhos e inalava profundamente. – É. Eu sinto. Ainda que, para mim, seja fraco. Se eu não soubesse, duvido que tivesse descoberto sozinho.

Quando Anúbis abriu os olhos, deu um passo à frente e estendeu a mão, passando a ponta dos dedos pelo meu braço nu. Parei de respirar, confusa com o que estava acontecendo. Anúbis murmurou numa voz cheia de malícia:

– O desejo que vocês sentem um pelo outro é... – ele parou e inclinou a cabeça – ... é inebriante, viciante. Um elixir com força suficiente para tentar até mesmo um deus.

Seu olhar quente se fixou nos meus lábios e ele baixou a cabeça como se fosse me beijar. Mudei de posição ligeiramente, já que sua mão segurava meu braço com força suficiente para me impedir de fazer qualquer outra coisa, e ele se imobilizou, aparentemente chocado com as próprias ações. A intensidade de sua expressão, a emoção por trás dos olhos, bem rápido se dissipou.

Antes que eu pudesse perguntar o que ele estava fazendo, Anúbis se afastou e disse:

– Certamente vai ser uma tentação enorme para qualquer ser imortal e perigoso do mundo dos mortos.

– Então você está dizendo que o escaravelho vai fazer com que os imortais queiram... – Eu não consegui completar a frase.

Anúbis respondeu com franqueza:

– Eles vão querer devorar você. De um jeito ou de outro.

Toquei o escaravelho com a ponta dos dedos.

– Fantástico – murmurei com ironia, pensando nas ramificações da minha ligação com Amon.

– A força do encantamento cria uma aura à sua volta. Todos com quem você entrar em contato serão afetados por ela, em vários graus. O apelo se torna mais poderoso quanto mais tempo a pessoa é exposta a ele. Quanto mais forte for o imortal, mais ele conseguirá resistir à atração, mas os que têm a mente fraca mal poderão se conter. Vão ficar enfeitiçados. Tornar-se uma esfinge vai pelo menos permitir que você se proteja por inteiro.

Sem saber como processar tudo, me concentrei na questão da esfinge:

– Certo. Com relação a isso...

Ele levantou a mão.

– O vizir vai explicar. – Ignorando meu gemido de frustração, Anúbis coçou o queixo e disse, enquanto me olhava: – Que pena para você que Amon tenha lhe oferecido o coração. Não sei se ele entendia todas as consequências de lhe dar o escaravelho. Se eu soubesse de seu plano, teria impedido.

– Não é certo ele ter alguém para amar? – questionei com alguma irritação na voz.

– O amor é fugaz. É uma fagulha breve que explode no céu, derrama-se numa cascata de glória e logo é apagada na escuridão do espaço. Não é uma coisa pela qual valha a pena arriscar o Cosmo.

Cruzei os braços e franzi a testa. Ele estava errado. Havia alguns tipos de amor que continuavam, mesmo depois da morte. Como uma ondulação na água, o amor se movia. Muito depois do mergulho, seu efeito podia ser sentido. Só era necessário alguém para lembrar, para ver o que ficava para trás. Assim ele existia, vivia. Se alguém se oferecesse para cortar os laços entre mim e Amon, eu rejeitaria imediatamente.

– Guerras já foram travadas por causa do amor, você sabe – murmurei.

– Essa observação só serve para provar ainda mais meu argumento.

– Talvez você não devesse falar de uma coisa que não experimentou pessoalmente.

Anúbis me encarou.

– Você é bem ousada, para uma mortal.

– E você é bastante limitado, para um deus.

– Acho interessante você se sentir corajosa a ponto de falar o que pensa comigo e no entanto se encolher diante de seus pais mortais. Talvez a natureza rebelde de Amon tenha contaminado você. Ambos cortejam o perigo como dois macacos que se aproximam demais de um rio infestado de crocodilos.

– Meu relacionamento com meus pais, assim como meu relacionamento com Amon, não é da sua conta.

– Pelo contrário. Seus relacionamentos, quaisquer que sejam, são da minha conta, sim. Se houvesse um modo de eu mesmo salvar Amon, me permitindo destruir a conexão entre vocês, eu não hesitaria. E, apesar do que você está obviamente pensando, não digo isso para ser cruel ou castigá-la de modo injusto. Os benefícios de algo como se apaixonar por um imortal não são maiores do que o que você está perdendo.

Eu me empertiguei, projetando o queixo no ar do modo mais altivo que me foi possível.

– Mas a escolha é minha, não é?

Anúbis levantou uma sobrancelha.

– Por enquanto, minha jovem. Por enquanto.

Minhas mãos se fecharam com força ao lado do corpo, a raiva fervendo nas veias. O que eu sentia pelo rapaz imbuído do poder celestial do sol era precioso para mim. Jamais abriria mão disso por vontade própria, com ou sem perigo. Ele não entendia que, diante de Amon, nada importava. Antes era como se eu estivesse à deriva pela vida, deixando que outras pessoas decidissem meu caminho. Mas Amon acendera uma fagulha que eu vinha alimentando nos últimos meses.

Talvez Anúbis estivesse certo com relação aos meus pais. Talvez eu tivesse escolhido o caminho covarde, a saída fácil. Talvez eu escondesse deles a chama, mas ela estava lá. Eu podia sentir. Minha alma havia acordado e eu não viraria as costas para o único ser responsável por encher meu mundo com objetivo e luz. Se eu tinha andado de um lado para outro, sem direção, desde a volta para casa, era só porque havia perdido de vista a única coisa que me importava. A única maneira de Anúbis destruir nossa ligação era passando por cima do meu cadáver.

– Quando se tornar necessário que você lute... veja que eu disse "quando", e não "se"... o amuleto vai se tornar seu escudo, sua armadura e até sua arma.

Toquei a pedra verde.

– Então ele é mágico?

– De certa forma. Apesar do que eu penso sobre seus supostos benefícios, o amor *é* uma espécie de magia. Um truque de luz que nem os deuses podem reproduzir. O escaravelho do coração é alimentado pelo que Amon sente por você. Enquanto o amor de Amon por você existir, a proteção do coração dele é garantida. – Anúbis chamou o cachorro para seu lado. – Está pronta?

Respirei fundo e corri os olhos pelo quarto, convencida de que estava esquecendo alguma coisa ou alguma pergunta em que não tinha pensado.

– Acho que estou – respondi, reunindo coragem.

Anúbis confirmou com a cabeça.

– Abutiu – disse ao companheiro canino –, volte para casa e espere minha chegada. – Com um pequeno bufo, o cachorro desapareceu e nós ficamos sozinhos. O deus da mumificação franziu a testa, deu um passo à frente, aproximando-se de mim, e me puxou para seus braços. Ele era quente, e a sensação de seu abraço não era desagradável.

Encostei o rosto no tecido áspero da jaqueta jeans.

– Feche os olhos – disse ele, me segurando como se eu fosse extremamente frágil. Talvez para ele eu fosse mesmo. Obedeci, esperando ouvir o som familiar de areia no ar antes de sentir os grãos roçando em minha pele, mas então me lembrei de que a viagem pela areia não podia acontecer por cima de grandes extensões de água.

Por um momento imaginei se o Dr. Hassan não estaria fora do Egito, afinal de contas, e se Anúbis viajava de um modo diferente do de Amon. Justo quando ia perguntar, senti o chão desaparecer embaixo de nós e afundamos num negrume tão completo que tive certeza de que não restava nada de mim.

Mesmo estando alerta, senti que eu não tinha forma. Não podia sentir os membros. Não respirava. Só estava... consciente. Como um espírito sem corpo. Se pudesse gritar, teria gritado. Sentia uma espécie de asfixia interminável.

Entrei em pânico, mas não havia como expressá-lo fisicamente. Se era assim que Anúbis tinha me trazido de volta a Nova York depois de mumificar Amon, fiquei feliz por não lembrar. Emergimos na luz como uma bolha se erguendo do oceano e experimentei um jorro de sensações simultâneas. Eu tinha forma e substância. Podia sentir. Podia ver e ouvir. Na verdade, me sentia tão agradecida por estar viva que, quando a viagem terminou, continuei me segurando com força em Anúbis, trêmula.

Anúbis me envolveu com os braços de um modo que não era exatamente para me manter de pé, os lábios roçando minha têmpora, mas de repente soltou um grunhido e me largou. Apesar de eu cambalear, ele não tentou me segurar e me olhou irritado, como se eu o tivesse enganado de alguma forma. Tentando me recuperar um pouco, apoiei-me numa mesa próxima.

Tínhamos nos materializado numa sala cheia de artefatos cobertos de poeira. Era um lugar que não reconheci.

– Vizir! – chamou Anúbis, impaciente, enquanto se mantinha a uma distância cautelosa de mim. – Vizir, venha imediatamente!

Ouvi o som inconfundível de cerâmicas se despedaçando no chão de terra batida.

– Nossa! – exclamou uma voz familiar enquanto o som de passos arrastados se aproximava. Uma figura virou a esquina do corredor, levantou o chapéu de feltro branco e torceu as mãos enquanto fitava Anúbis com os olhos arregalados. O homem passou a língua pelos lábios. – Em... em que posso ajudá-los? – perguntou, cauteloso.

– Sabe quem eu sou?

O Dr. Hassan inclinou a cabeça, estreitando os olhos castanhos.

– Hesito em adivinhar – respondeu finalmente.

– Talvez precise de um curso de atualização, *Doutor*. – Anúbis estendeu o braço, apontando para mim, como se me acusasse. – Se não me conhece, então certamente se lembra dela.

Anúbis se moveu e o Dr. Hassan voltou o olhar espantado na minha direção e arquejou.

– Lily?

– Olá, Oscar – cumprimentei com um sorriso caloroso. – É bom revê-lo.

– Digo o mesmo. – Ele se aproximou alguns passos, involuntariamente se colocando entre mim e o homem alto e intimidante que nos olhava com irritação, talvez como um modo de me proteger, ainda que ambos soubéssemos que não havia como proteger nenhum de nós caso Anúbis quisesse fazer algum mal. Tentando aplacar o deus irritadiço, decidi ajudar:

– Dr. Hassan, este é Anúbis. Anúbis, este é o Dr. Hassan, um dos seus seguidores mais devotados.

Anúbis cruzou os braços e soltou um resmungo.

– Seria de esperar que uma pessoa que afirma ser devota pelo menos reconhecesse aquele que ela afirma cultuar.

– Não ligue para ele – eu disse para o Dr. Hassan. – Hoje ele está meio rabugento. Além disso, late mas não morde. Igual ao seu cachorro.

O Dr. Hassan olhou para o deus, bastante preocupado com minha escolha de palavras.

– Lily, eu não acho...

– Tudo bem – interrompi. – Estamos fazendo um favor enorme para ele. Então ele está nos devendo. Não é, Anúbis?

O deus franziu a testa, mas seu lábio contorceu-se de um modo que me fez pensar que ele não estava de fato tão chateado quanto fingia.

– Você conhece o Templo Medinet Habu, em Luxor? – perguntou ao vizir.

– Claro. – Hassan deu um passo à frente e pôs o chapéu de novo na cabeça.

– No pátio que representa as Sete Cenas da Guerra com os Povos do Mar, logo depois do segundo portal, há uma passagem secreta. Procure a marca da esfinge e vire a pedra no sentido anti-horário. Siga pela passagem até a Sala dos Enigmas. Lá você vai encontrar inscritas nas paredes todas as informações de que devem precisar para fazer o ritual de transformação conhecido como Rito de Wasret.

– Wasret? O que vocês precisam dela? – perguntou Hassan.

Ao mesmo tempo sussurrei para ele:

– Quem é Wasret?

Falando mais alto para recuperar o controle da conversa, Anúbis explicou:

– Lilliana Young precisa fazer o ritual para receber o manto de Wasret com o objetivo de penetrar no mundo dos mortos e resgatar Amon. E você, meu bom doutor, servirá como o fio que a ligará à mortalidade, caso ela tenha sucesso.

– Penetrar no... – O Dr. Hassan fez uma pausa, a confusão evidente no rosto. – Não sei se consigo alcançar seu objetivo – disse respeitosamente.

Anúbis suspirou, com óbvia impaciência. Tentei esclarecer:

– Anúbis quer que eu vire uma esfinge para salvar Amon, que fugiu de seu dever indo para o mundo dos mortos. É um lugar perigoso, onde ele está sofrendo, e, se ele não voltar, Seth pode romper a barreira e destruir o mundo.

Virei-me para Anúbis, as sobrancelhas levantadas, para ver se ele queria acrescentar alguma coisa. Ele estava sorrindo para mim como um pai orgulhoso.

– Pronto, está vendo? – disse. – Não sou mais necessário.

– Antes de partir, grandioso, será que poderia me conceder um momento para eu fazer duas perguntas?

– Muito bem. Mas que as indagações sejam breves.

Assentindo com vigor, o Dr. Hassan fez a primeira pergunta:

– Quer dizer que o senhor deseja que Lilliana se torne a matriarca da Ordem da Esfinge, como a faraó Hatshepsut? – Um brilho havia iluminado os seus olhos e pude ver que estava empolgado com essa perspectiva.

– Não, embora esse título vá naturalmente para ela assim que concluir o ritual. Na verdade Lilliana vai se tornar uma esfinge, algo que poucos mortais já tentaram. – Olhando para a ponta dos dedos e passando o polegar sobre elas, Anúbis acrescentou em voz mais baixa: – E nenhum sobreviveu ao processo.

Não gostei dessa parte. Mas a ideia de minha morte extremamente precoce não pareceu abalar o Dr. Hassan, que deu um passo ansioso à frente.

Anúbis cruzou os braços e franziu a testa ao ver minha expressão de espanto.

– Naturalmente, essas pessoas não tiveram a ajuda dos deuses – acrescentou. – Bom, qual é a segunda pergunta?

– Ah. Sim. Por que Wasret? É uma deusa tão pouco notável que posso contar nos dedos de uma das mãos o número de estelas recuperadas que apresentam sua figura. Não existe nenhum templo dedicado a ela. A maioria dos egiptólogos acredita que ela teve tão pouca importância que seu nome foi totalmente apagado dos anais da história, e que qualquer feito que possa ter sido realizado em seu nome foi atribuído a outras divindades.

– O motivo por que todos os seus colegas que passam a vida escavando pedras e poeira do passado descobriram tão pouco sobre Wasret é que ela não existe. Ainda.

– Como assim?

– Essa é a sua terceira pergunta, Doutor. Infelizmente terei de deixá-lo descobrir sozinho o resto da história. É hora de me despedir, Lilliana Young. – Anúbis estalou os dedos e meu equilíbrio se alterou. Antes que eu pudesse fazer alguma coisa além de ofegar, chocada, meu corpo levantou do chão e foi rapidamente até ele.

Quando fiquei estável, ele passou a ponta dos dedos pelo meu rosto e alertou:

– Não confie em ninguém no mundo dos mortos, nem nos que você possa considerar amigos. – Seu olhar examinou meu rosto e ele se inclinou, aproximando-se, os lábios roçando minha orelha. – Espero muito vê-la de novo. Boa sorte.

Em seguida deu um passo para trás e um vórtice negro se abriu sob seus pés, sugando-o para baixo até uma superfície sólida voltar a se formar.

Tudo ficou silencioso por um momento até que ouvi o Dr. Hassan exclamar:

– Que extraordinário!

Girando, fui até ele e o abracei.

– Senti sua falta.

Ele deu um tapinha nas minhas costas e ajeitou o chapéu para que não caísse.

– Senti sua falta também, mocinha.

– Então o senhor entendeu o que ele quer que eu faça? – perguntei, me afastando.

Os olhos dele perderam o brilho e ele desviou o olhar, esfregando a testa.

– Só vou mesmo saber de todos os detalhes quando encontrarmos essa sala escondida. Mas posso dizer honestamente que nunca, em minha longa vida estudando as histórias dos deuses e servindo como grão-vizir, me senti tão apavorado.

A Sala dos Enigmas

– Acho que este é um bom momento para irmos – declarou o Dr. Hassan, categórico. Olhou na minha direção, mas se levantou depressa de onde havia se sentado para descansar e concentrou a atenção no chapéu, que estava amassando com as mãos. Agora eu estava ainda mais preocupada. O chapéu do Dr. Hassan era sagrado. Ele jamais iria estragá-lo. – A não ser que você precise descansar primeiro... – disse ele gentilmente enquanto recolocava o chapéu torto na cabeça.

– Não. Acho que estou bem. Além disso, quem pode dormir depois de receber um visitante noturno como Anúbis? Acho que esse tipo de anúncio sinistro do fim do mundo me daria pesadelos.

– É – murmurou ele, distraído, e me dirigiu um sorriso débil enquanto começava a juntar seus pertences.

– Há alguma coisa que não está me contando, não é? – perguntei enquanto o ajudava a colocar as ferramentas numa bolsa. – O senhor acha que eu vou fracassar.

– Não. *Não* – enfatizou inequivocamente quando lancei-lhe um olhar de quem sabia das coisas. – Você não vai fracassar. Simplesmente não vou permitir.

– Mas o senhor não sabe de verdade, não é? Não há nenhuma garantia.

– Vamos nos preocupar com uma coisa de cada vez, está bem? – Quando assenti, relutante, ele bufou e disse: – Começando do princípio. Precisamos chegar a Luxor.

– Certo.

Coloquei uma das bolsas dele no ombro e esperei com paciência que ele terminasse.

Quando por fim se virou para mim, o Dr. Hassan me olhou mais demoradamente, como se não tivesse me visto direito antes. Empurrou o chapéu mais para o alto da cabeça, largou a bolsa numa mesa de escritório improvisada e esticou os dedos para tocar o arnês alado em meu ombro.

– O que é isso que você está usando, Lily? Pensei que fosse sua camisola, mas obviamente me enganei.

Passei a mão pelo vestido e senti o calor fluir para o meu rosto.

– É meio exagerado, eu sei. Anúbis fez para mim.

– É lindo – disse o Dr. Hassan de um jeito meio clínico enquanto observava com mais atenção cada segmento da peça. Andou lentamente ao meu redor e só parou ao encontrar o escaravelho na cintura. Tive a sensação de que ele sabia que aquilo estava ali o tempo todo mas de propósito tinha deixado a descoberta melhor e mais interessante para o fim.

O Dr. Hassan enfiou a mão em sua bolsa e pegou uns óculos malucos, com lentes que se projetavam. Apertando um botão enquanto os ajustava diante dos olhos, fez um facho de luz brilhante voltar-se para minha cintura. Permaneci o mais imóvel que pude enquanto ele girava as lentes até ficar satisfeito, depois mordi o lábio enquanto ele murmurava consigo mesmo. Por fim ele se aprumou e declarou:

– É autêntico.

– Claro que é. O que o senhor esperava?

– Não sei bem. A pedra é uma esmeralda genuína da maior qualidade, até onde posso ver. Você sabia que é um escaravelho do coração?

– Sabia.

Ele tirou os óculos e bateu com eles na palma da mão, cogitando alguma coisa. Seus olhos perspicazes e afiados examinaram meu rosto.

– Antes que pergunte, vou dizer. Era de Amon. Anúbis disse que um pedaço do coração de Amon está preso ao escaravelho. Eu até consigo escutar os batimentos, se ouvir com atenção.

O queixo do Dr. Hassan caiu.

– Espantoso!

Pelo seu tom de voz, eu não sabia se estava empolgado ou preocupado, mas de repente *espantoso* pareceu uma palavra que eu não quereria inspirar em alguém como o Dr. Hassan. *Espantoso,* nesse caso, não podia ser coisa boa. Na minha mente a palavra se traduziu em todas as outras que ele não disse. Palavras como *desconcertante, inédito, complicado, chocante,* ou talvez simplesmente *Em que diabos você se meteu, Lily?*

Tentei afastar os pensamentos agitados e me lancei numa explicação de tudo que havia acontecido, do melhor modo que pude lembrar. Ele ouviu em silêncio, só fazendo perguntas rápidas para esclarecer algum ponto, e, quando terminei, sentou-se pesadamente na beira da mesa.

– Nunca ouvi falar em nada disso. A história de Ísis e do marido, Osíris, é uma das narrativas mais bem documentadas do Egito, e nunca encontrei qualquer sugestão, em qualquer gravura, de que Ísis ficou com um pedaço do coração dele. Se bem que agora, pensando melhor...

O Dr. Hassan se levantou e fez um esboço muito exato do escaravelho do coração em um pedaço de papel, depois o dobrou com cuidado e enfiou num dos muitos bolsos de seu colete.

– De todos os casais do panteão egípcio, esses dois são os mais ligados, sobre quem mais se escreveu.

Ele soltou o ar com força.

– Mesmo assim, os dois eram imortais. Não faço ideia de como funciona essa conexão entre vocês, mas creio que ela implicaria um grande perigo para uma mortal, e é por esse motivo que acho que Anúbis precisa que você faça essa cerimônia. Lily, não vou mentir e dizer que não estou preocupado. Os sacrifícios que você será chamada a fazer, além dos perigos da viagem... – Ele esfregou o pescoço como se já pudesse sentir a tensão aumentando. – Só espero ser capaz de servir bem aos seus objetivos.

– Se alguém pode me ajudar, Dr. Hassan, é o senhor.

– Vamos rezar para que esteja certa. Venha, Lily. Vamos para o meu carro.

Enquanto subíamos uma escada escura e poeirenta na direção da luz do verão egípcio, perguntei:

– Onde estamos? – O calor se erguia em ondas da areia e dos morros rochosos à volta.

– Sacara, na antiga capital Mênfis. – Quando viu que eu continuava sem entender, acrescentou: – Estamos uns trinta quilômetros ao sul do Cairo. – E explicou enquanto me levava ao veículo: – Estou trabalhando neste local de escavação há três meses. É a tumba da Testemunha Que Alimentava a Carne do Deus. Em outras palavras, Maia, a ama de leite do rei Tutancâmon. Ela foi descoberta aqui no fim da década de 1990 e estou oficialmente supervisionando a escavação de sua capela.

– Existe alguma pirâmide nesta área?

– Várias, inclusive a famosa pirâmide de Djoser.

– O senhor... bom... – continuei num sussurro – ... escondeu algum dos irmãos aqui?

– Aqui, não. Mas o corpo de Ahmose não está muito longe deste local.

Nunca escolhi um lugar onde houvesse escavações acontecendo, para que os Filhos do Egito não sejam encontrados.

– Ah.

Fiquei incomodada ao pensar em Ahmose apodrecendo numa tumba escondida. Não suportava pensar nele desse jeito, quanto mais em Amon. Em vez de ficar alimentando esses pensamentos, perguntei:

– A que distância fica o templo de...?

– Medinet Habu.

– Isso. É em Luxor?

– Correto. Vamos levar umas oito horas.

No caminho, o Dr. Hassan passou a maior parte do tempo tentando se certificar de que eu entendia exatamente quão perigoso esse plano seria, citando cada fato ruim que sabia sobre ritos secretos que deram errado, sobre humanos sem noção que caíam em armadilhas criadas pelos deuses e sobre o mundo dos mortos em geral.

Mas o coração de Amon me chamava. Ninguém mais poderia fazer aquilo. Nem Anúbis. Nem Asten ou Ahmose, nem o Dr. Hassan. Eu, Lilliana Young, uma garota mortal e comum, acabaria sendo a heroína ou a vítima trágica – a primeira em uma longa lista de baixas na guerra entre o bem e o mal, caso não conseguisse impedir que o impensável acontecesse.

Era tarde quando chegamos e o templo estava fechado aos turistas, mas, após algumas palavras com o vigia noturno, o Dr. Hassan conseguiu permissão para entrarmos e o guarda abriu o portão baixo de madeira que teria sido quase pateticamente fácil de pular.

– Por que eles não protegem melhor os templos? – perguntei enquanto nos afastávamos da pequena guarita.

– Nem me fale – respondeu o Dr. Hassan secamente enquanto me entregava uma lanterna. – Bom, se me lembro direito, o segundo portal deve ficar nessa direção.

Passamos sob o primeiro portal e o Dr. Hassan me deu uma rápida aula de arquitetura.

– Os portais se assemelham à representação do horizonte em hieróglifos. Está vendo aquela forma ali? Parecem dois morros grandes com um sol nascendo no meio.

– Eu me lembro de que o nome de Hórus foi dado por causa do horizonte.

– Chegou perto. É o contrário. Quando você entra no templo, entra no reino do sol, ou do deus-sol, neste caso. Cada portal é uma passagem para o próximo reino, e cada seção pode ter propósitos diferentes. Lembre-se dessa forma para o caso de vê-la mais tarde. Não se esqueça, Lily, o sol sempre leva à vida. Ver o nascer do sol é abraçar a vida. O pôr do sol é onde você vai encontrar a morte.

– Foi por isso que usou o nascer do sol na caverna dos vermes para ver através do ovo de serpente?

O Dr. Hassan sorriu.

– Fico feliz por você lembrar.

– Aprendi que, quando a gente está apaixonada por uma múmia, é bom prestar atenção em coisas pequenas como maldições, ovos de serpente e arqueólogos prolixos.

– Quero que saiba, mocinha, que sou um dos palestrantes mais requisitados do Egito. Não sou prolixo – disse ele com um sorriso irônico. – Bom. Onde eu estava, mesmo?

– Portais.

– Ah, sim, os portais também podem servir como algo além de decoração ou símbolo. Foram encontradas escadas e salas antigas dentro de alguns deles. Acho que a sala que Anúbis descreveu pode ser uma dessas.

Entramos num pátio aberto vigiado por enormes estátuas e colunas.

– Quem é ele? – perguntei, apontando para a estátua.

– Ramsés III como Osíris.

– O que quer dizer com "como Osíris"?

– Os faraós costumavam ser representados como deuses, numa tentativa de obter o favor do deus ou aumentar a probabilidade da própria imortalidade.

– Mas nenhum deles era imortal de verdade, não é?

– Não que eu saiba. Se bem que, criando estátuas tão grandes, esses reis e faraós antigos são lembrados muito tempo depois de sua morte. Acho que isso é uma espécie de imortalidade.

Deixando para trás as estátuas, passamos pela abertura do segundo portal, que levava a um corredor. Enquanto eu examinava os relevos que contavam a história da invasão dos Povos do Mar, o Dr. Hassan buscava no portal um símbolo que representasse uma esfinge. Ele me disse o que procurar, mas depois de uns dez minutos todas as imagens começaram a parecer borradas aos meus olhos e a se fundir num quebra-cabeça gigante e incompreensível.

Eu estava pronta para desistir quando o Dr. Hassan gritou:

– Lily! Creio que encontrei o que estamos procurando.

Meus passos ecoaram no corredor havia muito abandonado enquanto eu caminhava até ele. Tremi e olhei à minha volta, mas só vi sombras escuras e as partículas da poeira agitada no facho da minha lanterna.

O Dr. Hassan e seu feixe de luz apontavam para uma imagem gravada na parede, uma imagem que não se parecia em nada com a que ele havia descrito. Quando observei isso, ele balançou a cabeça.

– Entendo sua confusão. O símbolo que descrevi para você, o que se parece com um leão reclinado, era a versão egípcia da esfinge. Este é diferente. Na verdade, está mais perto do conceito de esfinge dos gregos.

– Não entendo. Qual é a diferença?

– A variação mais notável seriam as asas vistas aqui. Ainda que haja semelhanças entre as duas versões, como o sexo, a força superior, a função de guardiã de locais sagrados, de ter corpo de leão e cabeça humana, elas também mantêm algumas qualidades que as tornam únicas.

– Então uma esfinge é...

– Do sexo feminino. Você pode se lembrar de que mulheres poderosas como Hatshepsut costumavam ser representadas usando uma barba falsa. Isso não se destinava a disfarçar ou enganar, era um sinal de poder. Na lenda elas sempre são femininas na origem, pelo menos é o que sei. Hatshepsut e a rainha Hetepherés II foram representadas como esfinges.

– Então esta versão grega tem asas.

– Asas de águia. A outra diferença importante entre a versão egípcia e esta é que a variedade grega é muito mais traiçoeira.

– Como assim?

– Você conhece o conceito do enigma da esfinge?

– Não era algo do tipo: se a pessoa não resolvesse o enigma não poderia passar pela esfinge? É o que o senhor quer dizer?

– É. Mas, nesse caso, fracassar seria a morte. Ela devorava quem não decifrasse o enigma. Como Anúbis chamou esse lugar que estamos procurando de Sala dos Enigmas, presumo que a versão grega que encontrei aqui é a que estamos procurando.

– Não faz mal tentar, acho – falei enquanto ele me olhava em dúvida.

– Esperemos que sua suposição esteja certa.

Peguei sua lanterna e apontei para o hieróglifo enquanto ele apoiava a palma da mão na parte de cima da imagem, empurrando e torcendo ao mesmo tempo. O som inconfundível de pedra raspando em pedra revelou que tínhamos mesmo encontrado o que procurávamos. Ouviu-se um clique e depois um estalo. O Dr. Hassan deu um passo para trás e uma seção circular de pedra com o símbolo da esfinge gravado bem no meio se destacou da parede.

– Humm. O que fazemos agora? – perguntou o egiptólogo.

Por um momento ficamos ali parados, com as lanternas apontadas, mas nada aconteceu.

– E se empurrarmos de volta? – sugeri.

Ele enxugou a testa, ajeitou o chapéu e assentiu. Dei um passo à frente, pousei a mão na pedra e apertei. A princípio ela travou, mas depois se mexeu, e eu senti a vibração de alguma coisa pesada atrás da parede. Um sibilo seguido por um rangido quase doloroso revelou uma passagem e uma pesada porta de pedra, que era praticamente impossível de ser percebida no portal antes de se abrir.

Quando todo o movimento parou e o silêncio desceu de novo sobre o templo, os sons nervosos de nossa respiração pareceram soar mais alto do que o gemido de mil fantasmas saindo do túmulo. Juntos fomos até a abertura e apontamos as luzes para dentro. Estava escuro, o ar mais negro do que o de uma tumba, e por um momento me perguntei se aquilo não seria mesmo uma tumba e se não se destinava a *nós*. O Dr. Hassan deve ter sentido o mesmo, já que até ele parecia tenso.

A única coisa visível era uma série de degraus que desciam, e quando pus o pé no primeiro, um ato que me fez parecer muito mais corajosa do que era de verdade, o Dr. Hassan estendeu a mão para me impedir.

– Por favor, deixe que eu vá na frente, Lily.

Concordei, agradecida, e dei um passo para o lado para que ele passasse por mim. Achei que seria muito mais fácil andar atrás dele do que na frente, mas ser a última também não era nada divertido. Pequenos arrepios de ansiedade percorriam minhas costas como besouros em fuga e eu ficava me virando para garantir que ninguém iria nos atacar por trás ou nos trancar naquele poço de escuridão assustadora.

Descemos até que o ar rançoso ficou frio, e percebi que devíamos estar a grande profundidade no subsolo. Mantive a mão no ombro do Dr. Hassan até mesmo quando ele chegou ao fundo e entrou num corredor mais largo do que a escada, mas a lanterna só revelava paredes de terra.

Eu não entendia como o Dr. Hassan podia ganhar a vida assim. Estava apavorada de verdade. Minha imaginação criou uma esfinge enorme dormindo na caverna, que iria despertar, nos despedaçar com as garras e nos devorar antes mesmo de descobrirmos o que tínhamos de fazer. A ideia de me transformar numa criatura assim me encheu de um pavor que eu nem conseguia descrever.

– Uma coisa de cada vez – murmurei baixinho para fortalecer minha coragem.

Avançamos devagar, minhas sandálias afundando na areia macia. Quando o Dr. Hassan encontrou uma tocha antiga junto à entrada de uma sala e a acendeu, meu medo se dissipou e foi substituído por um sentimento de assombro.

– Minha nossa! – sussurrou o Dr. Hassan enquanto adentrávamos aquele espaço.

Dessa vez eu sabia que ele estava empolgado. Estávamos numa sala dourada cheia de tesouros. A riqueza que aparecia até mesmo na pequena área iluminada pela tocha era impressionante. O mais incrível era que a sala estava em condições impecáveis. Os colares de rubi, as espadas reluzentes e as grandes estátuas de ouro brilhavam como se tivessem acabado de ser polidas e estivessem expostas num museu. O que era uma impossibilidade, considerando-se a quantidade de areia no chão.

– Anúbis deve ter tirado a poeira antes de nossa chegada – observei.

– Esta é a descoberta mais excepcional desde que Howard Carter e George Herbert encontraram o túmulo de Tutancâmon em 1922!

– Certo. Só que, tecnicamente, nós não descobrimos. Fomos mandados para cá.

– Ah, mas, Lily... Se eu pudesse explorar esta sala com meus colegas! Compartilhá-la com o mundo. O que esses tesouros maravilhosos poderiam representar para o Egito! Que tragédia este lugar ter de continuar em segredo. Essas coisas não se destinam a ser levadas à luz do dia.

– Talvez Anúbis não se incomode se o senhor pegar só uma ou duas.

Estendi um dedo para tocar uma estátua de gato com olhos de esmeralda, porém o Dr. Hassan segurou meu pulso para me impedir.

– Não toque em nada, Lily, pelo menos por enquanto. Minha política é ler primeiro e só mexer num objeto depois de catalogar e documentar com fotos.

Assenti e o Dr. Hassan avançou alguns passos arrastando os pés, levantando a tocha para ler os relevos nas paredes.

– Ah, aqui está o que procuramos.

– O que é?

– Uma mensagem de Anúbis.

– O que ela diz?

– Essencialmente, que só deveremos pegar os itens que formos instruídos a pegar, depois copiar o encantamento para realizar o Rito de Wasret. O resto da sala deve permanecer intocado e, quando sairmos, devemos lacrá-la do mesmo modo como encontramos.

– Certo. Um encantamento. Não parece tão difícil.

O Dr. Hassan hesitou.

– Puxa. Vou demorar um pouco para traduzir isso.

Dei um sorriso meio nervoso.

– Achei que o senhor era especialista nisso – provoquei.

– Ah, eu sou. Não é que eu não saiba ler o que está escrito; é que preciso decifrar a mensagem por trás da mensagem.

– A mensagem por trás da... Como assim?

– Como grão-vizir, aprendi um código secreto que vem sendo passado de geração a geração. Ainda que outro egiptólogo pudesse ler esta passagem simplesmente como "O tesouro daquela que é poderosa", vejo que há certas expressões ou palavras enfatizadas. O hieróglifo que simboliza o conceito de *tesouro*, aqui – ele apontou para um relevo –, também tem o sinal dos Filhos do Egito por cima. Portanto esta palavra específica é de grande importância.

Ouvi então o que ele murmurava enquanto passava o dedo pela parede. Nada que ele dizia me dava alguma tranquilidade e, em vez disso, minha imaginação conjurava todo tipo de horrores. Ouvi *O cetro daquela diante de quem o mal treme; as joias daquela que derrotou a esfinge; a primeira esposa de Amun; a coroa da Senhora do Pavor; a lança da Dama da Carnificina; e as garras daquela que mutila.* Nenhum desses termos parecia particularmente bom. Uma coisa era certa: eu definitivamente não queria cruzar o caminho da mulher que estava descrita ali. Então percebi uma coisa.

– Parece uma lista de inventário – falei, interrompendo suas ruminações.

– É. Parece mesmo haver alguma referência ao tesouro daqui.

– Para que todos esses nomes, afinal? Por que uma pessoa não pode simplesmente ser chamada pelo nome, em vez de um título longo e descritivo?

O Dr. Hassan começou a explicar:

– Dois motivos. Primeiro, um título com uma descrição tão vívida tem mais probabilidade de induzir as massas a demonstrar respeito e a cultuar. Mas o segundo motivo é mais importante. No nome há poder de fato. Conhecer o verdadeiro nome da pessoa é controlá-la. Esse é o principal motivo para os nomes verdadeiros serem ocultos.

– Então o senhor sabe de quem estão falando?

– A princípio eu presumiria que fosse Sekhmet, já que muitos desses nomes são usados para descrever essa deusa, mas, se eu escolhesse apenas os termos que têm o símbolo de Amon, teríamos *tesouro, esfinge, Amon* e *dama*. Se eu agrupar apenas esses e reordená-los, a mensagem diz: *"O tesouro de Amun é sua dama esfinge".*

– Interessante. E depois?

– Você pode anotar?

– Sem dúvida.

O Dr. Hassan me entregou um caderninho cheio de suas observações arqueológicas. *Pelo menos um de nós está preparado.* Virei cuidadosamente as páginas até encontrar uma vazia e anotei as frases enquanto ele ia lendo. Demoramos uma hora para terminar a primeira parede, apesar de ele trabalhar muito depressa. Quando chegamos ao fim eu havia rabiscado frases em dezenas de páginas. Estava cansada e já ia perguntar ao Dr. Hassan se poderíamos voltar no dia seguinte quando ele exclamou:

– Está aqui! Encontrei a chave para o ritual.

Eu o observei com atenção enquanto ele murmurava incoerentemente, tanto que, mesmo ele tentando esconder, pude vislumbrar um pavor frio atravessando seu rosto.

– O que foi? – perguntei. – Diga.

O Dr. Hassan esfregou os olhos cansados e soltou o ar com força.

– É uma charada, e precisaremos resolver várias antes de obtermos acesso ao encantamento.

– Uma charada? Como sabe? – Folheei as páginas, tentando juntar as palavras marcadas com círculos. Para mim era tudo grego... isto é, egípcio. Se havia uma pergunta secreta escondida ali, eu não consegui ver.

Ele explicou, paciente:

– É a charada mais comum da esfinge. Talvez você já tenha ouvido: "O que anda com quatro pés de manhã, dois ao meio-dia e três ao cair da tarde?"

– Ah, eu sei. Li sobre isso na escola.

– Sim. Bom, a resposta típica é o homem, ou o ser humano. Um bebê engatinha no início da vida, anda de pé entre o início e o fim da vida e usa uma bengala no fim. Mas, neste caso, não é a resposta certa.

– Então qual é?

– Neste caso a resposta é Amon.

– Amon? Como?

– Em sua primeira morte ele caiu de quatro; então Anúbis o ergueu para a próxima vida, onde ele andou com os dois pés. Agora ele está no final e manca no mundo dos mortos, apoiado na espada.

– Mas como o senhor sabia a resposta?

– Ela está de trás para a frente. Anúbis nos deu as respostas primeiro. Lembra-se de que Amon estava no primeiro grupo de palavras? – Confirmei com a cabeça. – Amon é uma encarnação de Amun. Essa é a resposta para a primeira charada.

– A primeira charada?

– Sim. Haverá mais três. E as respostas serão *tesouro*, *esfinge* e *dama*. Este é o símbolo de Amun, o deus-sol. Se eu estiver correto, ele vai nos levar à pergunta seguinte. – Usando dois dedos, ele apertou o hieróglifo e pedaços da pedra começaram a se mexer como uma gigantesca caixa-segredo. Quando tudo se acomodou, algumas pedras tinham virado de cabeça para baixo, outras descido e algumas desaparecido completamente.

– Ah, uau!

– Vamos começar, está bem?

Dessa vez ele só demorou dez minutos para decifrar a charada.

– Esta eu também conheço. A chave é reinterpretá-la de um modo diferente.

– Qual é a charada?

– Quem são as três irmãs que dão à luz uma à outra? Na pergunta original são duas irmãs, e a resposta é Noite e Dia. Não vejo como a resposta possa ser *tesouro*. Talvez seja *dama*. Mas o número três não é uma coisa que eu tenha encontrado antes. Não sei como ele se aplica.

– Acho que a resposta é *esfinge*.

– Por quê?

– É o que eu devo me tornar, certo? Eu preciso passar por esse ritual, ou sei lá o quê, e vou mudar minha mortalidade. Vou renascer... de certa forma. É a única resposta que faz sentido.

O Dr. Hassan me olhou pensativo por um momento.

– Acredito que você esteja certa. Vamos tentar.

Ele encontrou não um, mas dois símbolos da esfinge: um era a versão egípcia e outro, a grega. Hesitando apenas brevemente, escolheu a versão alada. Aparentemente era a escolha certa. De novo a parede gemeu e mudou, e agora podíamos vislumbrar uma sala atrás da barreira de pedras.

– Estamos na metade do caminho – informei. – Temos cinquenta por cento de chance de acertar o resto.

Vinte minutos depois ele havia traduzido a charada seguinte.

– Esta eu nunca ouvi.

– O que ela diz?

– É considerada pelo homem a coisa mais valiosa. Brilha à luz do sol. Fornece tudo que ele precisa. A vida dele é desperdiçada buscando-a e, no entanto, se ele a segurar com sinceridade, ela jamais irá deixá-lo. – Ele parou por um momento. – Pode ser *tesouro*.

– Também pode ser *dama*.

– Está certa. – O Dr. Hassan coçou o queixo e me olhou. – Posso propor uma teoria?

– Claro.

– As duas primeiras charadas foram referências específicas a você e Amon.

– É. É verdade.

– Isso quer dizer que esta provavelmente é aplicável a vocês também. Se for o caso, acredito que a resposta seja *dama*.

– Verdade? Por quê?

– Presumindo que Amon seja o homem em questão, é você o que ele busca. E não um tesouro. E, quando vocês estão juntos, eu vejo a luz no rosto dele. Ela se reflete em você.

– Ah. É. Acho que sim.

Confiante em sua teoria, o Dr. Hassan escolheu o símbolo da *dama*. Nada aconteceu imediatamente, e eu prendi o fôlego durante alguns segundos. Então os estalos e o zumbido começaram e partes da parede se deslocaram, criando aberturas de tamanho suficiente para enfiarmos as mãos por elas, mas ainda insuficientes para atravessarmos.

– O senhor estava certo – murmurei.

– Sim.

Enquanto ele trabalhava interpretando o último grupo de entalhes, pensei nas palavras da charada anterior. Será que Amon estava desperdiçando a vida em sua busca por mim? De que modo eu, uma garota mortal, poderia proporcionar tudo que ele precisava? Mesmo que eu encontrasse Amon e o salvasse, Anúbis jamais deixaria que ficássemos juntos. Ele tinha sido bastante claro ao explicar que Amon precisava fazer o trabalho para o qual tinha sido convocado. Mas essa última parte me deu um pouco de esperança. Talvez, se sustentássemos um ao outro, houvesse algum modo de nossos caminhos se reencontrarem.

O Dr. Hassan interrompeu meus pensamentos:

– Temos um problema.

– O que é?

– Desta vez a charada é bastante simples. Pede para declarar nosso objetivo e encontrar a coisa que procuramos.

– Certo, mas já sabemos que a resposta é *tesouro*.

– Será? Pode ser um truque. Se nossa resposta for *tesouro*, é muito provável que nossa entrada seja impedida. A última coisa que os deuses aceitam é o roubo de suas relíquias preciosas, e recebemos um alerta explícito para não levar nada, a não ser os itens que fomos instruídos a pegar.

O dedo do Dr. Hassan pairou sobre o símbolo do tesouro, mas ele hesitou. Eu não sabia o que fazer.

– Acho que não temos outra opção – disse ele, pronto para empurrar o símbolo.

Nesse momento, porém, notei uma coisa.

– Pare! – gritei.

– O que foi, Lily? – perguntou ele, baixando a mão.

– Eu reconheço isto. É o sinal de Amon, não é?

– É. Mas Amon não era uma das quatro opções.

– Mas ele era, lembra? Amun estava lá.

– Sim, mas nós já usamos esse nome.

– Mas então não vê? Foi o senhor quem disse que isso tinha a ver comigo e com Amon. Não é um tesouro que estou procurando, e sim Amon. Ele é o meu objetivo.

O Dr. Hassan pareceu dividido.

– Tem certeza, Lily?

Eu tinha? Quando falei, estava dando voz a uma reação instintiva. Mas agora, pensando bem, não tinha tanta certeza. O que encontraríamos do outro lado da parede? O tesouro da esfinge ou um caminho para Amon? Deixando de lado as dúvidas, avancei um passo e apertei o símbolo de Amon.

Um instante depois toda a parede começou a tremer. Pedras caíram à nossa volta e temi ter cometido um erro terrível. Receando ser esmagada, me afastei com um salto e fui amparada pelo Dr. Hassan, que mal conseguia se manter de pé. Com um derradeiro e terrível ruído áspero, as últimas pedras saíram do caminho.

Ficamos ali parados, agarrados um ao outro e respirando com intensidade enquanto a poeira se assentava, e, quando isso aconteceu, ficamos ambos boquiabertos com a visão à nossa frente. O tesouro da primeira sala não era nada comparado ao que estivera escondido atrás da parede.

Uma opulência reluzente, incrustada de joias, cobria cada superfície. Estátuas em tamanho real de uma deusa-gata se postavam como fileiras de sentinelas, vigiando eternamente o gigantesco tesouro da sala. Meus olhos pousavam em tudo e em nada, incapazes de focalizar qualquer objeto ao se verem cercados por tanto esplendor.

Então algo se mexeu.

Diante de nós, sentada num trono dourado com raios de sol revestidos por fileiras de diamantes cintilantes, estava a mulher mais linda que eu já tinha visto. A princípio achei que era um truque dos meus olhos. Ela parecia imobilizada, uma ofuscante peça central num espaço indescritivelmente magnífico, e me perguntei se era uma imagem pintada ou uma estátua em tamanho natural. Então ouvi uma gargalhada e a mulher ergueu a mão e fez sinal para que nos aproximássemos.

Seu cabelo sedoso e escuro descia reto feito uma flecha até a base das costas. Ela usava um vestido branco diáfano que franzia na cintura e depois caía ao longo do corpo no estilo de uma deusa egípcia. Argolas douradas envolviam seus braços e pulsos, e sandálias douradas muito parecidas com as minhas adornavam-lhe os pés. Ela sorriu para mim e fiquei hipnotizada por seus lábios de rubi e os olhos com cílios espessos, que pareciam acesos com as cores de uma nebulosa turbulenta.

Não pude falar nem andar quando ela novamente pediu que nos aproximássemos. O Dr. Hassan parecia sofrer da mesma aflição. Era como se ambos estivéssemos enraizados. Absolutamente paralisados.

Como não nos movêssemos do lugar, ela decidiu vir até nós, porque então se levantou e percebi que os raios dourados do sol se irradiando do trono não eram isso. Eles se moveram junto com ela, elevando-se e estendendo-se para abarcar todo o corpo da mulher.

– Ísis – ofegou o Dr. Hassan num sussurro de reverência, e eu sabia que ele estava certo.

Era a própria deusa. A que havia inspirado o encantamento de Amon que conectava nossos corações.

E ela possuía... asas.

O encantamento de Ísis

Isis não parecia se incomodar com meu olhar confuso nem com minha absoluta incapacidade de pensar em alguma coisa ao menos remotamente adequada para dizer. Eu estava embasbacada. Só conseguia ficar ali parada, soltando gemidos. Havia algo especial nela, e não era simplesmente o fato de ser imortal. Ela possuía um astral muito diferente do de Anúbis, que era sombrio e misterioso e, com o ego inflado, podia parecer uma espécie de deus do rock temperamental. Ele era muito mais... humano.

Ísis era uma deusa da cabeça aos pés. O poder emanava dela. Estava em seus olhos, em sua postura, em cada movimento ágil de membros e asas. Talvez porque ela fosse mais do que uma deusa. Era uma feiticeira, também, capaz de exercer o tipo de magia que intimidava alguém tão poderoso quanto Anúbis. Enquanto ela se aproximava, senti um misto terrível, quase embriagante, de reverência e medo.

O vestido diáfano sussurrava em torno de seu corpo, as asas se deslocando antes de se dobrar. Quando ela falou, a voz intensa ecoou na sala como se o vento fosse um amante ciumento que desejasse capturar suas palavras para si próprio e proclamar a todos que ela pertencia somente a ele. Uma mulher como Ísis seria capaz de intimidar até mesmo minha mãe, e isso não era pouca coisa.

– Olá – disse a deusa. – Você deve ser Lilliana.

– Lily – corrigi, e imediatamente mordi o lábio inferior, percebendo que tinha acabado de dar uma péssima primeira impressão. Eu podia ser melhor que isso; tinha passado a vida toda sendo treinada para saber falar com gente importante mesmo quando estivesse nervosa.

Mas Ísis não pareceu se importar e sorriu.

– *Lily*, então. Anúbis falou muito de você. – Eu não sabia se isso era bom ou ruim, e minha mente começou a fazer uma lista das possíveis histórias que ele teria contado. – Venha – chamou. – Deixe-me olhar para você.

Ísis estendeu as mãos e eu permiti que ela segurasse as minhas. De perto, seus olhos eram mais interessantes ainda. De longe eu tinha notado como brilhavam e como as cores mudavam dentro deles. Mas agora que estava bem perto pude ver os tons de rosa, violeta e azul em redemoinho como uma nuvem de tempestade carregada com uma ameaça sinistra, potencialmente mortal, escondida sob a superfície, à espera de ser liberada. Eu odiaria ser objeto de sua fúria. Aqueles olhos únicos estavam concentrados no meu rosto com tanta intensidade que eu me perguntei o que ela estaria procurando e o que seria capaz de ver.

– Humm – disse ela. – É como Anúbis pensou. Amon usou mesmo meu encantamento para ligar vocês dois. Devo admitir que tinha dúvidas. Cá entre nós, às vezes Anúbis tem uma tendência ao exagero. Mas agora vejo que ele estava certo e que de fato não há outra saída além de permitir que você tente passar pelo Rito de Wasret.

– E é isso que vai me transformar numa esfinge?

– Se você tiver sucesso, sim.

– A senhora é quem vai fazer o encantamento?

– Você conseguiu passar pelo teste das charadas, então obteve o direito a ele.

– E o que o encantamento... vai fazer comigo, exatamente?

A deusa ajeitou um cacho de cabelos sobre o meu ombro, de um jeito muito maternal.

– Vai transformar você completamente, imagino. Isto é, se você sobreviver à transformação.

Ísis deu tapinhas no meu rosto, virou-se e retornou ao trono dourado. Deve ter sentido que achei sua resposta muito pouco satisfatória, porque balançou a mão e acrescentou:

– Você ainda será você... *em grande parte*. E, se quiser, pode residir entre os mortais sem que qualquer um deles perceba, se é isso que a preocupa. Mas não se iluda: este é o único modo de salvar quem você ama.

Franzi a testa, repassando as palavras *tente, em grande parte* e *sobreviver*. Não foi minha vaidade que instigou a pergunta. A ideia de me transformar numa fera, num monstro, em alguma coisa não humana, era apavorante. Mas, no minuto em que ela mencionou que esse era o único modo de salvar Amon, eu soube que iria em frente, fosse qual fosse o resultado.

Pensar em Amon fez com que minha reverência e minha cautela natural ao conversar com alguém que poderia se livrar de mim como de um inseto irritante fossem substituídas pela incerteza e pela frustração. Todo esse processo estava demorando demais. Agora que eu tinha decidido que o cumpriria, cada momento que passava tornava mais provável que a Devoradora encontrasse Amon e consumisse seu coração.

Fui até o trono.

– Se precisava nos entregar o encantamento de qualquer modo, por que a senhora e Anúbis fizeram com que viéssemos aqui? Desperdiçamos horas vindo de carro até Luxor, e mais horas ainda tentando decifrar suas charadas, quando a senhora poderia simplesmente ter entregado a porcaria do encantamento, para começo de conversa. – Cruzei os braços. – Parece que vocês todos não se incomodam muito com o possível fim do mundo, e certamente a senhora não parece muito preocupada com Amon nem com o sofrimento dele.

– Lily! – O Dr. Hassan deu um passo à frente e pousou a mão no meu ombro, o rosto mostrando o pânico que sentia. – Não se esqueça de com quem está falando.

A deusa, novamente acomodada no trono, tinha ouvido minhas acusações sem qualquer reação visível. Quando terminei, ela ergueu uma sobrancelha e disse:

– Claro que a possibilidade do fim da humanidade nos preocupa. Nós cuidamos do mundo durante milênios e vamos continuar fazendo isso. É nosso dever. E nosso direito. Apesar de termos habilidades que parecem onipotentes para uma mortal como você, existem restrições para cada um de nós. Temos um procedimento para, como vocês dizem... – ela agitou a mão no ar, como se procurasse a palavra exata – ... estabelecer uma separação de poderes. Até mesmo *nós* precisamos seguir as regras. – Esta última frase ela disse franzindo a testa.

– Espantoso! – murmurou Hassan ao meu lado.

– Sim – prosseguiu Ísis. – Antes que essas regras fossem estabelecidas, os deuses tinham liberdade para fazer o que quisessem. Às vezes, devido à má avaliação, essa falta de estrutura provocava grandes sofrimentos e perdas humanas. É necessário que nós monitoremos uns aos outros. Afinal, como poderíamos guiar a humanidade se nossa própria casa não estivesse em ordem?

– Mas, se vocês tinham leis, por que Seth pôde matar seu marido? Seria porque na época não existiam diretrizes dizendo que ele não deveria fazer isso? – questionei.

– A maior parte das nossas leis tem a ver com a interferência no mundo mortal. As ações de Seth representaram a primeira vez que um deus atacou outro de sua espécie. Seth foi... repreendido depois de matar meu marido, porém o conselho dos deuses decidiu que, como eu tinha desafiado a ordem natural recriando Osíris, bastava aplicar um leve castigo a Seth. Mas depois que ele tentou assassinar meu filho, Hórus, além de sua tentativa de escravizar a humanidade durante a vida mortal dos Filhos do Egito, todos os deuses concordaram com seu banimento e fizeram um pacto de seguir um conjunto de diretrizes que chamamos de Leis Celestiais.

Com uma energia efervescente se derramando, o Dr. Hassan perguntou:

– Será que existe um registro dessa lista de Leis Celestiais?

– Não que você possa acessar. As leis estão escritas nas próprias estrelas e, como elas sempre brilham sobre nós, costumam denunciar quando um dos deuses tenta fazer qualquer coisa considerada inadequada. Somente alguns de nós conseguem ouvir os sussurros delas. Nenhum mortal jamais desenvolveu esse talento.

O rosto do Dr. Hassan murchou. Minutos antes ele parecia uma criança indo para uma sorveteria, com os olhos cintilando de possibilidades, só para descobrir que a loja havia fechado. Mesmo assim, o brilho de determinação retornou e eu tive certeza de que, se havia um modo de um mortal discernir a linguagem das estrelas e aprender as leis do Cosmo, ele iria descobri-lo.

Quanto a mim, não tinha certeza do que pensar de estrelas que espiavam deuses e mortais. Não fazia sentido. Mas, afinal de contas, deuses, monstros, e praticamente todo o resto que eu tinha visto desde que conhecera Amon também não faziam sentido.

Curiosa, perguntei:

– Bom. A senhora desafiou a ordem. Como?

Isis me dirigiu um sorriso maroto.

– Eu distorci as regras. – Ela fez uma pausa, como se esperasse minha apreciação por sua esperteza. – Convoquei Anúbis para ajudar a refazer meu marido, um ato que era proibido pelo conselho, mas, como fundi a forma dele com a do crocodilo que o devorou, ele não era inteiramente Osíris. Era totalmente novo. Osíris ainda era meu, e continuava a ser ele mesmo, no entanto nem eles podiam negar a prova de que sua forma havia mudado. E assim permitiram.

Mais do que preparada para terminar a conversa, perguntei:

– A senhora vai me dizer como fazer isso? Quero dizer, como entrar no além?

Ísis estreitou os olhos e balançou as asas antes de acomodá-las de novo às costas.

– Ainda que eu esteja inclinada a ajudá-la, Amon-Rá provavelmente lhe causaria mais problemas se soubesse que estou do seu lado. É melhor nos concentrarmos em uma coisa de cada vez, não concorda?

– Eu... acho que sim.

– Você deve entender que, para conseguir se aproximar de Amon-Rá, precisará primeiro passar pelo teste.

– Teste? Achei que tínhamos resolvido todas as charadas.

– As charadas não são o teste. São apenas a primeira de várias provas. Agora você ganhou a oportunidade de tentar o ritual. Sobreviva a isso e aí você poderá se preocupar com Amon-Rá.

– Ótimo. Então exatamente o que preciso fazer?

– Paciência. Para entender o Rito de Wasret você vai precisar compreender por que eu o criei.

Levantei as sobrancelhas.

– A senhora o criou?

– Sim. É um encantamento do qual tenho muito orgulho, apesar do resultado original. Foi um que os deuses não previram. Daí todas as regras e enigmas que hoje estão associados a ele.

– Certo. Então diga.

Quando ela mudou ligeiramente de posição no trono, tive a impressão de que a deusa estava pouco à vontade. Ela alisou a saia e deu um suspiro antes de continuar:

– Eu o criei para transformar uma mortal, uma de minhas criadas, de quem eu não queria me separar quando ela sofreu um ferimento fatal. Conspirei com minha irmã Sekhmet – ela indicou as estátuas das gatas guardiãs enfileiradas na sala – para lhe dar a imortalidade. Assim que o encantamento foi feito, os outros descobriram que tínhamos usado magia. Para impedir tentativas ineptas de imitar isso e controlar quaisquer ideias futuras que eu tivesse de repetir o ato, a Sala dos Enigmas foi criada. Seu propósito era garantir o merecimento de quem procurasse o mesmo dom. Nenhum outro humano conseguiu desvendar a sala até vocês. A maioria dos que a encontraram ficou distraída demais com o tesouro e acabou descobrindo que pôr as mãos nele levava à morte prematura.

– A senhora subestima a curiosidade dos mortais – disse o Dr. Hassan, passando o chapéu de uma mão para outra, ansioso. – Existem aqueles de nós que buscam mais do que tesouros.

– Sim. Existem uns poucos, mas não muitos com o seu talento, vizir. Quando os devotados como você tentaram acessar o rito secreto e fracassaram, também foram descartados.

– Então os outros deuses ficaram insatisfeitos com a transformação da sua serviçal? – perguntei.

Uma leve tristeza cobriu suas lindas feições.

– Eles não têm a mente tão aberta quanto a minha. Acreditam que a condição em que nascemos é a única à qual deveríamos aspirar. Se não fosse por mim, os Filhos do Egito não existiriam. Fui eu que convenci os deuses a agir e recompensar os três dignos mortais com nosso poder. Se não tivéssemos feito isso, seríamos obrigados a intervir e lidar com Seth sozinhos. Um ato assim acabaria drenando nossas energias, deixando-nos incapazes de cumprir nossos deveres.

Ísis sorriu, como se eu fosse entender completamente seu ponto de vista. A indiferença que senti nela com relação às coisas que Amon e seus irmãos precisaram suportar me deixou irritada.

– Então foi *a senhora* que deu um jeito para que Asten, Amon e Ahmose tivessem de morrer de novo e de novo? Eles não podem se apaixonar, ser maridos, pais ou ter uma vida normal por sua causa? É injusto dar a eles a tarefa de arrumar a bagunça só porque isso é inconveniente para vocês! A senhora ao menos *perguntou* se era isso que eles queriam?

A deusa inclinou a cabeça. O canto de sua boca havia se levantado ou porque ela estava pensando no que eu tinha dito, ou porque achava que eu era uma espécie de inseto curioso que precisava ser esmagado. Fosse o que fosse, fiquei ofendida. Eu sentia uma raiva justificada percorrer minhas veias.

– Os Filhos do Egito tiveram uma escolha. Eles podiam partir para o além e esperar seus parentes ou poderiam retornar por períodos de tempo supostamente breves para servir aos deuses. Eles escolheram a segunda opção.

– Não creio que eles tenham entendido de verdade o que vocês estavam pedindo.

– E você, Lily? Entende o que está sendo pedido? Está disposta a mudar a própria fibra do seu ser para salvar quem você ama? – Eu me remexi um pouco sob seu olhar, mas mantive o queixo erguido num esforço de desafiá-la. – Eu consigo ver seu coração, minha jovem, assim como pude ver o deles. Eles eram dignos da dádiva. Não importa se você a chama de bênção ou maldição. Eles estavam dispostos e nós encontramos uma utilidade para eles.

– Assim como a senhora usou sua criada?

A raiva cruzou as feições de Ísis, mas seus sinais desapareceram rapidamente.

– Você não sabe do que está falando. Baniti estava morrendo. Era uma coisa dolorosa. Quando eu a transformei em esfinge, queria que isso fosse um presente para uma criada amada.

– O que... o que aconteceu com ela?

– Baniti não conseguiu aceitar a nova vida. Não teve coragem para isso. Veja bem, uma esfinge tem um coração duplo por natureza. A mente dela se fragmentou e Baniti não conseguiu conciliar a mulher que ela havia sido com a criatura que precisava abraçar. As histórias de esfinges devorando homens são verdadeiras, se bem que não porque eles não pudessem decifrar um enigma. Caçadores a perseguiam, a encurralavam em cavernas.

A deusa fez uma pausa antes de continuar:

– Ela era quase selvagem, feroz; qualquer humanidade que lhe restasse foi eclipsada pelo animal. Sua única opção era contra-atacar. E, quando sentiu cheiro de sangue, a outra metade tomou conta. Ela sentia-se horrorizada com o que era e acabou procurando o próprio fim, embora a morte, a não ser em circunstâncias muito raras, não fosse mais uma opção. Por fim, incapaz de cuidar dela sozinha, procurei o conselho, confessei o que tinha feito e esperei a decisão. Eles concederam o que ela procurava. A própria morte.

– Então por que manter o rito, afinal? Por que não erradicar todas as evidências de que ele tinha sido realizado?

– Porque as estrelas disseram que iríamos precisar dele – respondeu com simplicidade.

– Como assim? – perguntou o Dr. Hassan. – As estrelas sabiam sobre Lily?

– Sobre Lily, não, mas não ousamos questionar o que as estrelas viram. Isso pode significar que Lily é o motivo. Pode significar outra coisa ou outra pessoa. Pode não significar nada. As coisas que as estrelas sussurram nem sempre são claras. Mas, qualquer que seja o caso, os deuses optaram por não apagar todas as evidências do encantamento, para o caso de as estrelas estarem certas.

– Sei. Bem. – Chutei uma pedrinha com minha sandália dourada. – Para mim só importa salvar Amon. Não acho bom que todos esses rituaizinhos de vocês demorem tanto.

– Ah, Lily. Como seus olhos mortais veem pouco! Se abríssemos mão dos rituais, iríamos mandá-la despreparada para a perdição garantida. Cada passo que você dá é necessário. Cada obstáculo a torna mais forte. O aço temperado não se quebra com facilidade. Você precisa acreditar que estamos lhe dando a melhor chance. Lembre-se de que mesmo no mundo dos mortos existem certas regras e limitações.

– Como a que diz que a senhora não tem permissão de intervir.

– Correto. Tente não se preocupar demais; se a Devoradora o tivesse nas garras, nós saberíamos. E, além do mais, o processo de drená-lo não é uma coisa rápida. Ela iria agir com toda a calma. Por causa disso, quero que você entenda a importância do que está fazendo. Este encantamento não é fácil. Você será testada e, mesmo que tenha sucesso, precisará de algum tempo para se habituar ao seu novo eu. Você deve ter a mente firme. Concentrar o olhar no objetivo. E, acima de tudo, deve abrir o coração. Caso contrário, pode se perder, como minha criada Baniti.

– E a senhora tem certeza de que esse é o único modo de salvá-lo?

– É o único que eu conheço.

Engolindo em seco, confirmei com a cabeça.

– Então vejamos se podemos fazer alguma coisa para ajudar Amon.

As asas da deusa se agitaram e ela sorriu.

– Vizir, está pronto para receber o encantamento?

– Estou – respondeu ele. – Mas tenho uma pergunta antes de começarmos.

– Qual é?

– Por que Wasret? O rito não deveria ter o nome de sua criada, Baniti?

– O que você sabe sobre Wasret? – perguntou Ísis.

– Sei que era uma deusa do Egito cuja maior parte dos adoradores se concentrava em Tebas. Sei que foi encarregada de proteger seu filho, Hórus, e que, segundo boatos, foi a primeira esposa de Amon-Rá.

– Humm. É interessante ver como as verdades se misturam até ficarem praticamente irreconhecíveis. A referência ao meu filho tinha a ver, na verdade, com Baniti. Ela foi a ama de leite dele. O motivo de Tebas fazer parte da história é porque essa foi a cidade onde ela nasceu e é a cidade onde eu honrei sua morte, criando um templo guardado por estátuas de esfinges. Mas essas referências são a Baniti, e não a Wasret. Veja bem, Wasret, a pessoa que supostamente foi a primeira esposa de Amon-Rá, a pessoa para quem este ritual permaneceu na Terra, é uma pessoa que nem havia nascido no tempo em que seu nome foi inscrito na parede. É o nome que as estrelas sussurraram a nós no correr das eras.

– Então as inscrições que encontramos falando de Wasret são sobre duas pessoas diferentes – murmurou o Dr. Hassan.

Ísis admirou um anel reluzente em seu dedo enquanto perguntava ao Dr. Hassan:

– Vocês encontraram duas versões da esfinge gravadas nestas paredes, não foi?

– Sim, encontramos – admitiu ele.

– Elas não representam dois tipos diferentes de esfinges, e sim duas pessoas diferentes. Uma era Baniti, que nasceu e morreu há milhares de anos, e a outra, Wasret, está perto de você agora. Presumindo, claro, que Lily seja mesmo quem estávamos esperando.

Levantei a mão.

– Espere um segundo. A senhora está dizendo que *eu* sou, ou posso ser, Wasret? A mulher-deusa que o Dr. Hassan descreveu?

– É exatamente o que estou dizendo.

– Então a senhora suspeitou disso a meu respeito o tempo todo? Sabia quem eu sou e o que deveria fazer?

– Como eu disse, nós sabíamos que chegaria um momento em que o encantamento poderia ser necessário. Só não sabíamos quando as circunstâncias iriam se apresentar. Até o momento em que Amon entrou no mundo dos mortos, não esperávamos que você fosse qualquer coisa além de um flerte mortal.

– Amon e eu não... – agitei as mãos no ar, aturdida – ... tivemos um "flerte".

– Isso é irrelevante. Sabíamos que alguém como você iria existir, e os adivinhos e videntes capazes de entender os sussurros escreveram o que captaram nas estrelas, que não foi muito. As estrelas são instáveis demais quando se trata de revelar segredos, até mesmo para os deuses.

Um pequeno tremor me percorreu. Eu provavelmente jamais voltaria a olhar do mesmo modo para as estrelas. Agora só podia visualizá-las como intrometidas e fofoqueiras com um bilhão de olhos e que agitavam as línguas de prata sussurrando charadas para quem quisesse escutar. Durante toda a minha vida elas tinham olhado por cima dos meus ombros. A sensação era inquietante.

– Então a senhora está dizendo que, de algum modo, eu estou destinada a fazer isso, presumindo que todos vocês estejam certos.

– É uma declaração rudimentar, mas não totalmente inexata.

– Fantástico. Bom, então vamos desenrolar esse novelo mortal e fazer o que for preciso. Não adianta ficar lamentando meu triste fim humano. Pelo jeito, um destino foi escrito nas estrelas há milênios. Só esperemos que seja o meu. Caso contrário, vamos todos nos machucar um bocado. Especialmente eu.

Eu estava falando sem parar, querendo esconder o medo. Quando terminei, fiquei andando pela sala, meio em transe, passando as mãos nas estátuas como se elas fossem budas carecas que eu estivesse esfregando para dar sorte, enquanto Ísis ensinava o encantamento ao Dr. Hassan e lhe dava instruções.

Ela pareceu encerrar tudo depressa demais. Meus pensamentos eram uma confusão só, quase tão audíveis quanto uma serra circular cortando madeira. Mordi o lábio quando Ísis virou seus olhos de tempestade para mim e senti medo de que ela visse meu coração trepidar. Se viu, não disse nada, mas estendeu os braços, enquanto as asas se abriam totalmente.

O Dr. Hassan estivera enfiando várias coisas em sua bolsa, e a mais impressionante era um arco preto e brilhante de óleo que se projetava da abertura. Era óbvio que agora havia muito mais itens ali dentro do que antes. Ele mal conseguiu colocá-la no ombro. O Dr. Hassan entrou no círculo dos braços dela e os dois estenderam as mãos, me puxando.

– Talvez ajude se você fechar os olhos – alertou Ísis enquanto suas asas pesadas começavam a bater.

Após esse aviso pouco realista, meu estômago se revirou quando nos alçamos e disparamos na direção do teto. Gritei ao batermos na pedra, mas passamos através dela como se fosse apenas uma nuvem escura e subimos pelo céu. Continuei a olhar até que a ardência do vento e a claridade da forma dela se tornaram insuportáveis.

Ísis era um anjo. Um relâmpago aterrorizante e luminoso que atravessou o céu com um estrondo de trovão tão alto que o firmamento estalou. Como um cometa fugaz e fantasmagórico, feroz, ofuscante e evanescente, passamos por cidades e fazendas, desertos e montanhas. Tudo que eu podia fazer era me manter agarrada a ela com força e me perguntar o que seria feito de mim.

Caçadora

Meu estômago tornou a se revirar enquanto caíamos, e fiquei sem ar quando ela me ajeitou como uma boneca de trapos em seus braços ao me posicionar para o pouso. Com mais algumas batidas vigorosas de suas asas, os dedos de nossos pés abriram pequenos sulcos na terra até encontrarem apoio numa pequena colina coberta de grama. A areia se agitou à nossa volta, fazendo a pele formigar, e então Ísis acomodou as asas reluzentes atrás do corpo.

– Chegamos – declarou.

– Chegamos aonde? – perguntei enquanto espanava a poeira dos braços e sacudia o vestido.

Quando passei as mãos nos cabelos, fiz uma careta. Estavam revoltos, embaraçados e sujos. Joguei aquela juba por cima dos ombros e olhei em volta. Num raio de quilômetros não havia nada além de árvores esparsas, aves voando em círculos e o som de insetos.

– No mundo mortal isto é uma parte do que você chamaria de África, mas você jamais conseguiria encontrar o local exato se procurasse. Estamos no território sagrado da esfinge. O lugar onde você encontrará seu coração.

– Eu já não tenho um?

– Você precisa de um segundo coração. Lembre-se, a esfinge tem dois.

– Certo, então preciso achar um coração, e depois?

– Ah, não é você quem a encontra. Ela encontra você.

– Ok. *Ela* me encontra. – Nervosa, arrastei o pé calçado com a sandália por um trecho de grama. – Então, quem está me procurando, exatamente?

– Por enquanto, ninguém. Primeiro o vizir precisa dizer as palavras do encantamento. À medida que o poder delas cair sobre você, ela vai farejar sua intenção e virá atrás.

– Me *farejar*? – A conversa estava seguindo um caminho desagradável. – Se o voo já não tivesse me deixado ansiosa, essa sua explicação enigmática sem dúvida deixou.

– Você não precisa se afligir. Se ela a considerar digna, vai lhe dar o coração.

– E se não considerar?

– Então vai devorar você.

– Ah. Só isso? Claro. Não há nenhum motivo para me afligir.

Levei os dedos à boca e comecei a roer as unhas, nervosa. Desde minha última aventura com Amon, elas ainda não tinham voltado à forma bem cuidada de antes.

Vendo meu estado lamentável, o Dr. Hassan interveio:

– O próximo passo é o encantamento, não é?

– É. Assim que o encantamento for pronunciado sobre a cabeça de Lily, ela irá se tornar ao mesmo tempo a caçadora e a caça. Você irá esperá-la aqui. Se ela sobreviver, você lhe dará as armas tiradas da Sala dos Enigmas. Lembre--se: Wasret é uma esfinge, mas nem todas as esfinges são Wasret. Ainda que não seja a ela que as estrelas se referiram, talvez ela ainda seja capaz de salvar o amado. Mas, se não retornar...

– Então estamos todos perdidos – terminou o Dr. Hassan.

– Sim – confirmou Ísis baixinho.

Seus olhos de tempestade se voltaram para mim.

– Como vamos saber se era ela na profecia? – perguntou o Dr. Hassan.

A deusa sorriu.

– O tempo dirá. Que a sorte esteja com você, Lily. Pelo seu bem, eu lhe desejo sucesso.

Só pude assentir com a cabeça em resposta enquanto tentava reprimir a careta que atravessava meu rosto no lugar do sorriso. Ísis sacudiu as asas, mas, quando se preparava para decolar, disse:

– Ah. Quase esqueci.

Estendendo as asas em volta do corpo, piscou rapidamente, os olhos lindos se enchendo de lágrimas que ela então recolheu com a ponta da asa. O procedi-mento pareceu objetivo e nem um pouco emotivo. Quando terminou, ela pegou uma pena cintilante de sua asa e a arrancou, sussurrando um encantamento.

– Segure isto enquanto o vizir pronuncia o encantamento – disse, antes de entregá-la a mim. – Fiz uma pequena melhoria desde a última vez que o encanto foi usado. As lágrimas vão protegê-la de qualquer criatura que eu possa comandar, mas, assim que elas se esgotarem, você não terá mais meu escudo e precisará contar com a própria força. Use as lágrimas com parcimônia. Quanto ao restante... – Ela sorriu. – Estou guardando para uma surpresa.

Então voltou-se para o Dr. Hassan.

– Presumo que você será totalmente capaz de instruí-la nos caminhos da esfinge. Rezemos para que a mente dela seja firme.

– Farei o melhor que puder, Deusa.

– Faça mesmo.

Com isso, Ísis levantou os braços em direção ao leste, onde o sol estava começando a espiar por cima do horizonte, e todo o seu corpo se encheu de luz. Senti um vento forte agitar a grama à nossa volta enquanto a forma da deusa subia no céu. Apesar de eu proteger os olhos para observá-la, seu caminho se alinhou com o sol e logo eu não consegui mais distinguir a diferença entre os dois. Ela se foi.

Girei entre os dedos a pena reluzente que ela havia deixado.

– Há uma imensa lista de *ses* antes de eu chegar até Amon, não?

– Sim. Essa jornada parece meio complicada.

– Nem me fale.

O Dr. Hassan pigarreou.

– Vamos começar?

– Acho que devemos. Há uma fera terrível e desconhecida por aí esperando para me caçar. – Ele emitiu um som ao passar a palma da mão no pescoço. Estava preocupado. – Ei, apesar do meu óbvio desconforto, eu me ofereci, lembra? Eu *quero* fazer isso. Vou ficar bem. Especialmente porque o senhor é quem vai me preparar.

Ele me lançou um olhar de dúvida, mas obedientemente pegou o caderno e começou o encantamento. Enquanto entoava as palavras, caminhava ao meu redor:

Aqui, no Território Sagrado da Esfinge, fazemos um pedido.
Lilliana Young vem de dia, depois de caminhar nos passos dos deuses.
Seus feitos são prodigiosos e foram registrados nos anais do Cosmo.
Ela é a Caça e chega armada de força e pureza,
Procurando a Caçadora que espera de dentes e garras à mostra,
Aquela que Dança no Sangue e se Alimenta de Corações...

Isso não estava soando nada bem. Por que os encantamentos egípcios não podiam falar de cachorrinhos, chocolate e unicórnios? Cada encantamento que eu havia encontrado desde que conhecera Amon tinha a ver com sangue, múmias e morte. Certo, eu estava tecnicamente apaixonada por uma múmia, de modo que parte disso era de esperar, mas por que nenhuma das minhas aventuras egípcias tipo Indiana Jones podia ser divertida? Alguma coisa sobre a qual eu pudesse escrever num trabalho de faculdade?

O Dr. Hassan prosseguiu em tom monocórdio e eu consegui me concentrar outra vez:

Aquela que será sua acompanhante até o outro lado,
Esta é a hora de seus caminhos se cruzarem.
Ambas são dignas.
Ambas são enobrecidas pelos deuses.
Ambas realizaram feitos que provam seu valor.
Caçadora, deixe sua alma aparecer e não se afaste.
Caça, vista-se com o poder de sua companheira e não tema seu abraço.
Fundam seus passados. Compartilhem os amanhãs.
Duas almas combatentes vivendo num só corpo.
Nenhuma das duas será esquecida.
Hoje elas são unidas.
Hoje estão limpas de tudo.
Hoje morrem e renascem.

Espere aí. Ele disse "morrem"?

Respirem juntas. Cacem juntas. Lutem juntas.
Aquela que não fala, encontre sua voz interior.
Aquela que não vê, encontre sua visão real.
Venha encontrar seu par, ó guardiã da planície!

Quando o Dr. Hassan entoou o último verso, sua voz ecoava, emanando poder. Eu podia sentir o encantamento baixando sobre mim como uma coisa tangível. Ao encontrar seu lugar em meu coração, ele afundou. Como uma pedra pesada num lago, seu peso provocou ondulações que percorreram minha pele e dispararam pelo ar, como se eu fosse o epicentro de um terremoto invisível.

A pena que eu segurava saltou no ar, livre, como se tivesse vontade própria, e começou a flutuar na minha frente. Então o vento a encontrou e, alarmada, estendi a mão para pegá-la, mas ela me escapou. Demorei apenas um instante para perceber que seus movimentos eram propositais. Ela ganhou velocidade e girou ao redor do meu corpo, cada vez mais rápido, até que senti uma dor aguda nas costas. Lágrimas queimaram meus olhos, minha visão tingiu-se de vermelho. Virei-me.

– Onde ela está? – perguntei ao Dr. Hassan. – Para onde foi a pena?

– Ela... hã... desapareceu.

– Desapareceu? Como assim desapareceu?

– A pena de Ísis foi absorvida pelas suas costas.

– Pelas minhas... – Fiquei imóvel por um momento, esperando o resultado daquilo. Minhas costas latejavam junto com meu coração. Subitamente desesperada, girei num movimento brusco, levando a mão às costas e tentando olhar por cima do ombro, mas as pontas dos dedos não encontraram nada. De novo me perguntei por que tive de fazer uma coisa idiota como me apaixonar por uma múmia.

Num relacionamento normal eu só precisaria emprestar algum dinheiro ao cara, dar uma carona ou ajudar com o dever de casa quando ele se encrencasse. Com Amon eu precisava voar com deusas, me defender de avanços amorosos de divindades e ser caçada por superferas. Mesmo assim, eu sabia, no fundo do coração, que arriscaria qualquer coisa por ele. A chance de estar de novo com Amon valia cada sacrifício que me pediam.

Ao tirar a mão do ombro, meu olhar se fixou na ponta dos dedos. As linhas e espirais ali ganharam mais foco e eu pude ver o sangue circulando nas veias minúsculas logo abaixo da superfície.

– O que é isso? – sussurrei.

De repente, estava ultraconsciente de que meus sentidos tinham sido intensificados pelo encantamento. O pio dos pássaros me assustou. Senti o peso de uma colônia de cupins a mais de um quilômetro de distância e o cheiro de um rio cheio de criaturas selvagens. Fechei os olhos e inalei profundamente.

Havia alguma coisa por ali.

Uma coisa poderosa.

Uma coisa perigosa.

Eu podia sentir seu gosto metálico ao passar a língua pelos dentes. Virando-me para o Dr. Hassan, flexionei os músculos das costas e dos ombros, aquecendo-os, ainda sem saber com que propósito.

– O que devo fazer agora?

Apesar de ter feito a pergunta, um desejo recém-despertado já estava me puxando com cordões invisíveis. Havia alguma coisa, alguém, que eu precisava encontrar, e não era Amon.

O Dr. Hassan me dirigiu um sorriso hesitante.

– Você precisa ir, Lily. Vou esperá-la aqui pelo tempo que me for possível.

– Está bem – respondi, apesar de a voz parecer totalmente diferente da minha e de meus pensamentos parecerem turvos.

– Siga seus instintos – disse ele por fim. Quando baixei a mão para pegar uma bolsa, ele balançou a cabeça. – Você não deve levar nada. Nem água. Você vai ser testada.

Engoli em seco, já sedenta diante da ideia de que andaria pela savana africana sem nenhum suprimento. Apesar da minha determinação, lágrimas encheram meus olhos. Somente com grande esforço evitei que elas caíssem. Amon precisava de mim. Eu era capaz de fazer isso.

Ergui o rosto para o sol e inalei profundamente, tanto para me firmar quanto para tentar perceber a direção em que precisava ir. A luz estava cor-de-rosa por trás das pálpebras fechadas e, ao me abrir para os sons e cheiros à minha volta, alguma coisa atraiu minha atenção, um ruído distinto, como a batida de um tambor distante.

– Lily? – ouvi o Dr. Hassan chamar.

– O que foi? – respondi, o queixo levantado e os olhos ainda bem fechados.

– É hora de correr.

Num instante todos os nervos do meu corpo ficaram em estado de alerta. Inclinando apenas a cabeça em sua direção, fiz um leve movimento de anuência e logo me vi correndo. Cambaleei por um momento quando minhas pernas se embolaram no tecido do vestido, então segurei a bainha no meio de um salto e a puxei para cima, prendendo-a com firmeza no cinto.

O ar enchia meus pulmões e eu o sorvia e soltava em grandes rajadas, pernas e braços se movimentando num ritmo constante. Logo o Dr. Hassan tornou-se apenas um pontinho no horizonte e fiquei surpresa ao descobrir que era capaz de saltar e me equilibrar tão bem quanto uma corça. Mesmo nunca tendo me considerado particularmente atlética e jamais tendo corrido com velocidade, o ritmo rápido não me deixou sem fôlego. Eu estava explodindo de energia e adorava a sensação dos músculos aquecidos e da poeira que cobria meus pés e sandálias.

O cabelo voava atrás de mim, a brisa agitando-o como uma crina de cavalo, e, embora eu fosse humana e frágil e corresse grande perigo, posso dizer honestamente que nunca tinha me sentido tão viva. Meus membros zumbiam e todas as preocupações ficaram de lado enquanto atravessava aquele território. Era uma criatura sem nada para provar e sem ninguém a quem prestar contas. Eu era livre.

Durante horas não parei. Mas, quando finalmente fiquei cansada, por instinto segui para o rio distante. Num determinado trecho havia uma pequena nascente que criava um regato onde poderia beber facilmente. Esgueirei-me no mato baixo perto do rio, ofegante, espiando entre as árvores esparsas e o capim alto, atenta a qualquer perigo. A cobertura era densa e eu estava bem escondida, mas esperei e observei até ter certeza de que ninguém e nada maior do que um esquilo estivesse por perto antes de me aventurar a deixar aquele esconderijo.

A princípio estendi as mãos em concha no riacho que cascateava e derramei as gotas na boca, mas isso não me satisfez. Olhei para os dois lados e, ainda não vendo nada, mergulhei o rosto inteiro na água, abrindo a boca e bebendo em grandes goles.

Parte da minha mente me atormentava com pensamentos de insetos, vermes e vários tipos de doença, mas aquela Lily, a garota de Nova York, não estava mais no comando. Eu estava com sede. Precisava beber. O rio estava cheio d'água. Eu gostava da simplicidade daquilo. Não havia dúvida. Nem hesitação. Só a necessidade e a satisfação da necessidade. O irritante eco de mim mesma era uma garota preocupada demais; enquanto bebia, permiti que todas as inquietações e os temores mesquinhos escorressem para o rio e fossem levados para longe.

Finalmente saciada, recuei e ajeitei o corpete do vestido molhado. A água era fresca e revigorante na pele quente e eu joguei o cabelo para trás, irritada com o peso dele nos ombros. Ouvi um barulho e me agachei, mal notando que as sandálias douradas agora estavam sujas de lama e a bainha do vestido e minhas pernas nuas estavam imundas.

Um trio de pequenos roedores tinha vindo beber no rio e minha barriga roncou. Imaginei por quanto tempo deveria andar pela savana. Será que teria de capturar minha comida, matá-la e cozinhá-la? Como faria uma fogueira? Talvez houvesse alguma vegetação comestível ou algum tipo de fruta.

Permaneci escondida perto do rio, por várias horas. Não havia como explicar, mas aquele parecia o lugar certo para ficar. Depois de uma hora tentando inutilmente pegar um peixe para comer, desisti e me resignei a passar a noite não somente sozinha em uma área selvagem, mas também com fome.

Depois de cavar uma pequena fenda nas pedras perto do rio, deitei-me no pequeno útero de terra e fiquei olhando as estrelas e ouvindo as criaturas da noite até que os sons constantes dos insetos embalaram meu sono.

– *Lily! Lily? Está me ouvindo?*

A urgência na voz dele arrastou meu eu do sonho para a consciência, embora a exaustão continuasse tentando me rebocar de novo para o esquecimento.

– *Amon? – sussurrei, grogue. – Como é que conseguimos fazer isso de novo?*

– *Lily? Que bom, você consegue me ouvir. Só podemos nos comunicar assim quando os dois estamos no mundo dos sonhos.*

Entreabri os olhos do meu eu do sonho, por pura determinação, e vi a forma de Amon dormindo com a cabeça descansando no braço. Um grande hematoma roxo enfeitava o lado exposto de seu rosto e a luz de uma fogueira dançava sobre sua pele. Eu ansiava por correr a mão por seu braço e beijar de leve sua têmpora, e até mesmo estiquei o braço para tentar tocá-lo, mas era inútil. Nossos eus do sonho não podiam se tocar. O esforço mental me exauriu e eu estava prestes a voltar para meu feliz mundo dos sonhos quando escutei Amon falar de novo:

– *Você precisa ficar acordada e ouvir, Lily. Sei que está cansada, mas isso é importante. Você não pode fazer isso. Está me entendendo? Não vou permitir que corra perigo por minha causa. De jeito nenhum.*

A intensidade de Amon dispersou a escuridão que oferecia um doce alívio.

– *Mas Ísis disse... – comecei.*

– *Confiar nos deuses é tolice. Eles só querem proteger a si mesmos. Eu vou ficar bem e prometo que vou arranjar um modo de esperar você, e vamos nos encontrar de novo quando chegar a hora de você passar para o próximo plano de existência. Isso só vai acontecer depois de você ter uma vida longa cheia de amor e experiências mortais. Você não deve pensar em mim nem em nada disto. Esse caminho que você está seguindo é perigoso demais.*

– *Mas é o único modo de salvar você. A Devoradora vai pegá-lo, Amon. Ela vai consumir seu coração e destruir o mundo. Não vou deixar que isso aconteça.*

Ele ficou em silêncio por um momento.

– *Me conte tudo que eles disseram – pediu.*

Repassei todos os detalhes que pude lembrar e no fim perguntei:

– *Amon? Ainda está aí?*

– *Estou aqui, Nehabet.*

– *Então você entende? Não se trata mais apenas de nós dois. Trata-se de proteger o mundo.*

– *Seria melhor se nós dois não tivéssemos nos encontrado – disse ele bai-*

xinho. – *Talvez então, mesmo que eu não estivesse feliz com minha tarefa, eu fosse ao menos complacente.*

Engoli em seco.

– *Você está mesmo arrependido de ter me conhecido?* – perguntei, quase com medo de ouvir a resposta.

– *Lily.* – Sua voz estava embargada e havia uma saudade tão grande, um desespero tão grande associado ao meu nome que seu peso esmagou meu coração.

– *Eu amo você, Amon, e também não tenho arrependimentos* – declarei. – *Isso inclui fazer o que preciso fazer agora. Vou encontrar um modo de chegar até você. Prometo.*

– *Se você está decidida a percorrer esse caminho, então não posso fazer nada para impedi-la.*

– *Mas preferiria que eu não fizesse isso.*

– *A perda do mundo inteiro tem menos importância para mim do que a perda de um único e adorável fio de cabelo seu.*

– *Amon.* – Seu nome soou como um suspiro e desejei que ele estivesse me abraçando. – *Eu tenho de fazer isso.*

– *Então vou vigiar e aconselhar você sempre que tiver oportunidade.*

– *Só fique vivo até eu chegar aí. Caso contrário, tudo isso terá sido por nada.*

– *Vou me esforçar.*

– *E você tem algum conselho para mim agora?*

– *Abrace seus instintos.*

– *Isso não é muito específico.*

– *Você vai entender quando chegar a hora.* – Senti que Amon queria falar mais alguma coisa mas não conseguia. Por fim ele disse: – *Queria estar com você. Proteger você. Sofro em saber que o perigo está à sua espreita.*

– *Acho que o perigo está mais atrás de você do que de mim.*

– *Não existe fera nem demônio mais aterrorizante do que o medo que sinto sabendo que não posso fazer nada para ajudá-la.*

– *Ísis me deu as próprias lágrimas. Elas devem me proteger pelo menos de alguns monstros.*

– *Sim.* – Ele suspirou. – *Mas somente dos que temem a ira dela. E, no mundo dos mortos, esses não são muitos.*

– *Se isso o faz se sentir melhor, eu também queria que você estivesse comigo.*

Por um momento ele não disse nada, pensando, depois murmurou:

– *Talvez eu possa estar.*

– *Verdade?* – perguntei, empolgada com essa perspectiva. – *Como?*

– *Para ser franco, não vou ser eu. Não de verdade. Mas, como estamos ligados, você pode usar meu poder para chamar Nebu.*

– *Nebu, o garanhão do deserto?*

– *Sim. Existe a possibilidade de Nebu não atender ao seu chamado, mas vale a pena tentar conseguir a proteção dele.*

– *Ok.*

Amon e eu treinamos o encantamento para chamar Nebu até que as palavras dele mudaram de advertências e instruções para promessas e desejos sussurrados que aqueceram meu coração.

Num determinado ponto, nossas mentes se afastaram, mas a lembrança de nossos pensamentos entrelaçados me sustentou durante o sono. Fui confortada pelo pensamento de que pelo menos dessa vez eu tinha dito que o amava. Não sei quantas horas se passaram, mas, quando senti uma mudança no ambiente, acordei imediatamente e vi que a lua crescente estava alta no céu, derramando sua luz fraca sobre a paisagem à medida que o alvorecer se aproximava.

Era hora. Minha pele latejava, a ansiedade vibrando nos ossos.

Levantei-me da cama de terra sem nem mesmo me incomodar em tirar os torrões do vestido e do cabelo e esfreguei as costas da mão na boca. As criaturas da noite haviam se recolhido e as do dia ainda não tinham acordado. Eu estava sozinha.

Depois de saciar a sede outra vez e ajeitar a saia para não tropeçar, pensei brevemente na direção que deveria seguir, mas, recorrendo a meus instintos, soube que precisava me dirigir ao sol nascente. O sol trazia a vida.

Corri.

O sol não se encontrava exatamente no zênite quando parei. Ligeiramente ofegante, examinei o horizonte em todas as direções, mas parecia que a planície estava deserta.

Eu sabia que não estava.

O capim alto e dourado fazia cócegas nos meus dedos e as hastes secas estalavam sob a sola das sandálias douradas. À esquerda, esquadrinhei um pequeno bosque com árvores em forma de guarda-chuva com folhas finas. À direita ficava um afloramento de rochas em tom de sépia que parecia deslocado na planície forrada de capim, como se um gigante as tivesse largado ali por acidente.

Quando me dirigi para as pedras, um vento mais forte soprou, fazendo o capim farfalhar e ecoar a voz de mil sussurros. Estava na metade do caminho quando percebi que havia algo errado. As pedras não eram o lugar para onde eu precisava ir. Parei, fechei os olhos e respirei fundo. Uma espécie de almíscar adocicado pinicou minhas narinas e me virei para o lado oposto. Cada passo que eu dava parecia solene.

O capim que balançava com o vento foi ficando mais esparso à medida que eu me aproximava das árvores. As folhas finas se sacudiram loucamente e depois ficaram imóveis, como se o vento estivesse prendendo o fôlego. Um zumbido como o de um milhão de cigarras e o ruído da natureza me distraíam e confundiam.

Meu coração batia forte no peito, como se sinalizasse para o que quer que estivesse à minha espera que eu estava ali e era vulnerável. Então, de repente, o zumbido reverberante cessou; o único som era minha respiração. Eu estava enraizada, completamente incapaz de me deslocar para trás ou para os lados e sem ousar dar mais um passo adiante. O único movimento que conseguia fazer era mudar o peso de um pé para outro, nervosa. Todos os meus sentidos estavam vivos e voltados para a coisa escondida no meio das árvores, que eu não podia ver.

Um leve movimento à esquerda atraiu minha atenção.

Reunindo toda a minha coragem, apertei os punhos e gritei:

– Por que não aparece, então? Sei que você está aí.

Um rugido tão profundo que ecoou no meu peito me assustou. Um sibilo veio de trás, junto com o som de arbustos secos sendo esmagados. Uma cauda castanha desapareceu atrás de uma árvore. Outro rosnado veio da minha esquerda e percebi que havia mais de uma criatura.

Corri.

O medo me corroía feito ácido e no entanto cada sentido estava intensificado, alerta. Feras que não tentavam mais ser discretas me cercavam e me acompanhavam, chegando mais perto a cada passo. A proximidade delas provocou arrepios nas minhas costas, mas eu não ousava me virar para olhar. Isso iria torná-las reais.

Eu já me encontrava no meio do círculo de árvores quando parei, derrapando. Se as criaturas atrás de mim eram amedrontadoras, não eram nada comparadas ao que me aguardava atrás da árvore grande no centro do bosque. A menos de dez metros encontrava-se o maior felino que eu já tinha visto. Seus olhos sonolentos se abriram de repente em estado de alerta. Ele agitou a cauda com um tufo na ponta, irritado, ao se levantar da sombra onde estivera cochilando.

Quando sacudiu a juba densa e impressionante, vários tons mais escura do que o pelo castanho, fiquei momentaneamente distraída pela poeira que flutuou nos raios do sol da tarde.

O leão imenso avançou, ganhando velocidade muito mais rapidamente do que eu esperava para um animal do seu tamanho, e parou bem à minha frente. Quando rugiu, a potência daquele som quase estourou meus tímpanos. Meu corpo inteiro se sacudiu em pânico e os abalos causados por seu rugido de advertência fizeram minha pele ondular.

Ele virou a cabeça de um lado para outro, abrindo a bocarra e mostrando os impressionantes dentes afiados. Outro rugido trovejante me informou que não apenas mais um felino se reunira a nós, mas vários outros que, juntos, formavam uma assembleia mortal. Pelo menos duas dúzias de fêmeas tinham se materializado saindo do capim alto em torno das árvores, e mais dois machos, ainda que menores do que aquele que me encarava, também se aproximaram do grupo.

Com todo o bando presente, começaram a andar de um lado para outro, rosnando e sibilando, esperando o sinal para atacar. O círculo da morte era apavorante, capaz de fazer o diabo largar o tridente e fugir, mas tudo que eu podia fazer era ficar ali tremendo e esperar que algo acontecesse.

Nada aconteceu.

Eu estava esperando um ataque, mas os leões pareciam esperar outra coisa. O macho levantou a cabeça e rugiu antes de dar um passo de lado, sinalizando que era hora de eu partir. Dei um passo hesitante e depois outro.

Quando cheguei ao limite das árvores, a pouco menos de quinhentos metros dali, e passei pela maior delas, ouvi um trovão. Ainda que não existisse nenhuma nuvem no céu, um zumbido de eletricidade eriçou os pelos minúsculos da minha nuca.

Virei-me para espiar o grupo, protegendo os olhos contra o sol, e ouvi o macho soltar um rugido. Ele repetiu isso três vezes antes que todas as fêmeas se sentassem. Todas menos uma. Ela avançou, cutucando-o com o focinho, mas ele manteve os olhos focados à frente. Em mim. Com um último rugido capaz de rachar os ouvidos, o macho deu um passo para trás e a fêmea respondeu. Antes que eu pudesse piscar, ela veio para mim a toda velocidade.

Um arquejo de horror escapou dos meus lábios, o coração acelerando. Dando meia-volta, corri sobre a crista de um morro ali perto e atravessei o terreno o mais rápido que minhas pernas conseguiam me carregar. Saltei por cima de uma árvore caída e, alguns segundos depois, ouvi as garras dela roçando a casca. Enfiando-me no mato, me desviei para um lado e para outro, desesperada para escapar da leoa que me perseguia, mas eu era uma presa desajeitada.

Se tivesse uma arma, talvez pudesse lutar. Ela estava quase em cima de mim. Quando tropecei numa pedra, suas garras riscaram toda a extensão do meu vestido e o pano rasgado voou atrás de mim, prendendo-se em galhos e arbustos. Quando atravessei correndo um riacho raso, ela saltou rapidamente para a outra margem, virando-se para me encarar. Agachou-se, os olhos dourados me avaliando, os membros poderosos se flexionando.

Se eu ia ser o jantar de um bando de leões famintos, pelo menos podia lhes dar trabalho antes disso.

Depois de chutar água na cara dela, girei e corri de volta na direção de onde tinha vindo. Minha respiração saía em lufadas pesadas e o estômago se contraía; eu sabia que a qualquer segundo sentiria as garras dela se cravando em minhas costas e seus dentes beijando minha garganta. Eu me desesperei, sabendo que morreria ali. Jamais encontraria Amon e jamais salvaria as pessoas que eu amava.

E me perguntei por quanto tempo o Dr. Hassan iria me esperar. Será que encontraria meus ossos roídos e me daria um enterro decente? Será que pelo menos saberia o que tinha acontecido comigo? Se ao menos eu pudesse ver Amon de novo antes de morrer! Sentir seu abraço mais uma vez. Pensar em Amon fez com que me lembrasse do que ele tinha dito na noite anterior. Ele me alertara para abraçar meus instintos. E o que dizia meu instinto?

Eu estava apavorada. Seria possível que essa leoa é que iria julgar meu valor? Eu estivera esperando uma esfinge de verdade ou algum tipo de monstro. Não um leão comum, normal. Talvez estivesse enganada com relação a tudo. Ísis tinha dito que, se eu fosse considerada indigna, meu coração seria consumido. O que eu deveria fazer?

Logo ficou óbvio que a leoa estava brincando comigo em vez de me liquidar. Com o sol descendo a oeste, eu sabia que não teria energia para continuar por muito tempo. As palavras do Dr. Hassan me voltaram então, sobre como se podia encontrar a morte no pôr do sol e a vida no leste. Eu estava indo para a morte.

Parando finalmente, virei-me para minha perseguidora. A leoa se deteve e rosnou baixinho, como se estivesse desapontada porque o camundongo com o qual estivera brincando perdera o interesse no jogo.

– Olhe, não sei se você é a resposta para este enigma – declarei. – Não sei se você só quer me exaurir ou se pretende mesmo me devorar, mas, seja como for, eu escolho viver. Não quero que meu coração seja comido.

Respirei fundo e continuei:

– Preciso salvar o mundo e preciso encontrar a criatura que vive em algum lugar por aqui e que vai compartilhar seu coração comigo para que eu vire uma esfinge e faça o serviço. Se for você, tudo bem, vamos logo com isso. Se não for, então eu gostaria muito de ser deixada em paz para poder encontrar a caçadora.

A leoa sentou-se nas patas traseiras, a cauda balançando de um lado para outro. Então, de súbito, ela saltou.

O Coração da Esfinge

Levantando a cabeça, sussurrei "Me desculpe", esperando que o vento levasse o sentimento até Amon. Sabia que minhas esperanças e meus sonhos para o futuro não importavam mais. Eu era indigna. Era hora de aceitar o destino. Abri os braços e abracei minha morte.

Quando o felino enorme caiu sobre o meu corpo, me senti como um pino de boliche derrubado por uma bola em alta velocidade. E não era o tipo de pancada leve em que o jogador não tem certeza se a bola vai conseguir chegar ao fim da pista. Eu não oscilei para a frente e para trás, sem decidir se iria tombar ou não. A leoa era pesada e, com o baque, me transformei no tipo de pino que derrubava qualquer coisa que estivesse atrás.

Acabei caída de costas, seu peso esmagador em cima de mim, me obrigando a um grande esforço só para respirar. No alto, o céu da tarde havia escurecido e escutei o estrondo de um trovão. Meus braços estavam em torno da leoa e agarrei o pelo castanho de seus flancos arfantes num aperto mortal, rezando para que tudo acabasse depressa.

Suas garras afiadas rasgaram a pele diretamente sobre o meu coração e senti seu hálito úmido no rosto. Quando ela se moveu, dobrando o corpo sobre o meu, sua pata esquerda se apoiou no meu ombro e de algum modo consegui inalar um pouquinho de ar. A leoa acomodou a cabeça ao lado da minha, enfiando-a no espaço entre meu ombro e meu pescoço, e, embora eu esperasse a mordida afiada que rasgaria minha jugular, essa não veio.

Ela se colou ainda mais em mim. Tanto que me senti como se estivesse presa de novo em areia movediça, mas dessa vez com uma criatura três vezes maior do que eu me arrastando para baixo. Não conseguia entender por que não estava morrendo. Por que ela não estava me devorando. Eu sabia que os felinos costumam sufocar a presa esmagando-lhe a traqueia, e, apesar de eu mal conseguir respirar, ela não parecia ter pressa.

Minutos se passaram e eu me perguntei se ela teria caído no sono. Hesitando, passei a ponta dos dedos em seu pelo, mas não houve reação. O peso não parecia tão ruim quanto alguns minutos antes. Por fim, pude recuperar o fôlego e gemi por causa da dor no tronco. Sua cabeça tombou e girei a minha, a fim de olhá-la; seus olhos dourados estavam vítreos, úmidos mas sem nada ver.

Não se passou muito tempo até eu poder começar a me retorcer e sair de baixo dela; antes de empurrar para o lado seu corpo inerte, porém, ouvi uma voz irritada dentro da minha cabeça: *Fique parada até que a transformação esteja completa.*

Parei de me mexer e me perguntei de onde a voz tinha vindo. Seria Ísis? Alguma outra deusa egípcia que eu ainda não conhecia? Que tipo de transformação estava acontecendo exatamente? Tentei afastar a pata do meu peito, mas não consegui. As garras estavam cravadas tão profundamente em minha carne que me maravilhei com a sorte que eu tinha por ela não ter arrancado meu coração. Desisti e fiquei deitada em silêncio até que algo aconteceu, algo ainda mais estranho do que o corpo da leoa se dissolvendo diante dos meus olhos.

Meus sentidos intensificados me alertaram para a presença de um estranho que eu não podia ver. Eu não estava sozinha. Quanto mais a leoa desaparecia, mais tangível e real se tornava essa presença fantasmagórica.

A voz que havia falado comigo não era de Ísis. Agora eu tinha certeza. E mais alarmante ainda era o fato de que o ser cuja presença eu pressentia estava comigo. Não perto de mim, nem em outro plano de existência, como quando eu encontrava Amon nos sonhos, mas verdadeiramente *comigo*, dentro da minha mente. Eu podia senti-lo como podia sentir as sandálias nos pés ou o cabelo roçando minhas costas.

Você consegue sentir agora, não consegue?, perguntou a voz.

– Quem... quem é você?

Essa não é a pergunta certa.

– Então que pergunta eu deveria fazer?

A formulação correta seria: "Quem somos nós?"

– *Nós?* – De repente minha boca ficou seca como um deserto; lambi os lábios numa tentativa inútil de umedecê-los.

Sim. Nós. Você não é mais Lilliana Young e eu não sou mais o que era.

– O que... o que você era?

A criatura que você tem nos braços.

Olhando a forma da leoa morta que ia ficando cada vez mais transparente, perguntei:

– Essa era você? Quero dizer, a voz que estou ouvindo agora é da leoa?

Não exatamente. Na minha forma corpórea eu era um animal comandado pelo instinto. Meus pensamentos eram simples. Meu objetivo era a sobrevivência. Abri mão do meu corpo físico para ser uma coisa nova, guardando as melhores partes de mim para trazer a esta união de mentes. Não sou mais. Você não é mais.

Renascemos.

Somos esfinge.

– Certo... Presumindo que seja verdade, por que estou tendo uma conversa comigo mesma?

A fusão das nossas mentes ocorre com o tempo. Num determinado momento haverá apenas uma voz e uma mente. Se isso não acontecer...

– Vou ficar louca.

É.

– E quanto tempo eu... *nós* – corrigi – precisamos ficar aqui?

Até que meu antigo corpo desapareça completamente. O processo só deve demorar mais alguns minutos.

Agora ela estava tão translúcida que era como tocar um sonho.

A voz ficou em silêncio por um momento e depois acrescentou:

Não precisa se dirigir a mim vocalmente, você sabe. Posso ouvir e entender seus pensamentos.

– Tudo bem se eu falar verbalmente com você por enquanto? Pelo menos até me acostumar com isso?

Como quiser.

– Você vai sentir falta? – perguntei, curiosa. – De ser leoa, quero dizer?

Ela não respondeu imediatamente. Por fim disse:

Individualmente nossas formas eram mortais, frágeis, fracas. E o fraco deve abrir caminho para o forte. Se quisermos crescer juntas, essa é uma coisa que você precisa entender. Enquanto eu pensava em suas palavras, ela acrescentou: *Está na hora. Levante-se.*

Eu nem tinha notado que a forma da leoa havia desaparecido completamente.

– Sinto muito – disse ao me levantar devagar, gemendo por causa da dor no corpo.

Sente muito? Por quê?, perguntou a voz, surpresa.

– Pelo que você perdeu.

Não perdi. Ganhei.

– Talvez você não sinta assim se essa coisa que estamos fazendo não der certo.

Ela ficou quieta por um momento, depois disse:

Se fracassarmos, pelo menos lutamos para nos livrar das amarras que nos foram impostas. Ninguém pode nos censurar pela tentativa que fizemos de nos tornarmos algo mais.

– Acho que não.

Eu... não, *nós* levantamos a cabeça e inalamos o ar. O cheiro distinto de água nos chamou e começamos a correr na direção de onde ele vinha. No trajeto, a voz da minha companheira interna indicava os rastros de animais e identificava odores que eu conseguia discernir, mas não categorizar.

Quando avistei minha aparência louca no reflexo do poço e me desesperei com a condição do vestido e do cabelo, senti a confusão dela.

Se não gosta da sua juba, deve removê-la. Podemos nos mover discretamente sem ela, sem falar que o cheiro dela alerta seus inimigos de que você está chegando.

– A maioria dos meus inimigos não pode sentir meu cheiro.

Talvez não no seu mundo, mas no reino dos deuses tudo é possível.

– Vou pensar nisso – falei sem sinceridade. – Nesse meio-tempo, eu tomaria um banho no riacho se tivesse uma roupa para trocar.

Por que faria isso? Não está na época dos insetos que picam.

– É que, bem, eu gosto de ficar limpa.

Mas a poeira da planície esconde seu cheiro. Ah, sei. Você provavelmente usa seu cheiro para atrair a atenção de machos potenciais. Acho que é um argumento racional, mas vai ser extremamente perigoso na nossa viagem. Nesse caso, deveríamos prosseguir com cautela.

Não pude pensar numa resposta, mas ela disse, percebendo meu choque:

Você sabe, claro, que não pode esconder seus pensamentos de mim.

– Isso... isso simplesmente não está certo. É como ter minha mãe olhando por cima do meu ombro.

Você não gosta da sua mãe.

– Não. Eu gosto. É só que ela...

Minha voz interna interrompeu:

Não gosta, não. Ela não nota seu jeito diferente. Quer que você se ajuste aos padrões e às escolhas dela.

– Não é isso que você quer também?

Ela ficou em silêncio por um instante.

Ajustar-nos é uma realidade para nós duas. Houve uma pausa longa e então ela acrescentou: *Você tem um orgulho insolente desta juba, e sinto que não pretende seguir meu conselho.*

– Certo.

Muito bem. Pode ficar com sua juba comprida demais e, se isso lhe causar sofrimento no futuro, daremos um jeito na hora certa.

– Obrigada. – Então murmurei: – Daqui a pouco ela vai querer que eu jogue fora todos os meus cremes perfumados também.

Pude sentir sua perplexidade.

Você coloca cheiro na pele de propósito, de modo que qualquer predador possa localizá-la com a mesma facilidade com que encontraria uma búfala no cio?

– Ei! Fique sabendo que meus xampus e cremes caríssimos não cheiram nem um pouco como uma búfala no cio.

Ela suspirou.

Acho que essa fusão das nossas mentes vai ser um processo demorado. Se limpar e perfumar seu corpo tem maior prioridade para você do que nossa segurança, eu diria então que você tem língua por uma razão.

Comecei a rir.

– Você... – arquejei – ... você quer que eu tome um banho de língua?

Passou-se um momento enquanto eu tentava recuperar o fôlego ao mesmo tempo que curtia a sensação de vertigem de rir, então pude sentir que ela desejava ser capaz de me acompanhar.

– O que foi? – perguntei enquanto tentava conter o riso. – Você não ri?

Minha espécie experimenta um tipo de satisfação silenciosa, mas não agimos como macacos pulando de modo ridículo.

– Não censure se você não experimentou.

Admito que a sensação não é desagradável.

Encontramos o nicho onde eu havia dormido na noite anterior e me senti estranhamente reconfortada com a presença dela enquanto me acomodava, nem de longe tão atormentada pela superfície dura como da primeira vez. A luz calorosa do sol poente banhava minha pele e eu adorei a sensação. Parte de mim gostava daquilo porque me lembrava do calor do toque de Amon, mas havia outra parte – e suspeitei que fosse a parte nova – que adorava o calor residual encontrado nas pedras que cercavam a cama improvisada.

Dentro de mim agitou-se um desejo de poder cochilar no calor do dia em vez de me deitar na cama à noite.

– Você sente falta de dormir com o grupo, não é? – perguntei, lendo os pensamentos dela.

É, admitiu. *Você, por outro lado, prefere o isolamento.*

– Na maioria dos casos, sim.

Ela pareceu insatisfeita com a resposta. Depois de um momento acrescentei:

– Mas gosto de ter você comigo. Especialmente à noite.

À noite é quando caçamos. Terei de me adaptar a dormir à noite.

– Talvez a gente possa mesclar um pouco. Não me importo em cochilar de dia. Boa noite.

Boa noite, Lilliana.

– Lily. – Remexi o corpo, encontrando uma posição mais confortável. – Ei, como devo chamar você?

Já que vamos nos tornar uma só, não precisa de um nome para mim.

– Eu me sentiria melhor se pudesse chamar você de alguma coisa, ainda que seja só temporária. Por enquanto, por que não pensa em mim como uma irmã?

Quase pude sentir sua respiração sendo suspensa brevemente.

Minha irmã gêmea se chamava Tauret.

– Você tinha uma irmã gêmea?

Isso não é incomum entre os leões.

– É um nome bonito.

Ela era minha companheira de caça, até que foi morta. Éramos como duas sombras na noite. Tauret era mais rápida, mas eu era astuta, inteligente, especialmente para tirar as presas da toca.

– O que aconteceu com ela?

Estávamos com uma caça abatida. Ela montava guarda enquanto eu comia. As hienas acabaram com ela antes que nosso protetor pudesse expulsá-las. Pelo menos ela pôde dar aviso antes que elas nos dominassem.

Como seria perder uma irmã? Uma irmã gêmea?

Não desperdice as emoções com minha vida anterior. Ela é apenas uma sombra do que irei me tornar. Ou do que iremos nos tornar.

– Você não pode me convencer de que acredita de verdade que pensar na sua irmã é um desperdício de emoções. Você a amava.

Seus pensamentos se afastaram de mim.

Ter uma leoa no cérebro era confuso. Eu podia enxergar pelos olhos dela e pelos meus ao mesmo tempo. Era como me dividir ao meio e tentar comunicar ideias através de latas ligadas por um barbante. Dava para entender por que a criada que Ísis salvara dando-lhe os poderes de uma esfinge tinha enlouquecido. De repente, com a presença muito real de uma leoa na cabeça, entendi como era viver livre e selvagem. Sem prazos a cumprir, sem expectativas, sem distrações.

Imaginei se seria mais fácil para mim me adaptar à sua visão do mundo do que para ela entender a minha. A perspectiva humana era irritante para ela. As regras eram ambíguas. Não havia sentimento de conexão com os outros. A ela parecia que zumbíamos em círculos confusos como mosquitos na superfície de um rio – sem objetivo, sem realizar nada de importante, batendo aleatoriamente de um objeto em outro. Jamais vendo para além do pequeno habitat onde nascemos, vivemos e morremos, jamais afundando nas profundezas do rio da vida, contentes em existir somente para causar desconforto às outras criaturas.

Descanse agora, Lily, disse ela, tentando acalmar meus pensamentos.

Minha mente se aquietou no mesmo instante e eu soube que isso era apenas graças a ela. Quando ela decidia que era hora de dormir, era hora de dormir. Não se sentia culpada por isso. Aproveitava os momentos de calma quando podia. Sem descanso não teria capacidade de caçar com eficácia nem alimentar os filhotes ou estar alerta quando o perigo chegasse. Precisávamos nos revigorar para o que viria. Era lógico. Era simples. E era possível, por causa dela.

Enquanto meus olhos se fechavam, sorri, satisfeita com a facilidade com que ela havia me aceitado simplesmente como Lily.

– Você não me disse o *seu* nome – lembrei, bocejando.

Ela falou tão baixinho que não tive certeza de que estivesse de fato respondendo à pergunta. Mas, à medida que sentia o peso do mundo se acomodar na minha mente, soube que o que ela tinha dito era mesmo seu nome e que, de certa forma, agora esse nome também me pertencia. O nome que ela havia sussurrado era *Tiaret*.

Tia, pensei. *Que lindo.*

Tia sentiu que havia algo errado antes de mim. Na verdade, tive dificuldade de acordar a mente o suficiente para prestar atenção ao que ela via.

O que está acontecendo, Lily?, perguntou, petrificada. Seu instinto dizia que precisávamos fugir.

Está tudo bem, sussurrei, enviando pensamentos reconfortantes. *Estamos no meu sonho e vendo o que Amon vê no mundo dos mortos. É para lá que estamos indo.*

Uma criatura sombria, com garras e asas de morcego, circulava acima de Amon e, com um guincho, mergulhou na direção dele. No último instante, Amon atirou uma série de pedras e saltou, com adagas de areia se materializando em suas mãos quando caiu; brandindo as armas, mutilou as asas da criatura. Em seguida levantou as adagas bem alto e baixou-as, cravando--as até o punho no pescoço da fera.

Com um último e débil movimento das asas, a fera do mundo dos mortos sucumbiu e, cansado, Amon deslizou das costas dela, encontrou sua bolsa de couro e se foi, a armadura se dissolvendo na areia. Mais adiante, um pântano denso surgiu e o fedor de podridão atacou suas narinas. Meus olhos se fecharam por vontade própria e senti a mente se afastando da visão, mas a atenção de Tia estava transfixada.

O companheiro que você escolheu é corajoso.

Hummm, é sim, murmurei.

Sua conexão com ele nos dá vantagem. Podemos ver os caminhos por onde ele anda. Vou rastreá-lo com mais facilidade.

Isso é bom, murmurei, as palavras se engrolando e se derretendo como sorvete derramado numa calçada quente.

Durma agora, Lily. Vou vigiá-lo.

Certo. Meu corpo estava sentindo os efeitos de ter sido quase esmagado, embora eu soubesse que a leoa tentara ser o mais gentil possível no processo de fusão. Hematomas cobriam praticamente cada centímetro quadrado do meu tronco. Eu não tinha energia suficiente para permanecer com Amon nos sonhos. Mas fiquei feliz porque ela podia e esperei ser capaz de repassar tudo que ela via enquanto eu dormia.

Quando acordei na manhã seguinte, minha língua parecia colada no céu da boca e meu corpo todo doía. Não dava para saber se tudo que eu tinha experimentado no dia anterior havia sido um sonho maluco. Sem dúvida parecia alucinação.

Mas então senti. Tia estava... ronronando. Não havia outro modo de descrever. Era um som vibrante que produzia um zumbido de contentamento na minha mente. Sua presença era um peso tranquilizador que eu sentia no peito, quase como se um gato doméstico estivesse aninhado perto de mim.

Logo descobri o motivo para ela parecer tão feliz. Estava dormindo contente, sim, mas havia algo mais. Algo que ela estava repassando no pensamento. Imagens da paisagem de sonho em que ela estava quando Amon caiu no sono relampejavam, reais como se eu as estivesse testemunhando.

– O quê? O que você fez? – Os dois não tinham tido muito tempo antes que a conexão se dissolvesse depois de ele acordar, mas os momentos que tiveram juntos foram... espantosos. – Você... você o beijou? – indaguei, chocada.

Para ser bem precisa, ele *me beijou. Uma coisa bem agradável, para dizer a verdade.*

– Por quê? Por que você faria isso? Não disse a ele que era você?

Achei que essa revelação deveria ser feita por você. O rapaz já sofre bastante sem que aumentemos a preocupação dele. Além disso, fiquei curiosa. E, assim que ele percebeu que podíamos fazer contato físico, ficou feliz demais. Eu não quis fazer nada para estragar o bom humor dele.

Fiquei atônita, a boca se abrindo e fechando enquanto eu tentava pensar no que fazer, e Tia bocejou, sonolenta. Sua mente estava escancarada para mim. Percebi que ela não sentia vergonha nem culpa com relação ao que havia acontecido. Incapaz de continuar a conversa com a felina sonolenta ocupando espaço no meu cérebro, usei nossa conexão para repassar tudo.

No sonho vi o corpo adormecido de Amon como sempre, mas, quando ele caiu no sono, surgiu outra versão dele. Sua forma real estava maltratada e ferida, mas o eu do sonho era inteiro, forte e tão bonito quanto eu lembrava.

Seus olhos cor de avelã brilharam ao me olhar e, quando ele disse meu nome num sussurro quase de reverência, estendendo os dedos para os meus, pude ver sua pulsação acelerar. Ele engoliu em seco e aproximou-se ainda mais de mim.

– Como isso pode acontecer? – perguntou enquanto eu envolvia a mão na sua, e uma expressão de assombro cruzou seu rosto.

Eu já ia responder quando percebi que não era capaz. Tia havia respondido. Escutei minha voz parecendo fria e distante:

– Deve ser o poder da esfinge que nos dá a capacidade de nos vermos e nos tocarmos.

– Eu não sabia que isso era possível.

– Nem eu – respondeu minha voz.

Amon deslizou as mãos pelos meus braços com cuidado, hesitante, como se o toque pudesse quebrar o feitiço.

Minha cabeça se inclinou. Tia gostou da sensação do toque de Amon, mas seu coração não saltou como o meu só de ver o rosto dele. Senti o puxão nos lábios quando Tia abriu um meio sorriso para Amon.

– Isso é agradável – disse ela.

Ri com um soluço e apertei os lábios com os dedos. Embora aquelas palavras fossem estranhas, Amon não pareceu se importar. Piscou e notei em seus olhos uma expressão intensa que os deixou levemente mais escuros.

– Você não sabe quanto senti sua falta – disse ele, passando a mão pelo meu pescoço para segurar meu rosto.

Amon colou seu corpo ao meu e houve um momento breve em que Tia se enrijeceu, mas a hesitação passou rapidamente. Senti o zumbido do contentamento dela enquanto ele acariciava meu... não, o nosso rosto com o polegar, e um leve formigamento, como se raios de sol a tocassem, acalmassem e aquecessem nossa pele.

– Não sei se estou tendo alucinações ou se algum milagre abençoado pelos deuses causou isso, mas não me importo.

Então ele me beijou. A pressão de sua boca na minha me fez ofegar. Eu estava absolutamente hipnotizada, e ver aquilo através da memória de Tia era ao mesmo tempo empolgante e perturbador. O fato de ele tê-la beijado sem saber que não era eu me provocou incômodos sentimentos de ciúme, mas ver Amon e estar com ele fisicamente, ainda que não em espírito, era um presente. Senti seu abraço com tanta clareza quanto se ele segurasse meu coração nas mãos.

O beijo tornou-se mais passional quando Amon me pressionou contra ele e nossos corpos pareceram tão colados que nada poderia nos separar.

Mas algo nos separou.

Virando a cabeça para cima bruscamente, ele deixou escapar uma palavra que não entendi e foi então que escutei o guincho de um animal ali perto. Amon desapareceu dos meus braços e sua versão castigada acordou, levantando-se com rapidez e girando num círculo.

– Lily? – chamou. – Lily!

O chão tremeu quando um monstro, todo dentes e garras, emergiu de um abismo. Tia ficou vigiando até de manhã, mas ele não voltou a dormir. Eu me perguntei de que forma essa conexão no sonho funcionava. A leoa também não estava mais acordada e, no entanto, eu não conseguia ter qualquer visão de Amon. *A conexão só deve funcionar quando eu durmo*, pensei, *e, mesmo assim, só se eu sonhar.*

Tia não havia mentido ao dizer que Amon é que a tinha beijado, e achei interessante o fato de eu não sentir mais ciúme. Claro que eu queria que tivesse sido eu, e não Tia, que ele estivesse beijando, mas estar com Amon de qualquer modo era maravilhoso. Um milagre. E Tia era o motivo para o encontro ser possível. Eu não podia me ressentir dela por causa disso, nem por ter gostado do beijo. Que garota não teria prazer ao ser beijada por um deus-sol maravilhoso como Amon?

Agradecida por sua presença quente, murmurei:

– Durma. Eu providencio o café da manhã.

Só senti que Tia acordara quando já estava na metade do caminho de volta ao lugar onde Ísis havia nos deixado. Eu esperava que o Dr. Hassan ainda estivesse lá e mantinha um ritmo constante apesar da dor no corpo, surpreendentemente menor do que quando eu havia caído no sono na véspera.

Nós nos curamos rápido, juntas, foi a primeira coisa que ela me disse depois de interromper minha corrida e com um prazer enorme espreguiçar os braços e as costas, arqueando-me como um gato antes de recuperar o controle dos membros.

– O q-que foi isso? – gaguejei, tentando retomar o passo.

Você não entendeu o que eu quis dizer na primeira vez?

– Eu escutei. Só não entendo por que de repente senti vontade de parar e me espreguiçar quando meus músculos estavam aquecidos por causa da corrida.

Ah. isso.

– É. Isso. Você está dominando minha mente?

Garanto que sua mente está tão intacta e no controle como sempre.

– Então como você fez isso?

Não fui eu. Foi você.

– Não. Não foi um pensamento consciente.

Foi. Nós pensamos.

– Como assim, nós? Eu não pensei. Você pensou.

Talvez tenha começado assim. Mas sua mente concordou e aceitou. Não se preocupe demais. É bom sinal. Quer dizer que estamos nos tornando uma só. Nossas mentes queriam que a gente se espreguiçasse. E fizemos isso.

– Talvez para você seja bom sinal. Para mim, parece que estou sendo possuída.

Pelo contrário. Você estava se sentindo segura. Relaxada. Estava contente comigo. Sua mente estava livre e em paz enquanto você corria. Essa é a sensação de correr, para mim. Era natural que você se sentisse mais em sintonia comigo num momento desses, e seu corpo reagiu à minha mente de forma fácil e tranquila.

Por mais que minha corrida tivesse sido harmoniosa, agora parecia desconjuntada. Como se eu tivesse três pernas e não conseguisse acertar o passo. Para me distrair, falei:

– Não estou com raiva. Quero dizer, com relação a Amon.

Eu sei.

– Só... só me acorde na próxima vez que isso acontecer, está bem?

Vou tentar, Lily.

– Obrigada. – Enquanto corria, comecei a imaginar quais outras coisas teriam mudado em mim agora que eu era uma esfinge.

O que foi?, perguntou Tia.

– É só que, bom, talvez eu tenha pensado que virar uma esfinge fosse significar que eu... você sabe...

Ia parecer um monstro?

– Não. É. Acho que, de certa forma, sim.

As imagens da esfinge que você tem na mente são muito inexatas, mas devo admitir que eu preferiria ter mantido as presas e as garras.

– As garras seriam um pesadelo para minha manicure. Então, além de ter você na cabeça, o que está diferente em mim?

Sentidos mais apurados, para começo de conversa. Isso começou quando o encantamento foi feito, mas se tornou permanente quando aceitei você.

– Espere aí. Você... me aceitou?

Sim. Todas as leoas tomaram consciência do encantamento no instante em que ele foi lançado. Nós nos reunimos na clareira para avaliar nossa compatibilidade. Cada uma recebeu a opção de abandonar sua forma e fundir a consciência com você, mas fui eu que ouvi seus pensamentos com mais clareza. Minhas irmãs cederam à minha reivindicação e dei início à caçada para avaliar se você era digna.

– Então, mesmo naquele momento, você poderia ter me matado?

Se eu achasse que você não era digna, sim.

– O que você estava julgando, exatamente?

Muitas coisas. Seu pensamento rápido. Seu nível de coragem diante da morte. Sua determinação. Mas, acima de tudo, seu coração.

– Você podia sentir tudo isso?

Podia. Seu coração é bom. A força que está no centro dele é o amor. Não existe ambição nem cobiça em você. Da minha perspectiva, a única coisa que a retém são as limitações que você mesma se impõe ao enjaular seus desejos e suas paixões e viver voluntariamente no cativeiro. Sabe o que quer, mas tem medo de lutar por isso. O fato de você ter sido capaz de vir tão longe explica a profundidade dos sentimentos em seu coração. Quando descobri essas coisas a seu respeito, pensei que poderia ajudá-la a abraçar esse seu lado e destrancar as coisas que você mantém mais escondidas. Por isso, eu a aceitei e abri mão do que era para ajudá-la a se tornar seu eu mais poderoso.

Eu não sabia o que dizer. Ter Tia comigo era como ter um anjo da guarda que entendia tudo. Ela aceitava meus pontos fortes e estava disposta a ficar comigo e me ajudar, independentemente da encrenca em que eu me metesse. E eu estava para entrar numa encrenca enorme.

– Obrigada. Quero dizer, por acreditar em mim.

Não sou a única. Seu companheiro também tem enorme confiança em você.

– Como sabe disso?

Ele falou com você ontem à noite enquanto andava pelo mundo dos mortos.

– Falou?

Falou. Essa parte você não viu. O rapaz não sabia que eu estava escutando, mas esperava que você entendesse a mensagem mesmo assim.

– O que ele disse?

Coisas floreadas. A maioria das palavras não tinha importância, eram declarações sentimentais sem sentido, de vários tamanhos. A única vez em que prestei atenção de verdade foi quando ele disse palavras de encorajamento e que estava ansioso para que vocês se reencontrassem, por mais que isso pudesse ser perigoso.

Soltei lentamente a respiração que nem tinha percebido que estava prendendo.

Você... quer ouvir as palavras de devoção que ele disse?

– Elas significam tudo para mim – admiti.

Então da próxima vez vou me esforçar para prestar mais atenção. Para mim, ele pareceu um sapo apaixonado na época do acasalamento, coaxando de modo cada vez mais espalhafatoso para capturar a atenção da fêmea desejada.

Dei uma gargalhada. Principalmente ao perceber que os pensamentos dela contradiziam as palavras. As declarações apaixonadas de Amon a haviam tocado, ainda que ela não entendesse de verdade o propósito daquilo.

– Espere só até isso acontecer com você, amiga – falei.

Depois fiquei séria ao perceber que ela não teria mais chance de se apaixonar, se é que os leões se apaixonavam.

– Você ama seu parceiro? – perguntei baixinho. – Ele era um leão muito bonito.

Nossa noção de amor é diferente. Eu sou ligada à minha família, e não a um leão em particular. Nós funcionamos como uma unidade coesa na qual todos são importantes. Não buscamos nos isolar dos outros, como vocês.

– Nós também somos ligados à família, mas quando escolhemos um parceiro, um companheiro, queremos que esse relacionamento seja especial, diferente. Uma coisa mágica que só exista entre os dois.

Não tenho certeza se o seu jeito é melhor do que o meu. Como vê, seu elo exclusivo com esse macho significa que você sofre quando ele é retirado de sua proximidade imediata.

– Verdade – admiti. – Eu me sinto desalentada sem ele. Meio perdida.

Você sacrifica muita coisa em troca de uma pequena chance de felicidade. Uma vida estável e produtiva pode ser mais satisfatória.

– Isso se parece demais com a vida que meus pais planejaram para mim.

Não quero dizer que você não deva explorar e fazer as coisas que lhe dão prazer. O que estou dizendo é que é importante encontrar momentos de alegria no aqui e agora, e não colocar todas as esperanças num sonho, num homem.

– Vou levar isso em consideração.

Obrigada.

Não que ela estivesse errada, exatamente. Eu jamais quis ser uma daquelas mulheres que abrem mão da própria vida por causa de um homem. Mas também nunca tinha imaginado alguém como Amon. Passei a palma da mão sobre o escaravelho do coração na minha cintura e senti um leve arrepio. Meu coração estava ligado ao dele e, até que não estivesse mais, eu faria tudo que estivesse em meu poder para estar com ele.

Já podia sentir o cheiro do Dr. Hassan, mas ainda não podia vê-lo. Era meio-dia e o sol estava a pino. Pus as mãos em concha sobre os olhos, para protegê-los, e girei. Um som atrás de mim atraiu minha atenção e me virei depressa, me agachando, pronta para atacar.

O Dr. Hassan largou um cantil inteiro, a água jorrando em ondas densas como um coração esfaqueado. Ficou ali imóvel, o choque se manifestando em seu rosto enquanto me examinava.

– Lily? O que foi que você fez?

Chamando Nebu

Lentamente me ergui, aprumando os ombros, os ossos estalando com o relaxamento dos músculos tensos.

– Como assim, "o que foi que eu fiz"? Não cumpri a missão em que o senhor me mandou? Deveria estar satisfeito porque não morri nesse processo.

O Dr. Hassan me observava boquiaberto.

– Você... você – gaguejou ele por fim – está com a caçadora agora.

– É. Estamos aqui – respondeu Tia usando minha voz, o que me irritou e chocou o Dr. Hassan completamente.

– Mas... Lily. Vocês fundiram suas formas.

– Não era isso que deveríamos fazer?

– Sim. Não. – Ele sacudiu a cabeça. – Não exatamente.

Pus as mãos nos quadris e fiquei olhando enquanto ele tirava o chapéu e passava a mão pelo cabelo curto e branco, fazendo-o ficar eriçado. Em seguida, tirou um lenço do bolso e enxugou o suor do rosto.

– Não entendo por que está tão incomodado – comentei. Depois, vendo que ele continuava a enxugar a testa, acrescentei: – Talvez o senhor devesse se sentar.

Levei-o até uma árvore caída e, pegando o cantil, fiz com que bebesse um grande gole antes de borrifar o restante da água em seu lenço e pressioná-lo contra suas faces ligeiramente queimadas de sol. Permiti brevemente que eu mesma ficasse maravilhada ao ver que minha pele clara não tinha se queimado com o sol, levando-se em conta o tempo que eu ficara exposta. Na verdade, o calor me incomodava muito menos do que quando havíamos chegado.

– Pronto – falei. – Agora diga o que fizemos de errado.

– Fizemos? – Ele torceu o lenço nas mãos. – É exatamente isso. Não deveria haver um "nós".

Franzi a testa e então percebi do que ele devia estar falando.

– Ah, sim. Tia me disse que demoraria um tempo até nossas mentes se fundirem. Ela me garantiu que isso é normal.

– *Tia? Normal?* – guinchou o Dr. Hassan. – Agora escute, Lily, e não me esconda a verdade – insistiu ele, pegando minhas mãos. Eu assenti, a confusão evidente no rosto. – Quando você... – ele fez uma pausa, como se procurasse a palavra certa – ... *se uniu* à leoa, o corpo dela desapareceu?

– Desapareceu – respondi francamente.

– E você a... matou?

– Não! – exclamei, horrorizada com a simples ideia de fazer mal a Tia. – Ela abriu mão de sua forma física.

– Céus... – Ele suspirou e olhou nos meus olhos como se procurasse alguma coisa, então desviou o olhar, como se não pudesse suportar o que havia encontrado. – Era o que eu temia.

– Acho que não estou entendendo por que toda essa preocupação.

– Sim! Expresse seus pensamentos com clareza, velho. Do que está nos acusando?

Apertei a boca com as mãos, depois sussurrei:

– Tia! Deixe que *eu* fale.

Na minha mente ela respondeu:

Você não diz as palavras que quer dizer por medo de magoar os sentimentos dele. Eu prefiro ser direta.

Já notei, disparei de volta.

Fiz a pergunta seguinte, o que ela de fato queria saber, mas consegui reformular a frase de modo a ser um pouquinho mais educada.

– O senhor está parecendo um arauto do fim do mundo – falei com um arremedo de risada que secou na garganta tão depressa quanto a água do seu cantil desaparecera na areia. Minha débil tentativa de aliviar o clima fracassou miseravelmente. – Diga o que fizemos de errado, por favor.

– Lily – começou o Dr. Hassan –, você deveria ter *matado* a caçadora.

– *Matar?* O senhor não disse isso!

– Estava implícito.

– Na verdade, não.

Por que ele está chateado com isso?, perguntou Tia, com uma urgência em seus pensamentos cuja razão eu não conseguia identificar.

Não sei. Em voz alta, perguntei:

– Que diferença faz? A forma física dela se foi. Ela abriu mão dela.

– Você não entende. Ela deveria tentar matar você e você deveria tentar matá-la. Uma de vocês morreria e a que sobrevivesse absorveria as energias da derrotada.

– O encantamento disse que nós duas iríamos morrer.

– Sim, ao reabsorver o poder da derrotada, a antiga Lily morreria e renasceria. A caçadora não deve sacrificar a própria vida. Pelo menos não desse jeito.

– Certo. – Sacudi a mão no ar, agitada e completamente insatisfeita com os significados enigmáticos e as instruções ambíguas que tinha recebido até então. Tia estava certa em pedir uma comunicação mais direta. – Então ela se sacrificou. É isso. Que diferença faz?

– A diferença, Lily, é que mudanças começarão a acontecer em você, e nada pode ser feito para evitá-las.

– Seja mais claro – pediu Tia, e dessa vez o Dr. Hassan estava tão perturbado que não notou que ela é que havia perguntado, não eu.

– Se você tivesse matado a caçadora, como deveria ter feito – explicou –, teria absorvido as energias e a força dela. Teria ganhado o direito de controlá-las. A percepção que ela possuía de si mesma iria desaparecer. Só permaneceria o instinto. Como ela se sacrificou e você permitiu que as duas se fundissem em vez de tomar o que era dela, vocês duas vão compartilhar um corpo, junto com o poder de uma esfinge. Essencialmente, você não terá mais controle completo sobre si mesma. Esse fenômeno já é evidente, visto que você falou sem intenção de falar.

– Ísis deveria ter dito o que eu tinha de fazer.

O Dr. Hassan balançou a cabeça.

– Você deveria descobrir seu objetivo durante a jornada.

– Bom, então eu fiz um péssimo serviço, não foi?

Portanto agora eu iria me perder para a mente da leoa? Como o Dr. Hassan e Ísis puderam deixar que eu fosse embora sem dizer uma coisa tão crucial? Tinham me orientado a abraçar meu instinto, e meus sentimentos não disseram nenhuma vez que eu devia matar. Como eu podia ter estragado tudo tão completamente? E uma ideia mais espantosa ainda surgiu em minha mente: e se esse erro que havia cometido me impedisse de salvar Amon?

Examinei as lembranças do momento em que tinha deixado a coisa toda desandar, mas não consegui identificar um único erro específico. Seria possível que eu não devesse matá-la? Que, afinal de contas, meus instintos estivessem corretos? Tentei me agarrar a essa esperança, mas era difícil, com o Dr. Hassan tão certo de que a coisa não terminaria bem. Tia havia se recolhido tão completamente que eu mal conseguia sentir sua presença. Atônita, sentei-me ao lado do Dr. Hassan e apoiei a cabeça nas mãos.

– O que vai acontecer comigo? – sussurrei. – E o que isso implica para Amon?

Ele deixou escapar um profundo suspiro.

– Não há motivo para acreditar que você não poderá usar o poder da esfinge, e é disso que você vai precisar para ter acesso ao mundo dos mortos. Quanto ao seu problema específico, não conheço todas as histórias sobre a esfinge, mas vou contar tudo que sei e espero que você encontre alguma coisa de valor.

Ele me olhou sério antes de continuar:

– A melhor hipótese em que posso pensar é que vocês duas vão realizar seu objetivo e de algum modo vão encontrar harmonia e ser capazes de residir pacificamente no mesmo corpo. Mas devo alertar: há uma possibilidade muito real de que a caçadora domine você e que a pessoa que você é acabe se perdendo. Vocês precisam andar juntas em seu caminho. Caso contrário, o cabo de guerra pelo direito de controlar seu corpo irá começar.

Inspirei e expirei lentamente, concentrando-me em cada ato de inalar e exalar o ar, sentindo que a presença que havia se tornado parte de mim tinha me traído. Quis arrancá-la da mente, mas isso era impossível. Em vez disso, um gemido minúsculo escapou dos meus lábios quando percebi a profundidade do que eu havia concordado em fazer.

Você sabia disso?, acusei. *Que eu deveria matá-la?*

Com voz fraca, Tia admitiu: *Sabia.*

Como você pôde?

Por um longo momento ela não respondeu e, quando o fez, as palavras não eram as que eu esperava:

Não sou covarde, portanto tire da mente os pensamentos desse tipo. Não tenho medo da morte. A princípio, quando você entrou no nosso território, eu me perguntei se você teria força suficiente para me derrotar. Você cheirava a presa. Não era uma adversária à altura.

Mas então você me chamou. Me desafiou. Sinal de um coração forte. Espírito de heroína. Passou no teste e conquistou o direito ao prêmio. Mas o prêmio que você buscava não era o que eu esperava.

Seu coração falava de amor e família. Fiquei surpresa ao descobrir que você não tinha vindo à procura da minha morte, em absoluto, apesar de eu saber que esse deveria ser seu objetivo. Concentrei-me no seu coração, tentando sentir o que você iria fazer. Sua profunda solidão era quase insuportável, e essa emoção provocou um eco em mim. Desde a morte da minha irmã eu me sentia sozinha, mesmo num bando grande como o meu. Decidi lhe dar a opção e me oferecer. Se você me matasse, eu teria aceitado.

Você tinha o motivo e os meios. Havia galhos pontudos ali perto, que poderia ter usado facilmente para cravar no meu pescoço ou no meu olho. Você poderia estar com uma faca, até onde eu sabia. A decisão estava totalmente nas suas mãos. Minha vida era sua, para que a tomasse. Meu coração estava pronto para o sacrifício.

Eu nem havia notado os galhos. Ela estava certa ao dizer que a opção de matá-la não existia na minha mente. Meus instintos tinham me orientado a me entregar a ela, e parecia que esse impulso havia ecoado nela também.

Quando se passou tempo suficiente, presumi que você queria o mesmo que eu. O desejo secreto do meu coração. Ter uma irmã de novo. Se esse não era seu desejo, sinto muito, Lily. Garanto que nunca foi minha intenção tirar você do seu caminho ou erradicar sua essência para estabelecer minha vontade. Se duvida disso, você tem a capacidade de ler meu coração, assim como posso ler o seu.

Quando seus pensamentos se aquietaram, fechei os olhos e procurei sua presença calorosa no pensamento. A princípio só tive consciência de um batimento cardíaco, e não sabia se era apenas a batida de meu coração físico ou se uma parte dela ainda existia em outro plano. Estendendo-me para além do físico, penetrei mais fundo e Tia abriu a alma para mim. Não sei quanto tempo ficamos nos comunicando interiormente, mas, quando abri os olhos, tinha a resposta que estava procurando.

– Agora Tia faz parte de mim, Dr. Hassan. Não precisa se preocupar conosco. Vamos trabalhar bem, juntas. A única exceção é o desejo dela de comer carne crua. Isso terá de mudar. Um bife mal passado ou um sushi de vez em quando é tudo que ela vai ter.

O Dr. Hassan me olhou por longo tempo e depois meneou a cabeça concordando.

– Pelo seu bem, espero que esteja certa, Lily.

Estendi a mão, peguei seus dedos e apertei.

– Vamos ficar bem. Prometo.

Ele assentiu, preocupado, e disse:

– Bom, acho que a primeira coisa que precisamos fazer está a meu cargo: devo mostrar suas armas.

Enquanto o seguia até a bolsa empoeirada que ele tinha deixado à sombra de uma pedra grande, falei:

– Vamos sentir falta das nossas garras.

Ele pareceu desconfortável com meu uso do plural, mas se recuperou depressa, tossiu e disse:

– Falando nisso, você *tem* garras.

Pude sentir a empolgação súbita de Tia.

– Espere. Quer dizer que temos uma arma que *parece* garras?

– Não. Você precisará usar o poder da esfinge para fazer com que elas apareçam.

– Como fazemos isso? – perguntou Tia através de mim, mas depois pediu desculpas e ocupou de novo um lugar no banco traseiro mental.

– Normalmente eu diria que você precisa canalizar a caçadora – respondeu ele –, mas como ela já está aí...

– Devo deixar simplesmente que ela assuma o controle?

– Imagino que sim.

Quando assenti e figurativamente entreguei as chaves a Tia, a sensação foi estranha. De algum modo, fiquei menor. Era como se estivesse vendo as coisas de longe. Não era uma sensação assustadora. Na verdade, eu me sentia protegida, como se estivesse enrolada num cobertor quente e pudesse simplesmente me recostar e deixar que outra pessoa assumisse as rédeas, para variar.

Numa espécie de névoa, entreouvi o Dr. Hassan instruindo Tia sobre como canalizar seu poder e, quando ela o invocou, um jorro elétrico de energia atravessou meu corpo. De repente fiquei muito alerta, mas meus sentidos estavam entorpecidos. Com fascínio, vi minhas mãos mudando.

Não houve dor, só uma espécie de calor intenso que queimava, mas não de modo ruim. Os ossos se alongaram, um calor líquido formigando na direção de cada ponta dos dedos, até que uma articulação extra se formou. Uma energia correu descendo pelos braços e uma luz prateada emergiu das pontas e fluiu de cada dedo, até se solidificar finalmente em garras de aço. Contraí os dedos e os ergui, fascinada.

Santo céu egípcio, pensei. *Sou o Wolverine!*

Tia não entendeu a referência, mas a empolgação que ela experimentava era impossível de descrever. Ela se sentia invencível, mais perto do seu eu verdadeiro. Agitou as garras no ar antes de testá-las arranhando uma rocha. Um pedaço da pedra se soltou completamente. *Caramba! É melhor ter cuidado com isso*, avisei.

– São perfeitas – murmurou ela, fazendo o Dr. Hassan encolher-se novamente.

Ah, como é que a gente volta ao normal?, perguntei, não tão confortável quanto Tia com minhas garras novas. Tia verbalizou minha preocupação para o Dr. Hassan.

– É só retrair – respondeu ele. – Reabsorva o poder em seu âmago.

Antes que eu sequer pudesse pensar no que fazer, as garras haviam desaparecido e eu olhava novamente minhas mãos pálidas.

Fácil, disse Tia com um risinho que eu sabia estar visível no meu rosto.

– Esse não é o único poder que você tem à sua disposição – acrescentou o Dr. Hassan, estremecendo ao me olhar, como se estivesse desconfortável por falar com minha leoa interior, e não comigo. – Há outros poderes que Ísis sugeriu e que você vai descobrir durante a viagem. Eles só vão se manifestar quando você estiver pronta para usá-los. Sei de algumas lendas que podem inspirá-las, mas pode ser que elas tenham sido totalmente inventadas. Você é a única... hã... vocês são as únicas que poderão determinar a realidade de seus dons. Invocar as garras é o mais fácil de controlar, já que a caçadora sabe muito bem como usá-las.

Ele nos dirigiu um olhar tímido e disse:

– Gostaria de ter mais tempo. Isso é tudo que consigo lembrar, assim, de uma hora para outra. Espero que alguma parte ajude. – Passou a ponta do dedo pelo caderno e começou a ler: – "Supostamente a esfinge tem o poder de manipular o vento, encontrar a verdade nas palavras do homem e matar por estrangulamento."

– Isso é provavelmente verdade, mas não sei como posso estrangular minha presa tendo dentes mais cegos que os de um filhote recém-nascido.

Não vamos morder a jugular de nada, adverti-a.

O Dr. Hassan continuou:

– "Ela é uma caçadora implacável, tem força feroz e tipicamente é representada com cabeça de mulher, corpo de leoa e asas de águia."

Pelo menos duas dessas coisas são exatas, me disse Tia interiormente.

Quieta, estou ouvindo, censurei-a.

– "Ela é protetora e escudo. A guardiã dos horizontes leste e oeste. Anda pelos caminhos do ontem e do amanhã. É associada à morte e ao renascimento, o que é inteiramente óbvio neste ponto, e, assim que sua fúria é despertada, só seu companheiro pode esfriar seu sangue."

Interessante, disse Tia. E os lugares aonde seus pensamentos me levaram me fizeram ruborizar.

Pare com isso e preste atenção.

Ele está falando demais, queixou-se ela.

Isso é importante!

– "Ela se coloca entre a humanidade e o Ente Escuro do Cosmo, absorvendo as marés do mal que ele lança sobre o mundo."

O Dr. Hassan me olhou ao dizer essas palavras, e eu soube que estávamos pensando a mesma coisa.

– Seth – sussurrei.

Ele assentiu levemente, confirmando que tinha ouvido.

– "Em um dos mitos, a esfinge é considerada a responsável pela destruição da humanidade, mas outro diz que ela enxerga através dos olhos de Amon-Rá e usa esse poder para salvar o Universo." – Suspirando, fechou o caderninho. – Como você pode ver, as histórias conflitantes e as descrições breves não são de muita ajuda. Mas vou tentar aprender tudo que puder sobre as lendas da esfinge enquanto você estiver fora, e espero encontrar algo que... ajude.

O Dr. Hassan me olhou com as sobrancelhas levantadas e meneou significativamente a cabeça. Queria que eu soubesse que ele tentaria encontrar um modo de me tornar normal de novo, me separar de Tia. O que ele não sabia é que Tia captara, se não o significado completo, pelo menos a ideia geral, e isso a deixou... não com raiva como eu esperaria, mas triste.

Não se preocupe, garanti a ela. *Estamos nisso juntas. É improvável que essa condição não seja permanente, mas, mesmo que possa ser revertida, eu não faria isso, se significasse a sua morte.*

Ela hesitou antes de falar:

Não precisamos pensar nessa possibilidade no presente, mas, se algo assim viesse a ser possível um dia, eu iria em frente.

Dizer que fiquei chocada com a firmeza de sua determinação seria um eufemismo.

O Dr. Hassan interrompeu nossa comunicação interior:

– Peço desculpas por só ter conseguido isso, Lily.

– Obrigada – falei, tentando recuperar o controle do meu corpo. O interessante é que eu quase tenha tido de forçar as palavras pelos lábios. Tia não estava se sentindo nem um pouco agradecida. – É mais informação do que tínhamos antes – continuei, com uma voz que parecia afetada e pouco natural. – Vai ter de bastar.

Mas na verdade não basta, não é?, contrapôs Tia mentalmente enquanto recuperava o controle e levantava meu braço para examinar minha mão humana, desejando liberar de novo as garras perigosas.

Apesar de saber que as garras a faziam sentir-se um pouco mais como seu antigo eu, elas me assustavam. O que me preocupava mais era o que aconteceria caso ela decidisse permanecer no controle do meu corpo. Será que eu conseguiria recuperá-lo? Será que seria relegada a vê-la viver uma vida, a minha vida, e não seria capaz de fazer nada para impedir?

Pare. Por favor, acrescentei, pedindo que ela recuasse.

Depois de um momento tenso, ela consentiu. Mas percebi seu ressentimento e a perda que experimentou quando a releguei a um papel menor de novo. Agora eu sabia como era ser passageira no corpo de outra pessoa.

Ou ela havia escondido de mim o pior, ou isso não a incomodava tanto assim. Se minha breve experiência de ter garras servia como exemplo, eu enlouqueceria se a situação fosse inversa e eu é que estivesse confinada no corpo de uma leoa. Tia sentiu meu pânico de ficar mentalmente enjaulada e seu descontentamento desapareceu, substituído por uma espécie de empatia tranquilizadora. Ela compreendia. E foi então que eu soube que ela era mais forte... uma alma mais forte do que eu.

Talvez fosse esse o motivo, caso a oportunidade se apresentasse, de ela preferir desaparecer a ser trancada na mesma forma comigo por toda a eternidade. Presumindo, claro, que agora fôssemos imortais. O que eu não acreditava que fôssemos, já que outras esfinges não estavam mais por aí. Eu não tinha certeza do que tudo isso significava para nós duas, mas ambas achamos melhor não nos preocuparmos muito por ora.

O Dr. Hassan ficou de pé.

– Ísis me instruiu a lhe dar estas armas. São as que tirei da caverna.

Ele ergueu uma espécie de arnês que se acomodava nos ombros, e havia uma vara de metal em cada um dos dois bolsos. Estendi a mão e peguei uma delas. A arma era afiada na ponta que estivera dentro da bainha.

– Ah. – Tia exalou seu sentimento ao estender minha outra mão e segurar a outra arma. Houve um momento desajeitado de luta pelo controle no qual meu corpo foi literalmente puxado em dois lugares ao mesmo tempo. Ambas nos imobilizamos.

Desculpe, disse Tia. *Não queria forçar a barra.*

Tudo bem, respondi. *Deve ser difícil ser uma passageira sempre.*

Por enquanto vou observar.

Mas tenho certeza de que você luta melhor.

Não há ninguém com quem lutar neste momento. Aproveite a oportunidade para aprender.

O Dr. Hassan nos olhou com uma expressão de alarme mal contida.

– Como está se sentindo, Lily?

– Bem – respondi, oferecendo-lhe o que esperava ser um sorriso tranquilizador. – Só vou demorar um pouco para me acostumar.

– De fato.

– Então, me diga para que serve essa arma.

– Ah! – Ele pareceu empolgado e em seu verdadeiro elemento. – Esta é uma arma muito rara e antiga usada pelos deuses. Como as cimitarras de Amon, estas lanças podem ser usadas em combate corpo a corpo, mas também podem ser usadas a distância.

– Lanças? – Elas me pareciam facas *sai*, mas os dentes laterais eram quase tão compridos quanto o central, parecendo facões de três pontas. As três lâminas alongadas em cada arma tinham aparência maligna e ponta afiada. – Não são meio curtas para lanças?

Ele estendeu as mãos e segurei o cabo pesado da arma. Quando ele tocou um botão no centro, uma espécie de mola escondida fez com que ela se alongasse até virar uma lança de tamanho normal. Dentro da minha cabeça, Tia estava quase ronronando de felicidade. Logo que pressionado novamente o botão, a arma volta ao tamanho que cabia na bainha.

O Dr. Hassan me ajudou a colocar o arnês de couro e afivelá-lo nos ombros.

– Você pode usá-las para cortar e apunhalar de perto ou para empalar de longe – disse ele.

Experimentando, levei as mãos atrás do pescoço e peguei as lanças. Pareciam se ajustar perfeitamente às minhas mãos. Girei-as nas palmas, sentindo-lhes o peso, e fiquei surpresa com a agilidade natural que demonstrava ao manuseá-las.

Atirei uma delas, e a ponta da lança se cravou quase liquidamente no tronco grosso de uma árvore a boa distância.

Eu estava prestes a perguntar por que me sentia tão confortável com as armas quando Tia explicou: *Provavelmente é o nosso instinto. Seus sentidos foram aumentados, inclusive o senso espacial e o tato. Assim como sou capaz de calcular a velocidade e a distância entre mim e a presa.*

Mas sem dúvida é mais do que apenas a habilidade de uma leoa, respondi. *Você nunca segurou uma arma destas, e é como se eu já soubesse usá-la.*

Somos esfinge, ela respondeu em tom casual. *Você usou o poder que há dentro de nós. Eu senti. Você não?*

Agora que ela mencionara, concluí que havia de fato sentido alguma coisa. Uma espécie de corrente que me percorrera no momento em que a intenção de sacar a arma entrou na minha mente. Distraindo-me dos pensamentos, ela perguntou com impaciência: *E a outra?*

Apontei a outra forma que se projetava da bolsa dele.

– O senhor também tem um arco.

– Sim – respondeu o Dr. Hassan, saindo do transe assombrado em que me olhava e se agachando perto da pedra.

Ele me entregou um arco reluzente esculpido com imagens que eu não entendia. Corri a ponta do dedo em cada sulco, imaginando o que significariam. Quando os mostrei ao Dr. Hassan, ele deu de ombros.

– Nunca vi isso antes e temo fazer suposições. Imagino que fosse a isso que Ísis se referisse quando falou sobre aprender durante a jornada.

A aljava estava cheia de flechas em cujas pontas se viam penas brancas e reluzentes, com bordas de ouro. Ele me viu passando o dedo em uma delas.

– São as penas de Ísis – explicou. – A mira delas é sempre acurada, mas, como você pode ver, o número é limitado. Use-as com sabedoria.

Assim que todas as armas ficaram presas no arnês, o Dr. Hassan fez uma pausa, me olhando com a estranha mistura de simpatia e da reverência que ele dedicava aos deuses. Por fim, deixou escapar um suspiro.

– Eu gostaria de poder ajudá-la mais. – Afastando-se alguns passos, disse: – Se ao menos pudesse acompanhá-la...

– Se isso ajuda, eu também gostaria que o senhor fosse comigo.

Ele amassou o chapéu nas mãos.

– Simplesmente não é possível. Pedi a Ísis. Implorei a ponto de me arriscar à fúria dela enquanto esperava você aqui, e a única resposta que recebi foi que eu não sobreviveria. Só você é destinada a isso. Só você pode salvar Amon. Tudo que posso fazer é prepará-la para a jornada ao além, e para isso devo selar o Coração da Esfinge em você, a parte final do encantamento. – Quando confirmei com a cabeça, ele disse: – Repita comigo.

Enquanto ele falava, cada palavra parecia agarrar-se ao meu ser, como se cada parte minha que ele listava daquela maneira se manifestasse fisicamente.

Meu cabelo voa como a juba de um leão. É o meu escudo.
Meu rosto é belo e brilha com a luz do sol.

Meus olhos enxergam em lugares escuros e abrem cavernas secretas.
Meus ouvidos podem localizar um escaravelho enterrado no deserto.
Minhas narinas captam o cheiro de uma pétala no fundo do oceano.
Minha voz é melíflua e leva o perigo a quem ouvir.
Meus lábios estão escancarados para engolir as almas do mal.
Meus dentes são armas afiadas contra os cruéis e deformados.
Meus músculos estão aquecidos e prontos para a batalha.
Minha barriga não é macia, é rígida como uma rocha.
Meu corpo é ágil; minha forma, perigosa e atraente.
Meus pés estão prontos para me levar por passagens escondidas.
Minhas garras buscam o seu fim e vão destruí-lo completamente.
Minhas asas afastarão o mal e triunfarão sobre meus inimigos.

Quando ele terminou a última parte do encantamento, uma dor aguda atravessou minhas costas e quase me atirou na poeira do chão. Lentamente me aprumei, sabendo que jamais voltaria a ser a mesma pessoa, a mesma mulher, a mesma criatura. Eu não era humana. Não era leoa. Era esfinge. Ergui o braço e, embora ele parecesse o mesmo, eu sabia que havia uma firmeza maior nos músculos. Minha pele formigava da raiz dos cabelos até os dedos dos pés.

Meu ser, a essência do que eu era, havia mudado, e no entanto, até onde podia ver, eu ainda me parecia comigo. Perguntei-me se, caso olhasse num espelho, veria os mesmos olhos me encarando de volta ou enxergaria uma estranha. Será que Amon me veria da mesma maneira quando o encontrasse? Será que aprenderia a gostar da criatura em que eu havia me transformado? Endireitei os ombros, sabendo que isso não importava. Ele precisava ser salvo e eu – não, *nós* éramos as únicas que podiam ajudá-lo.

O Dr. Hassan, que agora me olhava com mais veneração ainda, rapidamente explicou:

– O lugar que você procura chama-se Duat. É o lar de Amon-Rá. Você só pode acessá-lo durante o dia e descobrir sua entrada através de uma tumba. Posso levá-la até uma que fica a apenas algumas horas daqui.

Levantei o nariz e fechei os olhos. A mente de Tia se uniu à minha e falamos como se fôssemos apenas uma em pensamento. De algum modo, eu me sentia adequada e inteira. Se minha voz era o vento, a dela era uma profunda piscina natural agitada pelo vento.

– Há o túmulo esquecido de um viajante perdido bem mais perto. Vamos encontrar o caminho sozinhas.

Nervoso, o Dr. Hassan assentiu, como se esperasse uma resposta assim. E, como parecia sofrer por me deixar naquele estado, nós é que o deixamos. Seguimos até que eu não pude mais ver a elevação onde ele estava; depois, sabendo o que precisava fazer, ergui as mãos e invoquei o poder da esfinge, pedindo que o vento expusesse o túmulo escondido que eu pressentia sob meus pés. Grãos de areia começaram a se mexer e então milhares deles subiram, pinicando minha pele, guiando-nos até nosso destino. Assim que o vento parou, nós avançamos.

A caverna escura que o vento havia exposto guardava o esqueleto de um homem que tinha morrido no deserto muito tempo atrás. Ainda que não fosse uma tumba oficial como aquela que o Dr. Hassan considerara, serviria ao nosso propósito.

Canalizando o poder que residia dentro de nós, sopramos devagar. O sopro agitou as roupas do morto comidas pelos vermes e abriu um buraco na escuridão do seu leito de morte. O buraco cresceu, estendendo-se como uma bolha frágil até estar quase do tamanho suficiente para passarmos.

Era um caminho para outro reino, uma dimensão diferente de nossos mundos. Minha mente o interpretou como um buraco de minhoca, mas Tia não entendeu isso. Para ela, era um redemoinho num lago preto levando a um lugar do qual ela não tinha conhecimento nem vontade de descobrir. Ambas sentimos o problema ao mesmo tempo.

Vamos precisar de ajuda, disse ela.

Sim. Contemplei o obstáculo e então uma lembrança veio à superfície. *Acho que sei o que fazer*, murmurei.

Fechando os olhos, entoei o encantamento que Amon havia treinado comigo e imbuí minhas palavras de todas as nossas energias. Pouco depois, a superfície da duna ao nosso lado se deslocou e se agitou.

O que é isso?, perguntou Tia, temendo uma serpente grande ou uma matilha de chacais.

Um amigo, respondi com um sorrisinho.

Um instante depois, uma figura enorme surgiu numa explosão de areia. O grande animal relinchou baixinho e trotou até nós, os pelos reluzindo ao sol feito mica. Era lindo. Muito maior do que os cavalos que Amon havia chamado antes. Dando um passo em sua direção, corri a mão por seu pescoço sedoso e tentei acalmar Tia, que estava frenética com a proximidade dele.

Respondi ao seu chamado, Esfinge. Aonde deseja ir?
– Vamos para Duat – respondi.
É uma jornada longa... e perigosa.
– Você não pode nos levar? – perguntei.
O garanhão bateu os cascos dourados no chão e sacudiu a cauda, irritado.
É claro que posso, declarou. *Eu sou Nebu!*

O Lugar Onde os Sonhos Nascem

Estendi a mão e Nebu aproximou-se, encostando o focinho nela. Assim que o ar úmido expelido por seu focinho fez cócegas na palma sensível da minha mão, Tia tomou posse completa do meu corpo, retirou a mão bruscamente e buscou as lâminas nas minhas costas. Num piscar de olhos, levou o gume afiado de uma minilança até o grande pescoço do garanhão dourado, encostando a ponta de uma segunda no peito dele.

– Fique longe de nós, *Despojado* – disse ela rispidamente para o cavalo reluzente.

Tia! O que está fazendo?, sussurrei, tentando recuperar o controle do meu corpo. *Ele está aqui para nos ajudar.*

– Ele *não* está aqui para nos ajudar! – gritou ela. – Este... *unicórnio* – ela sibilou a palavra, como se fosse uma coisa feia e odiosa – está aqui para raptá-la. Você obviamente não entende o que ele é capaz de fazer.

Do que você está falando? Ele não é um unicórnio. É um cavalo. Ok, ele é um cavalo egípcio mágico praticamente indestrutível e possivelmente feito de areia, mas é um cavalo. Você nunca viu um cavalo antes?

– Claro que já vi cavalos. Não sou um filhote, Lily. E ele é tanto um cavalo quanto eu sou um gatinho doméstico. Você não consegue ver?

Ver o quê?

– O lugar onde ficava o alicórnio dele?

Olhei mais atentamente para Nebu, e havia uma espécie de brilho apagado saindo de um ponto no centro da sua cabeça, mas, como todo o seu corpo reluzia, eu havia presumido que aquela fosse uma parte especialmente lustrosa de seu pelo.

O que é um alicórnio?, perguntei.

– O corno, o símbolo de seu poder. Isso foi tirado dele, como foi de todos da sua espécie. É por isso que o chamei de Despojado. É um insulto a todos os unicórnios. Eles não gostam de ser lembrados de sua vergonha.

Vergonha?

O garanhão balançou a cabeça e bateu as patas no chão.

O que é isso? Quem é você?, gritou mentalmente, agitando a cauda, irritado.

Tia ignorou a pergunta dele e gritou:

– Lily não é a virgem frágil que você está procurando!

O que eu estou procurando? Não estou procurando nada!, zombou ele. *Poderia esperar enigmas da sua parte, Senhora Esfinge, mas suas palavras cortam fundo, e não fiz nada para merecer os abusos que você lança sobre mim. Vim aqui apenas como um favor para o rapaz que detém o Olho de Hórus. Seria muito mais fácil mandar um dos meus filhos, mas ele implorou com tanta eloquência e expôs as virtudes de sua amada com tanta emoção que decidi que queria conhecê-la pessoalmente. Basta dizer que estou desapontado. E Zahra, minha filha que carregou você até o oásis, também falou muito bem a seu respeito.*

– Não precisamos de você nem do seu tipo de ajuda especial. Procure uma inocente em outro lugar, porque não vai colocar a cabeça no colo desta virgem!

Nebu nos encarou como se fôssemos uma criatura que ele nunca tinha visto antes e afastou-se, trotando até uma certa distância.

Tia! Primeiro, não gosto do modo hostil como você dominou meu corpo, principalmente sem que houvesse um mínimo aviso. Segundo, você não tem nada que falar com ninguém sobre minha virgindade ou a falta dela, especialmente com um cara, quero dizer, um cavalo. Eu preferiria não ver o fato de que ainda sou virgem – já que meu namorado múmia praticamente não encostou a mão em mim até sua morte precoce – ser anunciado aos quatro ventos. Não que eu tenha vergonha nem nada. Mas precisamos estabelecer algumas regras sobre o que cada uma de nós vai e o que não vai revelar em público sobre a outra. Terceiro, o que aconteceu com você? Por que está agindo assim? Qual é o seu problema com os cavalos ou unicórnios?

– Não vou falar disso aqui. Especialmente na frente *dele*. Ele é perigoso, Lily. Você não sabe como a espécie dele pode ser monstruosa.

Agora Nebu circulava à nossa volta, sacudindo a cabeça para cima e para baixo. Suspeitei de que o único motivo para ele ainda não ter ido embora era Amon, e eu sabia, nas profundezas da alma, que precisávamos dele. Ver que

Tia estava feliz em afastá-lo, e que brandir as facas só dava mais motivos a ele, só piorava as coisas. Eu precisava dar um jeito na situação.

Tia, implorei. *Nós precisamos da ajuda dele. Se ele não nos levar aonde precisamos ir, Amon vai morrer. O mundo vai acabar. O Caos vai reinar. Você não quer isso. Sei que não quer. Você precisa confiar em mim. Prometo que não vou fazer nada sem consultar você primeiro.*

– Eu confio em você – murmurou ela baixinho, muito mais calma agora que o garanhão havia se afastado.

Ótimo. Então me devolva o controle.

Ela hesitou apenas por um momento, mas, assim que tomou a decisão de ceder, eu percebi. Sentindo-se ligeiramente culpada, Tia recuou para o fundo da minha mente e se escondeu feito um gatinho embaixo da cama.

– Espere! – gritei, novamente no controle da minha voz.

Apressei-me a guardar as lanças nas costas e estendi a mão para o cavalo, que se afastava.

Ele se aproximou com cautela, desconfiado, como um potro relutante querendo uma guloseima, então recuou depressa, quase sentando-se nas patas traseiras. Relinchando, sacudiu a cabeça, como se algo o incomodasse.

Não sei qual é o seu jogo, jovem esfinge, mas não tenho o hábito de oferecer meus serviços a qualquer um.

– Eu sei. Desculpe.

Dando alguns passos lentos em sua direção, estendi os dedos, e ele diminuiu a distância. Quando pareceu suficientemente confortável, dei tapinhas em sua cara e ele pressionou a cabeça contra meu ombro, em resposta.

Seu hálito era quente no meu cabelo.

Pode falar, disse ele em minha mente.

– Eu tenho uma passageira comigo – expliquei. – E ela parece preocupada e um tanto temerosa com relação às suas intenções.

Tia sibilou, mal-humorada e infeliz com o fato de eu dizer que ela estava com medo.

Passageira? O que quer dizer com isso?

Pigarreei, desconfortável, e, torcendo as mãos, disse:

– O encantamento para me transformar em esfinge deu certo, mas a consciência da leoa que se fundiu comigo para alcançarmos esse poder ainda é parte de mim.

O garanhão saltou e eu recuei depressa enquanto ele empinava nas patas traseiras, pisoteando o ar e relinchando alto. Seus cascos escavaram a areia, levantando-a até ela estar tão agitada quanto ele. *Você trouxe uma leoa para cá? Isso é inaceitável. Remova-a do seu corpo imediatamente.*

– Removê-la? – Ri, desconfortável. – Mesmo se eu pudesse, e não posso, não faria isso.

O cavalo virou a cabeça para me olhar.

Agora entendo por que você disse as coisas que disse. Ele soltou um suspiro profundo. *Me desculpe então, Inocente, mas, por mais que goste do seu amigo, não posso levá-la nessa viagem.* Ele se virou para ir embora, balançando a cauda.

– Não vá! – gritei, e pus a mão em suas costas. – Por favor – implorei. – Nós duas sabemos que não podemos alcançar o objetivo sem a sua ajuda.

Senti que ele não estava tão ansioso para nos deixar quanto estivera um momento atrás.

Não gosto de leões, disse o garanhão por fim, sem dúvida agoniado com a ideia de nos largar ali. *Mas, se ela permanecer quieta durante a viagem, concordo em levar você até Duat.*

Dei-lhe alguns tapinhas, feliz, e beijei seu focinho morno.

Se você concordar em me dar um presente, acrescentou ele, ajoelhando-se diante de mim.

No mesmo instante em que murmurei "Claro", Tia gritou na minha mente: *Não!*

Mas era tarde demais. O trato estava feito. Ela soube disso e irrompeu em soluços torrenciais. Rezei para que meus instintos estivessem certos.

Quando montei no unicórnio, pensei em quanto tinha sido tola por achar que estava preparada. Não havia como prever uma coisa assim. Agora minha vida era uma loucura linda, maravilhosa, imprevista, não profetizada. Essa era uma das coisas que me atraíam para Amon. Existia uma beleza no inesperado, e quanto mais eu fazia parte disso, mais ansiava por ela. Jamais seria a mesma garota de novo, o que não me incomodava tanto quanto eu achava que deveria incomodar.

Nebu se levantou e eu agarrei sua crina com força enquanto ele ia até o túmulo descoberto. Apesar da incerteza e do perigo que havia adiante, eu estava disposta a enfrentá-los. Não olhei para trás. Nem para o Dr. Hassan. Nem para a paisagem africana. Nem para o mundo que eu conhecia. Nem para a garota que eu tinha sido. Lilliana Young não existia mais. Eu era uma pessoa, uma *coisa* totalmente nova.

Ele vai trair sua confiança, disse Tia, interrompendo meus pensamentos.

Mas Amon prometeu mandar ajuda, respondi. *Ele não mandaria alguém que nos fizesse mal.*

Os unicórnios apenas se servem dos vulneráveis e inocentes, murmurou ela, mal-humorada.

Tem certeza de que ele é mesmo um unicórnio?, perguntei ainda em dúvida.

Ela deu um suspiro impaciente.

Vou contar a história deles quando estivermos sozinhas. Não quero que ele ouça meus pensamentos.

Certo, falei secretamente a ela. *Vamos tomar cuidado.*

Segure-se com força para não cair e não se perder na Terra Intermediária, disse Nebu.

– Terra Intermediária? – perguntei, mas não houve tempo para ele responder porque nesse momento empinou e saltou na bolha escura que tínhamos aberto no túmulo. E o mundo que conhecíamos ficou para trás. Com um estalo, a bolha se fechou à nossa volta e eu não consegui ver nada nem ouvir nada além da respiração poderosa do garanhão em disparada.

Apertei os olhos com força, enroscando os dedos na crina sedosa ao mesmo tempo que apertava as coxas contra os flancos dele, rezando para não cair. A última coisa que eu queria que acontecesse era terminar perdida no abismo onde estávamos.

Depois do que me pareceu uma hora, vi luz à frente e aceleramos na direção dela. A claridade cresceu e um solo rochoso se materializou adiante. Seguimos rápidos como um relâmpago e, com um estalo dos cascos trovejantes de Nebu que ecoou no céu, tocamos o solo. Fachos cor-de-rosa e roxos, laranja e amarelos se filtravam na paisagem pedregosa, iluminando-a suave e serenamente, com um levíssimo toque de cor.

O terreno me fez lembrar dos grandes cânions rochosos do Velho Oeste. Cumes rosados se erguiam sobre platôs em forma de ferradura feitos de arenito e xisto, provavelmente formados por rios antigos e sedimentos coloridos de lagos. Pálidas listras de minerais de diferentes cores enfeitavam cada pico e cada monte de pedra. Passamos por arcos amplos e formações rochosas impossíveis, tão erodidas que era um espanto que ainda continuassem de pé.

Não vi sinais de vida selvagem nem de pessoas, mas havia plantas e árvores que brotavam de fendas e por trás de arcos. O cheiro fresco de um deserto logo depois de uma tempestade me alcançou. Ainda que a paisagem estivesse banhada por uma luz suave, o céu era escuro, iluminado apenas pelos milhares de estrelas no alto, e percebi que a qualidade onírica da luz em tons pastel no terreno sépia havia sido criada por elas.

– É lindo. Você vive aqui? – perguntei.

Não. Isto faz parte da Terra Intermediária. Passamos pela primeira barreira e entramos na segunda. Este é o Lugar Onde os Sonhos Nascem.

– Interessante. Então nós vamos dormir?

Não! Dormir no Lugar Onde os Sonhos Nascem é abrir mão da vida e virar sonho. Você deixará de existir, a não ser que um mortal a evoque no sono.

Isso não pareceu muito ruim quando parei para pensar. Era um bom modo de morrer, se fosse preciso. Além disso, eu podia esperar que Amon sonharia comigo pelo menos de vez em quando.

É imperativo que você permaneça acordada enquanto estivermos neste lugar, avisou Nebu.

– Então talvez você devesse nos contar uma história – sugeri, dando-lhe tapinhas.

Certo, vou contar uma das minhas prediletas: a história de Geb e Nut.

Enquanto ele me regalava contando a história que eu já conhecia, eu escutava a voz de Amon, e não a de Nebu. Fechei os olhos e visualizei seu rosto bonito, os lábios perto do meu ouvido, enquanto Nebu narrava a história de um deus e uma deusa e de um amor tão forte que foi necessário um poder imenso para separar os dois seres. Mesmo assim, com os vastos céus entre os dois, eles se agarraram um ao outro pelas pontas dos dedos e seus olhares permaneceram sempre fixos na pessoa amada. Enxuguei uma lágrima que escorria do canto do olho e, antes que percebesse, Nebu esticou as pernas, alongando o passo.

– O que está acontecendo? – gritei.

Chegamos à outra extremidade do Lugar Onde os Sonhos Nascem. Passamos pela segunda barreira e vamos atravessar a terceira e última. Estamos na queda.

– Na queda? Como assim, "na queda"?

Antes que ele pudesse explicar mais, vi exatamente o que queria dizer. O duro terreno sépia empoeirado terminava abruptamente e além dele não existia nada, exceto a noite cravejada de estrelas, como se tivéssemos chegado ao fim do mundo. Um lugar onde os navios despencariam da borda da Terra para o desconhecido.

– Nebu! – gritei.

Tia berrou dentro da minha cabeça e, se tivesse garras, ela as teria cravado na minha coluna.

Vai ficar tudo bem, Senhora Esfinge. Segure firme, disse o unicórnio.

Com isso, os músculos das costas do garanhão se moveram embaixo de mim e grandes asas douradas brotaram atrás das minhas pernas. Com um imenso impulso, os cascos de Nebu deixaram o chão assim que chegamos à beira do penhasco. Ele saltou para o céu, as pernas se movendo e as asas pesadas batendo contra o vento, levando-nos para o alto.

Eu estava nas costas de um unicórnio, um garanhão imortal do deserto. Não me sentia diferente de Belerofonte, que ousou montar seu amado cavalo, Pégaso, para subir até o monte Olimpo e confrontar os deuses. Ele fracassou e foi derrubado na jornada, mas eu não deixaria que isso nos acontecesse. Com os olhos arregalados, examinei o céu. Nosso destino estava em algum lugar adiante, logo depois das estrelas.

11

Heliópolis

O chão foi ficando distante lá embaixo e precisei acalmar Tia do melhor modo possível, ainda que a altitude também me alarmasse. Felizmente Nebu subiu devagar, nos mantendo o mais niveladas que podia. Quanto mais alto subíamos, mais frio ficava. Tia se encolheu dentro de mim, tremendo, ainda que *meus* braços é que estivessem arrepiados e *meu* nariz é que tivesse perdido a sensibilidade.

Quando perguntei a Nebu se iríamos congelar e morrer por falta de oxigênio, ele respondeu:

Agora você é esfinge. Não pode perecer em razão de uma coisa tão simples quanto o frio. Além disso, logo vai estar aquecida novamente. Lembre-se: nosso destino é o lar do deus-sol.

Se estar na casa de Amon-Rá fosse como estar perto de Amon, eu não tinha com que me preocupar. Amon gerava calor como um aquecedor elétrico. Só de pensar nele eu experimentava a sensação de que tinha um cobertor grosso em torno dos ombros. Os pequenos tremores nos músculos foram passando. *Talvez meus temores sejam mais mentais do que físicos*, pensei.

E quanto à sua pergunta sobre o oxigênio, você não entendeu quando estamos.

– Você não quer dizer *onde* estamos?

Quis dizer quando. *Para você isso deve parecer a atmosfera da sua Terra. As estrelas ao redor representam algo parecido com o espaço. Mas não estamos no lugar que sua mente supõe. Só porque você inspira e expira não significa que haja oxigênio, e não estamos no quando que deixamos para trás.*

– Então o que estou respirando, exatamente? E, se não estamos num onde, que *quando* é este em que estamos?

Você está respirando a luz das estrelas, e não estou falando das estrelas do seu Universo. Aqui as estrelas têm um significado diferente. A resposta à segunda parte da sua pergunta é que estamos no Tempo Intermediário.

– Foi por isso que você chamou o lugar de Terra Intermediária. Você não quis dizer entre lugares, e sim entre tempos.

Sim. Isso mesmo.

Senti que Nebu ficou satisfeito com minha capacidade de entender o que ele dizia.

Tia não estava mais ouvindo. Seu cérebro não conseguia processar discussões metafísicas como essa. Ela era uma caçadora. Uma guerreira. Seus instintos diziam que algo estava muito errado e que seu lugar não era onde estávamos. Um felino tem que sentir o chão sob as patas. Ela precisava percorrer caminhos e territórios conhecidos. Não tinha vontade de descobrir nada sobre o lugar onde nos encontrávamos.

Curiosa, perguntei a ele:

– É assim que Anúbis viaja também? Entre tempos?

Sim. Todos os deuses viajam desse modo.

– Mas não os Filhos do Egito, certo?

Os Filhos do Egito têm a capacidade de manipular o tempo, mas a viagem pelo escuro Tempo Intermediário cobra um preço alto deles. Os deuses não são afetados do mesmo modo.

– Isso me lembra uma pergunta que eu queria fazer há um bom tempo. Por que os deuses não realizam seu próprio trabalho sujo? Quero dizer, por que dar a Amon e aos irmãos dele a responsabilidade de algo que os deuses fizeram acontecer, para começo de conversa? Foram eles que baniram Seth. Eles deveriam arrumar a própria bagunça.

As asas de Nebu estremeceram e ele balançou a cabeça como se estivesse incomodado.

Não ouso especular o porquê. Tenho minhas teorias, claro, mas não cabe a mim dizer nada.

– Bom, pode apostar que estou planejando dizer alguma coisa. O que eles esperam é injusto. Os supostos dons são apenas uma desculpa para fugir à própria responsabilidade.

Sentindo frio de novo, esfreguei as mãos e soprei nelas, a fim de esquentá-las.

Você sabe que o desconforto que está sentindo neste momento não é nada comparado com os desafios físicos que vai enfrentar no mundo dos mortos, disse Nebu.

– Só agora que você me diz? – murmurei.

Sem dúvida você não achava que esta jornada seria fácil.

– Não. Acho que meu lado humano está se manifestando, não é? No momento, estou me sentindo mais Lily Young que esfinge...

Talvez você devesse pedir ajuda à sua leoa.

– O quê? Como?

Ela pode ajudá-la a regular a temperatura do corpo.

– Verdade?

Tia ouviu a sugestão dele e sua presença cresceu, enchendo meu corpo. Um calor abençoado veio com essa sensação, como se ela tivesse me enrolado nos pelos de uma leoa. Eu ainda estava no comando do corpo, mas ela permaneceu comigo, logo abaixo da superfície, apesar do medo de voar.

Obrigada, disse a ela em silêncio.

Peço desculpas por ter deixado que seu sofrimento continuasse. Eu não sabia que podia detê-lo.

Tudo bem. Estamos aprendendo à medida que avançamos.

– Obrigada – falei ao garanhão. – Agora estamos nos sentindo muito melhor.

De nada. Só se lembre de que, sempre que precisarem acessar o poder da esfinge, terão de fazer isso juntas. Usá-lo exige que vocês estejam unidas em seus desejos.

– É bom saber.

Está preparada, Senhora Esfinge?, perguntou Nebu.

– Preparada? Para quê?

Para entrar em Duat.

– Ah, isso. Ahhhh, claro!

O unicórnio fez uma curva e depois avançou lentamente. Parecia que estávamos entrando num poço negro e horizontal. As estrelas permaneciam fixas, mas o espaço entre elas reluzia como vinil líquido. A cabeça e o peito de Nebu desapareceram, envoltos por aquela gosma opaca. Isso me lembrou de quando fui absorvida pela montanha do verme gigante onde o Dr. Hassan havia guardado o sarcófago de Asten.

Enquanto o líquido cobria minhas pernas e subia pelo restante do corpo, não pude deixar de respirar fundo e fechar os olhos. Eu tinha sido absorvida e/ou esmagada por coisas demais desde que havia conhecido Amon. Entre areia movediça, uma leoa sufocante, montanhas, uma caixa de pedra e agora a passagem para Duat, estava surpresa por não ter um problema de claustrofobia pior. Cada experiência parecia uma pequena morte. E agora que eu era uma felina, pelo menos parcialmente, imaginei se a presente experiência consumiria uma das minhas sete vidas.

É um mito, disse a voz interior de Tia.

O quê?, respondi, desesperada por uma distração à medida que o negrume se fechava sobre minha cabeça.

Que os gatos têm sete vidas. Não têm. Têm uma, como todas as criaturas. A exceção é seu companheiro, claro.

Por fim a escuridão se dissipou e vimos um paraíso exposto em toda a sua glória. Tínhamos entrado num mundo novo – um mundo mais lindo e luxuriante do que eu jamais tinha visto. Um vasto oceano reluzia abaixo de nós com os raios dourados de um pôr do sol perfeito. Ele se refletia nas asas de Nebu, nas minhas pernas nuas sobre as costas dele e no verde do meu vestido.

Estranhas aves marinhas chamavam umas às outras ao mergulhar, tentando pegar o jantar num cardume de peixes com escamas que cintilavam sob a superfície da água. Outros animais maiores, que eu não podia ver, soltavam jatos densos de água, depois desapareciam rapidamente no oceano. A brisa refrescante trazia os perfumes de um mar turquesa, de areias douradas, frutas cítricas e flores tropicais, tudo isso banhado por um sol de verão.

O unicórnio baixou ainda mais, arrastando as patas na água – que, de tão quente, poderia vir de uma fonte aquecida – e espirrando-a nos meus pés calçados com as sandálias. À nossa frente havia uma ilha cercada por nuvens baixas cor de tangerina e, projetando-se da massa volumosa de terra, via-se uma cidade dourada. Obeliscos esculpidos, pontes em arco, torres reluzentes, estátuas enormes e pirâmides impressionantes com cumes dourados que brilhavam ao sol poente pontilhavam a paisagem. Apesar de estarmos no pôr do sol, a luz gerada em cada construção bastava facilmente para rivalizar com uma lua cheia.

– Esta é Duat? – perguntei.

Nebu relinchou de leve.

Não. A cidade diante de nós é apenas uma parte de Duat. É o Coração do Sol, o lar de Amon-Rá, também conhecida como Heliópolis. Para entrar no além e no mundo dos mortos você terá de ir até o lado mais distante de Duat, o lugar onde o sol se põe à tarde.

– O sol está se pondo agora. Podemos chegar lá antes do anoitecer?

Não. Mesmo se eu pudesse levá-la a tempo, você não teria permissão de passar pelo Rio Cósmico sem primeiro invocar Amon-Rá. É ele quem dá per-

missão para viajar na barca celestial. Sem a permissão d'Aquele Que Veio a Ser Por Si Mesmo, o Protetor da Estrada Não Percorrida, você não poderia nem mesmo permanecer nos limites de Heliópolis.

Nebu bateu as asas e voou por cima de uma grande muralha que cercava a cidade, e pude ver o movimento de pessoas entre os prédios lá embaixo.

– Quem são elas? – perguntei.

Algumas são deuses inferiores. Outras são serviçais que prometeram dedicação eterna a Amon-Rá. E outras ainda são criações dele.

– Criações? Quer dizer, como filhos?

De certa forma, sim. Como os unicórnios, existe um grande número de criaturas formadas pelo Cosmo, e até mesmo umas poucas criadas por Amon-Rá e os outros membros do panteão. Muitas vivem em paz aqui em Heliópolis.

– Então não são humanas?

Algumas são. Algumas foram.

Não ousei pedir mais detalhes sobre isso. Pelo menos por enquanto. Aquilo era um pouquinho demais para mim.

– E para onde estamos indo? Para o prédio do governo?

Tentaremos obter entrada no portão do lar palaciano de Amon-Rá. Está vendo, ali no topo da colina?

A área da cidade para onde nos dirigíamos tinha as construções mais exóticas e deslumbrantes que eu já vira. Um templo colossal coroado por um obelisco, esculpido na forma de um grande pássaro, erguia-se na encosta de uma montanha, encimado por uma reluzente pirâmide em miniatura.

O pyramidion *no topo do templo representa o ponto mais alto da cidade,* explicou Nebu.

– *Pyramidion?* – perguntei.

Sim. É o cume do obelisco. No de Benben, a imagem de Amon-Rá foi esculpida no grande diamante que você está vendo lá, e todos que moram na cidade olham para ele no nascer e no pôr do sol para se lembrar de que Amon-Rá é o primeiro a ser recebido pelo sol a cada manhã e o último a honrá-lo antes do anoitecer.

– Humm. Eu me pergunto se ele não está tentando compensar alguma coisa.

Nebu relinchou e sacudiu a crina.

Eu tomaria cuidado com o que digo na Cidade Dourada, alertou. *Amon-Rá não é um deus para ser levado na brincadeira.*

Sorri e dei um tapinha no pescoço dele.

– Você se preocupa demais. Acredite, fui treinada no traquejo social desde que aprendi a falar. Vamos ficar bem.

É só que eu sofreria se soubesse que sua jornada terminou antes de começar. Talvez eu devesse permanecer ao seu lado quando for encontrá-lo.

Enroscando os dedos pela crina, segurei com força enquanto ele descia graciosamente até o calçamento lá embaixo. Seus cascos pousaram nos ladrilhos brilhantes e o ar que ele agitou ao equilibrar o peso soprou meu cabelo em todas as direções. Nebu apertou as asas nas laterais do corpo com tanta força que elas desapareceram, até mesmo aos meus olhos, e trotamos pela ponte comprida que levava ao portão, onde havia guardas com lanças compridas e de aparência perigosa cruzadas entre eles.

Talvez, se tudo correr bem, você possa levar uma mensagem para Anúbis transmitir à minha mulher. Não sei se ele vai fazer isso, mas não custa pedir.

– Posso dar o recado – ofereci, me perguntando quem seria essa mulher amada por um unicórnio. – Anúbis está me devendo mesmo. O que você quer que eu peça?

Que ele diga... que diga que meu coração ainda arde por ela.

Mais misterioso ainda.

– Se puder, darei sua mensagem. – Desci do dorso de Nebu e cambaleei por um momento, tentando me equilibrar. Ele encostou o focinho na minha mão e eu lhe dei uns tapinhas, agradecendo.

Venha. Deixe-me guiar você até a câmara interior, se não puder convencê--la a permitir que eu permaneça ao seu lado enquanto está aqui. O garanhão caminhou ao nosso lado até os guardas e se dirigiu a eles. *Esta esfinge deseja uma audiência com Aquele Que Veio a Ser Por Si Mesmo. Pedimos permissão para entrar.*

Um guarda de expressão pétrea respondeu:

– Esta noite ele tem negócios fora daqui, mas talvez Hórus queira alguma diversão.

Diversão?, sibilou Tia, eriçando-se diante da ideia. *Eles querem nos usar para se divertir?*

Tia foi interrompida quando um dos guardas abriu o portão e sinalizou para entrarmos. Recebemos instruções e fomos deixados a sós, algo que achei estranho numa fortificação grande como os templos de Amon-Rá. Acho que isso revelava o poder dos deuses. Não devia haver muita gente disposta a desafiá-los.

Como Nebu andava confiante ao nosso lado e parecia saber aonde ia, não fiquei muito preocupada.

Imaginei qual seria o melhor modo de abordar Hórus. Sem dúvida ele iria nos ajudar. Afinal de contas, Amon estava com seu Olho. O que iríamos fazer afetaria todo mundo, até aqueles que residiam na cidade dourada de Heliópolis. Caso Seth se libertasse, eles correriam tanto perigo quanto o reino mortal, certo?

Enquanto andávamos pelo templo, não pude evitar ficar boquiaberta com o esplendor e a opulência do lar de Amon-Rá. Serviçais passavam por nós carregando jarras de ouro e bandejas cheias de frutas maduras, doces e queijos. Depois que a quinta nos dirigiu um cumprimento de cabeça, recatada, sem nem ao menos nos olhar uma segunda vez, finalmente percebi uma coisa.

– São todas mulheres – observei.

A quem você está se referindo?, perguntou Nebu.

– Às serviçais. E todas são lindas.

Amon-Rá e Hórus gostam de se cercar da beleza e das riquezas que sua posição permite.

Pensei naquela informação por um momento antes de dizer:

– Ah, entendo.

O que foi?, perguntou Tia.

Já estive perto de caras assim, expliquei. *Eles exibem o dinheiro ou o poder se associando com quem consideram digno.*

E nós não somos... dignas?, perguntou ela.

No nosso estado atual? Na verdade, não. Passei a mão pelo cabelo embolado pelo vento. O vestido estava sujo de lama, rasgado e manchado de sangue no ponto em que Tia havia cravado as garras em mim. Passei a mão pelo escaravelho do coração em minha cintura, procurando algum conforto que me ajudasse a enfrentar aquela situação.

Ah, disse Tia em minha mente. *Você quer se banhar e...* – ela procurou as palavras – *condicionar sua juba.*

É.

E, se fizermos isso, ficaremos suficientemente dignas para obter uma audiência com Hórus?

Não tenho certeza, mas pelo menos não vamos passar vergonha.

Tem certeza de que mostrar as garras e os dentes, mesmo pouco afiados como os seus, não iria impressioná-lo mais?

Tenho.

Depois de uma breve hesitação, Tia disse:

Muito bem. Posso falar com o unicórnio?

A presença de Tia subiu à superfície, e a mudança de controle pareceu tão natural como se eu tivesse meramente saído do caminho.

– Unicórnio – disse ela. – Sou eu, a leoa. Lily está com vergonha de encontrar um deus vestida desse jeito. Precisamos da sua ajuda.

Nebu inclinou a cabeça, examinando-nos sem piscar.

Leoa, disse ele, inclinando a cabeça com respeito. *Você ficou quieta. Quase esqueci que estava aí.*

– Fiz o que você pediu – respondeu Tia simplesmente, dando de ombros.

Sim. Agradeço sua paciência durante a viagem.

– E eu agradeço o fato de você não ter levado Lily como uma de suas virgens sacrificiais – disse ela com um risinho.

Nebu roçou o focinho no ombro dela suavemente e Tia se imobilizou, mas insisti para que relaxasse. Ela chegou até a dar tapinhas no focinho dele, meio rígida e desajeitada. Senti orgulho dela.

Não precisa ser tão veemente, observou o garanhão com um movimento brusco da cabeça.

Tia baixou a mão.

– Desculpe. Nunca fiz carinho num unicórnio, nem em qualquer outra criatura, aliás. Meu tipo de carinho geralmente termina em morte. Mas, pelas suas reações quando Lily fez isso, parece que você gostou. Talvez eu estivesse enganada.

Normalmente eu gosto, disse ele, chegando mais perto. *Pode tentar de novo, leoa. Se quiser.*

Estendendo os dedos outra vez, Tia segurou gentilmente a cara do unicórnio. Depois de um momento, disse:

– Acho estranho você suportar o toque humano.

Você gostaria também, respondeu ele, *se estivesse em sua forma antiga.*

– Talvez. Mas isso nunca mais acontecerá. – Havia uma leve tristeza em sua voz, e pela primeira vez notei que, quando ela falava, minha voz saía diferente. Era mais gutural, mais áspera, um pouco como se ela tivesse engolido um pedaço de lixa e estivesse tentando falar apesar disso. Pensei em tudo de que ela havia desistido para me tornar o que eu era. Pareceu que dividir o corpo com ela era um preço pequeno.

Depois de um momento, Tia perguntou de novo a Nebu:

– Você pode fazer alguma coisa para nos ajudar?

Não, respondeu ele. *Eu não posso fazer nada. Mas* você *pode fazer uma coisa.*

– Eu? O que eu posso fazer? – perguntou Tia, dando um passo para trás.

Vocês são esfinge, respondeu ele com simplicidade. *Concentrem-se juntas no que desejam.*

– Mas eu não sei exatamente do que Lily precisa.

Então deixe que ela tome a dianteira, mas se abra para permitir que o poder flua através de você.

Tia confirmou com a cabeça e, num piscar de olhos, trocamos de lugar.

Quer ele soubesse ou não que a troca havia acontecido, Nebu nos orientou com paciência:

Feche os olhos e pense no que deseja.

Obedeci, visualizando uma roupa limpa e adequada para encontrar Amon-Rá e Hórus. A princípio não notei nada acontecendo. Achei que o calor nos braços era por estar dentro do templo reluzente, mas longo senti a ferroada da areia. Abri os olhos e descobri que estava no meio de uma leve tempestade de areia. Ela girava ao meu redor, raspando minha pele até brilhar.

Os trapos do vestido desapareceram na nuvem e os grãos se aderiram ao meu corpo, formando um vestido novo. Dessa vez, no lugar do verde-jade do escaravelho do coração, eu estava vestida em creme e dourado. Um corpete justo bordado com pedras reluzentes envolvia meu tronco. Tiras de ouro cingiam a cintura. Agora o escaravelho era um broche preso ao ombro direito no vestido, no ponto em que o corpete encontrava a manga, e raios feitos de minúsculas contas verdes se projetavam dele, afunilando-se aos poucos, até sumir totalmente ao chegarem ao cinto.

A saia longa era adornada com penas de pontas douradas presas no tecido, as pontas viradas de modo a fazer com que eu parecesse um pássaro. Quando toquei uma delas, percebi que eram idênticas às de Ísis. Chinelos confortáveis adornavam meus pés e braceletes de ouro tilintavam nos braços. Levando a mão às costas, senti-me reconfortada ao tocar as lanças e as extremidades das flechas emplumadas que se projetavam da aljava.

Meu cabelo era jogado de um lado para outro num ciclone de areia que golpeava os fios até eles ficarem macios e lisos. Os grãos faziam cócegas no couro cabeludo, e logo o cabelo foi enrolado em cachos meio frouxos. Toquei o topo da cabeça, que ainda pinicava, e olhei para um escudo polido que havia na parede. Os últimos traços de areia acima de mim se solidificaram e criaram um adereço de cabeça dourado e com asas, que coroou meu rosto de modo a lembrar uma juba de leão.

Tia ficou satisfeita com esse efeito e alardeou que a última parte havia sido feita por ela. Passei a mão pelo corpete bordado com contas, alisando o tecido sobre os quadris, os dedos se demorando nas penas sedosas.

– Bom, como estou? – perguntei a Nebu.

Igual a uma rainha, respondeu o garanhão. *Podemos prosseguir?*

Confirmei com a cabeça e fui em frente, confiante, sabendo que agora estava preparada para me encontrar com um deus em condições equivalentes. O barulho de pessoas rindo, de fontes murmurando e música suave nos guiou, e não demorou até encontrarmos a origem de tudo aquilo. Era uma festa.

Colocando no rosto meu melhor sorriso de "Estou muito feliz em conhecê-lo", entrei no grande átrio, a mão nas costas de Nebu em busca de apoio moral. A sala estava cheia de coisas lindas – fontes, estátuas, mesas compridas e lustrosas cheias de comidas maravilhosas – e mulheres. Havia mulheres por toda parte.

Ruivas, louras, morenas. Mulheres que pareciam vir da África, da Ásia, da América do Sul, do Alasca, da Rússia, da Polinésia e algumas que pareciam... de outro mundo. Era como um concurso de Miss Universo cheio de figuras altas, graciosas e lindas. Mas havia outra coisa que todas tinham em comum, além da beleza espantosa.

Todas davam atenção, total ou parcial, a uma coisa – um homem, para ser específica –, um homem que se reclinava num divã branco e exalava poder. Estava luxuosamente vestido e parecia acostumado a obter o que desejasse. Era tão bonito quanto um ator de Hollywood e tinha plena noção de seus encantos. Era um homem cercado por mulheres solícitas e pelos objetos mais lindos do mundo. E era um homem que estava olhando diretamente... para mim.

– Olá – disse ele calorosamente enquanto me lançava um sorriso vitorioso, um sorriso que provavelmente havia encantado cada mulher que ele já encontrara em sua longa vida. Apesar de não ter se movido em sua posição reclinada, tive a sensação de que a aparência de relaxamento era uma máscara e que num piscar de olhos ele poderia encostar uma faca na minha garganta ou me jogar em cima do ombro e me carregar para longe. Eu não sabia qual das duas opções ele estava mais inclinado a escolher naquele momento, mas, de qualquer modo, soube que esse homem, esse... deus... era perigoso. A covinha no rosto e o brilho malicioso nos olhos eram desconcertantes.

Em vez de responder, apenas assenti com deferência e apertei com mais força a crina de Nebu, que falou:

Permita-me apresentar Lily. Ela é uma esfinge recente que deseja uma audiência com Amon-Rá.

Hórus ouviu o que Nebu disse, mas seus olhos jamais se afastaram dos meus. Isso me deixou desconfortável, e a Tia também. *O deus está nos encarando*, murmurou ela. *Ele nos desafia!*

Não, respondi. *Ele está nos avaliando. Seja paciente.*

Hórus se levantou do divã sem dificuldade. Era alto, magro e musculoso, mas não demais, e, enquanto se aproximava, Tia observou que o deus se movia como um gato selvagem, lenta e deliberadamente, o olhar jamais abandonando a presa. *Hórus está nos espreitando*, sibilou.

Ignorei-a e estreitei os olhos, observando sua expressão libertina e o rosto bonito e anguloso. Meus dedos comichavam para pegar as armas que eu carregava nas costas, mas forcei um sorriso enquanto colocava as mãos nos quadris, mostrando que não sentia medo. Era perfeitamente capaz de me defender.

Quando ele parou a pouca distância e o ar ao nosso redor se tornou denso de expectativa, finalmente inclinei a cabeça e disse:

– É um prazer conhecê-lo.

Um risinho cruzou seus lábios enquanto ele inclinava a cabeça para nos estudar.

– Sim – murmurou ele, num tom de voz intenso dizendo que cada palavra transmitia mil possibilidades. – Muito prazer. – Sem olhar para nada além de mim, levantou os dedos, girou-os com um floreio e disse: – Podem nos deixar. Encontrei minha... distração para a noite. – Ele me lançou um sorriso com calor suficiente para derreter o sol.

Ante essas palavras, todas as mulheres que estavam na sala foram embora tão rapidamente quanto um cubo de gelo no deserto. Engoli em seco, subitamente nervosa, e passei os segundos seguintes dissuadindo Tia de invocar suas garras.

– Você também, Nebu – disse Hórus.

Acho que não, respondeu o garanhão, fazendo o deus finalmente olhar em sua direção. *Ela não está aqui para saciar seus apetites*, alertou Nebu.

Hórus riu e se virou de novo para mim, segurando ousadamente minha mão e beijando meus dedos.

– Quem sabe então eu não esteja aqui para saciar os dela... – Hórus levantou a cabeça e me deu uma piscadela. Com isso, perdi o controle de Tia. Num segundo minha mão estava sendo beijada por um deus, e no outro eu havia riscado minhas garras sobre sua palma, provocando cortes instantâneos e profundos. Em seguida retirei minha mão da dele. Em vez de sangue, uma luz brotou em cada ferimento, que se curou rapidamente.

O ataque não incomodou Hórus. Na verdade, o efeito pareceu ser o oposto. Aparentemente encantado, ele aproximou-se ainda mais, deslizou a mão pelas garras ainda estendidas, subindo até meu braço nu, e murmurou com ar de sedução:

– Que revigorante! Não há nada que eu goste mais do que uma mulher que oferece um desafio.

Tão rapidamente quanto havia emergido, Tia recuou e eu estava de novo no controle. Dei um passo para trás e o contornei, deixando Nebu às minhas costas, de modo que o deus precisasse se virar para nos encarar.

– O unicórnio está certo. Não viemos aqui para... – revirei a mente em busca de uma palavra que fosse suficientemente clara e ao mesmo tempo não insultuosa – ... nos aquecer em sua glória.

Ele ergueu uma sobrancelha, mas seus lábios se contraíram com humor.

– Então, por favor, me esclareça quanto ao motivo de ter decidido me dar o prazer de sua companhia.

– Estou aqui... nós estamos aqui – corrigi – para pedir permissão de viajar na barca celestial até o mundo dos mortos.

– Ah, sei. – Hórus foi até a mesa e encheu duas taças de ouro. Depois de me entregar uma, ergueu a outra na minha direção e a levou aos lábios carnudos. – Por que ainda está aqui, Nebu? – perguntou com uma leve irritação na voz. – Achei que tinha pedido para você ir embora.

Pediu. Simplesmente quero garantir primeiro a segurança da jovem.

– Você duvida da minha capacidade de ser um bom anfitrião? – perguntou Hórus com uma piscadela marota na minha direção.

Pelo contrário, não tenho dúvida de sua capacidade. Tenho dúvida de suas intenções.

– Entendo. Então o que posso fazer para convencê-lo de que minhas intenções são totalmente honradas?

Pode jurar pelo seu falcão dourado.

Hórus girou para encarar Nebu.

– Você deveria saber, *Unicórnio*, que não deve desafiar um deus a jurar pela parte dele que lhe foi arrancada. Será que devo fazê-lo jurar pelo seu alicórnio e pelos poderes que você perdeu? Você está indo longe demais, Nebu.

Será que ele está falando do falcão dourado de Amon?, pensei. *Se for, ele não parece muito feliz que Amon esteja com ele.*

Peço desculpas por tocar em um assunto delicado, disse Nebu a Hórus. *Simplesmente sei como o falcão é precioso para você e que, se jurar em nome dele, não vai violar o juramento.*

Os ombros largos de Hórus curvaram-se ligeiramente, mas o homem bonito assentiu por fim e agitou as mãos, como se aquilo não tivesse importância.

– Muito bem, juro pelas asas do meu falcão dourado que não vou fazer mal à jovem esfinge nem vou usar meus poderes para influenciá-la de nenhum modo.

Obrigado. Nebu deu alguns passos em minha direção e tocou meu braço com o focinho. *Devo partir agora, Lily. Não tenho poder para negar um pedido de Hórus. Mas, caso precise de mim em qualquer momento ou lugar, use o encantamento do seu namorado para me invocar. Virei, se for possível.*

– Obrigada, Nebu – falei baixinho.

De nada. Não se esqueça, jovem esfinge, algum dia voltarei para buscar meu presente. O unicórnio esfregou a cabeça em meu braço uma última vez, em seguida abriu as asas grandes e reluzentes e saltou no ar. Subiu até chegar ao teto abobadado do átrio e, com um estalo dos dedos de Hórus, o teto se abriu para o céu noturno e Nebu desapareceu.

Quando ele se foi, Hórus se aproximou de mim, dando a volta até o outro lado do divã onde eu tinha acabado de me sentar, e se estendeu nele outra vez. Segurou minha mão e beijou dos meus dedos agora humanos até meu ombro.

Nervosa, falei:

– Você prometeu a Nebu que não usaria seus poderes para me influenciar.

– Não estou usando meus poderes – disse ele, fazendo cócegas na minha pele com os lábios. – Estou seduzindo-a com meu magnetismo totalmente humano.

– Seja como for, já tenho namorado. Além disso, sua mãe, Ísis, disse que você iria me ajudar.

Hórus suspirou e levantou a cabeça.

– Você não sabe que não se deve falar da mãe de um homem quando ele está tentando deixar uma mulher louca de paixão?

– Não estou nem um pouco louca de paixão.

– É – disse ele, franzindo a testa. – Por que será? Em geral, não tenho tanta dificuldade para convencer uma mulher a sucumbir aos meus encantos.

– Talvez eu não seja tão suscetível quanto as mulheres com quem você costuma andar.

– Não. Não é isso.

– Tenho quase certeza que é.

Ele me olhou com atenção, o queixo cinzelado a centímetros do meu rosto. Se quisesse, poderia ter diminuído a distância entre nós com a facilidade de um pensamento, mas em vez disso seus olhos se estreitaram, como se procurasse alguma coisa embaixo da minha pele. Por um momento pensei que ele estivesse procurando Tia, que talvez a tivesse pressentido dentro de mim, mas que houvesse encontrado outra coisa.

Sacudindo a cabeça ligeiramente, como se estivesse confuso, ele encostou a ponta do dedo no meu queixo, inclinando minha cabeça para um lado e para outro. Apertou as pontas dos dedos contra meu coração e então seus olhos se arregalaram quando olhou para o meu broche.

– O que é isto? – perguntou com uma leve nota de alarme. – Como isto veio parar aqui?

Hórus afastou-se de mim e olhou o escaravelho do coração como se fosse um escorpião mortal. Apontando o dedo para ele, perguntou:

– Você fez isso de propósito, para me enganar?

– Enganar você? – perguntei, com uma breve risada de preocupação. – Não. – Pus a mão sobre o escaravelho liso e senti o leve tique-taque do coração de Amon. Então, baixinho, sussurrei: – Anúbis me avisou que os imortais reagiriam a ele.

– Claro que reagimos! – disse Hórus rispidamente, a raiva colorindo suas feições bonitas enquanto se punha de pé num salto. – Você quase me prendeu sob o mesmo feitiço que jogou sobre esse pobre coitado sem que ele tivesse consciência. Ele não é uma conquista suficiente para você, esfinge? Precisava acrescentar um deus à sua lista de pretendentes?

– Ei, espere um minuto aí! – protestei, enfurecida por suas alegações e querendo me defender, ainda que o acusador fosse um deus todo-poderoso. Fiquei de pé, erguendo um dedo no ar. – Foi Amon quem teceu o encantamento, não eu. Se houve algum incauto nesta história, fui eu. Você não tem o direito de me culpar de nada. Principalmente quando foi a sua ação, ou devo dizer inação, e a de Amon-Rá que levaram Amon a fazer o que fez, para começo de conversa. Se alguém tem culpa disso, são você e seus amigos deuses!

Hórus se levantou do divã, o peito arfando, os punhos cerrados. Passou uma das mãos com força pelo cabelo castanho cheio, depois se imobilizou, com uma fagulha relampejando nos olhos escuros.

– Pelos poços mais escuros do mundo dos mortos! – murmurou rouco enquanto saltava por cima do divã e me tomava nos braços. Lutei contra ele, mas não conseguia me mexer. Ele roçou os lábios no meu pescoço e gemeu baixinho. – Mesmo agora, sabendo que não é real, descubro que não posso resistir a você. A curva do seu pescoço, a linha do seu rosto, o perfume da sua pele, tudo é inebriante, irresistível. Você não deve se negar a mim, Lily.

Hórus me arqueou sobre seu braço e me deu um beijo dramático, de fazer dobrar os joelhos. Foi passional, hipnótico e poderoso, e, apesar de eu empurrá-lo com força, ele não se deteve de modo algum. Na verdade, meus movimentos pareciam acrescentar mais lenha à fogueira que o alimentava.

Eu estava me debatendo, tentando descobrir como tirar as mãos do espaço entre nossos corpos e passá-las por cima da cabeça para pegar uma das armas, quando uma voz ressoou no átrio, esfriando efetivamente o ardor que dominava Hórus.

A voz autoritária trazia a força de mil sóis:

– O que acha que está fazendo, sobrinho?

E quando Hórus finalmente ergueu a cabeça, com os poços profundos de seus olhos vitrificados de paixão, um trovão ecoou no céu acima de nós.

12

As Águas do Caos

– Tio! Eu estava... – Hórus parecia um menininho apanhado com a mão no pote de biscoitos.

Enquanto hesitava, tentando encontrar uma resposta à pergunta de Amon-Rá, não havia absolutamente nenhuma dúvida na minha mente de que o homem diante de nós era mesmo o deus-sol. Continuei tentando me soltar de Hórus.

– Sei muito bem o que você estava fazendo. Solte a donzela imediatamente.

Um rubor manchou as faces do deus que estava me beijando com ardor um instante atrás e ele me soltou. Deu um passo atrás, mas seu olhar continuou voltado para mim, como se doesse até mesmo manter-se a uma pequena distância. Endireitei os ombros, alisei a roupa desalinhada e fiz uma reverência para o deus dourado à minha frente.

Por que você deixou que ele nos beijasse?, perguntei a Tia na minha mente. *Aquela seria uma boa hora para mostrar as garras! Ainda não sou boa em fazer isso sozinha.*

Gostei do carinho, respondeu ela com simplicidade. *Ele foi muito... ardoroso. Admiro um macho que vai atrás do que deseja. Talvez eu ame esse homem.*

Está falando sério? Acredite quando digo que não ama. Você nem o conhece direito. E deixe-me lembrar: não estamos abertas à atenção de outros homens. Temos Amon.

Você tem Amon, lembrou ela. *Eu não tenho ninguém.*

Bom, você não pode tê-lo. Ele é um deus, e ainda por cima um deus muito devasso. Ele iria conquistar você e passar para o próximo rostinho bonito no máximo em uma semana, provavelmente em um dia.

Não tenho mais um rostinho bonito. Uso o seu emprestado, lembra? Por falar em rostos bonitos...

Vamos falar disso mais tarde, alertei-a.

Amon-Rá tinha facilmente mais de 1,90 metro de altura e era lindo, mas não do tipo garoto bonito, como Hórus. A beleza de Amon-Rá estava mais na força de sua forma e na confiança da postura. Seus olhos tinham o tom castanho mais claro que eu já vira – quase dourado, como âmbar – e a pele era ligeiramente mais morena que a de Hórus, mas havia uma luz emanando dele. Dava para sentir seu calor enchendo o espaço, o ar quase zumbindo enquanto se aproximava. O suor brotou nas minhas têmporas e começou a escorrer pelo rosto, e Amon-Rá notou enquanto eu o enxugava.

– Peço desculpas por deixá-la desconfortável – disse ele. Em seguida fechou os olhos e a luz foi visivelmente sugada de sua pele. Seus olhos mudaram da cor de areia muito pálida para um caramelo rico, chegando ao marrom chocolate. Percebi que eu estava franzindo os olhos e pisquei como se o visse pela primeira vez. A forma de seu rosto era angulosa. O queixo era pontudo. E tinha uma covinha no centro. Vinda de lugar nenhum, uma serviçal trouxe uma taça com um líquido gelado. Ele bebeu com gosto e depois olhou para o sobrinho, as sobrancelhas levantadas. – E então?

Hórus saltou, pondo-se em posição de sentido.

– Tio. Permita-me apresentar Lily, uma esfinge recente que pede uma audiência.

– Ah – disse Amon-Rá. – E quem é a outra?

– Outra? – murmurou Hórus com expressão confusa. – Não há mais ninguém aqui.

– Certamente que há. Talvez suas mãos estivessem ocupadas demais para notar que você tinha não só uma mulher nos braços, mas duas.

Ah, gosto dele ainda mais do que do primeiro. Ele me nota. Podemos beijá-lo depois? Eu gostaria de sentir os músculos dos braços dele. Vou escolhê-lo.

O quê? Não!, respondi a Tia em minha cabeça.

– Duas? Como é possível? – perguntou Hórus, perplexo.

Ignorando-o, Amon-Rá perguntou:

– E quem é você, minha cara?

Eu soube que ele não estava falando comigo e, relutante, cutuquei Tia para que se manifestasse.

– Sou a leoa de Lily – ronronou ela na versão mais grave e sensual da minha voz. – Meu nome é Tia.

– Bem-vinda, Tia – disse Amon-Rá, inclinando a cabeça. – Disseram que vocês duas fizeram uma longa viagem para me ver.

– Fizemos – respondi, rapidamente reassumindo o controle do corpo antes que Tia tentasse lamber os lóbulos das orelhas de Amon-Rá. Imagine se eu ficasse presa por uma leoa no cio!

Eu ouvi isso, disse ela. *Não estou no cio. Só que o seu unicórnio estava certo. Descobri que gosto da sensação de ser acariciada por um humano. E, por falar em sensação, esse aí faz com que eu me sinta como se estivesse tomando sol na minha pedra predileta.*

Silenciei-a quando o deus recém-chegado se dirigiu a nós.

– Por favor, vocês não querem se juntar a mim para uma refeição tardia? – perguntou, e eu soube que ele se referia a mim e a Tia, e não a mim e Hórus. – Estou faminto depois da ida a Duat.

Faz muito tempo que não comemos, lembrou Tia.

– Adoraríamos – respondi, e aceitei seu braço quando ele o estendeu, trincando os dentes num esforço extenuante de controle mental para impedir que Tia apertasse o bíceps dele. Hórus nos seguiu, mal-humorado, mas empenhado em me deixar ao alcance de seus olhos. Suas mãos continuavam acariciando meu braço e, quando as empurrei para longe, Tia aproveitou a oportunidade para chegar mais perto do deus-sol. Além disso, ficava me mandando impulsos para virar a cabeça e admirar a silhueta de Amon-Rá. Seu cabelo encaracolado a fazia lembrar-se de uma juba de leão, e ela gostava do cheiro dele. *Pare com isso!*, disse a ela, e passei a me concentrar na movimentação dos serviçais enquanto seguíamos pelos corredores enormes.

– Sua casa é linda – observei, tentando conversar amenidades.

– Obrigado.

Entramos na sala de jantar e, embora Hórus tenha feito uma tentativa desajeitada de se sentar ao meu lado, Amon-Rá lhe disse imediatamente que seu lugar era do lado oposto. Apesar de muitas mulheres circularem, trazendo um prato depois de outro para a mesa, nós três éramos os únicos comensais. Assim que as taças foram servidas com um líquido dourado que Amon-Rá chamou de ambrosia, as criadas levantaram as coberturas dos pratos, todas ao mesmo tempo.

Um vapor perfumado subiu das travessas de pato com laranja, purê de raízes, uma salada salpicada de flores comestíveis e uma espécie de pudim flambado para a sobremesa, e minha boca se encheu de água. Eu não tinha percebido como estava faminta. Amon teria apreciado o prazer de Tia com a comida. Tendo superado muito antes a necessidade de manter minha figura esbelta de Nova York, não foi muito difícil para Tia me convencer a desfrutar de uma segunda e até mesmo de uma terceira porção. Comi até ficar tão estufada que mal conseguia me mexer.

– Obrigada – falei ao terminar. Limpei cuidadosamente os cantos da boca com o guardanapo, ainda que Tia preferisse que eu passasse a língua estendida sobre os lábios. Ver Hórus gemer quase de dor enquanto me olhava fazer uma coisa simples como limpar de leve os lábios já era suficientemente ruim. Se eu tivesse feito o que Tia desejava, ele talvez sucumbisse ali mesmo. Ameacei-a dizendo que nunca mais comeria carne se ela continuasse me impondo seus pensamentos descarados e ela recuou, amuada, para o fundo da minha mente e ali ficou ouvindo, de mau humor.

Como o assunto estava na minha mente graças a Tia, perguntei a Amon-Rá:

– Por que o senhor não fica tão afetado por mim quanto Hórus? Até Anúbis pareceu ter problemas com meu escaravelho do coração.

Amon-Rá se inclinou para trás, os olhos brilhando.

– Ele me afeta tanto quanto a qualquer outro, mas eu tenho mais controle do que meu sobrinho. Ele não praticou muito a disciplina da abnegação ao longo dos anos. Para falar com franqueza, ele é um fraco.

Hórus finalmente rompeu o contato visual comigo e olhou furioso para o tio.

– Você está me envergonhando.

– Você é que se envergonha – respondeu Amon-Rá com um suspiro, sacudindo a cabeça num gesto que indicava que não estava com raiva do sobrinho em absoluto, mas sim frustrado. – Se você exercitasse o autocontrole, acharia mais fácil suportar a tentação.

– Então ela é dolorosa? – perguntei.

– É o pior tipo de dor – exclamou Hórus. – Vejo você sentada aí, tão perto, no entanto sinto cada fração da distância entre nós como se fosse um abismo intransponível, interminável. Isso acaba comigo.

Amon-Rá revirou os olhos na direção de Hórus.

– Será que preciso expulsá-lo da sala?

Hórus arquejou como se alguém lhe tivesse dado um soco na barriga.

– Por favor, não brinque comigo desse jeito. Não posso deixá-la.

– Estou falando totalmente a sério. Se quer ficar, guarde para si mesmo seus comentários descarados. Lily e Tia não são obrigadas a tolerar seu fascínio insuportável.

Trincando os dentes, Hórus assentiu com atrevimento e voltou a me encarar em silêncio.

– Todos no mundo dos mortos vão reagir assim? – perguntei. – Ou isso só se aplica a imortais que são mais... humanos?

– Esse poder exerce influência sobre todos os imortais. A forma não importa. Até Nebu ficou fascinado, embora esteja apaixonado por outra, o que em geral nos protege da atração do escaravelho. Mas, por outro lado, talvez ele simplesmente goste de você. É sempre uma possibilidade. Nunca se sabe. Além disso, você está presumindo que vou deixá-la entrar no mundo dos mortos. E já aviso de antemão: não estou inclinado a fazer isso.

– O quê? Depois de tudo que eu... que nós fizemos? Eu vim até tão longe, e Tia... bom, Tia abriu mão de tudo!

Amon-Rá ergueu a mão.

– Por favor, não me entenda mal. Não deixo de ter simpatia pelo que vocês passaram; só não concordo com a teoria de que o Universo irá acabar caso Seth retorne.

– Tio! – exclamou Hórus.

– Como assim? – perguntei ao mesmo tempo que Hórus se manifestava.

Passando a mão pelos cachos escuros e curtos, Amon-Rá disse:

– Seth nem sempre foi a encarnação de todo o mal como Hórus o vê.

– Ele teve muitas chances de se redimir. Não há esperança para ele – declarou Hórus.

Lançando um olhar significativo para o sobrinho, Amon-Rá disse:

– Ninguém está além da esperança. Você, especialmente, deveria saber disso.

Hórus se deixou afundar na cadeira, com uma carranca maculando suas feições bonitas.

– Depois de tudo que ele fez comigo, eu gostaria de pensar que você ficaria do meu lado.

– Eu fiquei do seu lado. Fiquei do seu lado repetidamente. Mesmo quando o resultado fosse diferente se eu não ficasse. – Amon-Rá virou-se para mim. – Hórus acha que Seth é um demônio chifrudo com língua bifurcada e cascos fendidos, e talvez em algumas situações ele se apresente assim, mas esse não é o garoto que eu conheci.

– O senhor o conheceu quando ele era jovem? – perguntei.

– Ninguém lhe contou a história de Seth?

Fiz que não com a cabeça.

Amon-Rá franziu a testa.

– Talvez fique mais claro se eu começar do princípio.

Recostei-me na cadeira e desfrutei do calor da presença de Amon-Rá. Tia cochilava como um gato sonolento – metade ouvindo atenta e metade refestelando-se preguiçosamente, numa serenidade perfeita.

– Eu fui o primeiro deus que veio a ser – começou Amon-Rá. – Numa certa época havia um espaço no Cosmo onde as matérias colidiam, uma espécie de confusão primordial de energia pulsante. Nós chamávamos aquilo de Águas do Caos, já que ali a matéria fluía e refluía como um oceano multifacetado. Esse espaço permaneceu confinado, como se o material fluido que o compunha estivesse preso numa bola de vidro colossal. Quando uma de nossas estrelas, não um sol como você conhece, mas os globos mágicos que cercam nosso mundo, caiu, acabou colidindo com as Águas do Caos, e eu nasci.

Eu queria ouvir mais. Ele prosseguiu:

– Durante muito tempo vaguei de um lugar para outro, descobrindo as limitações da minha força, mas, à medida que as eras passavam, fui me sentindo solitário. Decidi ter companheiros e usei meu poder para lançar mais duas estrelas nas águas. Shu e Tefnut emergiram do Caos. Eles se casaram e Tefnut deu à luz Nut e Geb. Você sabe sobre eles?

– Amon me contou que Nut e Geb tiveram de se separar.

– Sim. Foi minha culpa. Quando Nut e Geb se casaram, percebemos... melhor dizendo, *eu* percebi o que tínhamos feito. Como resultado, eu os proibi de ter filhos.

– Como assim? O que o senhor fez? – perguntei.

– Veja bem, nós jamais deveríamos existir. Quando saí das Águas do Caos, tirei alguma coisa de lá. O calor e o dom da vida das estrelas vieram comigo. Na época eu não sabia, mas minha criação deixou o lugar mais fraco, e, quando Shu e Tefnut nasceram, vieram com o poder do vento e da água. Quando isso aconteceu, esses elementos desapareceram das Águas do Caos. Fiquei alarmado com minha descoberta, para dizer o mínimo. Os outros não acreditaram em mim, e Nut e Geb estavam apaixonados demais para ouvir meus avisos. Mesmo eu tendo mandado o pai deles, Shu, para mantê-los afastados, eles conseguiram um modo de se unir. Deram à luz Ísis, Osíris, Néftis e Seth, e, quando os filhos assumiram seus vários poderes, minha teoria se mostrou correta. Depois disso ficaram nas Águas apenas pequenos fragmentos de energia doadora de vida. Isso era inegável. O restante da família finalmente concordou com minha teoria.

– E o que vocês fizeram? – perguntei, fascinada com a história de sua origem, apesar da distração de ter de chutar o pé de Hórus repetidamente para longe. Por fim, empurrei a cadeira para fora do seu alcance, de modo que ele teria de se levantar para me tocar. Sem graça, Hórus me lançou um olhar atormentado, tão cheio de desejo que o calor subiu por meu pescoço.

– A princípio, nada. Não sabíamos direito o que *podíamos* fazer. Mas no fim decidimos terminar o que tínhamos começado. Durante eras de estudo, aprendemos que as Águas do Caos tinham sido, numa determinada época, o local de nascimento de toda a vida no Cosmo. As circunstâncias de nossa criação haviam deixado o local quase vazio, estéril. Nós, os nove, nos unimos num grande conselho chamado Ennead e, apesar de os filhos de Geb e Nut serem jovens demais para entender completamente, fizemos um pacto. Criamos deuses menores com os traços que restavam das Águas do Caos. Anúbis, Maat, Tot, Kons, Bastet e vários outros surgiram naquela época. Distribuímos cuidadosamente entre eles os poderes restantes das Águas do Caos, e então aquele mar que já fora vasto e fértil desapareceu. Cada deus novo foi obrigado a fazer um juramento inviolável de se unir a nós na tarefa de cuidar do Cosmo.

Ele fez uma pausa antes de continuar:

– Um conjunto de leis foi estabelecido e voltamos a atenção para criar os mortais. Mundos mais numerosos do que você pode conceber foram moldados e alimentados por nós. Sua Terra se tornou nosso feito mais valorizado. Quando ficamos satisfeitos com o trabalho, construí Heliópolis e me estabeleci aqui para vigiar os muitos mundos e os seres que os habitavam. Agora, entre nossos deveres está a defesa dos pobres e o fomento da verdade, da bondade e da justiça. Nosso objetivo é usar nossos poderes para obter a perfeição e a harmonia. Tomamos o *ankh* como nosso símbolo, porque ele representa a vida e nos lembra do que foi sacrificado para virmos a ser. Atravessamos o Universo como um vento forte atiçando o fogo do progresso. Apesar de não sermos vistos pelos mortais, nossa presença pode ser sentida em cada alvorecer, cada pôr do sol, cada sopro de ar perfumado no seu rosto e cada gota de chuva. Somos parte de tudo e tudo é parte de nós.

– Então Seth era um de vocês? – perguntei.

– Sim – respondeu. – Seth era uma criança feliz e curiosa. Amava a família, era fascinado pelo modo como os mundos eram feitos, mas no dia em que foi imbuído de seus poderes tudo mudou. Na época achei que estávamos sendo castigados. Que não restava nada para ele herdar. Não enxerguei a coisa como era.

– O que aconteceu? Que poderes ele recebeu?

– Ele recebeu o poder mais terrível e mais formidável de todos nós. Um poder com a capacidade de destruir tudo o que havíamos criado...

– Espere aí. Se vocês fizeram uma promessa inviolável de proteger a Terra e praticamente tudo o mais no Cosmo, por que Seth estava tentando destruir os antigos egípcios? Ele não tinha controle sobre o poder que recebeu? Por que vocês precisaram recrutar Amon e os irmãos para impedi-lo? Por que ele está preso numa cela cósmica, e por que Sebak foi tão inflexível quanto a querer que ele fosse solto?

Eu sabia que o estava apressando e fazendo perguntas demais. Era óbvio. Mas sentia o peso de ter de salvar Amon, e o modo direto de Tia havia me influenciado a pressionar em busca de respostas que não estávamos recebendo. Eu estava ficando impaciente com o processo de descobrir o que precisávamos saber.

– Tecnicamente, Seth não violou sua promessa – disse Amon-Rá. – Ele só enxerga as coisas de um modo um pouco diferente.

– Um pouco diferente? – exclamou Hórus. – Ele quer a nossa morte!

Amon-Rá suspirou.

– Seth tem uma ideia diferente do que é cuidar do Cosmo. Veja bem, ele recebeu seus poderes muito mais tarde que os irmãos. Ísis tinha um poderoso domínio dos encantamentos. Osíris governava coisas não vistas e podia invocar os elementos para fazer o que quisesse. O poder de Néftis era calmo, contido. Ela podia enxergar dentro do coração de uma pessoa e entendê-la completa e verdadeiramente de um modo que ninguém mais podia. Por isso ela se tornou esposa de Seth.

– Mas ele não a amava – objetei. – Ele queria Ísis.

– Sim. Ele a queria, mas não a amava. Pelo menos não como Osíris. Seth era obcecado por Ísis e seu poder. Queria usá-la para fazer seus encantamentos. Sua mulher, Néftis, ficou com muito ciúme, não porque não amasse a irmã, amava sim, mas porque ansiava por um amor como o que Osíris compartilhava com a esposa. Queria ter a mesma coisa com Seth. Infelizmente, ele não estava no estado de espírito propício para lhe oferecer isso.

– E nunca vai estar – exclamou Hórus.

– Acho que ainda não entendo – admiti.

– É porque me adiantei demais. A única razão para eu ter mencionado o relacionamento de Seth com os irmãos é o equilíbrio.

– Equilíbrio – ecoei.

– Sim. Cada deus recebeu um dom, cada um deles importante a seu modo.

O dom de Seth talvez seja o mais importante de todos, porque é através dele que o Universo mantém o equilíbrio.

– Como assim? – perguntei.

– Ele é mau – explicou Hórus. – Ele contrabalança nossa bondade. – Amon-Rá franziu a testa, mas não contradisse o sobrinho, que, encorajado pela pausa do tio, continuou: – Seth foi criado para criar problemas. O Cosmo precisa dessa fagulha de dissonância, desse fio de incerteza para criar. Sem ele só há perfeição. Como você vai entender "acima" se não houver "abaixo"? Ou compreender o amor sem o ódio?

– Bem, deixe-me ver se estou entendendo. A função de Seth era criar discórdia, de propósito, para que... o quê? Os mortais não ficassem complacentes demais? Felizes demais? – perguntei.

– É um pouco mais complicado que isso – disse Amon-Rá. – Há um lugar para o Caos. Os humanos só entendem e apreciam a paz se conhecerem os horrores da guerra. Só podem crescer se houver um obstáculo a superar. O Cosmo só é equilibrado se houver um modo de experimentar o mal junto com o bem.

– Certo. – Cruzei os braços. – E o que deu errado? Por que ele está preso?

Dessa vez Hórus não pareceu disposto a responder e cedeu o lugar a Amon-Rá, que respirou fundo.

– Seth não está preso por provocar o Caos, mas porque quer desfazer *tudo* o que nós criamos.

– Inclusive nós – acrescentou Hórus.

– O quê? Por que ele quer isso?

– Inveja – disse Hórus, com mesquinhez. – Ele quer governar tudo.

Amon-Rá estreitou os olhos para o sobrinho.

– Parece que Seth decidiu que o único modo de trazer de fato o equilíbrio de volta ao Cosmo é tentando encher de novo as Águas do Caos.

Inclinei a cabeça.

– Mas achei que o senhor tinha dito que elas foram completamente drenadas.

– E foram.

– Então como ele iria enchê-las de novo?

– Ele destruiria todos nós na esperança de que, quando morrêssemos, nossas energias voltassem para o lugar de onde se originaram – respondeu Hórus. – A única exceção, na mente dele, seria ele próprio e a companheira que escolheria: Ísis. Tendo Ísis ao seu lado e as Águas do Caos preenchidas com a energia de nossas vidas, ele acredita que o equilíbrio seria restaurado, com um deus perfeito e uma deusa perfeita para governar tudo.

– É uma hipótese bem remota, não? – perguntei. – Quero dizer, não há nenhuma garantia de que a energia de vida de vocês viesse a encher de novo as Águas do Caos, há? – Hórus virou-se para Amon-Rá e trocaram um olhar longo e significativo. – O que foi? – pressionei.

– Quando Seth agiu pela primeira vez, no atentado que tirou a vida de Osíris, parte do poder com o qual Osíris fora dotado retornou às Águas e outra parte, não sabemos direito de que tamanho, permaneceu com quem o assassinou.

– Seth – declarei, voltando a respirar.

Amon-Rá confirmou com a cabeça.

– Ísis interrompeu o processo antes que estivesse terminado e usou um encantamento poderoso para refazer o marido, mas ele não era o mesmo de antes. Era menor, de algum modo. Ísis deixou claro para todos nós que ela não queria fazer parte do plano de Seth e que o considerava inimigo.

– É, Osíris, o marido dela, foi a primeira múmia. Certo? – Eu me senti mais na ponta da cadeira e tomei um gole da minha taça.

– Correto – disse Amon-Rá. – Quando Ísis engravidou, coisa que era proibida, havia muito pouca energia nas Águas do Caos para criar um deus. Eu precisei dar alguns dos meus poderes ao filho deles para que ele sobrevivesse. Por causa disso, ficamos sabendo que nossos poderes podiam ser oferecidos livremente a outro. Foi assim que você se tornou uma esfinge. Ísis deu aos leões dela parte de seu poder e agora essa energia reside em vocês duas.

Cruzei os braços.

– Estou surpresa porque o senhor não a castigou por ter criado o encantamento da esfinge como fez quando ela tentou salvar o marido. É cruel manter os dois separados.

– Ísis não entendeu minha intenção. O que você vê como cruel, eu vejo como necessário. Ísis violou a lei e era preciso haver uma consequência. Apesar da lei, sou misericordioso. Eles têm permissão de se ver. Sempre que os deveres dela permitem, eu a autorizo a visitar o além.

– Ainda assim, parece errado separar duas pessoas que se amam tanto assim.

Amon-Rá juntou os dedos das mãos e me avaliou.

– Às vezes são necessários sacrifícios e precisamos abrir mão da coisa que mais desejamos no mundo para que outros possam viver contentes e felizes. Não é mesmo, sobrinho?

– Na verdade, ele não seria seu bisneto em vez de sobrinho? – perguntei.

– A vida que instilei nele pedia uma reavaliação do nosso relacionamento – disse Amon-Rá, franzindo a testa. – Na realidade, para mim agora ele é mais um filho que qualquer outra coisa, mas Osíris se irrita com a mera sugestão disso, então assumi o papel de tio. Por mais voluntarioso que ele seja.

Hórus se empertigou na cadeira com o máximo de dignidade que pôde.

– Eu precisei crescer depressa e tentar me proteger. Seth veio atrás de mim quando eu ainda era muito jovem – disse, com um olhar de anseio na minha direção.

– Você lutou com ele. Amon me contou – observei.

– É. Seth me considerava o deus mais fraco, portanto o mais fácil de ser destruído. Sabia que Amon-Rá era poderoso demais para que o atacasse diretamente, por isso seu plano era sugar primeiro as energias dos deuses inferiores, começando por mim. Além disso, eu representava sua derrota, porque era produto da união que ele não tinha conseguido extinguir. Ele declarou que meu nascimento era um ato ilegal realizado por meus pais corruptos e que merecia o castigo definitivo. Eu era a corporificação da coisa que ele mais desprezava e estava decidido a me matar, até que Amon-Rá interveio.

– Naturalmente Ísis ficou perturbada depois de várias tentativas de Seth, de matar Hórus – acrescentou Amon-Rá. – Ela me envenenou num esforço de descobrir o verdadeiro nome de Seth, para que pudesse destruí-lo antes que ele matasse seu filho.

– Espere aí. Amon me contou que Ísis envenenou o senhor para descobrir *o seu* nome verdadeiro para que o senhor ajudasse Hórus. Disse que ela queria que Hórus fosse seu herdeiro.

– Qualquer das duas opções serviria ao propósito de Ísis – continuou Amon-Rá. – Se ela obtivesse o verdadeiro nome de Seth, poderia acabar com ele e, se descobrisse o meu, poderia me controlar e fazer com que eu o destruísse para ela. Sou o único que tem poder suficiente para isso, já que não tive nenhum filho. E ser o primeiro deus a ter saído das Águas do Caos me permitiu a oportunidade de conhecer os nomes verdadeiros de todos os membros da minha família. Ísis queria deter Seth de uma vez por todas. Se fosse para algum de nós sobreviver à destruição que Seth estava tentando provocar, ela queria que fosse Hórus. Quando me recusei a dar qualquer um dos nossos nomes, ela pediu que eu colocasse Hórus sob minha proteção, e foi o que fiz.

– Então você fez dele seu herdeiro?

– Não vejo desse modo o relacionamento com meus familiares. Na minha mente, somos todos iguais. Até os deuses com poderes mais limitados têm tarefas de importância vital na criação e manutenção do Universo.

– Discordo, tio.

– Sei que discorda. Mas não posso deixar de amar Seth tanto quanto amo você ou sua mãe. – Ele se virou para mim. – Para tranquilizar Ísis, eu disse a ela que Hórus teria a oportunidade de ganhar um dom especial, um dom que o tornaria suficientemente poderoso para garantir que Seth não pudesse destruí-lo. Mas, para isso, Hórus teria que passar por uma série de desafios. Não foi um presente que eu dei com leviandade.

– Está falando do Olho de Hórus, não é? – perguntei.

– Sim. Quando apresentei os três testes para avaliar o mérito de Hórus, Seth apareceu e exigiu ser incluído. Eu achei que uma competição supervisionada entre os dois deuses poderia ajudar Seth a retornar ao grupo, daria a ele a chance de provar seu valor e mostrar aos outros que não era o que eles pensavam. Mas Seth usou seus poderes para desfazer os olhos de Hórus. Ao perder a visão, Hórus viu com clareza pela primeira vez. Seu sofrimento o ajudou a entender as necessidades dos outros. E então eu soube que ele era realmente digno do prêmio.

– Encontrei Nebu – contou Hórus. – Mesmo cego, pude derrotar Seth graças ao falcão que me manteve vivo.

– Espere aí – interrompi. – Amon disse que você não encontrou Nebu, que quem encontrasse seria o herdeiro do deus-sol.

– Nebu e eu discordamos com relação a quem encontrou quem – respondeu Hórus com um sorriso presunçoso. – Mesmo assim, Seth não gostou do que aconteceu depois.

Amon-Rá resmungou e disse:

– Seth estava com raiva, mas nem ele pôde encontrar defeito na minha decisão. Hórus ganhou olhos novos, inclusive meu presente mais poderoso, atualmente sendo usado por seu namorado, Amon. Apesar de não parecer, Hórus faz sacrifícios pelo bem maior, de vez em quando.

– No momento Amon está de posse do meu falcão dourado *e* do Olho – queixou-se Hórus. – É por isso que estou confinado aqui por tanto tempo. Sem o Olho fico vulnerável. Talvez a companhia de uma mulher... de duas mulheres lindas – corrigiu ele, acenando a mão para indicar a mim e a Tia – me ajude a esquecer os problemas.

Ignorei-o por completo, enquanto Amon-Rá se contorcia, obviamente irritado com a paixonite de Hórus.

– Por mais que seus modos sejam insuportáveis, você ganhou o direito de viver sob minha proteção enquanto eu tiver o poder de manter Seth a distância. E quero lembrar que ele está preso. Seu exílio em Heliópolis é imposto por você mesmo.

– E quando isso aconteceu? – intervim. – Quero dizer, a prisão de Seth?

– Apesar de como eu via a questão – disse Amon-Rá –, os deuses se uniram contra Seth depois de ele quase matar Hórus e o expulsaram de nosso lar. Durante um tempo, ele nos deixou em paz. Até que percebeu que, se destruísse as coisas que tínhamos criado, as energias de nossos projetos, por mais frágeis e mortais que fossem, também retornariam às Águas do Caos. Essas energias seriam refeitas e uma parte, não importando quanto fosse minúscula, permaneceria com ele. Guerras irromperam. Assassinatos proliferaram. Homens sedentos de sangue tomaram o poder. Nós fizemos o possível para contrabalançar isso, mas a promessa que tínhamos feito de usar os poderes em benefício dos outros manteve nossas mãos atadas. Não podíamos contê-lo. Só tentar consertar o que ele destruía. Mas ele ficou tão hábil em provocar a devastação que frequentemente não restava nada para consertar.

– Nossa! – exclamei.

– Foi então que Néftis apresentou a ideia de imbuir seres humanos de nossos poderes. Ela buscou três jovens dignos que estavam dispostos a se sacrificar para proteger seus entes amados e demos a eles o poder de manter Seth preso. Como eles não estavam limitados pela nossa promessa, podiam fazer o que nós não podíamos.

– Quero lembrar que nem todos os dons foram concedidos de livre vontade – murmurou Hórus.

Amon-Rá arqueou uma sobrancelha e disse:

– Alguns relutaram, e vou admitir que fui um deles. Tinha certeza de que podíamos conversar com Seth e descobrir um modo de acalmar suas preocupações.

– Foi por isso que precisei entrar em cena – disse Hórus. – O Ennead nos procurou pedindo ajuda e, quando Amon-Rá não quis ceder, tive de oferecer meus poderes, assim como o falcão dourado, ao seu Amon.

Estendi a mão por cima da mesa e segurei a de Hórus, e sua expressão foi tão incredulamente feliz que mais parecia que eu tinha concordado em me casar com ele.

– Eu viajei no dorso do falcão – contei. – Ele é lindo. Entendo por que você sente falta dele.

Hórus envolveu meus dedos e os apertou de leve, me oferecendo pela primeira vez um sorriso genuíno, e não um olhar vitrificado de luxúria.

– Ele tem sido meu companheiro mais fiel desde que me salvou no deserto – disse, sério.

Retribuí com um meio sorriso e lentamente recolhi minha mão.

– Então Amon e os irmãos dele mantêm Seth trancado para vocês, realizando o rito a cada mil anos? – perguntei.

– Sim. Eles são os... Como posso dizer de modo que você entenda? São os carcereiros, os guardiões da prisão – respondeu Amon-Rá. – Mas não foram eles que criaram os muros. Foi necessário um sacrifício maior antes que pudéssemos contê-lo.

As pontas dos meus dedos pressionaram a borda da mesa.

– Um sacrifício maior do que os Filhos do Egito entregarem a vida repetidamente? Não poderem viver nem amar livremente? Não poderem buscar a própria felicidade nem ter uma família?

– Sim – respondeu Amon-Rá com franqueza.

– Que sacrifício é maior do que esse? – insisti.

– Nós perdemos nossos avós – murmurou Hórus.

– O quê?

– Nossos avós, Shu e Tefnut, abriram mão de suas formas corpóreas e criaram um lugar no Cosmo, uma prisão feita de vento e água, que confina Seth. A cada milênio, pedaços dos seres que eles já foram se soltam e retornam às Águas do Caos. Os Filhos do Egito fornecem um reforço, mas na verdade é apenas questão de tempo até que a prisão esteja enfraquecida a tal ponto que ele possa romper os muros – disse Hórus.

Estupefata, perguntei:

– Bem, o que vocês vão fazer então?

– Amon-Rá acha que deveríamos deixar acontecer. Deixar que Seth venha atrás de nós.

– Mas isso significa que ele vai matar todos vocês.

– Provavelmente – respondeu Hórus. – Mas o pior é que ele vai destruir tudo que criamos. Inclusive o seu mundo.

– Anúbis disse que ele iria nos escravizar, caso se libertasse – murmurei.

– É provável – replicou Hórus. – Ou isso, ou simplesmente vai refazer todo o planeta.

– Olhe, se há uma coisa no Universo pela qual valha a pena viver, e lutar, é o amor. Eu amo Amon. Ele está sofrendo e eu quero pôr fim ao sofrimento dele, pura e simplesmente. Se isso ajudar o mundo, melhor ainda. Se isso significa que Seth permanecerá encarcerado por mais alguns milhares de anos, tudo bem para mim. Do meu ponto de vista, ele é problema de vocês, não meu. Agora, vocês dois podem nos ajudar a encontrar Amon ou vamos descobrir um modo de fazer isso sozinhas.

Tomei fôlego antes de continuar:

– Não estou pedindo que vocês me vigiem, me deem poder, nem mesmo que me protejam do que nos espera. As chances são de que nem sobrevivamos, mas precisamos tentar. A única coisa que estou pedindo é permissão para viajar ao mundo dos mortos. Nada mais. Agradeço que tenham me contado a sua história. Entendo seu dilema. Mas estamos aqui sentados revivendo o passado por tempo demais. É hora de agir. Portanto acho que a verdadeira questão é: vocês dois, deuses, vão se posicionar e agir como os seres onipotentes e oniscientes que se espera que sejam? Ou vão ficar aqui sentados, chafurdando no passado, até que seja tarde demais para fazer alguma coisa importante e, como consequência, relegar o inocente que não fez nada para merecer seu desprezo a um destino pior do que a morte?

13

Árvores turquesa

Amon-Rá ficou batendo com o dedo indicador no lábio, pensando no que ia fazer comigo, enquanto Hórus abria um largo sorriso.

– Ah, eu *gosto* dela, tio. Por favor, diga que posso ficar com ela.

O deus-sol ignorou o sobrinho e me observou. Por fim, sacudiu a cabeça.

– Não posso ajudar você. – Quando abri a boca para protestar, ele levantou o dedo. – Ajudar qualquer membro da minha família a derrubar outro vai contra tudo em que acredito. Se Seth escapar, escapou, e vou usar a oportunidade para guiá-lo pelo caminho certo, como fiz antes. Devo permanecer neutro, não importando as consequências, não importando o custo.

– Mas... – consegui dizer antes que ele me interrompesse.

– No entanto, não vou tentar impedi-la caso você decida viajar ao mundo dos mortos.

– Você sabe que ele nunca vai concordar em levá-la sem sua aprovação – protestou Hórus.

– Lily e Tia têm uma inequívoca capacidade de convencer os imortais a apoiar seus objetivos. Não tenho dúvida de que vão convencê-lo.

– Convencer quem? – perguntei, mas os dois deuses desconsideraram minha pergunta.

Amon-Rá se levantou da cadeira e uma serviçal apareceu imediatamente.

– Por favor, acompanhe esta jovem esfinge até um aposento para dormir – instruiu-a. – E não permita que Hórus saiba que aposento será.

A jovem assentiu e indicou que eu deveria segui-la. Hórus gritou, surpreso, fazendo uma tentativa desajeitada de passar ao redor de Amon-Rá para se juntar a mim.

– Relaxe, sobrinho, você irá vê-la de novo antes que ela parta, amanhã.

Depois de passarmos por vários salões e corredores ladrilhados, a garota parou.

– Este é o seu aposento – disse ela. – Vou retornar logo antes do amanhecer para ajudá-la com seu banho ritual.

– Banho ritual?

– Sim. Você deseja entrar no mundo dos mortos, correto?

– Correto. Só não sabia que existia um banho especial envolvido nisso.

– Para entrar no além como mortal, primeiro você precisa atravessar o rio do céu e se apresentar para o julgamento. Se for aceita, será concedido acesso ao mundo dos mortos.

– Julgamento? Quem vai nos julgar?

– Maat, claro. Seu coração deve ser pesado. É por isso que você precisa se preparar antes.

O objeto que agora era assunto da nossa conversa começou a bater feito louco. *Eles vão arrancá-lo do meu peito? Eu teria de morrer antes de andar pelos caminhos do além e pelo mundo dos mortos?*

Quando ela saiu, fiquei andando pelo quarto, até que Tia me lembrou que eu precisava descansar. Estava certa; se não repousasse, eu não teria energia suficiente para convencer o porteiro do além, quanto mais para salvar Amon. Obediente, lavei o rosto e vesti a camisola que a serviçal havia deixado.

Em seguida me acomodei na cama, fechando os olhos e tentando dormir, mas várias horas se passaram antes que o descanso me encontrasse. Mesmo então, meus sonhos me levaram ao mundo dos mortos.

Amon estava acordado e viajando por uma floresta diferente de todas que eu já tinha visto. As árvores azuis reluziam, movendo-se na brisa como sinos de vento, as folhas cobertas com o que pareciam ser minerais reluzentes ou açúcar.

Apesar de estar chovendo e Amon virar a boca aberta para o céu, ele não conseguia coletar nada. Seus lábios estavam ressecados e ele tentava molhá-los continuamente. Foi então que eu a vi. Uma fada minúscula, com asas translúcidas, sentada no ponto em que um galho se ligava a uma árvore, olhando-o.

Por fim, ele a viu.

– Não vou machucar você – disse ele com gentileza. – Por favor, não tenha medo.

– Não estou com medo – respondeu ela com um leve sotaque que não consegui identificar. – Há feras que vêm à Floresta Turquesa e são muito mais apavorantes do que você, que é uma estranha espécie de monstro. – Ela pôs as mãos na cintura minúscula.

– Sou? – perguntou ele com um sorriso cansado.

– Ah, é. Você vai tentar me espetar como o velho escorpião? Talvez não possa. Parece que está sem a sua cauda.

– Não tenho cauda.

– Que pena. A cauda dele é bem impressionante. Pelo que dá para ver, não há muita coisa impressionante em você. Então, você é um errante?

– Não sei o que você quer dizer com errante. E sou muito mais impressionante com minhas armas.

– Um errante é alguém que não faz nada de bom. Não estou vendo nenhuma arma.

– Não, então não sou um errante. Minhas armas são mágicas. Eu as invoco a partir da areia.

A fada franziu a testa.

– Nós não confiamos em gente mágica, mas, vendo como você está quase morto de exaustão, não parece ser uma ameaça muito grande. Andei observando você nos últimos dois dias.

– Ah. Isso é... bom?

– Depende. Vejo que sua sede é uma coisa terrível.

– É mesmo. Estou me sentindo como um cadáver dissecado, deixado para esturricar até virar uma casca sob o sol escaldante.

– Medonho para você, hein? – Ela fez um muxoxo e depois murmurou: – Ei, eu escutei! Pare de interferir, sua porcaria de árvore. Acho que podemos ajudar – disse, relutante, a Amon.

– Podem?

– Podemos. – Então um brilho malicioso surgiu nos olhos da fada. – Deve ser difícil sentir tanta sede quando está chovendo a cântaros assim. – Ela deu um sorriso misterioso e baixou a voz: – Sei como pedir à árvore que dê a água dela. Mas você não pode contar a ninguém que a gente ajudou – alertou.

– Meu trabalho é proteger esta árvore. Se todas as criaturas do mundo dos mortos soubessem como tirar a água dela, bom, não iria restar nenhuma água para as árvores, não é?

– É, acho que não.

A fada da árvore curvou o dedo indicando a Amon que se aproximasse.

– O segredo – sussurrou – está no querer. Você não pode querer.

– Não posso querer? – questionou Amon com expressão perplexa.

– Isso. Se a árvore souber que você quer, não vai entregar. Ela não confia muito nos homens.

– Entendo. – Amon assentiu, sério, e deu um passo para trás, examinando a grande árvore que estendia os galhos amplos sobre sua cabeça. – Bom, árvore, eu não estou com sede. Nenhuma. Não preciso beber nada, apesar de ter acabado de atravessar o deserto de mil sóis ardentes, onde fazia calor suficiente para um demônio do inferno suar e implorar alívio.

Lentamente um galho se esgueirou para perto de Amon e uma larga folha azul se desenrolou, mostrando quase o equivalente a um copo d'água.

Amon bebeu com sofreguidão, lambeu as últimas gotas dos lábios e abriu um sorriso caloroso.

– Obrigado. Eu me pergunto como foi que você e sua árvore vieram parar aqui no mundo dos mortos.

– Fomos enganadas para vir até aqui – disse a fada com tristeza.

– Enganadas? Como assim?

– Esta é uma árvore das fadas e ficava no topo de uma linda colina na Irlanda.

Agora o sotaque fazia sentido. Ela falava em um ritmo adorável – um sotaque irlandês que eu poderia ouvir durante horas.

– E eu a amava antes mesmo de saber que era mágica. Ficava sentada embaixo dela e sonhava com lugares distantes. Subia nos galhos e espiava as estrelas. Era uma coisa grandiosa. Um dia um estranho me olhou numa feira. Cheio de más intenções, ele me perseguiu até que parei perto da árvore. Ela devia saber que eu estava correndo perigo, porque seu tronco se abriu e eu pulei lá dentro. Estava escuro, mas era melhor do que as coisas que o homem tinha planejado para mim.

– O que aconteceu então?

– O homem começou a entoar um encantamento e a árvore tremeu. O tronco rachou e gotas enormes de seiva escorreram pelas minhas mãos. Ouvi o estalo de um galho enorme, depois de outro. O homem disse que ela precisava entregar a mim ou ao coração dela. Veja só, quando uma árvore das fadas entrega o coração, libera um poder enorme. Mas ela me amava e se recusou. Em vez disso, fez uma coisa proibida. Furou o coração do homem e o matou. Foi derrubada por causa disso, morreu comigo dentro dela e foi mandada para cá, para o mundo dos mortos. Quando foi plantada na Floresta Turquesa, minha forma ficou assim. Agora meu trabalho é cuidar dela, como ela cuidou de mim.

– E você está fazendo um bom trabalho. Importa-se se eu descansar aqui um pouco? – perguntou Amon.

– Faça como quiser – respondeu a fada.

Amon apoiou as costas no tronco largo e se acomodou no solo da floresta, apoiando os braços nos joelhos e encostando a cabeça neles.

– Amon? – chamei. A fada não reagiu à minha voz, mas senti que havia mais alguém me vigiando enquanto eu sonhava. – Amon? – gritei de novo.

– Estou aqui – respondeu uma voz atrás de mim.

– Amon!

Dei meia-volta e menos de um segundo depois estava em seus braços. Tomei seu rosto nas mãos e beijei seus lábios, as faces, não querendo soltá-lo nunca mais.

Ele riu e depois gemeu.

– Lily, você está me esmagando.

– Ah! Desculpe. – Dei um passo para trás, desajeitada, mas ele me ofereceu um sorriso doce enquanto segurava meus ombros e me puxava para perto outra vez.

Inclinando a cabeça, ele me examinou, a expressão de felicidade misturada a curiosidade.

– Você está mais forte – disse ele. – Diferente.

– Eu sei, eu...

– Espere. – Amon passou a ponta do dedo pelo meu rosto. – Deixe-me olhar para você primeiro.

Enquanto Amon fitava meus olhos, tive a sensação de que ele procurava algo específico. Não era romance que eu via em seu olhar.

– Está usando o Olho de Hórus?

– Estou – murmurou ele, distraído.

– O que está vendo? – sussurrei, quase com medo da resposta.

Ele abriu a boca, mas se deteve, os olhos se arregalando.

– Há... há coisas demais. – Seus olhos vítreos me focalizaram de novo e os cantos de sua boca se curvaram para cima. – Deixe-me só aproveitar o fato de você estar aqui – disse ele por fim.

– Amon. – Segurando sua mão, olhei ao redor e o puxei de volta para a árvore, onde seu corpo adormecido descansava. Mordendo o lábio, segui para o outro lado do tronco e me sentei na grama densa ao pé da árvore, puxando-o para que se sentasse comigo. – Precisamos conversar.

Ele assentiu e estendeu a mão para prender uma mecha de cabelos atrás da minha orelha. Sua mão se demorou ali um pouquinho, depois ele segurou as minhas mãos, como se tivesse medo de eu desaparecer caso me soltasse.

– Primeiro, é bom que saiba que no momento estou em Heliópolis.

Amon levou um susto.

– Já chegou tão longe assim?

– Você não esteve me olhando enquanto sonha?

Ele balançou a cabeça.

– Não nos últimos dias. Não pude dormir tanto quanto queria. Além disso, não preciso de sono tanto quanto um mortal e aqui há muito poucos lugares seguros para descansar.

Suspirei, parcialmente aliviada porque ele não vira as investidas de Hórus.

– Certo. Bom, eu pedi ajuda a Amon-Rá, mas até agora ele não se interessou muito. Hórus, por outro lado...

– Hórus ficará de mãos atadas se Amon-Rá recusar ajuda.

– Ah.

– Ainda é um caminho muito longo até o mundo dos mortos. Você deveria voltar. Vai ficar em segurança. Nebu vai levá-la.

– Não posso. Principalmente quando estamos tão perto.

Amon segurou meu rosto com as duas mãos.

– Já chega, Nehabet – disse, fitando meus olhos. – O que você conseguiu é mais do que eu poderia desejar. Ser capaz de tocá-la, de abraçá-la nos meus sonhos, vai me sustentar através de tormentos sem fim.

Pegando suas mãos, levei-as a meus lábios e beijei as palmas com ternura.

– Para mim não basta – falei baixinho. – Estou indo salvar você, Amon, quer você queira, quer não.

Ele deu um leve suspiro e desabou de encontro ao tronco da árvore.

– Acho que não estou surpreso. Você sempre foi teimosa.

– Teimosa, não. Determinada.

Sua boca se contraiu.

– Uma esfinge determinada. Os deuses devem estar tremendo em seus tronos de ouro.

– Nem todos. – Suspirei, acompanhando com o dedo as linhas das palmas de suas mãos. Olhei seu rosto bonito por entre os cílios abaixados e o peguei me observando. – O que foi?

– Nós vamos conversar sobre isso? – murmurou ele.

– Sobre o quê? Temos tantas coisas para falar.

– Sim. Mas há uma coisa específica que você está evitando.

– Sim – sussurrei, e não pude evitar um jorro de emoções.

Uma leve agitação na minha mente me informou que Tia estava escutando. Ela estivera tão quieta que eu quase esquecera de sua presença. Era provável que ela estivesse me dando tempo para ficar com Amon.

Ele aguardou, paciente, esfregando minha mão com suavidade entre as suas. Respirei fundo.

– Existe, digamos, mais alguém aqui comigo.

– A leoa? – perguntou ele.

Assentindo, tirei a mão da sua e arranquei um tufo de grama, fazendo uma pequena pilha ao meu lado.

– Não pude deixar que ela morresse. Ela sabia que eu não queria isso, e agora estamos as duas aqui e...

– E o que está incomodando você?

– Como assim? – perguntei, mantendo o olhar fixo nos olhos dele pela primeira vez desde que o assunto havia surgido.

– Você está em paz com ela. Pelo menos, até onde eu posso ver. O Olho de Hórus me mostrou que vocês virão a se amar, se é que já não se amam.

Pisquei e percebi que ele estava certo. Ter Tia comigo era desconcertante, mas eu gostava mesmo dela.

– Amo. Quero dizer, fico feliz porque ela está viva. Ela... ela é especial. – A consciência de Tia se espalhou um pouquinho mais e eu senti que sua mente, satisfeita, roçava a minha. Era quase como se ela se aninhasse ao meu lado, oferecendo apoio e companhia. Passando a língua pelos lábios, enxuguei as palmas das mãos suadas nas coxas e me levantei, andando nervosa de um lado para outro. – Acho que só estive me perguntando se... se nós... quero dizer, se você... ainda pode me amar, desse jeito.

Eu estava de costas para ele e passei as mãos pelos braços. Ele não respondeu. Por quê? Estaria pensando no que responder? Estaria inseguro? Então ouvi que se levantava; sua mão segurou a curva do meu cotovelo enquanto ele delicadamente me fazia virar.

A expressão de seu rosto mostrava tanta dor, tanta confusão, que lágrimas brotaram nos meus olhos.

– Você... então você não... – gaguejei. – Você não pode. Tudo... tudo bem. Eu entendo.

– Não, Lily. Não entende – disse ele, segurando meus braços.

Lágrimas profusas escorreram pelo meu rosto, turvando minha visão, mas o calor de Amon, ao tocá-las com os polegares, as fez secar instantaneamente.

– Não é uma coisa pequena dar o coração a outra pessoa – começou ele –, quanto mais um escaravelho do coração.

– Sim, mas...

– Por favor, deixe que eu termine. – Assenti debilmente e ele continuou: –

Quando conheci você, havia certas coisas que o Olho de Hórus me permitia ver. Eu sabia que tipo de pessoa você era, o que a motivava, que coisas deixavam você feliz e que coisas lhe causavam tristeza. Suas qualidades foram o que me sustentou durante o tempo que passei na Terra. Nossa ligação ia além do físico. Éramos mais fortes juntos do que separados. Não sei o que o futuro nos reserva exatamente. Há perigos e lutas terríveis à frente, mas também tive pequenos vislumbres de uma felicidade tão incrível que não permite sentir outra coisa que não esperança. Eu faria qualquer coisa para que esses vislumbres se realizassem. Meu coração está fundido ao seu, e não há nada neste universo que possa nos separar. Nem Seth. Nem o mundo dos mortos. Nem a morte. E com certeza não uma leoa, especialmente uma leoa que beija tão bem.

Amon deu uma piscadela e eu ri em meio à tristeza.

– Você sabia que não era eu?

– Digamos apenas que, quando uma leoa beija a gente, isso é inesquecível.

– Ei! – Dei-lhe um tapa de leve no peito e ele me abraçou.

Amon suspirou, encostando o rosto no meu enquanto murmurava no meu ouvido:

– Eu te amo, minha doce Lily. Nada jamais vai mudar isso.

Abracei-o com força e provoquei:

– O que acha de um beijo inesquecível de Lily?

– Achei que você nunca iria pedir.

Amon desceu com os lábios pelo meu rosto até que sua boca encontrou a minha. O calor de mil sóis preencheu meu corpo. O beijo de Amon queimava, provocava e prometia coisas que eu nem sabia serem possíveis. Provar o beijo de verdade era muito, muito melhor do que revivê-lo na memória. Minhas doces lembranças não tinham dado a Amon o crédito que ele merecia.

Ele percorreu um caminho com as pontas dos dedos pela minha coluna até a base das minhas costas, segurando meus quadris e me puxando para mais perto. Em todos os lugares que tocava deixava arrepios de energia, lembretes de que havia me marcado como sua. Quando senti que ele estava sendo cuidadoso comigo, como se eu ainda fosse uma simples garota mortal, retribuí seu ardor com uma intensidade que o surpreendeu e deliciou. Eu tinha acabado de correr as mãos por seus braços poderosos, indo até os cabelos, quando, abruptamente, a visão de Amon me foi arrancada.

Gritei no instante em que Tia e eu nos vimos num lugar fechado e escuro.

– Onde estamos? – perguntei a ela. – Heliópolis?

Acho que ainda estamos no mundo dos sonhos.

Usando a visão aumentada, pude identificar a forma distante de estrelas acima e atrás de mim, mas pareciam fora do alcance; eu estava presa num vazio denso, como um buraco negro. De repente, percebi que não estava sozinha. A caçadora dentro de mim pressentia outra presença: um predador – e um predador perigoso.

Girei várias vezes, tentando localizar o inimigo, mas o cheiro ou os ruídos dele me escapavam. Ele me vigiava, e era uma sensação invasiva, como se pudesse enxergar as profundezas da minha alma e facilmente detectar cada ponto fraco. Meu coração disparou, enquanto eu tentava conter o grito que crescia dentro de mim.

Então uma voz falou na minha mente, e não era parecida com a de Tia nem a de Amon-Rá. Era uma voz cheia de poder, que me aterrorizou e deixou um arrepio reverberando em meus ossos. Então eu soube quem era.

Finalmente nos encontramos. Estive esperando por você durante muito tempo. Meu serviçal sentiu o gosto, e seu cheiro esteve fazendo cócegas nas minhas narinas desde então. Você não sabe como estou feliz porque você começou essa viagem. Você é muitíssimo mais... interessante agora do que antes.

Como não podia falar em voz alta, comuniquei-me com ele usando a mente. O que você quer? E por que estou aqui?, perguntei.

Você pretende nos desfazer?, perguntou Tia.

Ouvi uma gargalhada, e o som áspero fez meu corpo estremecer.

Desfazer vocês? Não. Bom, pelo menos não por enquanto. Antes que eu possa capitalizar o ato de desfazer alguém, o Triângulo Impossível deve estar totalmente formado. Vocês estão quase lá.

O que você está dizendo?, desafiei, não querendo entender, mas também sabendo que precisava entender.

Tudo será revelado no devido tempo, jovens. Talvez vocês devessem se concentrar nas prioridades atuais. Por falar nisso, espero que gostem da visita à Devoradora. Ela é uma anfitriã gananciosa, *disse ele, quase com carinho*, mas vou garantir que ela receba vocês do modo adequado quando entrarem na casa dela.

Um fiapo de brisa gelada roçou meu rosto e de repente tive a impressão de ter sido tocada. Minha pele se arrepiou.

Parece que meu... confinamento entorpecedor finalmente se mostrou interessante. Olhar seus sonhos vai me oferecer uma diversão muito agradável até o momento em que minha libertação esteja garantida.

O quê? Como isso é possível?, perguntei.

Felizmente para mim, seus novos poderes, junto com seu elo de amor com o portador do Olho de Hórus, tornaram realidade minha capacidade de espionar e, devo admitir, de me apropriar de seus sonhos. O destino nos aproximou mais, querida. *Ele fez uma pausa e riu.* Ora, não se aflija. Isso é bom... para mim. Estou ansioso para encontrá-la de novo. Da próxima vez, espero me apresentar mais... completamente.

Da próxima vez?, pensei.

Adeus, Esfinge.

Uma gargalhada ecoou ao meu redor. Mesmo sabendo que ela acontecia mais na minha cabeça do que no espaço em que eu estava, fiquei girando, apertando os ouvidos com as mãos, implorando para que aquilo parasse.

Uma batida à porta me acordou com um susto. Sentei-me de repente, apertando o coração disparado e em seguida as bochechas afogueadas.

– Só um momento! – gritei enquanto ia até a porta e abria uma fresta. A serviçal estava de volta. Será que tinham mesmo se passado horas? Esfreguei o rosto com a mão, tentando despertar do sonho terrível que eu esperava, desesperadamente, fosse apenas um pesadelo. – Que horas são?

– Está quase amanhecendo. Você precisa tomar o banho ritual e depois partir. Se não chegar ao cais antes do pôr do sol, vai perder a oportunidade.

– Certo. Então vamos fazer isso logo – concordei, nervosa.

As únicas coisas que levei para o banheiro foram as armas que havia ganhado e o arnês de couro. Enquanto andava, pensei de novo em como estava totalmente despreparada. Não tinha comida. Não tinha cantil para água. Nenhuma mochila com suprimentos. Meu celular havia ficado com o Dr. Hassan. Eu não sabia praticamente nada sobre o lugar aonde ia nem como chegaria lá. Se não tivesse Tia comigo, tenho certeza de que teria enlouquecido e voltado correndo para Nova York. Eu estava me metendo numa coisa muito, muito acima da minha capacidade.

Tia tentou me tranquilizar:

Às vezes a única saída é seguir em frente. O caminho nem sempre é claro, mas seu instinto vai guiar você.

Não tenho instinto. Pelo menos, não como você, respondi.

Nós temos instinto, corrigiu ela. *Podemos caçar quando tivermos fome. Va-*

mos encontrar água quando tivermos sede. Vamos salvar seu namorado. E vamos deter *Aquele que Desfaz*.

Gostaria de ter tanta confiança quanto você.

Uma leoa não pode ceder às dúvidas. Deve matar ou ser morta. Caçar ou ser caçada. A hesitação nos enfraquece. É uma característica humana.

E se cometermos um erro? E se morrermos?

Se morrermos, deixaremos este mundo sabendo que tentamos. É uma atitude honrada.

Fiquei em silêncio. Havia algo reconfortante em enxergar o mundo através dos olhos de Tia. Tudo era claro para ela. Preto e branco. Ela era corajosa de um jeito que eu não tinha certeza se conseguiria ser.

Era fácil ter coragem quando Amon estava comigo. Eu confiava nas habilidades dele, em seu conhecimento do mundo em que agia. Agora sabia que ele entendia muito pouco sobre a tarefa que havia recebido. Ele estava sendo usado pelos deuses. Eu também estava sendo usada, claro, mas pelo menos Amon-Rá e Hórus tinham resumido as coisas razoavelmente. Agora eu conhecia o objetivo de Seth e o motivo por que os irmãos tiveram que fazer o que fizeram.

Eu não tinha certeza se essa informação mudaria ou não a perspectiva dele. Mas, independentemente do que esse conhecimento trouxesse, pelo menos ele saberia. Ele e os irmãos. Poderiam tomar uma decisão bem informada. Reconhecer seu verdadeiro lugar no panteão egípcio. Veriam Seth como o que ele era. Eu precisava no mínimo garantir que eles soubessem de tudo que Amon-Rá e Hórus tinham me contado. Por um momento desejei ter tido mais tempo com Amon, para contar tudo que agora sabia, mas então ocorreu-me que talvez fosse melhor assim. Principalmente agora que eu sabia que Seth podia espionar nossos sonhos juntos.

Logo entramos num enorme quarto de banho com uma banheira embutida no chão. Já havia três mulheres no cômodo. Uma derramou óleo perfumado na água que estava quente, soltando vapor. Quando ela me olhou e sorriu, vi que seu olho piscou de lado, como o de um crocodilo. Outra, cujo cabelo curto lembrava algo mais parecido com a pelagem de um animal, assentou velas nos cantos ladrilhados da banheira e as acendeu com um movimento da mão. A terceira, uma loura linda que poderia estar na capa de qualquer revista de moda de Nova York, espalhou pétalas de flores brancas na água. Nesse momento, a garota que entrou comigo começou a puxar os laços do meu roupão.

Segurei as bordas do tecido com força.

– Ah, não posso praticar esse ritual sozinha? Não me sinto totalmente confortável ficando nua na frente de pessoas estranhas.

– Não quer que estejamos presentes? – Ela franziu a testa.

– Será que vocês não podem simplesmente me ensinar o encantamento para que eu o diga sozinha?

Ela sacudiu a cabeça.

– É complicado demais e exige que nós quatro falemos. Que tal sairmos quando você entrar na água e depois voltarmos para começar o encantamento?

– Acho que seria bom.

As mulheres saíram e eu rapidamente tirei o roupão e entrei na água fumegante antes que elas voltassem. Quando afundei, me acomodando no assento, com o líquido perfumado batendo no meu queixo e nos ombros, percebi que Tia estava chocada.

O que foi?, perguntei.

Isso é... bom. Eu não imaginava que mergulhar na água seria assim. Vamos lavar a juba agora?

Quando eu ia responder, as mulheres voltaram. Eu me sentia nervosa com a presença delas, mas logo abandonei minhas inibições quando elas começaram um cântico, erguendo alguma coisa no ar. Cada uma se posicionou num canto da banheira e levantou um pedaço de barro lamacento em forma de tijolo.

A primeira falou:

Terras do Sul, mantenham longe a areia que pinica.

Quando terminou de falar, deixei escapar um arquejo ao ver que ela jogara o tijolo amolecido na água. A terra se soltou e se espalhou pela água. Puxei os pés mais para perto do corpo e envolvi os joelhos com os braços.

Fogos do Leste, afastem as feras furiosas que marcam seu caminho.

A segunda serviçal concluiu a fala e também jogou seu torrão de lama. Isso foi repetido mais duas vezes, mas as outras garotas estavam mais perto ainda de mim, e a água espirrada com a queda dos tijolos encharcou meu rosto e meu cabelo. Uma delas disse:

Águas do Oeste, fluam sobre a escuridão e revelem os rostos escondidos.

E a última acrescentou:

Ventos do Norte, derrubem quem ficar no caminho dela!

Resíduos e terra cobriam a superfície da piscina, e senti a sujeira fluir entre os dedos dos meus pés flexionados.

Meu banho, antes relaxante e sedativo, estava agora cheio de sujeira e gosma. Quando levantei o braço, tirando-o da água, havia terra grudada em minha pele.

– Isso não está correndo exatamente como eu esperava – falei.

Enquanto eu permanecia ali sentada na água que ia esfriando, com o cabelo encharcado pingando no pescoço e nos ombros, as garotas desapareceram.

Eu não sabia se o banho havia terminado ou se elas estavam se preparando para colocar um pouco de carne podre e lixo na água também, e já estava me preparando para sair e procurar um chuveiro quando elas retornaram. As túnicas sujas de lama que tinham usado antes haviam sido trocadas. Dessa vez se vestiam de branco. O tecido era tão imaculado que quase reluzia.

Franzi a testa, olhei minhas mãos sujas e as comparei com os braços limpos e claros das garotas.

– E agora? – perguntei.

Minha guia levou o dedo aos lábios, indicando que eu deveria me calar. Simultaneamente, as garotas assumiram suas posições nos cantos da banheira agora imunda e ergueram os braços, entoando:

Amon-Rá, empreste seus poderes neste dia.
Deixe de lado o que é velho e inconveniente.
Renove esta mulher e a prepare para o julgamento.

Os ladrilhos das bordas da banheira ficaram quentes. Em seguida, ganharam um tom vermelho incandescente, depois passaram a laranja brilhante, amarelo e, por fim, branco luminoso. A água à minha volta também foi ficando mais quente e então começou a borbulhar. Gritei, não porque ela estivesse me queimando, apesar de estar na temperatura máxima que eu poderia suportar, mas porque todo o meu corpo formigava, e a água começou a reluzir.

Como Hórus, faça esta filha brilhar.

Leve-a em suas asas primevas
Enquanto ela parte, uma alma de Heliópolis,
Para caminhar com os deuses e vê-los em sua glória verdadeira.
Transforme-a hoje, no dia de sua morte.

Espere aí... como assim?, pensamos Tia e eu ao mesmo tempo.

Aceite a oferenda de sua invocação.
Deixe que ela veja o sol único e verdadeiro.
Defenda-a. Sustente-a.
Não permita que qualquer mal tenha poder sobre ela.
Pássaro Benu, que guia os abençoados para o além,
Proteja o coração dela no julgamento.
Ajude-a a encontrar o desejo de seu espírito
E leve-a ao seu lar celestial.

A sala ficou tão luminosa que eu não conseguia mais ver minha mão diante do rosto. Mas, quando elas pararam de entoar, a luz foi diminuindo aos poucos, até que pude começar a identificar formas e minha silhueta. Quando minha visão finalmente clareou, as garotas haviam sumido. Assim como toda a água da banheira.

Meu corpo estava aquecido. O cabelo, seco e limpo. Os ladrilhos da banheira estavam impecáveis. Não havia qualquer traço da lama. Nenhuma risca de sujeira nas bordas. Minha pele cheirava a flores e eu me sentia completamente relaxada e revigorada. Notei um símbolo no fundo da banheira. Parecia um pássaro dourado, e reluzia e pulsava como se fosse a fonte do calor.

Eu não tinha certeza se ele já estava ali antes e eu simplesmente não havia notado ou se tinha aparecido como resultado do ritual. Insegura, fiquei de pé e saí da banheira. Numa mesa ali perto havia uma pilha de tecido branco e um ornamentado espelho de corpo inteiro. Primeiro remexi nas roupas e encontrei um par de sandálias brancas ao lado do vestido. Minhas lanças curtas e o arco, além do arnês, estavam perto delas.

Peguei o vestido, segurei-o diante do corpo e olhei meu reflexo. Havia alguma coisa azul em volta dos meus olhos. Inclinei-me, me aproximando do espelho, e toquei o canto dos olhos. A coisa azul manchou a ponta do meu dedo. Pintura. Meu rosto tinha sido pintado para ficar parecido com o de uma deusa egípcia. Eu não sabia direito como nem quando isso tinha acontecido; estava pensando que podia ter apagado na banheira ou ter ficado congelada enquanto as garotas me maquiavam quando senti algo sedoso roçar meu pescoço.

Uma voz profunda e melosa, gotejando desejo, disse:

– Você é a criatura mais atraente e extraordinária em que já pus os olhos.

Um par de mãos, mãos masculinas e muito fortes, alisou o tecido sobre meus ombros.

Arquejei, o olhar disparando para o reflexo no espelho.

– Hórus! – gritei, e agarrei o roupão no qual ele havia me envolvido. Rapidamente enfiei os braços nas mangas, puxando a faixa para fechá-lo, e dei meia-volta. – Que direito você tem de entrar no meu quarto de banho? – gritei, enfiando o dedo em seu peito musculoso.

Uma bolha de fúria cresceu dentro de mim e ergui a mão, apertando os dedos em torno de seu pescoço. Fora um movimento instintivo, e Hórus segurou o pescoço brevemente, os olhos se arregalando. Mas então, de modo igualmente rápido, o poder se esvaiu.

Você não vai machucá-lo, disse Tia.

Eu não estava tentando isso conscientemente, expliquei. *Só aconteceu. Deve ter sido o poder de estrangular os inimigos do qual o Dr. Hassan falou.*

Em voz alta, eu disse:

– Desculpe, Hórus. Não pretendia machucar você.

– Sei que pelo menos uma parte de você não queria. Não de verdade. Por isso seu poder se esvaiu.

– Como assim?

– Quando você e sua leoa não pensam de modo igual sobre alguma coisa, o poder não funciona. Vocês só podem agir como um indivíduo quando a outra concorda ou dorme.

– Interessante. Mas isso não desculpa o seu comportamento. Por que está aqui?

Ele se encolheu, como se minhas palavras causassem dor.

– Perdoe minha audácia, mas continuo fascinado por você. Por favor, saiba que eu não poderia sequer conceber a ideia de lhe causar mal. Meu único desejo é ficar perto de você.

Percebi que minha reação instintiva de lhe dar um tapa na cara, um pisão no pé e uma joelhada onde doeria mais era anulada pelo meu alter ego. *O que você está fazendo?*, sibilei mentalmente para Tia.

Hórus seria um macho poderoso, explicou ela. *Você tem Amon. O que resta para mim?*

Percebi que os sentimentos de Tia por Amon podiam não ser iguais aos meus. Será que estávamos destinadas a fazer um cabo de guerra emocional pelo controle do meu coração?

– Imploro que você não vá – disse ele, interrompendo meus pensamentos. – O mundo dos mortos é perigoso. É improvável que sobreviva, muito menos que consiga resgatar seu... – ele franziu a testa – ... namorado. Fique aqui comigo. Com o tempo você vai aprender a gostar de mim como eu gosto de você. Eu posso lhe mostrar muitas coisas. Ensinar. Posso levá-la a um mundo onde podemos nadar num oceano púrpura e flutuar em nuvens cor-de-rosa. Posso manter você aquecida num planeta de gelo reluzente que lança prismas de luz tão alto no céu que faz o mundo ficar envolto em tons de arco-íris. Comigo você nunca vai experimentar dor, tristeza nem morte. – Hórus avançou um passo e encostou a testa na minha. – Fique comigo e seja meu amor. Ou, se isso não for possível... apenas fique.

Dessa vez Tia não foi a única afetada por suas palavras, e eu soube que isso era intrinsecamente perigoso. Suas promessas agitavam o ar, envolvendo-nos, roçando em nossas defesas. Os fiapos tênues pareciam tocar os pontos sensíveis da minha consciência. Era tentador. Como seria fácil simplesmente deixar tudo de lado e permanecer na cidade dourada de Heliópolis! Não me preocupar com as complicações de ser uma esfinge. Não sentir o peso do mundo nos ombros. Simplesmente ir para os pontos mais distantes do Universo e ver as maravilhas espantosas que aqueles deuses haviam criado.

Então foi Tia quem recuou. Ela quisera experimentar a paixão que ele oferecia, talvez encontrar um companheiro, mas não estava disposta a abrir mão de nossa missão. Lampejos do nosso sonho anterior me encheram a mente.

Precisamos impedir Aquele que Desfaz. Ele não é o que nós... o que eu... necessito neste momento.

Fechei os olhos e assenti. Grata pela concordância dela e dirigindo um sorriso tenso a Hórus, empurrei seu peito, decidida, e me afastei. Virei-me para o espelho e olhei para ele no reflexo.

– Precisamos cumprir nosso objetivo – falei. – Estamos lisonjeadas... ou melhor... somos privilegiadas – consertei – por alguém como você nos achar interessantes. Honestamente, não sabemos o que nos espera e estamos com medo, mas precisamos tentar. Você entende?

Hórus não respondeu de imediato e passou a mão na nuca. Seus olhos estavam loucos de medo e ele buscava desesperadamente alguma coisa, qualquer coisa, para nos dissuadir. Olhei-o com firmeza, confiante, e ele finalmente se empertigou e assentiu.

– Entendo. – Ele ergueu a mão para me tocar, mas se deteve, como se pensasse melhor. De cabeça baixa, disse: – Permite que eu a ajude a se preparar?

Virei-me, surpresa.

– Pensei que tudo já estivesse feito.

– Nem tudo.

Ele pegou um pequeno frasco e derramou um pouco do conteúdo na mão. O perfume me envolveu.

– O que é? – perguntei.

Indicando que eu deveria me virar, ele esfregou as palmas das mãos e passou os dedos no meu pescoço.

– É uma mistura de óleo e mirra, o óleo mais puro do Cosmo. É tirado de uma flor que cresce na neve, nas maiores altitudes de um planeta montanhoso a uma grande distância daqui. – Hórus postou-se ao meu lado e segurou minha mão, depois empurrou a manga do roupão para cima. Lentamente, massageou desde o meu ombro, passando pelo cotovelo, até o pulso, e depois as mãos até as pontas dos dedos, certificando-se de passar o óleo entre cada dedo.

Enquanto passava ao outro braço, ele perguntou:

– Sabe como Anúbis prepara os corpos na hora da morte? – Eu confirmei com a cabeça. – Você deve ser adornada de modo semelhante.

– Terei de usar ataduras de múmia?

Ele sorriu.

– Não. Mas terá de usar branco. Deve se vestir com roupas limpas do tom mais puro. Se não puder permanecer descalça, usará sandálias da mesma cor, que serão enroladas em suas pernas.

Falando em pernas, Hórus havia se agachado e segurava meu pé. Enquanto passava a palma da mão cheia de óleo sob o arco sensível e depois subia pela parte de trás do tornozelo, eu recuei, tentando me afastar, nervosa.

Hórus me soltou e ergueu os olhos para mim.

– Não vou machucar você.

– Eu... eu sei. Só que não estou acostumada a ser massageada em pé – gaguejei, tentando falar algo menos embaraçoso do que *Ninguém nunca me tocou assim antes.* Tia também não estava ajudando. Estava gostando demais daquilo para protestar.

Franzindo a testa ligeiramente, ele perguntou:

– Você prefere se deitar?

– Não. Vamos só... – Torci as mãos e as sacudi. – Vamos só acabar com isso depressa, está bem?

– Como quiser – disse ele baixinho, e estendeu uma das mãos para me firmar.

Encostei-me na mesa, apertando o tecido macio do roupão quando a palma de sua mão encontrou novamente minha perna. Ele passou o óleo para cima, por trás do joelho, até a metade da coxa, demorando-se ali por uma fração de segundo antes de repetir o mesmo procedimento na outra. Dei vazão ao meu alívio com um suspiro trêmulo quando ele se levantou e me virou de frente para ele de novo.

Ignorando meu desconforto óbvio, Hórus mergulhou as pontas dos dedos outra vez no jarro e passou os polegares sobre minhas sobrancelhas. Pedindo que eu fechasse os olhos, tocou cada pálpebra, deixando uma levíssima marca de óleo pinicando. Em seguida foram os lóbulos das orelhas, e depois ele acompanhou a linha do meu maxilar de ambos os lados. A última coisa que fez foi levar o polegar ao meu lábio inferior.

Seu olhar se fixou nos meus lábios e sua expressão ficou faminta e ardente. Fitando os meus olhos, ele sussurrou:

– Você está pronta.

Engoli em seco, uma sensação me bloqueando e queimando a garganta.

– Obrigada – murmurei languidamente.

– De nada – respondeu ele com um calor que falava muito. Ficamos de pé, imóveis por mais alguns segundos, até que notei que ele estava sorrindo. – Lily – disse ele.

– Sim? – respondi, o olhar agora atraído para sua boca.

– Se continuar me olhando assim, não vou deixar você ir a lugar nenhum.

Respirei fundo e percebi que tinha prendido o fôlego por alguns segundos. Dar as costas para ele era uma tortura, mas de alguma forma consegui fazer isso e fui para a mesinha onde estavam minhas armas e o vestido. Foi então que notei o escaravelho do coração espiando por baixo das dobras de pano branco. Passei a mão nele e a névoa passional em que eu estivera envolta se dissipou, deixando minha mente clara.

Estreitei os olhos, virei-me e minhas suspeitas se confirmaram quando vi o riso confiante no rosto de Hórus.

– Você me enganou, não foi? – acusei.

Ele deu de ombros como o garoto popular da escola que podia se livrar do castigo pelo mau comportamento jogando charme para a professora.

– Você não teria prestado atenção em mim de jeito nenhum se estivesse com isso aí. O único modo de tentar roubar você dele seria pegando-a desprevenida durante o banho.

– Você é desprezível – falei, apesar de minha pele ainda estar tão quente de seu toque que minhas palavras não tinham o menor peso. – Eu sabia que deveríamos tê-lo estrangulado, Tia.

Hórus levantou as mãos, rendendo-se.

– Eu perdi. Admito. E legitimamente. – Ele suspirou. – Faz séculos desde que precisei me esforçar tanto para atrair o interesse de uma mulher. – Quando viu minha expressão irritada, acrescentou: – Anime-se. Você me rejeitou por vontade própria. – Inclinando-se para mais perto, Hórus estendeu a mão para pegar algo na mesa atrás de mim e trouxe sua boca muito tentadora a centímetros da minha. Sorriu ao encontrar o que havia procurado e acrescentou: – Quase totalmente.

Empertigando-se, segurou um colar com uma pedra azul-escura entre os dedos estendidos.

– Talvez, quando eu lhe der meu presente, você se digne a me dar aquele beijo que nós dois tanto desejamos.

Cruzei os braços.

– Acho que não. O que é isto?

– Um amuleto. A pedra é lápis-lazúli. Não é tão preciosa, para os padrões mortais. No entanto, seu valor está no que ela pode fazer.

– E o que ela faz? – perguntei, incapaz de resistir a me aproximar mais para tocar a pedra.

– Este lado – ele indicou o emblema gravado – tem uma planta de lótus, símbolo do Alto Egito, e o outro tem uma planta de papiro, que é a marca do Baixo Egito. Essas marcas – ele indicou o anel de prata em volta da pedra – são os três signos dos deuses: poder, resistência e vida. Uma parte do meu poder está contida aqui. É a Estela de Cura de Hórus.

– E você está me dando?

– Emprestando – corrigiu. – Ela vai curá-la durante a viagem, mas mesmo assim você deve ter cuidado. Se perder um membro, a estela não pode fazer com que ele cresça de novo. Se sua cabeça for decepada, você morre. Não quero recuperar minha estela de seu cadáver inchado – disse ele.

– Entendo. – Minha boca se retorceu num sorriso.

Hórus fez com que eu me virasse e pôs o colar no meu pescoço.

– Enquanto a estiver usando, nenhum caminho estará oculto de você. Um lado se volta para o céu e outro para a Terra. Se em algum momento você tiver dificuldade para saber qual é qual, use a pedra. Ela vai ajudá-la a se orientar.

Enquanto eu pensava em que tipo de lugar eu não conseguiria saber a diferença entre terra e céu, Hórus me virou de frente para ele e segurou meus ombros com suas mãos fortes.

– Estou falando sério sobre o perigo, Lily. Sua jornada é arriscada, cheia de ameaças antigas e caminhos escuros.

Assenti com a cabeça.

– Eu sei. Vamos ter cuidado. Prometo. – Toquei com a ponta do dedo a pedra azul pendurada na corrente de prata e disse: – Obrigada. – Olhando para o deus preocupado que ainda me segurava como se sua simples força de vontade bastasse para me manter em segurança, fiquei na ponta dos pés e beijei seu rosto.

Ele abriu um sorriso caloroso, mas sua expressão logo mudou para algo mais sombrio.

– Esta não era exatamente a recompensa que eu esperava, Lily. – Hórus me puxou contra seu corpo e me beijou de novo, e dessa vez foi algo além da paixão. Era um beijo ansioso e desesperado, faminto e sufocante. Era como se eu pudesse salvá-lo de se afogar. Quando ele começou a levantar a cabeça, puxei-o de volta, e não tenho certeza se era eu ou Tia, mas beijei-o mais profundamente, com apenas uma leve consciência de que o escaravelho do coração ainda estava na mesa. Nesse momento as batidas do coração de Amon eram tão longínquas para mim quanto um grão de areia na praia a um oceano de distância dali.

Hórus gemeu, correndo as mãos pelas minhas costas e enterrando-as em meu cabelo. Tia tremeu de prazer e sua empolgação encheu minha mente, até que eu não consegui mais lembrar de quem era nem do que estava fazendo. Hórus me segurava com ternura, porém com firmeza. Eu tinha a sensação de que eu era seu ar, sua vida, e que nada poderia fazê-lo me soltar... até que o cômodo explodiu.

14

A barca celestial

Cambaleei e, se Hórus não estivesse me segurando com tanta firmeza, eu teria caído. Ondas de energia passaram sobre nós enquanto o cômodo se enchia de luz. A luz ondulava num ritmo constante, muito familiar. Eram asas batendo.

Meu coração se empolgou por um momento; pensei que Amon havia, de algum modo, se libertado e estava ali. Que havia me encontrado. Mas, mesmo enquanto esperava que os olhos se acostumassem à luz, reconheci que não poderia ser ele. O pássaro laranja e vermelho reluzente que pairava acima de nós era pequeno demais para ser o falcão dourado de Amon.

Ainda assim, a criatura era magnífica, majestosa. E, enquanto ela me olhava, Hórus inclinou a cabeça com respeito, ainda que sua expressão parecesse carrancuda.

– Parece que sua causa influenciou o grande pássaro Benu, levando-o a sair do esconderijo – disse Hórus.

– Pássaro Benu? – perguntei pelo canto da boca enquanto o enorme animal alado ia até uma trave e se acomodava ali. Ele dançou com as pernas vermelhas, batendo as asas e ajeitando as penas que tremeluziam como fogo. Duas compridas penas da cauda se estenderam até o chão e, ao roçar nos ladrilhos, fizeram subir pequenas fagulhas.

– É. Muitos o confundem com uma fênix. No entanto, diferentemente da fênix, que renasce a cada quinhentos anos, o pássaro Benu é imortal. Provavelmente estava observando a nossa... – Hórus fez uma pausa e estreitou os olhos para a ave – ... conversa, e escolheu o momento perfeito para se revelar.

– Revelar? Quer dizer que ele já estava aqui?

– Ele pode ficar invisível. Provavelmente estava aqui o tempo todo. É uma

raridade vê-lo, e faz séculos que ele não se deixa ver. – Hórus franziu a testa.
– É interessante que ele faça isso agora.

– Então ele pretende me ajudar?

– É o que parece.

– Ele é muito bonito.

Hórus deu uma risadinha.

– Tenho certeza de que ele aprecia sua opinião.

Lentamente me aproximei do pássaro e estendi a mão.

– Eu sou Lily. Obrigada por vir nos ajudar.

Abrindo o bico, o pássaro Benu virou a cabeça de modo que um dos olhos me espiasse, e em seguida cantou notas assombrosas e comoventes, diferentes de tudo que eu tinha escutado na vida.

– Que lindo! – exclamei quando a música terminou.

Hórus pôs a mão na nuca e olhou longamente para a ave.

– Ele é especial, mesmo.

– Você o criou? – perguntei.

Rindo quase desconfortavelmente, Hórus respondeu:

– O pássaro Benu passou a existir por conta própria. Se Amon-Rá é o sol, o Benu é o alvorecer.

Olhei-o, perplexa, mas então o pássaro Benu bateu as asas, subindo, e se transformou num raio de luz que desapareceu pela janela alta. Rematerializando-se do outro lado, bateu no vidro com o bico e circulou.

– Ele quer que você o siga – disse Hórus.

– Certo. – Virei-me para a pilha de roupas e peguei o vestido branco. Hórus ficou atrás de mim com os braços cruzados, uma sobrancelha erguida, o canto da boca inclinado para cima. – Importa-se de sair enquanto eu me visto? – perguntei.

Erguendo brevemente os olhos para a janela por onde o pássaro havia desaparecido, ele disse:

– Acho que é melhor assim.

– Obrigada.

– Vou esperar você lá fora e acompanhá-la até a muralha da cidade. A partir de lá o pássaro Benu vai conduzi-la.

Assenti com a cabeça e, quando a porta se fechou atrás dele, tirei rapidamente o roupão e pus o vestido branco. O tecido reluzente franzia-se na cintura alta e descia pelo corpo, terminando logo acima dos pés calçados com as sandálias brancas. O corpete bordado com contas cobria toda a parte de cima como uma pala e envolvia meus ombros. Torci o cabelo num nó e o prendi com a faixa branca do roupão, coloquei o arnês de ombro, ajustando-o por cima do vestido, pus a alça da aljava atravessando o corpo e peguei o arco.

Enquanto me examinava uma última vez, senti o desconforto de Tia.

– O que foi? – perguntei. Ela não respondeu, por isso inclinei a cabeça e tentei acessar seus pensamentos. – Ah – entendi finalmente. – É o vestido.

É que não sei como vamos correr e lutar com todo esse pano envolvendo nosso corpo. Seria melhor se fôssemos nuas.

Dei uma risada.

– Talvez. Mas aí iríamos congelar. Não tenho pelos como você. – Mordi o lábio. – Que tal um meio-termo?

Tia captou meus pensamentos e senti quando cedeu. Invocando o poder da esfinge, encurtamos o vestido até o tamanho de uma túnica e cobrimos as pernas com uma calça legging branca.

Hórus me encontrou no corredor e, depois de uma breve avaliação, me lançou um olhar de aprovação, incluindo nele minhas pernas. Depois me conduziu por um labirinto de corredores até chegarmos a uma porta.

Assim que saímos da casa de Amon-Rá, o deus dourado provocou uma tremenda agitação. Os cidadãos de Heliópolis paravam o que faziam para olhá-lo me levando por uma rua movimentada até a periferia da cidade. Ainda que eu procurasse o pássaro Benu no céu, não havia sinal dele.

– Tem certeza de que ele vai me encontrar?

– Tenho – respondeu Hórus em tom categórico enquanto um grupo de comerciantes o via e parava no meio de uma transação.

– O que há de errado com eles? – perguntei.

Ele se encolheu.

– Normalmente não andamos no meio das nossas criações.

– Verdade? Por quê?

– Isso os deixa... desconfortáveis.

– Como assim?

Dando de ombros, pouco à vontade, ele se permitiu ser distraído quando uma mulher deixou cair uma tigela de frutas púrpura ao vê-lo. Uma fruta rolou até os pés dele. Hórus a pegou, limpou a poeira e me entregou.

– Eles não querem olhar o rosto de quem os fez. Isso os lembra de que são mortais. A maioria prefere nos cultuar de longe.

– Mas você não quer conhecê-los?

– Não.

– Por quê? Pensei que você ficaria orgulhoso. Como um pai.

Virando-se, Hórus segurou meus ombros e me fez parar.

– Porque conhecê-los, Lily, é amá-los. Se eu os amar, vou sentir dor ao perdê-los. É a maldição que acompanha a imortalidade. Entende?

– Eu... acho que entendo – respondi baixinho.

Ele pareceu querer dizer mais alguma coisa.

– O que foi? – perguntei.

– Por que você se aventura nesse caminho quando o resultado inevitável, mesmo que tenha sucesso, é se separar mais uma vez do rapaz que você afirma amar?

– Porque ele merece – respondi simplesmente. – A distância física não importa, porque a verdade do nosso vínculo está gravada no meu coração. Eu não poderia negar meus sentimentos por ele, assim como não poderia negar a claridade do sol.

Hórus franziu a testa.

– Você sabe que houve uma parte *sua* que correspondeu ao meu beijo.

– Não. – Sacudi a cabeça. – Isso não é verdade.

– O encantamento que lancei não teria funcionado se você não estivesse disposta. Sua leoa pode ter sido influenciada por ele, mas, se você estivesse realmente se opondo, ele não teria acontecido.

– Eu deveria saber que você iria jogar sujo com um encantamento – repliquei, irritada.

Tia tentou me aplacar:

Não é culpa sua, Lily. Eu é que fui fraca. Hórus... me tenta. Isso não deveria prejudicar seu relacionamento com Amon.

Não quero falar nisso, eu disse, mal-humorada.

Talvez algum dia eu possa amar Hórus, ela ponderou.

Não é amor, respondi secamente em pensamento.

Eu desejo que ele me segure nos braços e encha de beijos meus lábios e meu rosto. Gosto quando ele me acaricia. É isso que você deseja de Amon também. Isso não é amor?

Não. Sim, gemi. Como iria explicar o conceito de amor a uma leoa? *Essas coisas são ótimas*, eu disse mentalmente. *Trazem sensações maravilhosas. Mas são apenas expressões do amor. São apenas símbolos da emoção que está por trás delas.*

Então Hórus me ama. Se ele expressa isso com tanta habilidade, deve me amar.

Mesmo um homem que não a ama pode enganá-la com... distrações físicas.

O verdadeiro amor precisa de tempo. Não é instantâneo. Você precisa conhecer a outra pessoa. Admirá-la. Descobrir o que ela sonha, o que ela espera, e ver se essas coisas ecoam em seu coração. Só então o amor vai começar. E você vai saber que é verdade quando lhe pedirem que abra mão de alguma coisa para proteger quem você ama. Diga: se Hórus encontrasse um fim precoce, você ficaria de luto por ele? Seu coração iria se partir com a ausência dele?

Ela ficou quieta por um longo instante.

Eu sentiria falta dos beijos dele, mas não sentiria um pedaço da minha alma se rasgar caso ele se afastasse da nossa companhia.

Sorri. *Então você sabe o que o amor significa de verdade.*

Minha alma se rasgar quando sou separada dessa pessoa?

Exatamente.

Hórus parou diante de uma muralha tão alta que eu não conseguia ver seu topo. Com um movimento de sua mão, pedras se moveram, raspando contra o leito de rochas e umas contra as outras com o som de mil moinhos que fez meus ossos tremerem, como se fossem ser esmagados até virar pó. Segurando meu braço para me manter de pé, Hórus finalmente me soltou quando uma abertura surgiu na parede.

– É aqui que nos separamos, jovem esfinge.

A dor cruzou seu rosto e ele se aproximou de mim como se fosse me beijar de novo. Parecia quase incapaz de se conter, mas eu recuei um passo, dessa vez decidida a mantê-lo a distância. Felizmente o impasse nem chegou a acontecer, já que um guincho alto o deteve. Irritado, ele olhou para o pássaro Benu que voava em círculos acima e se resignou a pressionar os lábios na palma da minha mão.

– Adeus – disse quando eu passava pela abertura. – Siga o pássaro. Ele não vai deixar que você se perca.

– Adeus, Hórus. Talvez nos encontremos de novo.

– Talvez. – Ele agitou a mão e a muralha de pedras começou a se fechar atrás de mim. – Mas seria melhor para mim se não nos encontrássemos. – Seus olhos brilhantes, famintos mas preocupados, me assombravam quando me virei e comecei a me afastar de Heliópolis.

Acima de mim o pássaro Benu ficou visível. Mesmo sendo difícil enxergá-lo por entre as árvores, ele sempre circulava de volta para me encontrar. Se eu fosse na direção errada, ouvia seu canto ecoar na floresta. Às vezes eu passava por um pinheiro alto e o encontrava empoleirado num galho, me vigiando.

Quando eu chegava suficientemente perto, tentava fazer perguntas, mas, assim que eu começava, ele alçava voo, a cauda comprida pendendo mais de um metro abaixo do corpo. Justo quando comecei a sentir sede chegamos a uma linda cachoeira que lançava um arco-íris no ar. A água era fresca e límpida, e o poço abaixo estava cheio de peixes multicoloridos. Fiquei boquiaberta quando eles saíram da água, com as barbatanas se agitando rapidamente como asas de beija-flor, entrelaçando-se brincalhões na cachoeira antes de mergulhar de novo no poço. Claro, Tia se perguntou qual seria o gosto deles, enquanto eu soltava exclamações sobre sua beleza única.

Continuamos durante toda a tarde, guiadas pelo pássaro Benu. Quando ele acelerava, fazíamos o mesmo. Enquanto corríamos, percebi outra mudança no corpo. Fiquei maravilhada com meu novo nível de resistência, a respiração profunda seguindo o ritmo constante, ao mesmo tempo estranho e natural, de minhas pernas e meus braços. Comecei a tentar adivinhar do que eu era capaz. Cada coisa que eu fazia e que estava fora da norma para mim, ou que eu sabia ser impossível para um ser humano, me obrigava a encarar o fato de que eu não era mais humana, e esse pensamento era suficientemente incômodo para fazer com que eu empurrasse o medo para o fundo da mente, o que era muito mais fácil enquanto eu corria.

Tia parecia aceitar muito melhor nosso novo status. Ela era uma leoa, e ao mesmo tempo não era. Abraçava as novas descobertas, como beijar um homem lindo ou desfrutar de um banho quente, com abandono e paixão. As diferenças em sua nova forma não lhe causavam alarme, mas curiosidade, e quando fiz um comentário sobre isso ela achou irracional minha preocupação com o que já estava feito.

Enquanto corríamos, meus pensamentos foram se aquietando. Saltando por cima de troncos caídos e pedras grandes com a facilidade de uma guerreira amazona, atravessamos a floresta e uma grande planície coberta de capim, depois subimos uma trilha montanhosa onde se viam animais que pareciam um cruzamento entre uma cabra e um urso. Eles simplesmente levantaram a cabeça quando passamos e depois voltaram a pastar.

Fiquei boquiaberta quando chegamos ao outro lado de um morro. O que se estendia diante de nós era um mar índigo. Com minha nova e poderosa visão, olhei a vastidão das águas e me perguntei se seria o mesmo oceano que havíamos sobrevoado montadas em Nebu. As cores sem dúvida eram diferentes.

A cidade de Heliópolis era cheia de luz dourada e prédios que cintilavam, mas esse lado de Duat era o oposto. As montanhas eram cinzentas. A paisagem, opaca e sem graça. As árvores e arbustos eram sombras escuras contra o terreno tristonho. Ainda que o sol estivesse sobre a água, não havia calor nem ondas reluzindo.

– Que lugar é este? – perguntei a Tia.

Não sei. Mas sinto cheiro de morte.

Tremendo, esfreguei os braços, e uma brisa que dava calafrios eriçou os pelos finos da minha nuca. Uma sensação de inverno me envolveu e tive a impressão de que estava cercada por coisas apodrecidas e petrificadas, escondidas logo abaixo de uma camada de gelo que impedia a visão do outro lado.

Seguimos o pássaro Benu até a beira da água, onde um cais precário estendia um braço leproso para dentro do mar. Ao lado havia um casebre coberto de palha, feito de madeira podre trazida pelo mar, que devia ter sido pintada um dia. Pelo menos eu esperava que as manchas vermelhas e secas, que pareciam flores mortas e espinhosas descascando-se das laterais, fossem tinta. Mas, se haviam sido, agora estavam tão desgastadas que mal eram perceptíveis.

Havia um ar de abandono naquela construção, como se a única coisa que pudesse decidir habitar um lugar assim fosse um marinheiro fantasma que assombrava a praia em busca de vítimas para afogar nas águas escuras. Em nítido contraste, havia um barco lindo, parecendo tão deslocado quanto uma socialite de Nova York numa festa caipira.

Como um esguio cão de competição amarrado à carrocinha de um sem-teto, a embarcação estava imóvel, o mastro estendendo-se para o alto como se olhasse para o céu em busca de salvação. Estava atracada ao cais, o que não garantia sua segurança nem a do cais, e eu torcia para que sua presença significasse que alguém provavelmente morava ali, ou pelo menos visitava o lugar de vez em quando.

A reluzente pintura cor de ébano do barco brilhava à luz fraca do sol poente. Um par de remos com relevos elaborados repousava contra o casco e o mastro robusto com uma vela grossa estava amarrado com cordas bem apertadas. Na frente do barco havia uma figura de proa, um pássaro esculpido, que tinha uma semelhança suspeita com o pássaro Benu, agora empoleirado no poste quebrado do cais.

O pássaro me olhava em expectativa, como se estivesse esperando que eu fizesse alguma coisa. Dançou no topo do poste, agitando as penas enquanto cantava baixinho para mim. Uma das penas roçou em meu braço e o calor penetrou na minha pele por um instante, antes de desaparecer novamente.

Quando o canto do pássaro acabou, a porta remendada da cabana se abriu, revelando um interior tão escuro que não pude identificar nada lá dentro, nem mesmo com a visão apurada. A porta tornou a se fechar com um estrondo que reverberou.

– Você... você quer que eu entre? – perguntei ao pássaro.

Ele respondeu voando até a cabana arruinada e se empoleirando no telhado.

– Acho que sim – respondi. – Certo, então. Lá vamos nós.

Bati à porta presa à lateral da casa com dobradiças quebradas. Ela pendia num ângulo tal que a impedia de se fechar direito. Enquanto os nós dos meus dedos batiam pela segunda vez, a porta se moveu bêbada, permitindo um vislumbre do espaço escuro lá dentro. Como ninguém atendesse, dei de ombros e puxei a porta. O ruído das dobradiças mais pareceu um gemido de dor excruciante e isso me fez parar de puxá-la.

– Olá? – chamei, a voz ecoando naquele espaço. A luz do sol poente lançava linhas de luz compridas e pálidas pelas frestas nas tábuas da casa, e as faixas escuras faziam com que ela mais parecesse uma cela de prisão do que um lar. – Meu nome é Lily – anunciei enquanto dava um passo minúsculo e hesitante para dentro. – Tem alguém aí?

Houve um ruído à minha direita. Parecia papel sendo manuseado, ou talvez movimento num ninho de ratos. Uma forma escura se soltou de um canto ainda mais escuro da casa esquálida e uma voz profunda ribombou.

– O que você quer? – perguntou a voz, e a pergunta foi seguida por um acesso de tosse encatarrada e um grunhido.

– Hórus me mandou – respondi em voz baixa, o tom subindo no fim como se eu estivesse fazendo uma pergunta em vez de uma afirmação.

A tosse ficou mais intensa e a pessoa escondida nas sombras finalmente parou e cuspiu. Um pus amarelo brilhante pousou nas tábuas empenadas e cobertas de areia junto aos meus pés. Recuei um passo, retornando ao portal, pronta para sair correndo.

Um som áspero indicou que a figura estava chegando mais perto.

– Hórus? – perguntou a voz, cheia de suspeitas. – O que me importa ele?

– Ele não é seu senhor?

– Meu senhor? – A pessoa começou a dar uma risadinha, que logo se transformou novamente em tosse. Mais sons de pés se arrastando, e então o tilintar de uma caixa. Uma chama minúscula surgiu, ficando mais forte enquanto o lampião era aceso. A pessoa na cabana levantou o lampião a gás e se virou para mim.

Ver que era um homem, e não um monstro, deveria ter me acalmado pelo menos um pouco, mas, ao contrário, fiquei mais nervosa. Ele era corcunda e, apesar de ser corpulento, as faces eram encovadas, macilentas, e os olhos cinza e febris tão desprovidos de cor quanto as tábuas da casa. Grossas veias azuis se destacavam nos braços fortes. Lábios grandes sobressaíam em meio a uma barba preta tão desgrenhada e comprida que eu me perguntei que criaturas se aninhariam ali dentro.

– Você me acordou – acusou o homem enquanto me olhava com as sobrancelhas grossas tão baixas que pareciam impedir sua visão. Em seguida, tirou do bolso um lenço tão imundo que a única coisa boa a fazer com ele seria queimá-lo. Fiquei olhando, sem fala, enquanto ele o levava ao nariz adunco e assoava tão alto que sacudiu as tábuas do assoalho. Ele deve ter notado minha careta, porque imediatamente ordenou: – Saia!

Meus punhos se fecharam.

– Não – respondi, e ergui o queixo em desafio. – Preciso ir para o além, e pelo jeito você tem alguma coisa a ver com isso.

O homem aproximou-se mais alguns passos e me olhou de sua altura imponente. Era muito maior do que parecera inicialmente.

– Não transporto gente viva, mocinha. – Seu hálito forte envolveu meu rosto, mas, apesar de me sentir ligeiramente nauseada, eu não iria recuar.

– Desta vez, vai – respondi com o máximo de confiança que me era possível.

Ele inclinou a cabeça, me avaliando, depois girou e ocupou-se junto à mesa. Ouvi o som de líquido caindo numa xícara e o homem tomou um grande gole. Ainda de costas, ele disse:

– A viagem na barca do sol é só de ida, e não é segura, nem para os que não têm nada a perder.

– Não me importa. Vim até aqui e preciso ir em frente.

Ele encheu de novo a xícara e me olhou com o canto do olho.

– Você trouxe um óbolo?

– Um óbolo? – ecoei.

– Um *óbolo*. – Ele suspirou. – Uma oferenda? – E me olhou cheio de expectativa, as sobrancelhas grossas se unindo, mas em seguida seus ombros se curvaram e ele voltou para a escuridão. – Não vou levar você a lugar nenhum sem meu óbolo.

Um objeto caiu no chão junto aos meus pés, rolando em círculos antes de parar. O reflexo do ouro cintilou na escuridão. O homem se imobilizou quando me inclinei para pegar o objeto. Era uma moeda de ouro gravada com a mesma imagem do pássaro Benu que eu tinha visto esculpida no barco e nos ladrilhos da banheira da casa de Amon-Rá.

– Isto serve? – perguntei, e a joguei na direção dele, ainda não querendo sair da luz do portal e entrar no espaço escuro da casa.

Apesar de não parecer suficientemente ágil, o homem estendeu a mão bulbosa e cheia de veias e pegou a moeda no ar. Olhou para ela, virando-a com cuidado, e em seguida seu olhar disparou para mim.

– Quem é você? – perguntou, desconfiado.

– Já falei. Sou Lily.

Ele franziu a testa.

– Não estou falando do seu nome. Você precisa me dizer quem você é.

– Bom, sou uma mortal, uma humana, ou pelo menos já fui. Agora sou uma esfinge. Hórus tomou as providências para que eu viesse encontrar você, para que eu pudesse viajar ao além. Meu namorado, Amon, é um dos Filhos do Egito e está preso no mundo dos mortos. Preciso salvá-lo para que Seth não se liberte de suas amarras e não lance o caos sobre a Terra. Isso basta?

O homem piscou. Uma vez. Duas. Depois cuspiu outra bola de catarro junto aos pés.

– Uma esfinge, é? – Ele esfregou a moeda entre os dedos, me examinando, como se tentasse deduzir se eu estava falando a verdade. – E quando, exatamente, você quer partir, mocinha?

– Agora mesmo.

Ele se remexeu, grunhindo, e acariciou a barba.

– Tem certeza de que deseja ir?

– Tenho.

O homem aproximou-se ainda mais, arrastando os pés, e olhou o céu que escurecia.

– Então acho melhor irmos logo. Embarque no *Mesektet* imediatamente. Vou em seguida. Vai ser uma noite longa, mocinha. Você não faz ideia da coisa em que está se metendo, mas aceito o pagamento. – Suas sobrancelhas baixaram. – E é tarde demais para recuar, agora que aceitei o serviço – alertou. – Você tem sorte porque este óbolo é muito valioso. Caso contrário, eu nem pensaria em carregar vivalma, ainda mais tão tarde.

– Vivalma?

– Uma alma viva. Uma garota/leoa como você, ainda viva. Agora pare de me distrair e vá andando, senão vamos perder o portão e tornar essa conversa tão inútil quanto um morto implorando para viver.

– Certo.

Dando meia-volta, saí e olhei para o telhado, vendo o pássaro Benu cantar uma última canção tristonha antes de bater as asas e voltar para Heliópolis. O sol já quase havia se posto. Apenas uma lasca ainda permanecia sobre a água. Eu tinha acabado de subir a bordo e encontrado um lugar perto da popa, que parecia suficientemente segura para que eu não caísse na água, quando o homem grandalhão veio descendo o cais com passos firmes.

O barqueiro soltou o nó que prendia o barco e, quando começávamos a nos afastar do cais, notei uma imagem gravada no poste de madeira.

– É o nascer do sol – murmurei. – O Dr. Hassan disse para ficar atenta a ele, que leva à vida.

– Chegou perto – disse o homem enquanto tirava um remo do suporte e o passava pelo tolete. – Essa imagem tem um significado duplo. Neste caso é o pôr do sol, e não o nascer.

Para onde leva o pôr do sol?, perguntou Tia.

O pavor encheu meu corpo enquanto eu me agarrava impotente às cordas do navio.

– O pôr do sol leva à morte – respondi.

– Agora – alertou ele enquanto desenrolava a vela, que pegou imediatamente o vento e se enfunou –, segure-se como se sua vida dependesse disso! – Ele parou o que estava fazendo e soltou uma risadinha seca. – Não é sempre que tenho a chance de dizer isso.

15

O Rio Estige

O vento ganhou força e o barco se sacudia nas ondas, mais violentas a cada segundo. Virando-o na direção do sol poente, avançamos cada vez mais rápido, perseguindo o astro agonizante que afundava no mar. Dentro de instantes a única coisa que eu conseguia identificar era o homem grande no leme, logo atrás de mim. Meu estômago se revirava enquanto a gravidade mudava. Eu tinha a sensação de que estava em uma montanha-russa aterrorizante cujo carrinho tivesse acabado de descarrilar.

Ver através da escuridão era uma coisa que eu tinha começado a considerar como algo natural depois de herdar os poderes de Tia. Mas agora eu não conseguia enxergar o branco das minhas roupas, e isso perturbava nós duas.

– O que está acontecendo? – gritei quando uma onda grande estourou sobre a borda do barco.

– Esta área é turbulenta, mocinha – berrou meu estranho companheiro. – É melhor se segurar firme para a transição!

– Que transição? Como assim?

Ele não respondeu e, quando o barco deu um solavanco à frente e depois desabou com um estrondo no mar, decidi que precisava me agarrar a alguma coisa mais substancial do que uma corda. Levantando-me com dificuldade, cheguei mais perto do capitão do barco e agarrei a amurada, envolvendo-a com os braços e segurando com força meus pulsos. Foi uma coisa boa, porque, quando chegamos à crista da onda seguinte, a embarcação decolou momentaneamente e minhas pernas saíram de baixo do corpo enquanto caíamos de novo. Desabei no convés com um baque doloroso.

– Mais uma onda deve bastar! – gritou ele, e eu me preparei enquanto o barco subia na próxima ondulação. Uma parede de água escura se ergueu à nossa frente e a gravidade mudou de novo. Subimos mais e mais e eu soube que, assim que passássemos pela crista, despencaríamos para a morte. Não havia a menor possibilidade de não afundarmos. Não seria possível. Ou viraríamos uma cambalhota para trás, ou nos partiríamos em um milhão de pedaços do outro lado.

– Segure firme! – gritou ele. – Aí vem ela!

O barco subiu e subiu, até ficar quase vertical na coluna de água. Eu não sabia direito como meu companheiro conseguia se manter de pé. Sem dúvida ele não era forte o bastante para sustentar o próprio corpo. Água gelada espirrava de todos os lados. Até mesmo com o poder da esfinge eu sabia que meus braços não conseguiriam segurar por muito mais tempo.

Tia estava aterrorizada. Morte por afogamento não deveria ser o fim de um felino. Naturalmente, uma humana transformada em esfinge numa missão para salvar seu namorado múmia também não deveria morrer assim. O medo de Tia ecoava o meu, reverberando pelo corpo enquanto nos agarrávamos desesperadamente à amurada.

Justo quando eu estava a ponto de desistir, me soltar e permitir que meu corpo fosse levado para longe, ouvi um grito de triunfo e os solavancos do barco diminuíram, enquanto uma luz pálida caía sobre nós. Lentamente a embarcação se realinhou e, quando finalmente pude soltar meus braços trêmulos da borda do barco, olhei cautelosa procurando a fonte da luz.

Estávamos cercados de estrelas. Corpos celestiais tão brilhantes e próximos que eu tinha a impressão de que podia pegá-los com as mãos. Nunca tinha visto tantas. Quando olhei por cima da amurada, fiquei em choque ao ver que o oceano agitado tinha desaparecido e que havia estrelas embaixo de nós também. Elas se moviam num padrão que parecia quase fluido.

Maravilhada, perguntei:

– Onde estamos? – Estendi a mão para baixo e senti o toque daquela substância reluzente. Era fria, mas não gelada, e quando levantei a mão um padrão de luzes escorreu pelas pontas dos meus dedos antes de pingar e se juntar de novo à corrente estrelada embaixo de nós.

– No Rio Cósmico – respondeu o homem grandalhão. – No seu mundo ele é chamado de Via do Leite ou alguma bobagem assim.

– Via do Leite? Refere-se à Via Láctea? – Olhei a vastidão ao redor, maravilhada com as cores que faziam redemoinhos entre as estrelas e o negrume do céu.

– É. Deve ser isso. Temos sorte de conseguir, já que partimos tão tarde. Eu não tinha certeza se uma alma viva como você sobreviveria à transição.

Claro, ainda temos um bom caminho pela frente. Você pode morrer a qualquer minuto. – Ele quase parecia feliz com a perspectiva.

– Bom, não morremos. Sorte sua, acho. Vai ficar com o pagamento.

– Vou ficar com o pagamento quer eu transporte você viva ou morta. Para mim não faz diferença.

Algo que ele disse fez com que um pensamento me ocorresse.

– Você é Caronte, o barqueiro, não é? E este é o Rio Estige! – acrescentei, empolgada.

Ele bufou, depois lançou uma bola de catarro por cima da amurada.

– Você não sabe muita coisa, não é?

Franzi a testa e cruzei os braços.

– Bom, se você não é o barqueiro, então quem é?

– Não tenho motivo para lhe contar nada. Conversar com os passageiros não faz parte das atribuições do meu cargo.

– Bom, você poderia ao menos fazer a gentileza de me dizer seu nome? Por favor? Eu gostaria de saber a quem agradecerei por me levar em segurança até o além.

– Meu nome é Cherty, e esse aqui é o meu barco, *Mesektet*. E, para deixar claro, eu não decidi levar você porque *ele* queria. Não preciso que ele me diga como fazer meu trabalho. Acho que posso escolher sozinho quem viaja comigo e quem não viaja. Mesmo que ele seja meu chefe.

– Quem diz a você como fazer seu trabalho? Hórus?

– Hórus, não. Seu amigo pássaro. Amon-Rá.

– Amon-Rá? Você deve estar enganado.

– Não há engano. Só uma pessoa assume a forma daquele pássaro específico, e essa pessoa é Amon-Rá.

– Então Amon-Rá é o pássaro Benu? – murmurei.

– Não o vejo nessa forma há um bom tempo.

– Hórus disse que fazia um tempo que ele não aparecia. Acho que faz sentido. Mas por que ele me guiaria na forma do pássaro Benu, e não na própria forma? E por que me ajudaria quando disse explicitamente que não faria isso?

Cherty deu de ombros.

– Não vou fingir que entendo as motivações dos deuses. Eles vivem ocupados discutindo, cortejando e geralmente fazendo besteira. Quase sempre isso significa trabalho extra para mim.

– Então eu sou a primeira alma viva que você carrega?

– A primeira, não. – O barco balançou um pouco quando alcançamos uma parte turbulenta do Rio Cósmico, mas Cherty ajustou habilmente o leme e passamos por essa área. – Uma vez levei um rapaz. O coração dele quase tinha sido arrancado. Havia perdido a amada e estava decidido a tê-la de volta. Eu avisei que era bobagem. Mas ele pagou bem e eu achei que a vida era dele e ele podia optar por perdê-la, se quisesse. Ainda me lembro da música maravilhosa que ele tocou enquanto navegávamos pelo céu noturno. E ele quase conseguiu voltar com ela. Redes a pegaram e Apep o pegou logo depois. Uma verdadeira pena. O nome dele era Oredes, Oreptos ou Orfeas, algo assim.

– Orfeu. Eu conheço essa história.

– Conhece? Não me surpreende muito. Seu mundo humano adora histórias para dormir.

Sua boca se franziu enquanto as mãos apertavam o leme.

– Não importa o que as pessoas dizem. Eu sei da verdade.

– A princípio fiquei com medo de você, sabe? Agora não estou. Deve ser solitário e triste fazer o que você faz.

– Não se esqueça de "perigoso" – acrescentou ele.

– Bom, isso nem precisa ser dito.

Ele deu de ombros.

– Precisa ser dito, sim. Principalmente com a probabilidade de você morrer. Acho que não vai encontrar seu namorado. Pelo menos com sua joia de escaravelho você sabe como ele se sente a seu respeito. – Ele meneou a cabeça para a joia à vista. – A maioria das pessoas que levo através do rio não tem nem mesmo isso. Fico escutando enquanto elas resmungam e se lamentam durante toda a viagem. Na maior parte do tempo estou mais para psiquiatra do que colhedor de almas. Elas fazem parecer que sou eu que provoco a morte, quando na maioria dos casos são elas mesmas que a provocam.

Seguimos em silêncio durante um tempo, e eu estava desfrutando da fantástica visão noturna quando a brisa morreu de repente, as velas enfunadas murchando gradualmente contra o mastro.

– Qual é o problema? – perguntei.

– Estamos entrando no território de Apep. Melhor ficar em silêncio, mocinha. Vou me esforçar ao máximo para levá-la viva ao outro lado destas águas, mas não prometo nada.

Rapidamente ele baixou a vela e a amarrou no mastro com destreza. Em seguida, posicionou-se num banco entre os dois remos compridos, mergulhou-os no Rio Cósmico e continuamos a avançar. De vez em quando ele parava, levantava os remos e prestava atenção. Alguns minutos depois ouvi um gemido fantasmagórico, como se fosse o canto de uma baleia, e Cherty se imobilizou, sussurrando:

– Me entregue os espetos do rio.

– O quê?

Ele revirou os olhos e direcionou minha atenção para os dois espetos com pontas afiadas. Assenti e lhe entreguei as armas. Depois de enfiá-las num espaço junto ao banco, ele indicou o martelo. Entreguei-o também, e ele o colocou aos pés. Pegou os espetos e prestou atenção, espiando as estrelas ao redor.

Achei ter visto um breve movimento ao lado e bati no braço dele, mostrando o ponto. Ele fixou os olhos penetrantes na parte do rio que eu tinha indicado, mas depois de um momento sacudiu a cabeça. Passou-se um longo tempo antes que ele pusesse os remos na água outra vez, e logo avançávamos sem incidentes, uma brisa começando a soprar algumas horas depois.

Quando ele se acomodou junto ao leme de novo, eu disse:

– Imagino que você seja muito ocupado. Não morrem milhares de pessoas todos os dias? E, se demora tanto para chegar ao além, como você faz tudo isso?

– Por sorte os desincorporados ocupam muito pouco espaço; desde que um pedacinho toque o barco, eles podem ir. Se ficar apinhado, os mortos se penduram nas laterais pelas pontas dos dedos. O triste é que assim fica muito fácil para Apep engoli-los.

– E quem, ou o quê, é Apep? Será que eu quero mesmo saber?

– Nem Amon-Rá brinca quando está perto de Apep. Ele foi feito por Seth. Claro, isso foi quando ele fazia coisas. Naquela época ele não passava de uma criança, pelo menos como você veria. Apep é... bom, acho que a coisa mais próxima com que você poderia compará-lo seria uma serpente. Ou um dragão, talvez. Não. Serpente é melhor. Serpente gigante. Como uma jiboia monstruosa. Ele mora num certo lugar do Cosmo, bem naquela parte do rio por onde passamos. Seu petisco predileto é... você adivinhou... os mortos. Suponho que não haja muito mais para comer por aqui.

– Ele já tentou comer você?

– Comeria, se me pegasse. Acho que você poderia chamá-lo de minha arquinêmese. A coisa que ele mais gostaria no mundo seria de afundar o *Mesektet* e desfrutar da sensação de me ter dentro da sua barriguinha quente.

– Ele... hã... come gente viva?

– Ah, imagino que ele adoraria engolir um petisquinho como você. Acho que seria muito nutritiva e deliciosa. Talvez ele pudesse se alimentar da sua carne durante uma ou duas décadas. Ele pegou um bom número de mortos na minha última viagem. Provavelmente ainda está com um bocado de gases por causa disso. Caso contrário, teria vindo para cima de nós feito uma mosca que encontrou um cocô de capissauro.

Meu nariz se franziu quando pensei nisso.

– É a primeira vez que transporto uma esfinge. Já levei centauros, unicórnios, até um dragão raivoso, mas nunca uma esfinge.

– Você não levou a outra esfinge? A que Ísis fez?

– Nunca a vi. Isso acontece às vezes. Especialmente se o morto estiver infeliz ao passar. Eles ficam vagueando. Tentando encontrar alguma coisa para dar sentido à morte. Provavelmente foi o que aconteceu com ela. Eles nunca chegam ao meu litoral. Os rituais de embalsamamento que Anúbis criou ajudam a guiar as almas para cá, mas mesmo assim algumas se perdem. Os mortais, especialmente os modernos, não sabem muito sobre navegar no Rio Cósmico. Eles estragam tudo. Alguns queimam os mortos e jogam as cinzas no rio. Alguns jogam os corpos no mar ou no Nilo. Eles confundem seus rios mortais com o meu, mas o único modo de chegar ao além é atravessando por aqui. – Cherty estendeu a mão indicando a vastidão ao redor.

Um redemoinho de estrelas no rio atraiu minha atenção e eu estremeci.

– Apep vai nos perseguir?

O barqueiro deu de ombros.

– Tudo é possível. Mas, como eu disse, tivemos sorte. Não sei bem se isso vai acontecer na viagem de volta, presumindo, claro, que eu esteja disposto a fazer uma exceção à minha regra de ida sem volta e que você sobreviva...

– Então você luta com ele?

– Não posso matá-lo. Só posso repeli-lo e esperar que ele não pegue muitos passageiros.

– Mas Apep se mantém no território dele?

– Quase sempre. De vez em quando o diabo me surpreende. Se bem que a esta altura ele já esgotou todos os truques. Este é o problema em relação à imortalidade: o trabalho fica monótono. Apep o mantém interessante.

– É – resmunguei. – Acho que isso seria um problema.

Falar na imortalidade me fez pensar na minha. Será que eu era mesmo imortal agora, como a outra esfinge, Baniti? Será que eu queria ser? Havia muita coisa que eu poderia fazer e aprender como imortal. Poderia ficar para sempre com Amon. Essa era uma ideia inebriante. Mas, se eu só pudesse vê-lo por duas semanas a cada mil anos, seria extremamente solitário. Um relacionamento assim funcionaria? Talvez eu pudesse ficar com ele nos sonhos.

A verdade era que a esfinge em que eu havia me transformado me amedrontava. Eu não sabia como entender aquilo. Talvez o Dr. Hassan pudesse descobrir alguma coisa. Claro, buscar um modo de recuperar minha mortalidade poderia significar algo ruim para Tia. E ela representava mais para mim a cada dia que passávamos juntas. Sem dúvida a leoa era como uma irmã. Eu sempre quisera ter uma irmã.

Mas, por outro lado, será que eu poderia voltar a uma vida normal? Fazer faculdade? Ou conversar futilidades nos vários eventos sociais dos meus pais tendo uma leoa como companheira de quarto mental? Pior ainda, como poderia mudar meu estado sabendo que isso poderia matá-la ou que ela desapareceria para sempre?

O balanço do barco era tranquilizador; encostei a cabeça na amurada, deixando que ele me acalentasse. O tilintar das estrelas foi desaparecendo, substituído pelos estalos de uma fogueira.

– *Lily! – ouvi a exclamação suave.*

– *Amon?*

Tateei na escuridão, incapaz de identificar sua forma. Por fim minha mão roçou em seu braço.

O som de um choro baixo encheu minha mente.

– *Ah, Lily. Por que você veio?*

– *Amon? O que há de errado? Você está ferido? – Imediatamente me ajoelhei ao lado dele e envolvi seu pescoço com os braços. Ele me puxou para si, mas eu me afastei um pouco, mantendo a mão em seu ombro enquanto tentava usar a visão de esfinge para encontrar sua forma verdadeira. – Diga – pedi, sem conseguir ver nada. – Seu corpo está ferido?*

– *Estou além da dor. Sou um homem atormentado. Especialmente sabendo como você está perto. Você precisa voltar. Peça... não: implore a Cherty que a leve de volta a Heliópolis.*

– *Não posso. Você sabe disso. Por outro lado, estou perto demais.*

– *Ainda há tempo. Volte. Me esqueça. Eu imploro.*

Seus soluços baixinhos fizeram meu coração estremecer e lágrimas brotaram nos meus olhos.

– *Preciso encontrar você. Não vou desistir. Não me peça isso. – Amon não respondeu. – Por favor, diga o que há de errado com você.*

– *Tudo – murmurou ele. – E nada. Estou no Campo dos Medos. Aqui estou a salvo de tudo e de todos, menos de mim.*

– *Ah, Amon, sinto tanto! Espere por mim. Vou encontrar você. Eu prometo.*

Foi como se ele não tivesse escutado.

– É quase mais fácil enfrentar um monstro – disse ele. – Aqui não há nada contra o que lutar. Meus desesperos mais profundos vieram à superfície, me torturando. E você está no âmago deles. Ao lhe oferecer meu coração, destruí a única coisa no Universo que eu queria proteger. Eu é que sinto muito, Lily.

Respirei fundo e tentei falar com calma, racionalmente:

– Seu coração é tudo que eu sempre quis. É a única coisa que me mantém viva. Tente se lembrar disso e de quanto quero estar com você.

– Você deveria ter aceitado a oferta de Hórus – disse ele, tristonho. – Ele seria uma escolha muito melhor.

– Eu não quero Hórus.

– Uma parte de você queria. Eu... eu o ouvi dizer isso.

Mordi o lábio.

– Peço desculpas se ter visto isso fez aumentar sua dor. Mas não amo Hórus. Amo você. Além disso, não acredito em tudo que Hórus diz, e você também não deveria acreditar.

Ele ignorou minha lamentável tentativa de explicação:

– Você precisa de alguém forte, como Hórus. Não a culpo por escolhê-lo.

– Eu não o escolhi. Na realidade...

– Dê meia-volta, Lily – interrompeu ele. – Volte para casa. Leve a vida mais normal que puder. Não há mais nada aqui para você.

– Não vou abandonar você.

– Não importa. Mesmo se você for teimosa e tentar me encontrar, eu não estarei aqui. Você nunca vai me achar.

– Você vai estar aí, Amon! Se fizer alguma besteira, eu...

Diga que você vai cravar as garras nas costas dele.

– É, vou cravar minhas... Tia!

Está ficando difícil ter paciência com esse humano. Me dê licença, Lily.

Tia! De repente me vi trancada atrás de uma porta mental, onde podia ouvir, mas não falar.

– Meu rapaz, pare de se lamentar imediatamente – disse Tia. – Lily está apaixonada por você. Ela escolheu você como pretendente e companheiro. Até agora não protestei contra essa decisão, mas, se você continuar se lamuriando contra seu destino desse modo, vou encorajá-la a encontrar alguém mais digno. Aconselho você a ter a mesma coragem que ela vem demonstrando. Essa jornada tem sido árdua para ela, e não fica mais fácil com você colocando-a de lado. Das solas dos seus pés até o cocuruto da sua cabeça e às profundezas da *sua alma, você é tudo que ela deseja. Agradeça por eu não a influenciar a mudar isso. Bom, você prometeu que iria nos aconselhar. Sugiro que faça isso e aproveite ao máximo os poucos momentos que tem para se comunicar.*

De repente me vi de novo no controle e Tia recuou, me dando as costas e nos permitindo o máximo de privacidade que pôde.

– Amon? Desculpe – falei.

Ele ficou quieto por um minuto e em seguida respondeu:

– Não. Não precisa se desculpar. Ela está certa. Isso não muda nada, mas você abriu mão de tudo para me salvar. Pelo menos posso reconhecer isso e amá-la o suficiente para fazer o que sei que precisa ser feito antes que eu me veja sem opções.

– O que isso quer dizer? – perguntei nervosa. – Amon?

– Ela pediu meu conselho, e aqui está. Quando encontrar os guardiões, fique perto deles. Eles vão protegê-la. Se, de algum modo, você conseguir chegar ao mundo dos mortos, evite a todo custo o Pântano do Desespero.

– O Pântano do Desespero. Entendi.

– Se você puder chegar lá, há um abrigo no meio das árvores.

– O que você vai fazer? – perguntei, quase com medo da resposta.

– Vou usar o Olho. Tenho usado o poder dele apenas quando estou absolutamente desesperado. A Devoradora poderá me encontrar quando eu o acessar completamente, mas, se eu puder usá-lo para descobrir um modo de sair daqui, farei isso. Espero estar de volta no além quando você chegar. Você vai saber que tive sucesso se eu a estiver esperando no cais. Não importa o que aconteça, Lily, saiba que eu te amo e não trocaria por nada um segundo do tempo que passamos juntos.

– Eu também te amo. Tenha cuidado.

– Terei. Vou tentar...

Meu corpo deu uma guinada para o lado e fui acordada por um solavanco.

– Tentar o quê? – gritei. – Amon? – Mas ele havia sumido.

Cherty golpeou alguma coisa por cima da amurada do navio, depois puxou o braço. Girou os espetos do rio antes de acertá-los em alguma coisa outra vez. Olhando por cima do ombro, ele berrou:

– Mocinha! Pegue minha sacola e tire a moeda de dentro. Depressa!

Corri até a pilha de entulho solto que ele tinha a bordo e peguei uma sacola, depois fui até ele. Rapidamente remexi no conteúdo, mas não pude encontrar a moeda de ouro com a estampa do pássaro Benu.

– Não estou vendo! – gritei.

– Está na aba secreta. Procure com os dedos!

Arquejei quando um braço coberto de gosma, com mãos membranosas e garras afiadas, agarrou-se ao barco. A pele era preta e cheia de um líquido escuro logo abaixo da superfície. Parecia nanquim preso num balão fino. Com um uivo, Cherty empalou o braço contra a lateral do barco; o líquido preto-azulado irrompeu da pele e escorreu pela amurada. Um berro inumano encheu o ar e, quando ele puxou o espeto afiado, o braço escorregou para fora do barco.

– Não estou encontrando! – gritei.

– Aqui! Me passe!

Joguei a sacola para ele e levei a mão às costas, pegando as lanças curtas. Girei, depois cravei-as nos corpos macios de duas criaturas que se esgueiravam por trás dele. Ele jogou-as por cima da amurada e depois remexeu na bolsa.

– Achei! – gritou, com um sorriso, mas, antes que pudesse pegar a moeda, um braço serpenteou pelo ar, envolveu a alça da bolsa e puxou-a por cima da amurada.

– Gatuna! – gritou Cherty enquanto sacudia o punho no ar. – Recebeu mais do que merecia desta vez!

Outras daquelas criaturas abomináveis tentaram subir a bordo.

– E agora? – gritei.

– Faça com que elas fiquem longe enquanto eu pego as redes!

– Redes?

– Mantenha essas donas briguentas longe, do melhor modo que puder, mocinha!

– Certo – murmurei e girei, partindo para a ação.

Enquanto Cherty manobrava o leme, fazendo o barco balançar de um lado para outro e soltando as velas até que estivessem quase a ponto de se rasgar, fiz o máximo para manter as criaturas a distância. Com precisão mortal cortei gargantas, apunhalei troncos e decepei braços. Tia era capaz de pressentir quando uma das criaturas intrusas se esgueirava por trás de nós, e eu me senti grata por seus instintos.

Logo descobrimos que, quando usávamos o poder da esfinge, podíamos estrangular as vítimas, mas era um processo lento e exigia concentração. Além disso, só funcionava com um inimigo de cada vez. Lutar com armas ficava uma coisa atrapalhada quando tentávamos usá-las enquanto cravávamos as lanças nas feras, mas o estrangulamento era um poder eficaz para ser usado a distância.

Logo Cherty se juntou a nós e trabalhamos unidos, derrotando o inimigo.

Fiquei surpresa quando uma criatura escura desmoronou aos nossos pés. Era linda. Seu cabelo preto caía até a cintura e ela levantou a mão num gesto de súplica. Em vez de pernas, a metade inferior de seu corpo me fazia lembrar uma enguia. Escamas brilhantes cobriam sua forma alongada, que terminava numa barbatana parecida com a de um tubarão.

Hesitei apenas por um momento e, quando isso aconteceu, ela saltou à frente, usando a cauda poderosa para impelir o corpo para cima, e cravou os dentes afiados da boca enorme escancarada no meu ombro. Uma dor lancinante explodiu e uma ardência espalhou-se pelo corpo. Gritei ao ver que ela havia arrancado um naco de carne do meu ombro. Pingos cor de cereja escorreram de seu queixo enquanto ela cuspia e sorria em triunfo.

– Víbora maldita! – gritou Cherty ao baixar o martelo sobre a cabeça dela, que desabou no convés. O barqueiro chutou violentamente seu corpo flácido pela borda do barco.

– O que elas são? – perguntei enquanto saltava de novo para a briga, me esforçando para esquecer do ombro que ardia.

– Sirenas cruéis e vorazes. E nós penetramos num maldito cardume delas.

– Sirenas?

– Em geral não são tão ativas. Carpas gananciosas!

– São sereias? – perguntei enquanto despachava um trio em rápida sucessão. – Porque parecem sereias malignas.

– São parentes distantes. Se a sereia é um lindo pássaro azul, a sirena é um abutre.

– Elas são imortais? – perguntei, esperando que pudessem ser seduzidas pelo meu escaravelho.

– Não. Mas se reproduzem depressa. Eu informo sobre as infestações de modo que Amon-Rá possa manter a população sob controle. Em geral, consigo distraí-las com uma moeda bonita, especialmente uma que venha de Amon-Rá. Lanço-a por cima da amurada e elas me deixam em paz, brigando para pegá-la. Às vezes as megeras vorazes matam umas às outras nesse processo. Agora que sentiram um gostinho seu, é improvável que desistam de nós.

– Fantástico!

Guardei as lanças curtas no arnês das costas, invoquei minhas garras e saltei nas costas de uma sirena. Dez minutos depois as criaturas desapareceram misteriosamente.

Apertando a mão no ombro sangrento, sibilei, mas instantes depois senti uma coisa quente de encontro ao peito – era o colar que Hórus havia me dado, que agora reluzia. Ele aqueceu minha pele e uma sensação de formigamento espalhou-se da garganta até o ombro. Observei, chocada, o ferimento começar a se curar. Logo não havia nenhuma indicação de que eu tinha sido ferida além do rasgo na túnica branca e as manchas de sangue que a escureciam.

Cherty estava tão concentrado no Rio Cósmico que não notou a cura milagrosa. Aproximei-me dele e, agradecida, peguei o odre de água que ofereceu e bebi um bocado.

Ele apontou à frente.

– Ali. Está vendo aquela ondulação? Como juncos num rio? – perguntou enquanto eu olhava por cima da amurada.

– Estou. O que é?

– Quando um animal grande, como, por exemplo, um crocodilo, se move através deles, espalha os juncos e levanta lama.

Olhei com intensidade para o rio e finalmente notei que nem todas as luzes fluíam. Alguns agrupamentos ficavam num mesmo lugar, como plantas reluzentes.

– O que está nos perseguindo? – perguntei.

– Pescadores de homens. Feras horríveis que fedem a podridão. Se furar um, vai ficar encharcada com a água imunda. A carne deles é podre e os ossos são moles. Eles tecem redes de tendões para pegar os desprevenidos.

– Então são como aranhas-de-água?

– Sim, mas se parecem mais com bichos-da-seda gigantescos. As redes deles são como álamos. Crescem a partir de um único desgraçado. A rainha cria a rede e seus pequenos lacaios se empoleiram na teia em diferentes lugares, esperando para atacar quem for apanhado nela. Uma vez preso, eles devoram sua carne, então nadam até a rainha para regurgitar seus pedacinhos nutritivos, que são divididos entre as larvas da colônia. Eles comem praticamente qualquer coisa – os mortos, as sirenas, crocorréis e qualquer outra coisa que viva nestas águas.

– Encantador.

De algum modo Cherty conseguiu navegar sem muitos problemas até que chegamos perto do fim daquele trecho e o barco subitamente adernou.

– Fomos agarrados! – gritou ele. – Depressa! Meu martelo!

Braços reluzentes, parecendo cordas, tinham se prendido à proa do barco. Nas pontas dos longos tubos dos bichos havia bulbos pegajosos que sugavam ruidosamente, criando rastros de muco em todas as partes em que se grudavam. Pareciam os tentáculos de um polvo albino e esguio. Quando Cherty golpeou uma das pontas, a coisa afundou de volta na água preta. Logo outro e mais outro saltaram e bateram no casco, e os impactos sacudiram a embarcação como se ela fosse um barquinho de brinquedo.

– Pegue o leme – gritou Cherty. – Precisamos ser rápidos ou vamos virar comida de larva, com certeza! Quando eu baixar o martelo, empurre o remo com toda a força para a direita!

– Entendi!

– Agora! – gritou ele enquanto golpeava com o martelo um membro bulboso. Das profundezas, uma gigantesca lesma branca levantou a cabeça e começou a subir ao longo de uma linha escorregadia de sua própria teia. Agora a linha não estava mais presa ao barco, e a criatura, junto com sua armadilha pegajosa, escorregou de novo para baixo da superfície do rio estrelado.

– Isso vai ensinar a vocês, suas coisas abomináveis! – gritou Cherty, brandindo a arma no ar antes de voltar até onde eu estava. – Formamos uma boa equipe – disse ele. Havia um brilho de admiração em seu olhar que não estava ali quando embarquei.

– É. Não invejo seu trabalho.

Cherty deu uma gargalhada.

– Não. Imagino que não. Mas até o amanhecer tudo deve correr bem – acrescentou. – Agora descanse.

Depois de horas, que para mim pareceram minutos, o barqueiro cutucou meu ombro.

– Chegamos.

– Ao além? – perguntei.

– Não exatamente. Estamos na Ilha dos Mortos. Passamos pelas colunas há pouco. Quando atracarmos, seremos recebidos pelos guardiões dos portões e eles vão levá-la ao Pórtico do Julgamento.

– Sei. – Levantei-me para esticar o pescoço e procurar algum sinal de Amon. Se ele houvesse tido sucesso, iria me encontrar no cais. Talvez não fosse esse cais. Talvez não tivesse tido tempo suficiente. Meu coração murchou, mas tentei manter viva a chama da esperança. Amon tinha de conseguir.

A Ilha dos Mortos era um lugar escuro. Havia uma imobilidade quase tangível ali. Árvores seculares salpicavam as montanhas e vi ruínas de antigas construções de pedra. Atracamos e dois homens de armadura com elmos e espadas se aproximaram. A armadura de um deles era de bronze escurecido e o outro usava prata. Depois de amarrar o barco, Cherty se virou para me ajudar a desembarcar.

– Obrigada – eu disse, segurando as mãos dele.

Ele apertou as minhas com um brilho aquoso nos olhos cinzentos, depois soltou-as rapidamente e me olhou com irritação, como se eu o tivesse enganado para fazer aquele gesto.

– É o meu trabalho – reagiu ele, carrancudo.

Em seguida pegou um saco de comida no barco e me entregou, depois se virou para falar com os guardiões.

– Esta é uma alma viva, uma esfinge. Foi Amon-Rá quem a mandou. Vocês precisam aceitá-la.

– Uma alma viva? – perguntou o guardião mais alto por trás do elmo.

– Uma esfinge? – perguntou o outro.

Peguei o arco e a aljava no lugar seguro onde eu os tinha deixado no barco enquanto os guardiões continuavam:

– Esfinges não existem há...

O maior segurou o braço do outro.

– Lily? – ouvi sua voz abafada dizer.

Os guardiões deram um passo à frente e os dois tiraram os elmos. Meu coração saltou na garganta, as lágrimas enchendo meus olhos. Eles vieram até mim e, quando Cherty tentou impedi-los, empurraram-no facilmente para o lado e se ajoelharam aos meus pés.

– É mesmo você – disse o maior.

– Como chegou aqui? – perguntou o outro.

Envolvi os dois em um abraço, dando um beijo no rosto de cada um.

– Asten. Ahmose. Estou tão feliz em ver vocês!

Guardiões dos portões

– Mocinha! – sibilou Cherty, agarrando meu braço e me puxando para longe. – Ninguém toca nos guardiões: nem no Sonhador nem no Desbravador. Você não faz ideia das coisas terríveis que podem lhe acontecer. – O barqueiro passou o braço pelo meu ombro. – O Sonhador atormenta os malignos com as visões mais horrendas enquanto os guia para o Pórtico do Julgamento, e o Desbravador... bom, digamos apenas que ele gosta tanto de afastar as pessoas do caminho quanto de mantê-las nele – sussurrou.

– Tudo bem – eu disse, sorrindo. – São os irmãos do meu namorado.

– Do seu namorado? Está me dizendo que seu namorado é o Revelador?

– Acho que sim – respondi franzindo a testa. – O nome dele é Amon.

Cherty bateu com a palma da mão carnuda na testa.

– Pelas pústulas pulsantes de Apep, mocinha! Você quer morrer? O que eu estou perguntando? Claro que você quer morrer. Você está aqui, não é?

Ele deu um soco na lateral do barco, o que me mostrou como estava chateado, e continuou com seu sermão:

– Já é suficientemente ruim você ter chegado aqui, sendo uma alma viva e coisa e tal. Agora descubro que é apaixonada por um dos três andarilhos, os sem alma. E pelo pior deles, ainda por cima. O Revelador mostra aos mortos exatamente o que eles não querem ver. E na maior parte do tempo não é uma imagem bonita. Nada de bom vem de ajudar um homem assim.

– Eles não são sem alma. Só receberam um trabalho muito difícil, que exige que sirvam aos deuses. Tenho certeza de que, qualquer que seja a tarefa, eles não sentem prazer com ela. Aliás, você mesmo deve saber um bocado sobre isso, devo acrescentar.

Ele segurou meu braço e me sacudiu ligeiramente.

– Acredite em mim: vai se meter num monte de encrencas se andar com gente como esses dois aí.

Ahmose deu um passo à frente.

– Tenha cuidado com ela. Ela é frágil.

Fungando, Cherty respondeu:

– Isso mostra que vocês não sabem de nada. Essa aí é tão frágil quanto o traseiro de um dragão.

Estreitando os olhos, Ahmose disse:

– Ela vai estar segura nas nossas mãos, barqueiro. Eu garanto.

– É melhor você partir agora – acrescentou Asten com um olhar ameaçador que eu nunca tinha visto nele antes.

O barqueiro olhou nos olhos de Ahmose e pareceu encontrar alguma coisa ali, porque seus ombros curvaram-se e ele se virou. Carrancudo, me disse:

– A escolha é sua, então. Ainda quer ir com eles?

– Quero. Preciso encontrar Amon.

Ele continuou de costas para mim, sua respiração profunda e entrecortada.

– Como quiser, então. – Em seguida pigarreou e cuspiu uma última bola de catarro esverdeado na água. Pegando uma sacola e um frasco em seu estoque, empurrou-os para os meus braços.

– O que é isto? – perguntei.

– Algumas provisões. Sem comida, uma alma viva como você não vai durar muito, especialmente no mundo dos mortos. Coloquei aí um punhado de passas, cada uma delas vai encher sua barriga durante horas; uns bolos de figo que se duplicam quando você os parte; e esse frasco de sidra que nunca seca.

– É muita gentileza – agradeci, pegando os objetos e colocando-os na minha sacola.

– E aqui. Pegue isto também.

Ele me jogou uma moeda de ouro com a estampa de um homem encurvado sobre uma vara em cima de um barco.

– É você – observei.

– Quando quiser voltar, jogue isso na água. Eu virei buscá-la.

Com todo o cuidado pus a moeda no fundo da aljava, depois envolvi com os braços a cintura grossa de Cherty.

– Obrigada – murmurei de encontro ao seu peito.

Em seguida me estiquei na ponta dos pés e beijei seu rosto, que ganhou uma tonalidade vermelha brilhante que se expandiu até o pescoço.

– De nada. – Cherty se afastou um passo e parou para soltar a corda do cais. Depois de jogá-la de qualquer jeito a bordo, pôs a mão pesada no meu ombro. – Só prometa que vai ter cuidado, mocinha. Não confie nos sem alma. Eles não são os poderosos homens de valor que você acredita serem.

– Vou ter cuidado – prometi.

Ele grunhiu, subindo a bordo da linda embarcação e dando início ao retorno pelas águas traiçoeiras de onde mal havíamos escapado horas antes.

Virei-me e dei um sorrisinho para Ahmose e Asten enquanto apertava o arco com força.

– Oi – disse.

Seus olhares se cravaram em mim. Asten foi o primeiro a falar:

– Lily! O que foi que você fez?

– O que vocês querem saber primeiro? – perguntei com uma expressão acanhada.

– Como chegou aqui? – perguntou Ahmose com insistência.

– De barco – respondi, e apontei com o polegar por cima do ombro, sorrindo, atrevida. – Mas acho que isso é bem óbvio.

– Não tem graça, Lily – retrucou ele.

– É – suspirei. – Não tem. Para resumir uma longa história, Anúbis me recrutou. Ele precisa que eu encontre Amon.

– Amon? – repetiu Ahmose, nervoso, desviando o olhar para Asten. – Por que ele quereria que você fizesse isso?

– Acho que é porque eu sou a única que pode.

Reposicionei a sacola no braço de modo que eles vissem o escaravelho verde e reluzente preso no ombro.

Os dois irmãos arregalaram os olhos, Ahmose recuando um passo enquanto Asten se aproximava. Ele tirou a luva de malha de bronze e empurrou meu cabelo para trás antes de esticar as pontas dos dedos na direção do escaravelho. Num impulso, encostei meus dedos nos dele.

– Eu posso tocar você – falei. – Fiquei imaginando se seria possível.

– Claro – respondeu Asten, o olhar caloroso conectando-se ao meu. – O que você esperava?

Dei de ombros.

– Não sei. Pensei que vocês seriam espíritos, acho. A princípio não pude tocar em Amon, mas agora que sou uma esfinge... – Deixei o resto no ar e vi os dois irmãos se encarando. Asten examinou o escaravelho e anunciou num tom definitivo: – É dele.

– Por que ele faria isso? – perguntou Ahmose.

– Não é óbvio? – respondeu Asten. – Ele a ama.

Asten me olhou como se procurasse a esquiva emoção no meu rosto. Pareceu perplexo, mas ao mesmo tempo fascinado com a ideia.

– Sim – murmurou Ahmose. – Mas arriscar uma coisa assim...

– Percebemos que ele estava diferente no último despertar. Isto explica.

Asten bateu de leve na pedra preciosa.

– Mas quando? – perguntou Ahmose.

– Pouco antes de Anúbis matá-lo – respondi, e deixei a alça da aljava cobrir o escaravelho, ligeiramente desconfortável com a atenção que os dois me dedicavam. – Amon achou que eu estava morta. Estava quase. Mas Anúbis disse a Amon o que fazer para me curar.

– Ele se ligou a você – murmurou Asten, pensativo.

Confirmei com a cabeça.

– Sim, mas em seguida ele ouviu que precisava quebrar o elo. Eu deveria matá-lo. Mas não pude, e Anúbis se ofereceu gentilmente para... *ajudar* – falei com sarcasmo. – Mais tarde descobrimos que o elo continuava ativo, o que acabou sendo uma coisa boa, porque agora tenho a capacidade de encontrá-lo.

– Encontrá-lo? Então você está dizendo que ele se perdeu? – Ahmose deu um passo à frente, o rosto sombrio com a preocupação.

– Parece que ele saltou para o mundo dos mortos.

– O mundo dos mortos! – Os homens se entreolharam. Depois, como se fossem um só, agarraram meus braços e me puxaram pelo cais.

– Precisamos correr! – disse Ahmose.

Meus pés mal faziam contato com as tábuas do cais.

– Esperem um momento – pedi. Como nenhum deles parou, gritei: – Esperem aí! – Um interruptor foi acionado dentro da minha mente com um rosnado profundo. Tia estava no comando. Ela soltou nossos braços do aperto firme dos dois e girou. Agachando-se, com as garras estendidas, olhou furiosa para os irmãos. – Vocês *não* vão tocar em Lily desse modo – sibilou ameaçadora, inclinando a cabeça enquanto os encarava.

Ahmose pareceu horrorizado, mas a expressão de Asten mostrou curiosidade. Um sorriso maroto levantou os cantos de sua boca e uma covinha apareceu na bochecha. Seus olhos brilharam, como se estivesse interessado em desafiar Tia.

– Ah – disse ele. – Quase esqueci. Você não é só Lily agora.

– Isso mesmo – zombou Tia. – Vocês dois não são os únicos... protetores dela.

Asten fez uma reverência, mas foi quase como se zombasse.

– Dá para ver, Senhora Leoa. Pedimos desculpas por... tê-la tratado de forma rude.

Tia moveu nossas pernas ainda agachada.

– Vocês dois vão andar à nossa frente. Nós vamos atrás. Mas primeiro vocês vão dizer para onde nos levam.

– Claro – disse Ahmose, afável. – Vamos escoltar vocês até o Pórtico do Julgamento. Como Amon está no mundo dos mortos, o tempo é fundamental.

– Anúbis tem muita coisa a responder – acrescentou Ahmose. – Não sabíamos que Amon tinha dado a Lily seu escaravelho do coração. Disseram simplesmente que ele estava numa tarefa diferente no momento. O desaparecimento dele foi escondido de nós, e saber que fomos deixados no escuro de propósito é muito perturbador.

– Mas sabíamos que alguma coisa não estava certa – disse Asten a Ahmose.

Asten se virou para nós outra vez.

– Vocês vão nos acompanhar?

Tia fez uma pausa e olhou nos olhos dos dois.

– Muito bem – disse finalmente. – Vamos prosseguir.

Você sabe que eles não iriam me machucar, disse a Tia enquanto ela liberava o controle.

Eles não têm o direito de nos forçar a nada. Somos esfinge!, disse ela. *Somos dignas de respeito.*

Somos sim. Mas eles não pretendiam nos fazer mal. Tenho certeza. Você está levando muito a sério as palavras de Cherty.

E você não as está levando suficientemente *a sério, Lily.*

Humm. Fiquei pensando nas palavras dela enquanto andávamos, deixando o cais e entrando numa selva densa, com os irmãos nos guiando por um caminho muito batido. Olhei fascinada enquanto as armaduras deles caíam no chão, desintegrando-se em areia. Logo só usavam túnicas, botas e as espadas. Coloquei-os a par do que havia acontecido desde que nos separamos, o que Anúbis tinha me dito e que eu compartilhara sonhos com Amon, descrevendo rapidamente a conexão. Quando contei o sonho com Seth, eles trocaram olhares desconfiados.

Perguntei por que não estávamos viajando na tempestade de areia e eles explicaram que essa capacidade específica só funcionava para eles no reino mortal, embora ainda pudessem invocar armas. Isso explicava por que Amon precisava lutar no mundo dos mortos e não podia simplesmente desaparecer. Então continuei a fazer perguntas sobre o que esperar no julgamento, como eles acreditavam que era o mundo dos mortos e por que eles não sabiam sobre Amon. Ahmose manteve a concentração no terreno e permitiu que Asten assumisse a comunicação.

– Só sabemos o que os deuses se dignam revelar – explicou Asten. – Estamos tão à mercê deles quanto você. Na verdade você parece ter conseguido muito mais atenção da parte deles nas últimas semanas do que nós em séculos.

– Foi porque Hórus nos desejou – disse Tia antes que eu pudesse impedi-la.

– Foi? – perguntou Asten, o sorrisinho maroto surgindo novamente. – Não sei se posso culpá-lo.

– Pare com isso – alertei Asten. – Não preciso de você flertando comigo também. Com Hórus já foi bastante ruim.

Ele coçou o queixo.

– Talvez você simplesmente não tenha sido seduzida pelo rosto bonito dele. O barqueiro pareceu gostar um bocado de você. Talvez ele seja um companheiro bem melhor do que Hórus.

– Eu gostei de Hórus – disse Tia em voz alta. – Seu poder e sua confiança fazem dele uma opção atraente como macho. Mas eu não o amo. Pelo menos, por enquanto.

Asten gargalhou.

– Confesso que estou curioso em saber que qualidades uma leoa pode procurar em um macho.

Fiquei surpresa ao ver que Asten podia nos identificar com tanta facilidade. Nem mesmo Hórus fora capaz disso.

– Como, na verdade, não sou mais uma leoa, eu mesma ainda estou descobrindo isso. Ser uma leoa era... mais fácil em muitos sentidos.

Asten ficou sério.

– E quanto a Amon? O que vai fazer se não sentir por ele o mesmo que Lily sente? – perguntou ele.

– Então vou tentar alterar meus sentimentos, pelo bem dela. Ou isso, ou vou encorajar Hassan a me ajudar na busca do desaparecimento.

Desaparecimento?, perguntei, alarmada. *Não vou permitir que você cause mal a si mesma, Tia*, sussurrei na mente.

– Não vou fazer com que você duvide dos seus sentimentos por seu companheiro – murmurou ela de volta.

– Que coisa absolutamente fascinante! – disse Asten, sério, mas um instante depois sua expressão tornou-se mais leve e ele nos dirigiu uma piscada, um gesto do qual Tia gostou bastante. – Se antes eu sentia ciúme de Amon, agora tenho inveja dupla – provocou.

Assumi o controle do meu corpo no instante em que Asten segurou meu cotovelo, ajudando-me a contornar uma pedra grande.

Ele me vê, disse Tia na minha mente. *E gosto daquela covinha no queixo dele. São boas qualidades, eu acho.*

Suspirando, revirei os olhos e ignorei a avaliação de Tia sobre o irmão de Amon.

Logo Asten gritou para Ahmose dizendo que estávamos chegando perto do rio.

– Que rio? – perguntei.

– Na verdade é um canal – respondeu Ahmose, falando pela primeira vez em uma hora, apesar de ainda não fazer contato visual comigo. – Chama-se Canal do Hipopótamo Branco.

– É perigoso?

Asten parou e esperou até que eu o olhasse.

– Tudo no além pode ser perigoso, Lily. E tudo no mundo dos mortos é definitivamente perigoso. Não se esqueça disso.

Sua expressão dava mais peso a cada palavra, e de novo achei que poderia haver mais de Ahmose e Asten que eu não sabia. Assenti e fomos até a beira de um rio onde havia uma pequena embarcação amarrada. Asten me ajudou a entrar e me fez sentar enquanto Ahmose pegava uma vara comprida e nos empurrava para a água.

Asten foi o nosso guia enquanto percorríamos o curso de água. Deixamos as árvores para trás e chegamos a uma grande planície cheia de plantas escuras que ondulavam ao vento.

– Este é o Campo dos Juncos – explicou. – Há numerosas plantações que fornecem comida para os mortos.

– Os desincorporados são os trabalhadores que estou vendo lá adiante? – perguntei depois de ver várias figuras sombrias curvadas sobre as plantas, colhendo-as e colocando-as em grande pilhas.

– Aqueles são *shabtis* – respondeu ele.

– Verdade? Como os que Amon invocou?

– Presumo que sim. Eles são ligados a certos deuses ou emprestados a chefes. Ocasionalmente, quando um coração é considerado indigno, um senhor que se disponha pode permitir que a alma morta sirva até ser decidido que o coração mudou e que agora ela é humilde. Infelizmente nem sempre há um modo de determinar quem é o senhor, já que essa é considerada uma questão particular entre o deus e seu serviçal.

– Então aqui pode haver *shabtis* que servem a Seth – observei.

– É uma possibilidade – respondeu Ahmose.

– É mais do que uma possibilidade, é um fato – contradisse Asten. Em seguida explicou: – Qualquer *shabti* que seja trazido dos mortos para servir no reino mortal deve vir do além. Isso significa que o *shabti* que tentou matar você e Amon saiu daqui.

– Então Seth tem olhos e ouvidos aqui, também.

– Tem – respondeu Asten.

Seguimos em silêncio por um tempo e depois perguntei:

– Então o que Cherty disse sobre vocês dois é verdade? Vocês atormentam os passageiros que chegam?

A princípio nenhum dos dois respondeu.

– O barqueiro não estava... equivocado – admitiu Ahmose por fim, em voz baixa.

– Mas por quê? Atormentar quem perdeu tudo não parece do feitio de vocês.

– Não é nossa culpa – disse Asten. – Ainda que o lugar aonde vamos se chame Pórtico do Julgamento, na verdade os mortos são julgados desde o momento em que põem os pés na Ilha dos Mortos. Por isso a viagem é tão importante.

Ahmose explicou:

– Quando uma pessoa está na nossa presença, nossos poderes a deixam consciente de todos os erros que cometeu. Quando seu coração é pesado na balança, elas já sabem qual é o resultado. Algumas tentam escapar do destino. Correm ou se jogam nas garras de monstros pelo caminho, sucumbindo a uma segunda morte antes que o castigo seja dado. Muitas preferem enfrentar uma morte incerta a terminar na horta da Devoradora. Eu não as levo de propósito pelo caminho errado, mas estar perto de mim as deixa conscientes de todos os caminhos falhos que elas escolheram na mortalidade.

– E ficar perto de mim – acrescentou Asten – faz com que elas vejam todas as coisas más que fizeram, numa visão interminável. Se foram mesmo más, isso pode fazer com que algumas enlouqueçam.

– E Amon? – perguntei. – O que acontece quando elas ficam perto do Revelador?

– Como Amon tem o Olho de Hórus, ele sabe de todas as coisas – respondeu Ahmose. – Quando os mortos estão perto dele, têm a oportunidade de ver como suas vidas poderiam ter sido caso houvessem exercido todo o potencial que tinham.

– Isso não parece muito ruim – observei. – Por que Cherty disse que ele era o pior?

Asten respondeu, pensativo:

– O poder de Amon é o mais difícil de portar porque revela o desconhecido. Os mortos já sabem dos erros que cometeram. Eles se lembram das escolhas e dos caminhos que percorreram, mas ver a felicidade, a maravilha do que poderiam ter tido é a coisa mais dura para eles absorverem. Ver aquilo e saber que jamais o terão... bem, digamos apenas que leva um número maior deles para a boca das trevas, procurando a segunda morte, a última, do que os poderes de nós dois combinados. Vislumbrar o que poderia ser é... ao mesmo tempo perturbador e inebriante...

As palavras de Asten ficaram no ar e, quando me virei para ele, encontrei-o me observando com atenção. Ao ver minha expressão perplexa, ele voltou o olhar para as árvores.

– Então, se tudo isso é verdade – perguntei –, por que não estou experimentando esses efeitos?

– Porque ainda está viva, Lily – respondeu Ahmose.

– Mas *eu* não estou – acrescentou Tia, assumindo o controle. – Estou... como é mesmo a palavra... desincorporada.

Asten sorriu, mas o sorriso não chegou aos seus olhos.

– Você é uma linda exceção à regra. Apesar de seu corpo não existir mais, você compartilha o corpo vivo de Lily. Isso significa que seu julgamento está suspenso até o momento em que não tiver mais para onde ir.

– O que não vai acontecer – prometi.

– Enquanto isso – continuou ele –, nossos poderes não vão afetá-la.

Nesse momento o barco balançou violentamente e escutei o chamado gutural de um animal grande. Um jorro de água se derramou por cima da amurada e um jato denso disparou no ar.

– O que foi isso? – gritei.

– Este aqui não é chamado de Canal do Hipopótamo Branco à toa – disse Asten em tom irônico.

Ahmose levantou a vara e cutucou a forma cor de marfim que pairava sob a água. Vi outras formas nos cercando enquanto um hipopótamo grande levantava a cabeça acima da superfície. Sua boca se escancarou e, furioso, ele mordeu a lateral do barco, quase nos fazendo virar. Imediatamente duvidei da vara usada por Ahmose como arma e ergui o arco acima do ombro, preparada para nos defender.

– Pare – disse Asten, cobrindo minha mão com a dele. – Não se pode matar nada. Aqui, não. Esses animais são considerados sagrados.

– Mas como vamos fazer a travessia se não pudermos nos defender?

– Isso faz parte do julgamento, Lily. Se eles a considerarem digna de passar, você passará. Caso contrário, irão sacudir o barco até que você caia.

– E aí? Eles me devoram e cospem minha pobre carcaça, transformando o leito do rio em meu túmulo?

– Eles jamais consumiram alguém vivo – respondeu Ahmose.

– Bom, isso faz com que eu me sinta muito melhor...

– Provavelmente eles não podem julgá-la neste momento, independentemente de qualquer coisa – acrescentou Asten.

– Esperemos que seja verdade, pelo bem deles – disse Tia. – Já matei um hipopótamo antes, mas não foi fácil.

Sacudi a cabeça, preocupada com a facilidade com que Tia chegava à superfície agora, e olhei para Asten, sentindo o jorro do constrangimento subir pelo meu pescoço, mas o olhar que ele me dirigiu não era o que eu esperava. Não foi nojo nem pena que vi no seu rosto. Na verdade, ele estava impressionado.

– Você deve ser uma excelente caçadora para derrubar uma fera assim – disse Asten.

Tia deu de ombros, ou talvez eu é que tenha feito isso. Os limites entre nós duas pareciam estar se desfazendo, especialmente desde que tínhamos nos encontrado com Asten e Ahmose. Mas nenhuma de nós disse nada enquanto olhávamos cautelosas por cima da borda, vendo as enormes formas brancas passando embaixo d'água.

Cabeças de hipopótamos subiam das profundezas para nos olhar. Às vezes só víamos os topos arredondados, os olhos pretos piscando ao nos olhar com curiosidade. Em outras ocasiões eles erguiam metade do corpo para fora d'água, o que me fez pensar que o canal não era muito profundo. Não conseguia imaginar animais daquele tamanho flutuando. Tia me garantiu rapidamente que eles não eram capazes disso, pelo menos no reino dos mortais.

– Ah – disse Ahmose. – Até o macho alfa quer dar uma olhadinha em você.

Ao lado deles, um enorme hipopótamo macho soprou água pelas narinas, abrindo a boca e soltando um urro. Seus caninos e incisivos eram incrivelmente grossos.

– Os outros são o harém e os filhotes – informou Ahmose.

O grande hipopótamo que ele indicou sugou um bocado de água e a cuspiu sobre nós, depois submergiu no rio.

– Se ele está deixando vocês passarem, os outros também vão deixar – disse Ahmose.

– Então por que eles estão com a cabeça de fora? – perguntei.

– Provavelmente não veem um ser vivo aqui faz um bom tempo – respondeu ele.

– Está certo. Esqueci que vocês dois não contam.

– Não contamos mesmo – disse Asten com uma leve tristeza na voz. – Neste momento nossos corpos estão mofando em algum lugar da Terra, nos elaborados sarcófagos que Anúbis fez para nós.

Estendi a mão e a encostei no braço dele.

– Mas ainda posso tocar em você. Isso já é alguma coisa.

– É. Mas não podemos sentir.

– Não? – perguntei, chocada.

Asten sacudiu a cabeça.

– Pelo menos não como quando assumimos a forma física. Tenho consciência da pressão e do calor, mas o toque não provoca muito sentimento, muita sensação, como aconteceria normalmente.

– Mas Amon pode sentir meu toque no mundo dos mortos. Por que seria diferente aqui?

– Talvez isso se deva à ligação de vocês – sugeriu Asten.

– De repente pode funcionar com vocês também. Vocês três também são ligados, não é? Posso tentar?

– Se quiser... – respondeu Asten, curioso.

Ele estendeu a mão e eu a segurei. Quando ele apertou minha mão levemente e começou a esfregar o polegar em pequenos círculos, abri a mente para vivenciar o toque. Senti o calor de sua palma, os pelos finos das costas da mão, as linhas e redemoinhos na almofada do polegar e até a minúscula pulsação de seus batimentos cardíacos através das pontas dos dedos.

Usei o poder da esfinge para incrementar o toque ainda mais. Logo senti uma corrente passando embaixo da pele. Era quente e viva, e eu tive consciência de cada inspiração que preenchia os pulmões dele, o modo como ele mordia o lábio, a sensação do vento no seu rosto e seu coração disparado. O atrito de sua pele contra a minha era um prazer mais delicioso ainda do que o beijo de Hórus. Era como alguém massageando a nuca ou a parte inferior do queixo no lugar exato, de modo que a tensão nos músculos se dissolvia. Gostei daquilo. Um pouquinho demais.

Tirei a mão da dele e lhe dirigi um sorriso sem graça, de desculpas. Ainda podia sentir arrepios no ponto em que seu polegar havia me acariciado. Erguendo a cabeça, me vi momentaneamente presa em seus olhos cor de chocolate derretido. Em vez de seu risinho característico e malicioso, ele me ofereceu um sorriso breve e genuíno.

– Você sentiu? – perguntei baixinho.

A boca de Asten estava ligeiramente aberta, e não era necessário ter a visão aumentada para ver a veia latejando em seu pescoço.

– Ah, senti – respondeu ele, engolindo em seco. – A sensação foi... impressionante. Eu nunca havia experimentado uma coisa assim no além. – Ele fez uma pausa e acrescentou rapidamente: – Ou em qualquer vida, por sinal. Obrigado. – Em seguida virou-se de costas para mim.

Meu coração batia descompassado, os pensamentos turvos e confusos.

– Para nós foi um *prazer* tocar em você – admitiu Tia sem rodeios.

O sorriso de Asten cresceu, seu olhar rapidamente fixando-se no meu.

– Fico feliz – disse ele, sem ao menos uma gota de alegria nas palavras. – Fique à vontade para treinar comigo quando quiser.

Afastando-me ligeiramente, perguntei:

– Quanto tempo falta para chegarmos?

– Primeiro precisamos passar pela árvore em chamas – respondeu Ahmose.

Não demorou muito para que eu deixasse de ver as formas brancas no rio raso e, quando chegamos a um cais de madeira, outro em que Amon não nos esperava, meu coração ficou apertado. Ahmose nos guiou até lá e amarrou o barco. Quando Asten desembarcou, virou-se para mim e estendeu a mão.

– Você me permite? – ofereceu.

Alguma coisa no modo como ele me olhou e envolveu minha cintura com o braço para me firmar quando pisei no cais fez com que eu me sentisse ao mesmo tempo extasiada e triste. Ele continuou segurando minha mão enquanto andávamos pelo caminho, e eu não a retirei. Sabia que ele não podia sentir meu toque a não ser que eu canalizasse o poder da esfinge, mas eu podia sentir o dele, e aquela não me parecia a maneira como um irmão seguraria minha mão.

Uma parte de mim pensava que ele poderia ser algo mais, se quisesse, e a culpa tomou conta de mim. Eu sentia as batidas do coração de Amon contra meu ombro e me perguntei se ele estaria sonhando naquele exato momento, me vendo de mãos dadas com Asten, e se isso o perturbaria a ponto de se entregar a uma segunda morte.

Dirigindo um breve sorriso a Asten, retirei a mão e, embora ele parecesse entender, deu para ver que ficou desapontado. E não era o único. O descontentamento de Tia preencheu minha mente também, apesar de ela não dizer nada. Meus sentimentos estavam tão confusos que me surpreendia o fato de continuar andando.

Ahmose nos conduziu por um caminho até que chegamos a uma árvore gigantesca cercada de fogo cujo calor nos envolveu.

– E agora? – perguntei.

– Você precisa encontrar um caminho para o outro lado – respondeu.

– Como?

– Não podemos dizer. Cada alma que viaja pela Ilha dos Mortos precisa encontrar o próprio caminho.

Soltei um suspiro, assenti e segui para a direita, mas não havia um fim para as chamas. Ir para a esquerda também não me levou a lugar nenhum, e quanto mais tempo permanecíamos perto do fogo, mais preocupada Tia ficava.

Não vamos conseguir, gritou ela na minha mente. *Você precisa pedir ajuda aos guardiões.*

Mas eles não podem nos ajudar. Foi o que disseram. Estiquei o pescoço para tentar ver por cima da parede de fogo. A árvore alta me acenava com troncos grossos e folhas muito verdes, apesar do fogo ao redor. *Talvez possamos passar por cima*, sugeri.

Tia hesitou diante da ideia, mas me ajudou a concentrar o olhar e descobrir galhos que passassem por cima das chamas que estalavam. Não havia nenhum.

Será que não deveríamos passar através do fogo?, sugeri. *Talvez isso seja um teste.*

De jeito nenhum!, insistiu Tia.

Então qual é a sua grande ideia? Não estou ouvindo você dizer muita coisa. E achei que ouviria, levando-se em conta quanto você anda falando ultimamente.

Não sabia que meus pensamentos eram tão repulsivos para você.

Não são repulsivos. E não é com seus pensamentos que estou tendo problema – é com você assumir o controle de surpresa. Suspirei. *É só que... está ficando difícil manter nós duas separadas.*

Eu também estou tendo dificuldade para me lembrar de mim mesma. Estamos... nos fundindo uma na outra.

Talvez isso seja bom.

Talvez.

Então vamos usar isso a nosso favor, propus.

Como assim, Lily?

Vamos invocar nosso poder.

Não precisei ouvir suas palavras para saber que ela concordava. Fechando os olhos, invocamos o poder da esfinge e eu senti os pensamentos de Tia se entrelaçando com os meus, e nosso propósito se tornou um só. Queríamos passar pela parede de fogo.

Chamamos o vento, que abriu entre as chamas um espaço suficiente para atravessarmos. Recuando alguns metros, corremos, saltamos e demos uma cambalhota no ar antes de pousarmos em segurança do outro lado. No momento em que nossos pés tocaram o chão, as chamas desapareceram e Asten e Ahmose se aproximaram.

– Nunca vi uma travessia ser feita desse jeito – disse Asten, com um brilho de admiração nos olhos.

– A maioria dos mortos simplesmente atravessa as chamas – acrescentou Ahmose, cruzando os braços diante do corpo. – Eles sabem que não podem ser queimados.

– Bom, nós não sabíamos – respondi. – Além disso, é bem provável que fôssemos queimadas, sim. Nossa carne ainda é viva.

– E não íamos querer cicatrizes em algo tão lindo – observou Asten.

– Venha – disse Ahmose. – Agora não falta muito para o Pórtico do Julgamento.

A terra e os seixos do caminho por onde andávamos foram substituídos por pedras quando surgiu a escura e imensa forma de um templo pétreo.

– É isso? – perguntei.

– É. Agora não saia andando por aí – alertou Ahmose, como se de repente eu fosse decidir deixá-los.

O Pórtico do Julgamento parecia um antigo palácio em ruínas. Havia grandes blocos de pedra rachados e despedaçados em vários trechos. Não havia janelas, apenas grandes recessos escavados com áreas lacradas onde elas deveriam ter existido. As colunas que se erguiam dos dois lados da imponente porta de pedra estavam esburacadas e um fogo ardia dentro delas, dando uma vida assombrosa às imagens gravadas do lado de fora. Pareciam apavorantes lanternas do tipo que se faz com abóbora no Halloween, com bocarras escancaradas esperando para engolir os mortos. Braseiros ardiam no topo, lançando cinzas incandescentes e fumaça ao céu.

– Meio apavorante, não é? – perguntei.

– É para ser intimidante – respondeu Ahmose.

– Bom, está conseguindo – admiti.

Ahmose segurou uma aldrava de ferro na porta e puxou, enquanto Asten pegava a outra. Com um estalo significativo, a porta dupla se abriu. Sem pensar, segurei a mão de Asten. Ainda que ele parecesse surpreso, não hesitou e envolveu meus dedos com os seus.

Assim que entramos, a porta se fechou sozinha. Tochas se enfileiravam no corredor, os anéis de fumaça por elas expelidos se grudando às paredes de pedra como as sombras escuras de almas torturadas. Estendi a mão e peguei a de Asten, e, apesar de eu ter consciência de que ele não podia sentir o gesto do mesmo modo, senti um aperto de volta. Isso me reconfortou e ajudou a aliviar o nervosismo de Tia.

– O que vem agora? – sussurrei.

– Vamos encontrar os deuses e seu coração será pesado – respondeu Asten.

– Eu preciso fazer isso? Quero dizer, se não estou morta...

– Honestamente, não sei. Se o que você disse é verdade, eles a estão esperando. Deve ser mais fácil para você do que para a maioria das almas que chegam até aqui.

Engoli em seco.

– É o que estou esperando.

Entramos numa sala enorme, com três tronos vazios. No centro do espaço havia uma grande balança de ouro, com tochas lançando uma luz fraca pela vasta câmara. Eu me sentia numa masmorra esperando ouvir minha sentença. Depois de me guiar até um tablado, me oferecendo um sorriso tranquilizador, Asten fez com que eu ficasse parada ali enquanto Ahmose avançava e começava a entoar um encantamento:

Esta Alma veio ao além,

Viajou pelo canal do céu e da terra,

Caminhou com os guardiões,

Percorreu o caminho dos hipopótamos brancos,

Passou pela árvore de fogo

E chegou incólume ao outro lado.

Está preparada para o julgamento,

Quer ter o coração pesado

E está pronta para seguir o caminho que escolherem.

Ficamos os três lá, esperando que algo acontecesse. Como nada aconteceu, Ahmose acrescentou:

Ela é nobre e amada.

Por favor, deem-lhe audiência.

Dessa vez a sala estremeceu. Quando enfim se aquietou, uma nuvem de areia entrou pelas passagens abertas e criou um ciclone do tamanho de um homem. A areia se solidificou e uma forma familiar surgiu.

Levantei a mão ligeiramente, acenando para Anúbis, que se aproximava com um leve sorriso transformando sua carranca perpétua.

– Você conseguiu – disse ele.

– Não graças a você. Suas orientações foram bem enigmáticas.

– Eu lhe disse o que pude. Passou por Heliópolis?

Confirmei com a cabeça.

– E como chegou lá?

– Nebu. Ele me pediu que lhe transmitisse uma mensagem.

Anúbis deu um passo à frente.

– Já sei o que ele pediu.

– E então? Vai dizer a ela? – pressionei.

Ele suspirou.

– Ela já sabe.

Asten deu um passo à frente e pôs a mão no meu braço, num gesto de proteção.

Uma expressão carrancuda e familiar surgiu no rosto de Anúbis. Nesse momento mais três ciclones apareceram e Anúbis recuou um passo, posicionando-se junto à parede de pedras.

Três seres se materializaram nos tronos. Inspirando nervosa, endireitei os ombros e olhei os três deuses sentados à minha frente. Dois eram mulheres; o outro era um homem. A pele do homem tinha um tom esverdeado. Era bonito, com cabelo escuro e olhos penetrantes, e eu me lembrei da história que Amon contou sobre Seth e Ísis. Deduzi que o homem sentado diante de mim devia ser o marido da deusa alada, Osíris.

Eu não fazia ideia de quem seriam as duas mulheres. A da esquerda tinha pele morena impecável e lábios brilhantes. Seu cabelo estava enrolado e preso no topo da cabeça com um adereço complexo, as costas, rígidas, e a postura era régia. Fez com que eu pensasse numa diretora de escola severa, ainda que linda. Seu olhos pousaram em mim com expressão avaliadora, e tive a impressão de que ela tinha um controle extremo das coisas; sem dúvida era quem estava no comando. Apesar de Anúbis e do homem que eu supunha ser Osíris serem quase tão intimidadores quanto Hórus e Amon-Rá.

Tudo na outra mulher era suave, sua postura, sagaz e gentil. O cabelo louro e comprido ia até a cintura e as joias que usava eram finas e simples – um bracelete de prata, um cinto fino feito de diversos metais preciosos e uma corrente minúscula que pendia em sua testa, caindo pelo cabelo que descia em cascata. Usava sandálias de prata e as dobras de seu vestido iam até o chão. Ela me dirigiu um sorriso que era parte encorajamento e parte curiosidade quando olhei em sua direção.

Vindo do nada, um grupo de *shabtis* se materializou num canto e começou a tocar uma música suave. Reconheci uma flauta, uma harpa e um sistro, um instrumento dourado que parecia uma raquete de badminton, só que em vez da rede tinha discos minúsculos que deslizavam para um lado e para outro ao serem sacudidos. O único motivo para eu saber disso era porque o Dr. Hassan havia desenterrado um recentemente e o descrevera com os detalhes meticulosos de sempre em uma carta.

Talvez os deuses invocassem os músicos como um modo de acalmar os mortos antes de arrancarem seu coração para o julgamento, pensei.

É agradável, observou Tia.

Você não entendeu o ponto fundamental, eu disse.

E qual é?

Arrancar o coração.

Outros serviçais postaram-se perto dos deuses, agitando leques de plumas de avestruz, segurando pratos com uvas e taças reluzindo com um líquido gelado. Nenhum dos *shabtis* fez contato visual comigo. Na verdade, eles pareciam empenhados em evitar olhar para a área de julgamento.

A beldade austera falou primeiro:

– Qual é sua condição?

– Minha... condição? Não entendo.

– Por favor, responda à pergunta. Qual é sua condição?

– Hã... viva, eu acho...

– Isso não vai dar certo. Ela não está preparada – queixou-se a mulher, impaciente. – Tirem-na da minha frente imediatamente.

No mesmo instante Ahmose e Asten começaram a protestar e uma explosão de poder saltando da ponta dos dedos da mulher imobilizou os dois. Então Anúbis deu um passo na minha direção, mas um olhar da mulher o fez reconsiderar e ele voltou para seu lugar, encolhendo-se.

A mulher de aparência gentil torceu as mãos e disse:

– Por favor, não quer reconsiderar?

A primeira, porém, a encarou com irritação até que ela virou a cabeça de lado. Por fim, minha interrogadora aproximou-se um passo, ergueu a mão e disse:

– Ela será banida e mandada de volta ao lugar de onde veio para só retornar quando tiver descartado as correntes da mortalidade.

Então agitou a mão num floreio para ir embora, mas não antes que o homem no trono se levantasse.

– Não, Maat – disse ele. – Ela não vai.

A Balança da Justiça

– Osíris! – A deusa Maat girou, a boca formando um O surpreso.

– Peço desculpas – disse Osíris. – Não pretendo ser desrespeitoso. Mas você sabe tanto quanto eu que precisamos dela.

– Essa é a sua opinião – respondeu Maat. – A lei é...

– A lei não significa nada neste caso – disse Anúbis, dando um passo ousado à frente, o olhar correndo brevemente até mim.

Maat olhou-o como se ele fosse uma colegial bagunceira pronta para ser castigada com uma régua.

– Como você ousa dizer uma coisa dessas? – perguntou ela rispidamente. – A lei é tudo. Sem ela não há equilíbrio nem ordem.

– Maat – contrapôs Anúbis enquanto fazia um gesto com as mãos –, não acha que está sendo um tanto exagerada?

– Eu? Você permitiu que sua mente fosse nublada pelos mortais a quem favorece. Tem esperança de redenção onde nenhuma redenção pode ser encontrada. Mesmo que isso fosse permitido, e não é, a probabilidade de sucesso é infinitesimal e, de maneira nenhuma, vale arriscar a alma imortal desta aí. Além disso, não seria aconselhável que eu endossasse essa aventura idiota quando Amon-Rá se recusa a oferecer apoio. E mais...

– Ah, mas ele endossou – intervim. – Ele me guiou até Cherty na forma do pássaro Benu.

Maat virou-se para mim.

– Cale-se imediatamente! – berrou. – Responda apenas às perguntas que eu fizer. Caso contrário, fique em silêncio.

– Não tenho o direito de me manifestar ao decidirem o meu destino?

Dizer que Maat não gostava de ser contrariada seria um eufemismo de proporções gigantescas. Ela virou as costas para mim, me ignorando completamente, enquanto se dirigia à outra mulher.

– Esta não é uma ocasião em que deveríamos permitir que a influência de uma mortal interferisse nas nossas decisões, Néftis. Sei que você os ama, mas precisa ceder à minha experiência nesta questão.

Néftis torceu as mãos com nervosismo e olhou na minha direção. Em seguida, assentiu e tornou a se recostar no trono. Encarei-a, imaginando como uma criatura tão delicada e linda poderia ter concordado em se casar com o sinistro deus Seth. Amon-Rá dissera que ela era capaz de enxergar o coração dele. Pessoalmente eu não ia querer nem chegar perto do sujeito para fazer uma coisa assim. Um arrepio percorreu minha espinha quando pensei nele.

Maat voltou a atenção para mim, provavelmente se preparando para me banir de novo, mas Anúbis interrompeu:

– Espere! Eu me ofereço para ser o patrono dela.

Maat fechou os olhos, beliscando a ponte do nariz com a ponta dos dedos.

– Você não pode, Anúbis. Já sabe disso. A lei diz que você só pode escolher um mortal, e você já fez isso. Este – ela fez um gesto vago na direção de Asten – ... jovem foi sua escolha. Você o imbuiu com seus poderes há quantos anos?

– Milênios – murmurou Anúbis, tenso, com um olhar rápido para Asten.

Maat sorriu.

– Exato. Você só pode advogar por um mortal enquanto ele ainda viver. E ele vive... de certa forma.

– Eu serei sua madrinha – ofereceu a deusa de fala mansa, Néftis.

– Ah, Néftis. – Maat estalou a língua. – Você não tem permissão de participar de algo assim. Sabe que seus direitos foram retirados, por causa dos atos de seu marido desgarrado.

– Eu sei – admitiu Néftis. – Só que eu gostaria de ajudar.

– Devo lembrar que foi sua ajuda que nos colocou nesta confusão, para começo de conversa. Se você não estivesse tão ansiosa para ganhar a atenção e a aprovação do seu marido, teria contado o que ele pretendia fazer muito antes de termos de pedir ajuda aos Filhos do Egito. Não que eu a culpe, querida. Não é incomum uma mulher comprometer os próprios valores para obter o afeto de um homem.

– Sim – disse Néftis humildemente. – Claro. Eu entendo.

Meus punhos se fecharam e precisei me esforçar para manter as garras retraídas. Tia se eriçou junto comigo. Até agora não estávamos gostando nada da deusa da justiça.

– *Eu* tenho o direito de patrocinar alguém – exclamou Osíris, levantando-se do trono e se aproximando do tablado. – Não é, Maat?

A deusa hesitou.

– Tecnicamente você tem esse direito, Osíris. Mas, ao fazer isso, vai se permitir sucumbir aos poderes do escaravelho do coração que está com ela.

– Isso é completamente falso – garantiu ele. – Você pode julgar meu coração, se quiser, mas sabe que estou ligado a Ísis. Amo minha esposa. Meu relacionamento me oferece proteção contra a influência do escaravelho. Anúbis – ele fez um gesto para o deus encostado na parede – pode estar sob a influência dele...

Um olhar para Anúbis provou que Osíris tinha chegado à conclusão correta. Anúbis tinha os olhos fixos em mim e não parecia disposto a afastá-los.

– ... mas eu garanto que não estou – continuou Osíris.

– Está tudo muito bem – disse Maat –, mas eu o alertaria a não desperdiçar um dom tão precioso com alguém como ela.

– Ei! – reagi bruscamente.

Ela me ignorou.

– Verdade? – perguntou Osíris. – E por quê? – inquiriu ao cruzar os braços e me avaliar, pensando nas palavras dela. Mas, quando Maat não estava olhando, ele piscou e eu tentei em vão reprimir um sorriso.

– Em primeiro lugar, ela ainda está viva. Nós não julgamos os vivos. – Maat segurou a barra da balança e levantou o queixo teimoso, esperando a resposta dele.

– Só isso? – perguntou Osíris com calma.

A deusa hesitou por um momento.

– Não. Há mais. Ela quer entrar no mundo dos mortos para salvar seu amado. Na última vez em que permitimos uma coisa assim, houve sérias consequências. E devo lembrar que o amor perdido dele estava residindo aqui, no além, o que é inerentemente menos perigoso. Foi por isso que decidimos proibir uma coisa dessas.

– Humm. – Osíris virou-se para mim. – Você está querendo salvar seu amado? Trazê-lo do mundo dos mortos para ficar com você? – Quando olhei para Maat e hesitei, ele acrescentou: – Pode falar.

– Eu nem pensei que seria possível trazê-lo de volta para o mundo dos vivos. Por mais que eu queira ficar com ele, nós dois sabemos que ele tem um dever a cumprir.

– Pronto. – Osíris sorriu para mim. – Ela não tem intenção de levá-lo.

Maat revirou os olhos ligeiramente para ele.

– Esse é um detalhe técnico.

– Assim como sua fixação pela lei – observou Osíris.

O rosto da deusa ficou roxo.

– Você não entende? Ela não vai sobreviver à viagem! Amon está perdido. Tudo está desequilibrado. Perdê-la também é... é impensável. Ela é importante demais!

Nós somos importantes?, perguntei a Tia. *O que você acha que ela quer dizer?*

Não tenho certeza. Talvez devêssemos tentar conseguir alguma informação com Anúbis. Ele nos deixou lamentavelmente despreparadas para esse tribunal.

Ele nem se referiu ao julgamento, observei.

Sim. E isso me faz pensar no que mais ele pode ter esquecido de mencionar.

Osíris argumentou calmamente:

– Neste momento a importância dela é indeterminada, na melhor das hipóteses. Ela seguiu todas as regras para entrar no além e se apresentou adequadamente para o julgamento.

– Porque teve ajuda – declarou Maat, frustrada.

Osíris olhou para as formas imobilizadas de Asten e Ahmose. Com um movimento de sua mão, o encanto desapareceu e os dois olharam em volta, confusos.

– Vocês dois ofereceram ajuda a esta jovem enquanto a guiavam até aqui? Ahmose sacudiu a cabeça.

– Ela passou pelos mesmos testes dos desincorporados. Não a ajudamos nem protegemos de nenhum modo.

– Não foi necessário – disse Asten. – Mas, se fosse, teríamos ajudado – acrescentou com honestidade.

– Está vendo? – Maat saltou ao ouvir a resposta dele. – Eles violariam a lei para ajudá-la. Como Amon fez ao escapar ao julgamento!

Osíris interveio:

– Você não pode ignorar o fato de que todos nós concordamos que ela é vital. Se ela fracassar, tudo desmorona. Mas se ela tiver sucesso...

– Se ela tiver sucesso, há uma chance de trazer o equilíbrio de volta – disse Néftis baixinho. – Isso pode reverter as coisas. Pode transformá-*lo*.

Maat suspirou.

– Há muito pouca chance de isso acontecer. Receio que você seja a única que ainda tem esperanças nele. Você deseja um resultado tão impossível que tem o fracasso como quase certeza.

– Vamos falar sobre o que está realmente incomodando você – disse Anúbis. Enrijecendo-se, Maat respondeu:

– Não sei o que você quer dizer.

– Acho que sabe. Você não gostou de Amon não ter oferecido o coração quando você o exigiu.

– Ninguém nega meus pedidos – disse ela, carrancuda, olhando Anúbis com irritação. – É a minha vocação, meu direito de pesar os corações. Sou a grande juíza, sou a que encontra o equilíbrio. Como vocês esperam que eu realize alguma coisa quando vivem me atrapalhando? Até mesmo Amon-Rá...

– Talvez a senhora possa julgar o coração dele agora – sugeri.

A deusa levantou os olhos.

– Como assim?

– Pensei que a senhora poderia pesar o coração de Amon a partir do escaravelho do coração que ele me deu. Presumindo que isso seja possível, claro.

Os deuses arquejaram coletivamente e eu me perguntei se teria cometido uma tremenda gafe no além. Ninguém disse nada por um momento e, quando olhei para Asten e Ahmose, vi que tinham as costas empertigadas, nenhum dos dois ousando olhar na minha direção.

Maat disse finalmente:

– Ninguém jamais ofereceu uma coisa assim. Você precisa entender que um escaravelho do coração é um símbolo de afeto muito particular e pessoal. O que você propôs nunca foi feito. Não sei se ao menos posso pesá-lo, nem se o fato de pesá-lo provocará dano à conexão entre vocês dois. Além disso, devo alertar que, ainda que eu possa julgá-lo, você será responsabilizada por qualquer coisa que eu encontre.

– Sabe o que isso significa, Lily? – alertou Anúbis, a preocupação sombreando seus olhos. – Você pagará o preço pelos atos de Amon, e não somente durante o período mortal, mas durante toda a existência dele, até o tempo que passou no mundo dos mortos.

– Entendo. Mas não tenho medo do que vocês encontrarão no coração de Amon.

– Não é mais você somente, Lily – acrescentou Asten, franzindo a testa. – Tia também pagará o preço.

Tia?, sussurrei na mente enquanto punha a mão no peito, onde meu coração batia num ritmo firme.

Se você acredita que esse é o caminho certo, eu concordo, respondeu Tia.

Tem certeza?

Se você confia, então eu também. Eu não temo o resultado. Assim como estamos unidas no corpo, estaremos unidas diante do desconhecido. Estou com você.

Certo, eu disse, o coração inchando de emoção com o nível de confiança que Tia demonstrava. Eu me sentia muito agradecida por não passar sozinha por isso.

– Vamos submeter o escaravelho a julgamento – declarei, soltando o broche do ombro e entregando-o.

– Bom, como todos estamos nos entendendo tão bem neste momento, será que podemos deixar de lado a atmosfera sinistra? – perguntou Néftis timidamente.

– Ah, acho que sim – respondeu Maat, obviamente num humor muito melhor, agora que tinha seu prêmio.

Enquanto ela se ocupava junto à Balança da Justiça, Néftis se levantou do trono e fez um arco amplo com a mão, da esquerda para a direita. Assim que terminou, a sala tremeluziu. A pedra escura se transformou num ladrilho de um branco reluzente com acabamento em ouro e as tochas se transformaram em candelabros resplandecentes iluminados pela luz suave de velas. Lustres pendiam no alto. Em cada canto do salão comprido havia uma impressionante estátua de um dos quatro deuses, com um oratório nas alcovas atrás delas. A música de antes continuava, mas os músicos desapareceram e altos vasos se encheram com plumas brancas de pontas douradas que fizeram com que eu me lembrasse de Ísis.

– Elas pertencem à sua esposa? – perguntei a Osíris, apontando para as penas.

Ele deu um sorriso triste.

– São minha única lembrança dela nos longos períodos que passamos separados.

– Ela não pode ficar aqui com o senhor?

– A lei... – ele começou a explicar, depois deu de ombros com um sorriso enquanto se virava para Maat.

– Às vezes a lei é um saco, não é? – comentei.

Osíris deu um sorriso breve.

– É. Ela... é um saco. – Sua boca se moveu ao dizer a palavra, como se nunca a tivesse ouvido com esse sentido. Em seguida olhou na minha direção. – É uma coisa muito corajosa o que você está fazendo. Todos achamos.

– Parece que nem todo mundo – sussurrei, e indiquei a deusa curvada sobre a balança.

– Em geral ela não é tão rabugenta – explicou ele. – Ela se culpa pelo que Seth fez.

– Por quê?

– Ela é responsável por separar o Caos da Ordem. Quando o Caos começou a tomar conta, ela achou que sua própria fraqueza era a causa. Depois de Seth ser aprisionado, ela decidiu se ater à lei com mais rigidez ainda, na esperança de que aquilo nunca mais acontecesse. Maat sofreu muito com a perda dos nossos avós. A forma que encontrou para enfrentar tudo que aconteceu foi tentar estabelecer a harmonia cósmica absoluta.

Osíris encolheu os ombros e continuou:

– Ela esqueceu que o objetivo da lei e a proteção e a justiça que ela oferece costumam ser mais importantes do que a lei em si. A misericórdia sempre deve equilibrar a justiça. Infelizmente parece que ela negligenciou esse aspecto no decorrer dos séculos. Por isso Maat gosta de manter Néftis por perto. Néftis é a voz da misericórdia que equilibra sua fixação inabalável pelas regras.

Ele sorriu e continuou, indicando o salão em que se encontravam:

– É por isso que este lugar costuma ser chamado de Salão das Duas Verdades.

– A verdade da justiça e a verdade da misericórdia? – perguntei, com minha capacidade de discernir a verdade aparecendo.

– Isso mesmo.

– Estamos prontos – disse Maat. – Osíris, tem certeza de que quer defendê-la?

– Tenho – respondeu ele.

– Muito bem. Então vamos começar.

Maat colocou o escaravelho do coração num suporte perto da grande balança e depois se aproximou de uma caixa dourada em cima de um pedestal que não estivera ali antes de Néftis transformar o salão. De dentro da caixa, com reverência, tirou um objeto.

– Esta é a Pena da Justiça – disse. – Seu peso é pequeno, quase insignificante. Quando um coração está livre do mal, não tem o peso da tristeza nem da culpa. Nesse caso, a balança fica equilibrada e a pessoa pode manter o coração e ser admitida no paraíso. Esse tipo de coração é muito incomum. Quando uma alma cometeu *algum* malfeito mas se arrependeu, fez algo para compensar o mal e aprendeu com a experiência, permitindo que o coração fosse moldado com mais generosidade e empatia, a balança se inclina apenas ligeiramente e essa pessoa também é admitida no paraíso. Esse é o tipo de coração mais comum.

– E quando a pessoa cometeu o mal? – perguntei, umedecendo os lábios.

– O coração de quem faz o mal é pesado. O peso depende da quantidade e da profundidade dos crimes cometidos. Em alguns casos, a pessoa pode ser reabilitada. – Confirmei com a cabeça, lembrando-me dos *shabtis* trabalhando no Campo dos Juncos. – Mas muitas vezes – prosseguiu ela – um coração desses não tem lugar aqui, e junto com o dono ele é mandado para o mundo dos mortos, um local de tormento e sofrimento, e eventualmente a pessoa sucumbe à sua segunda morte, definitiva. Então sua essência de vida, se não alimentar a Devoradora, retornará às Águas do Caos.

Maat brandiu a pena, erguendo-a bem alto antes de pousá-la suavemente na balança. A pena era bem diferente das de Ísis. Parecia feita de vidro.

– É diamante – disse Osíris, como se estivesse lendo minha mente.

A pena brilhante era mesmo cristalina, quase como se estivesse coberta por gotas d'água. Agora eu sabia que cada fiapo era de um fino diamante, com uma minúscula gota em cada ponta farpada. Quando ela pegou o escaravelho do coração, por um segundo entrei em pânico e mentalmente cruzei os dedos, esperando que o que quer que acontecesse em seguida não ferisse Amon e que eu estivesse fazendo a coisa certa.

– Vamos começar – disse Maat. Olhando diretamente para mim, perguntou de novo: – Qual é sua condição?

Mordi o lábio, pensando na resposta certa, e já ia responder *humana* ou *esfinge* quando Osíris disse:

– O coração delas é sem culpa. Elas estão livres de todo pecado.

– Você cometeu violência?

Dessa vez Osíris recuou e assentiu, indicando que eu deveria responder.

– Só quando atacada.

– E para comer – acrescentou Tia.

– Eu matei feras inocentes que assassinaram meu professor – disse Osíris. – Castiguei os que feriram meus súditos, mas jamais gostei da violência.

Olhei para Osíris, franzindo a testa, perplexa. Ele parecia estar numa espécie de transe. Pensando em suas palavras, percebi que ele não estava falando por si mesmo. Osíris estava incorporando Amon.

Maat assentiu, satisfeita com nossas respostas, e notei que o coração descera quase imperceptivelmente na balança.

– Já pegou algo que não pertencesse a você?

– Não – respondeu Tia, confiante.

Osíris falou em seguida:

– Peguei o barquinho de brinquedo de Ahmose quando éramos pequenos.

Fiquei com ciúme porque o dele era mais bem-feito e mais rápido do que o meu. Afundei-o no Nilo e jamais contei a ele, apesar de ele ter chorado.

Olhei para Ahmose. Sua expressão foi de surpresa e depois de perdão.

– E você, Lily? – perguntou Maat.

Dei de ombros.

– Nunca tive necessidade de pegar nada que não me pertencesse. Meus pais sempre deram o que eu pedi e nunca passei tempo demais com outras crianças para fazer amizade, quanto mais para pegar o que era delas.

A deusa se virou e olhou para a balança. Um leve franzido surgiu em sua testa, mas logo sumiu e ela fez a pergunta seguinte:

– Já cometeu perjúrio, ocultou a verdade ou enganou outra pessoa?

De novo Tia declarou com coragem:

– Sempre fui sincera.

Fiz uma careta, desejando ser mais parecida com Tia.

– Eu menti... com frequência, para ser honesta. Escondi o escaravelho de Anúbis. Meus pais nem sabem que estou aqui. Não fazem ideia de que sou uma esfinge. Acham que neste momento estou na casa da minha avó. Não sabem sobre Amon nem sobre o que aconteceu na primavera passada. Disse a eles que estava feliz com os planos que fizeram para mim, quando a verdade é que tenho pavor de cada segundo do meu futuro. Contei tantas mentiras aos amigos e conhecidos deles que nem me lembro de todas. Menti até sobre a tintura do meu cabelo!

Néftis pôs a mão sobre a boca e deu uma risadinha, mas parou imediatamente depois de um olhar penetrante de Maat.

– E por que você contou todas essas inverdades, Lily? – perguntou ela.

– Quase sempre para que eles não se preocupassem.

– Você estava tentando escapar do castigo?

– Na verdade, não. Minha vida em casa já é um castigo. Nenhuma atitude deles me faria sofrer mais do que o que eles já planejaram para mim. Eu só queria manter o segredo sobre Amon; não achei que eles fossem entender.

O escaravelho baixou enquanto Maat fazia o julgamento, e dessa vez o movimento foi claramente visível.

– Você não acha que está sendo um pouquinho dura com ela por causa disso? – perguntou Anúbis, e notei que agora ele estava muito mais perto de mim do que antes.

– Não é você quem decide isso – respondeu Maat rigidamente. – E Amon? – Ela gesticulou na direção de Osíris.

– Eu menti para Lily. Fiz com que ela achasse que eu não gostava dela quando estava me apaixonando. Disse aos meus irmãos que poderíamos concluir com sucesso a cerimônia para alinhar o sol, a lua e as estrelas sem ela, quando sabia que fracassaríamos. Coloquei o bem-estar dela à frente do meu dever – murmurou Osíris em seu transe. – Quando Asten e Ahmose perguntaram o que havia de errado, escondi meus sentimentos. Eles não sabiam como eu estava desesperado para sair daquilo. Escapar. Que eu sacrificaria qualquer coisa, inclusive meu relacionamento com eles, até o próprio Cosmo, para ficar com ela.

Osíris continuou no mesmo tom distanciado:

– Ela não sabe que, sem ela, não há esperança para mim. Não há vida. Só a morte e a escuridão. Ela achou que eu fui corajoso ao me sacrificar na pirâmide, mas, se Anúbis tivesse me dado somente mais uns poucos minutos a sós com ela, eu teria usado todo o poder à minha disposição, até mesmo o Olho de Hórus, para fugir com ela e nos esconder nos lugares mais remotos do Cosmo. Se eu soubesse que ela concordaria, passaria de bom grado a vida inteira tentando evitar os deuses, só para ficar com ela. Depois da minha morte, a única opção era escapar para o mundo dos mortos. Desde então usei todos os poderes à minha disposição para impedi-la de se sacrificar por mim, no entanto parte de mim está feliz porque continuamos ligados e ela ainda quer estar comigo, tanto quanto eu quero estar com ela. Eu faria qualquer coisa por ela. Qualquer coisa. Esse foi o motivo para ter me recusado a pesar meu coração.

Quando Osíris terminou de falar, o salão ficou em silêncio. Uma trilha de lágrimas escorria pelo meu rosto. Se Amon *tivesse* me pedido para fugir, acho que eu teria ido. Especialmente se isso significasse que ele não precisaria morrer. Eu não tinha certeza do que isso dizia sobre mim, o fato de ser capaz de colocar meu relacionamento, a vida de um único homem, do homem que eu amava, acima do bem-estar de todas as almas que viviam no Cosmo, mas era algo em que pensar. Foi Anúbis que finalmente rompeu o silêncio:

– Em geral um escaravelho do coração impede que o coração do dono testemunhe contra ele num julgamento.

Maat respondeu em voz baixa:

– Neste caso estamos ouvindo o eco dos pensamentos dele através de Lily e Tia. Os verdadeiros sentimentos de Amon são invocados através da conexão entre eles. Há mais alguma coisa que tenha a ver com esta questão?

Osíris franziu o rosto como se tivesse alguma coisa a dizer mas estivesse tentando se segurar. Gotas de suor surgiram em sua testa. Então, finalmente, ele disse:

– Lily está de posse do meu *ren*. – O deus ofegou depois de pronunciar essas palavras e olhou para Maat, alarmado. A expressão dela ecoava a dele. Na verdade, todos os deuses, assim como Asten e Ahmose, pareciam perplexos, e não de uma forma positiva.

– O que isso significa? – perguntei, cautelosa. – O que é um *ren*?

Foi Asten quem explicou:

– Nem mesmo *nós* conhecemos o *ren* de Amon. É o verdadeiro nome dele. Pronunciar um nome verdadeiro é dar vida a alguma coisa.

– Ou a morte – completou Ahmose. – Esse conhecimento dá a quem o tem o poder absoluto sobre a pessoa.

Todos me fitavam como se um terceiro olho estivesse acabado de brotar na minha testa.

– Bom, eu não estou de posse dele – declarei, gesticulando loucamente com as mãos. – Acho que eu saberia, se estivesse.

– O escaravelho de Amon fala a verdade, Lilliana Young – disse Maat. – Na Balança da Justiça ele não pode evitar isso. Este é um sinal – acrescentou, gesticulando enfaticamente para os outros deuses.

– Ainda não sabemos – alertou Anúbis. – Pode ser que ele só quisesse compartilhá-lo com ela. Não significa necessariamente o que você acha.

– Se Amon está sob o poder da balança, eu também estou – observei. – Então a senhora sabe que estou dizendo a verdade quando afirmo que não tenho conhecimento do *ren* dele. Se tenho, então não sei disso.

– Vocês acham que isso poderia mesmo ter alguma coisa a ver com a profecia? – perguntou Anúbis.

– Não há como dizer – respondeu Néftis.

– Que profecia? – perguntei, olhando um deus de cada vez.

Todos pareciam relutantes em falar. Quando me virei para Asten, ele deu ligeiramente de ombros.

– Existe uma profecia antiga sobre o Caos – explicou Maat. – Diz que chegará um tempo em que o Caos reinará sobre o Cosmo. A harmonia será perdida. A Ordem vai se fragmentar. O poder dos deuses ficará preso numa teia de aranha. É quando a Libertadora aparecerá. Mas ela não poderá salvar tudo que foi perdido. Será necessário um grande sacrifício para trazer de volta o equilíbrio. Ela usará um nome verdadeiro para engolir o Sol, que vai desaparecer para sempre.

– E vocês estão dizendo que acham que eu sou essa tal Libertadora?

– Não sabemos – respondeu Néftis. – É uma profecia muito antiga. Mas Amon...

– Sim. Entendi. Ele é imbuído do poder do Sol. E supostamente eu tenho seu nome verdadeiro – comentei.

– Se ela soubesse mesmo o nome de Amon, isso tornaria tudo mais fácil – observou Anúbis.

– Como assim? – Cruzei os braços e franzi a testa.

– Você poderia usá-lo para invocá-lo. Ele não teria escolha a não ser obedecer ao seu chamado.

– Eu... eu poderia fazer isso? – gaguejei. – Parece um tremendo poder.

– E é – disse Osíris. – Por mais que eu seja devotado à minha esposa, não conto a ela meu nome verdadeiro. É uma coisa poderosa para outra pessoa saber; ficamos duplamente vulneráveis.

– Eu jamais faria alguma coisa para prejudicar Amon – protestei.

– Talvez não intencionalmente, querida – retrucou Néftis. – Mas há um poder em saber, e quem quiser explorá-lo pode vir atrás de você.

– Sim – disse Maat. – Esse conhecimento deve permanecer aqui, entre nós. O fato de Lily estar de posse do *ren* de Amon jamais será mencionado por nenhum de nós. De acordo?

– De acordo – disse cada um dos deuses. Ahmose e Asten também assentiram.

– Muito bem – continuou a deusa da justiça. – Vamos concluir isso, então?

Com base em sua atitude, eu quase podia dizer que as perguntas que restavam eram supérfluas. Ela já havia tomado sua decisão.

Quando Maat perguntou se já havíamos feito alguém chorar ou partido corações, não fiquei surpresa com a resposta de Amon, e a minha foi fácil. Meus pais teriam mais probabilidade de ficar com o coração partido por causa de uma carteira de ações desvalorizada do que por mim, mas a resposta de Tia foi surpreendente. Ela disse:

– Infelizmente o coração de uma leoa é feito de material duro demais para amar e talvez forte demais para se partir. – Essa declaração me deixou triste, especialmente sabendo que era assim mesmo que ela se sentia.

Maat assentiu com a cabeça.

– Essa é a pergunta mais importante de todas. É fundamental ter um calibre moral forte o bastante para não pegar o que não nos pertence, assim como ser sincero ou não causar mal físico, mas é o coração que fala do caráter de uma alma.

Ela me encarou antes de continuar:

– Vocês três têm grande consideração e grande amor pelos que estão à sua volta. Até mesmo Amon, que admite ter fugido e que desejava se esconder de seu dever, fez isso por amor. Esse desejo é absolutamente humano. Não é algo ruim desejar o amor e a ligação com outra pessoa, e sim um dom pelo qual vale a pena lutar. Cada um de vocês falou não sobre o desejo de impor sua vontade aos outros, subjugar ou intimidar, e sim sobre a tristeza da perda.

A deusa suspirou e se virou para a balança. Pondo as mãos sob cada prato, fechou os olhos e entoou um canto em voz baixa. Quando os abriu, pegou a pena com uma das mãos e o escaravelho do coração com a outra e se aproximou do tablado.

– Um julgamento foi pedido e um julgamento foi feito – disse Maat. – Julguei o coração do falecido, Amon; do espírito viajante, Tia; e da que ainda está viva, Lily. Suas almas testemunham por eles. Com toda a sinceridade decreto que...

Respirei fundo e mordi o lábio inferior, nervosa. Asten me olhou com expressão preocupada, o que me fez duvidar ainda mais de mim mesma, e mudei de posição, desconfortável.

– ... seus feitos são justos na balança da vida. Os malfeitos descobertos foram absolvidos. Os corações são sinceros e terão concedida a passagem para o paraíso.

A deusa sorriu e eu senti o fluxo doce do alívio nas minhas veias, mas ao mesmo tempo me perguntei o que significava sua decisão. Eu não tinha de ir para o mundo dos mortos? Como isso seria? Amon não estava no paraíso. Fiquei imóvel, torcendo as mãos, imaginando o que aconteceria em seguida. Felizmente não precisei esperar muito.

– De fato é uma coisa boa – disse Anúbis. – Mas, mesmo assim, ela precisará que você abra o caminho para o mundo dos mortos.

– Não posso fazer isso – respondeu Maat.

– Como ela irá para o mundo dos mortos se você não a mandar? – perguntou Anúbis.

Maat suspirou.

– Não posso mandar uma alma boa para o mundo dos mortos, mesmo que ela esteja disposta a isso. Amon pôde dar o salto porque possui o Olho de Hórus.

– Então estamos sem opção? – perguntou Anúbis.

– Ela poderia agarrar-se a um condenado – sugeriu Maat.

– Isso poderia levar décadas! Os corações mais vis, merecedores da condenação, não aparecem todo dia – proclamou Asten.

– E será que você tem outra ideia? – respondeu Maat.

Asten cruzou os braços.

– Sim – disse ele. – Eu tenho uma ideia.

– E qual é, por favor? – perguntou Maat.

– Acho que você deve saber que meu coração é suficientemente mau. Ela pode ir com ele.

O coração de um sonhador

– Quero que meu coração seja pesado na Balança da Justiça! – declarou Asten, a expressão selvagem como um furacão. O espaçoso salão subitamente pareceu apertado e pequeno, como se o ar estivesse cheio de segredos.
– Asten! O que você está dizendo? – sibilou Ahmose, alarmado.
– Você vai saber logo – respondeu Asten em voz baixa. Em seguida fez uma pausa, olhando brevemente para Ahmose, o arrependimento enchendo seus olhos, e acrescentou: – Irmão.
– Filho. Não faça isso. – Espantada, vi Anúbis ir em direção a Asten e pôr a mão em seu ombro. – Não é hora. Vamos encontrar outra maneira.
Asten deu de ombros e sorriu, tentando emitir seu característico risinho presunçoso, mas o resultado foi vazio e fraco, desprovido da espirituosidade e do charme habituais.
– Um dia isso ia acabar acontecendo, não é? Eu representei o papel por tempo suficiente. As mentiras vêm me corroendo há milênios. Pelo menos assim algo de bom pode resultar disso.
Maat pediu uma bebida, mas, antes de tocá-la, mandou a serva embora e em seguida pôs a taça na bandeja. O líquido vermelho transbordou e gotas pingaram no chão. Apesar de a serva se esforçar para limpar rapidamente a bebida derramada, meu olhar permaneceu fixo na mancha, hipnotizado. Parecia sangue no ladrilho branco. A pedra era tão porosa que absorveu o líquido e, apesar de todos os esforços, a garota não conseguiu remover o pigmento. Este pareceu um sinal formidável, agourento, e meu coração começou a bater forte no peito com a certeza de que alguma coisa horrível, irreversível, estava acontecendo.
Trincando o maxilar, Anúbis empertigou-se e se virou para Maat, apontando um dedo ameaçador na direção dela.

– Não haverá julgamento! – anunciou. – Asten não sabe o que está fazendo.

– Sei exatamente o que estou fazendo – contrapôs Asten com coragem. – E sei das consequências melhor do que qualquer um. Quantas almas condenadas acompanhei através da Ilha dos Mortos? Quantas vi serem queimadas no fogo ou engolidas pelos hipopótamos? Quantas arrastei até aqui para serem julgadas e vi desmoronarem em súplicas, chorando e uivando? Estou mais preparado do que a maioria, e sabia que o dia do ajuste de contas estava chegando. Deram-me mais tempo do que merecia. Graças a você, Anúbis. Você me ajudou a guardar meu segredo ao longo dos anos, até mesmo dos meus irmãos. Não sei bem por que fez isso, mas mesmo assim agradeço.

– Asten, por favor – disse Anúbis. – Reconsidere. Há muitos...

– Um julgamento foi requisitado e um julgamento acontecerá – anunciou Maat. Agitou o braço e todos os serviçais desapareceram. – Não sei que torpeza misteriosa vocês dois encobriram, mas logo descobriremos. Qual é sua condição? – perguntou baixinho a deusa.

Asten mordeu o lábio antes de soltar um suspiro fundo.

– Meu coração tem culpa. Não estou livre do pecado.

Maat moveu a mão com um floreio e Asten gritou de dor, apertando o peito. Partículas brancas de luz, ao mesmo tempo suaves e penetrantes como as estrelas, surgiram entre seus dedos e avançaram deliberadamente num ritmo ondulante. Seguiram na direção da mão estendida de Maat, unindo-se e se solidificando. Asten cambaleou e respirou pesadamente enquanto os últimos vestígios da luz deixavam seu corpo.

O material delicado se contraiu e se moldou no que parecia um bolo de argila reluzente. Maat soprou nele quase com reverência e aquilo que ela segurava estremeceu, depois se imobilizou. Quando ela o entregou a mim para que o colocasse na balança, ouvi as batidas fracas do coração de Asten, um ritmo ligeiramente diferente do que vinha do escaravelho do coração. Olhei para ele alarmada, mas Asten parecia estar bem, ainda que sua respiração estivesse ligeiramente entrecortada.

– Vamos começar com as mais fáceis desta vez, está bem? – disse Maat, voltando-se e parando diante de Asten, o olhar penetrante fixo no rosto dele. – Você partiu corações? Fez com que outras pessoas chorassem?

Assentindo, Asten respondeu:

– Houve algumas mulheres que deixei com o coração partido no fim de nossos hiatos terrenos. Houve uma, em particular, por quem Ahmose se interessou e que eu roubei.

– E por que desperdiçou seu tempo com isso? – interrogou ela.

Asten deu de ombros.

– Eu me sentia solitário. Queria a companhia de uma mulher bonita. Mas não podia fazer nada para alongar minha estadia, por isso apenas desaparecia quando chegava a hora. Elas choravam, mas na maior parte dos casos superaram isso bem rápido.

– E o que aconteceu com Ahmose?

– Ahmose não é do tipo que ama e abandona uma mulher. Quando vi que ele estava levando a coisa a sério, intervim.

O corpo de Ahmose estava tenso, os punhos se fechando.

– *Por quê*, Asten? – indagou baixinho.

Asten olhou para o irmão com arrependimento.

– Porque isso teria acabado com você. Você teria feito o que Amon fez, só que pior. Teria sacrificado tudo, como ele fez.

– Então por que você não *o* impediu? – perguntou Ahmose.

– Não impedi Amon porque... – Asten parou e olhou para mim – ... porque ela o amava também. Tiombe não amava você – murmurou Asten baixinho.

– Não era você quem deveria julgar – disse Ahmose.

– Não – concordou Asten. – Não era. Eu me arrependi assim que fiz, mas me consolei quando vi sua raiva. Se havia algum risco de você matar alguém, seria eu, e não você mesmo, e fiquei em paz.

Ahmose cruzou os braços.

– Que bom que alguém ficou.

– Vamos passar à próxima pergunta – disse Maat. – Você cometeu violência?

– Cometi – respondeu Asten baixinho. – Lutei contra os mortos-vivos. Lutei contra os lacaios de Seth. Arrastei os condenados até os tribunais e ignorei suas súplicas. E... – ele inspirou, trêmulo – ... provoquei a morte de um inocente.

– Provocou? – perguntou Maat.

– Não. Mais do que provoquei – revelou ele. O olhar de Asten se voltou na minha direção e logo ele virou a cabeça, como se não suportasse me olhar. – Na verdade, fui eu que tirei a vida dele.

Arquejei, completamente chocada ao pensar que o rapaz que me carregava nas costas quando eu não podia andar, que flertava com um brilho nos olhos cor de chocolate e um risinho de quem sabia das coisas, que demonstrava gentileza e compreensão com Tia, era um assassino. Não conseguia associar a imagem do homem que eu conhecia com o que ele estava dizendo.

– Talvez seja melhor você explicar – sugeriu Maat.

– Lily conhece a história do nosso professor, de como saímos da escola naquele dia para caçar. A ideia foi minha. Ahmose e Amon relutavam em violar as regras. Eu era o rebelde do grupo, sempre tentando colocá-los em encrenca. Eles nunca teriam atacado os chacais se eu não fosse o primeiro a correr para o perigo.

Chacais?, Tia estremeceu e recuou dentro da minha mente.

– E só fiz isso porque sabia que eles não me deixariam lutar sozinho – prosseguiu Asten. – Os dois têm uma espécie de código moral nobre que aparentemente eu não possuo.

– Continue – encorajou Maat.

– Bom, naquela noite, depois de derrotar os chacais, nós acampamos e eu saí escondido, esperando recuperar os chifres do cabrito montês.

– E por que você precisava deles? – perguntou Maat.

– Minha... – ele fez uma pausa – ... mãe ansiava por um filho, um segundo filho. E eu fora ver uma feiticeira. Ela me disse que, se eu moesse os chifres do cabrito montês, misturasse com leite fresco de uma cabra que tivesse dado à luz recentemente pela primeira vez e desse de beber essa mistura à minha mãe, ela poderia conceber.

– Então você voltou para pegar os chifres – disse Osíris.

– Sim, e quando fiz isso encontrei o corpo ferido do nosso professor. Ele ainda estava vivo. Abaixei-me ao lado dele e o fiz beber do meu odre de água, mas ficou óbvio que era extremamente improvável que ele tivesse alguma chance de sobrevivência. Ele já havia perdido quase todo o sangue. A parte inferior da perna tinha sido decepada e carregada dali. Ele tinha feito um torniquete com um pedaço de pano rasgado, mas não havia nada que eu pudesse fazer. De verdade.

Asten respirou fundo e continuou:

– Qualquer coisa que eu tentasse só iria prolongar seu sofrimento. No tempo que levaria para eu trazer meus irmãos ele provavelmente teria morrido de qualquer modo. E a ideia de deixá-lo para ser devorado vivo enquanto eu os procurava era impensável.

Algo se partiu na mente de Tia.

– Como não é possível mentir enquanto seu coração está sendo pesado, você obviamente acredita que isso é verdade, e no entanto ainda se culpa pela morte dele. Por quê? – perguntou Maat.

Asten não respondeu de imediato. Tinha um olhar distante, como se estivesse repassando a cena medonha na mente, e eu me perguntei quantas vezes ele teria feito isso ao longo dos séculos.

– Ele tentou falar – disse Asten baixinho. – Mas nenhuma palavra escapou de seus lábios. Mesmo assim, eu sabia o que ele queria. Seus olhos imploravam, pediam que eu ajudasse. Nosso professor precisava de um milagre. Você me pergunta por que eu me culpo? – perguntou Asten com fervor. – Foi *minha culpa* ele estar lá. Era *eu* que queria o cabrito montês. Fui *eu* que agitei o sangue dos chacais. Não Amon. Nem Ahmose. *Eu.*

Asten fez outra pausa.

– Após fitar seus olhos desesperados, me decidi. Segurei seu ombro e sussurrei: 'Desculpe.' Então pousei a mão na testa dele, peguei minha faca e cortei sua garganta. O sangue que lhe restava se derramou nas minhas mãos.

Asten ergueu as mãos e olhou para elas, os olhos cheios de lágrimas. Em seguida encostou os dedos nos lábios trêmulos, fechou os olhos e respirou fundo, como se tentasse pôr de lado o horror que o assombrava.

– Ele não demorou muito para morrer – disse quando recuperou o controle da própria voz. – Depois disso, peguei meu prêmio, escondi os chifres no mato baixo e voltei para junto dos meus irmãos. Na manhã seguinte, quando soubemos que nosso professor estava desaparecido, o que senti foi o temor de ser apanhado, a vergonha de saber que a culpa era minha. Encontrariam o corpo dele, veriam o corte no pescoço e saberiam que foi feito por um ser humano. Iriam caçar o assassino.

A voz de Asten tremia de emoção.

– Quando o localizaram, os animais tinham violado seu corpo de tal modo que não dava mais para saber a causa da morte. – O corpo de Asten arfou quando ele respirou fundo. Em seguida, soltou a respiração com um misto de soluço e gargalhada. – E querem saber o que eu senti? Senti alívio! – gritou, com uma expressão de indignação e desprezo por si mesmo.

Lágrimas escorriam pelo meu rosto enquanto eu imaginava o jovem que Asten havia sido. Meu coração se partiu por ele.

Ele prosseguiu, balançando a cabeça:

– A tristeza pela perda do nosso professor não foi tão importante para mim quanto não ser apanhado. É verdade. A culpa me consumia, mas eu estava em segurança. Meu segredo estava intacto. Quando fui ver a feiticeira e contei o que havia acontecido, a mulher deu uma risadinha, alegre, e disse que o sangue do inocente que manchava os chifres tornaria o feitiço ainda mais poderoso.

– E você deu a poção à sua mãe? – perguntou Maat.

– Dei. – Asten passou as mãos sobre os olhos, apertando as palmas sobre as órbitas. – Era a única coisa que eu podia fazer. Eu lhe devia isso.

– Sinto que há algo nessa resposta que tem a ver com outra pergunta – disse Maat.

– Há – confessou Asten. – Eu decorei suas perguntas, Maat. As duas que restam são se eu tomei alguma coisa que não me pertencia e se já cometi perjúrio, ocultei a verdade ou enganei outras pessoas. A resposta para as duas perguntas é sim.

Se Maat ficou impressionada, não demonstrou, apenas esperou pacientemente que Asten explicasse.

– Quando eu tinha 10 anos, a velha ama de leite que havia cuidado de mim quando bebê estava no leito de morte. Como era meu dever, fui visitá-la. Quando cheguei perto da cama, ela dispensou todos os criados e me contou seu segredinho. Disse que, quando foi chamada para cuidar do bebê da rainha, o príncipe estava muito doente.

Asten continuou sem pausa:

– Um dia de manhã ela se levantou para olhar o berço do jovem príncipe e o encontrou morto. Entrou em pânico e rezou aos deuses para trazer de volta a vida do pequenino, mas isso não deu certo. Disfarçada, enrolou o bebê num pano e jogou o corpinho aos crocodilos, depois encontrou uma criada que tinha um filho da mesma idade e ofereceu suas riquezas roubadas dos cofres do rei em troca do bebê. Fez isso para salvar a própria vida, que correria risco caso soubessem que o príncipe havia perecido sob seus cuidados. A criada concordou.

Ele baixou a cabeça.

– Eu sou essa criança. Logo depois minha velha ama de leite morreu, levando seu terrível segredo para o túmulo. Assim que eu soube da verdade, ela passou a me atormentar. Com o correr dos anos, fiquei paranoico. Todo criado que me olhava, todo mercador que se demorasse fitando meu rosto era banido da minha presença. Uma vez surgiu um homem que se autoproclamou meu tio, exigindo dinheiro em troca do silêncio. Disse que sabia quem era minha mãe de verdade. Joguei-o na prisão. Depois de fazê-lo passar fome durante meses, o homem finalmente me disse onde eu encontraria minha família de verdade. Disfarçado, fui vê-los em um fim de tarde. Espionei-os e descobri que meu pai verdadeiro era um bêbado. Maltratava a mulher e as filhas, minhas irmãs. Logo depois correu o boato de que minha família tinha ido embora. Num dia de fúria, bêbado, meu pai havia matado minha mãe e depois vendido as filhas a mercadores que pagaram com bebida.

Asten suspirou.

– Mais uma vez, não senti indignação. Nem tristeza. Em vez disso, senti o doce júbilo do alívio. Minha mãe e minhas irmãs nunca tentariam me encontrar. Não existiam mais.

– Ah, Asten – falei, e estendi a mão, mas ele se afastou.

– Não fiz nada para ajudá-la. Minha mãe verdadeira morreu por causa do meu medo, da minha complacência. Minha covardia tem sido minha sombra por todos esses anos. O garoto, o príncipe que eu era, desapareceu, e em seu lugar havia um sósia, uma mutação, que não era verdadeiramente amada por ninguém, não era querida por ninguém e cuja falta ninguém sentia. Quando morri, meu último pensamento foi de que finalmente poderia ficar em paz, sabendo que não importava mais de quem eu era filho.

Asten virou-se para Ahmose, que permanecia totalmente imóvel, as mãos ao lado do corpo, uma expressão de choque no rosto.

– Está vendo, Ahmose? Eu *não* sou seu irmão. Não sou o homem destinado a fazer este trabalho. – Em seguida olhou para Anúbis. – O que sou é uma fraude. Quando confessei tudo isso a Anúbis depois de ele nos levar embora de casa para explicar nossos novos papéis, ele disse que já era tarde demais. Já havia me imbuído do seu poder. Não tinha como voltar atrás. – Asten ergueu os braços, as palmas das mãos para cima, como se estivesse se sacrificando no campo de batalha. – Eu era filho de um *pedreiro* – ele quase cuspiu a palavra –, criado por um rei e uma rainha que, mesmo no fim da vida mortal, não tinham ideia de que o filho era um impostor.

Olhando para mim, disse:

– Por isso fiquei desesperado para ajudar a rainha, a mulher que eu chamava de mãe, mesmo não sendo minha mãe de verdade, a ter outro filho. Mesmo com a feiticeira que me ajudou com a poção tendo cobrado um preço... impensável, eu sentia que não tinha escolha. Na época, achava que, se ela tivesse outro filho, eu poderia desaparecer discretamente e ele poderia governar. E agora vocês conhecem toda essa história sórdida.

Asten levantou a mão e foi indicando com os dedos a lista de seus erros.

– Eu menti. Enganei outras pessoas durante quase a vida inteira. Matei. Fui egoísta. Me abstive de agir para impedir que pessoas que tinham o meu sangue fossem maltratadas. Joguei um inocente na prisão. Bani quem não tinha culpa. Usurpei a vida de um príncipe real destinado a grandes feitos. E vivi paranoico com a possibilidade de perder minha posição a cada hora de cada dia. Sou chamado de Filho do Egito, príncipe de Waset, e no entanto não sou digno desses títulos. Enquanto meus irmãos são prata, eu sou uma pedra. Eles são cedros altos e eu sou um sicômoro comum.

Cobri a boca com a mão para conter um soluço. Como Asten podia ter mantido essas coisas escondidas no fundo do coração durante tanto tempo? Ele era bom em usar máscara. Eu jamais teria imaginado como seus pensamentos eram sombrios. Quanto ele tinha enterrado por trás de seu riso confiante.

– Há mais alguma coisa? – perguntou Maat, ainda com uma expressão neutra.

Asten pensou por um momento, depois assentiu.

– Nós falamos sobre o verdadeiro nome de Amon, e eu nem sei qual é o meu. Que nome minha mãe biológica me deu? Que tipo de legado eu poderia ter se minha própria mãe me trocou por dinheiro e meu pai vendeu as próprias filhas? Eu não passo de uma farsa. Usei meu legado *fantástico* para construir um muro de mentiras tão alto e forte que não há como transpô-lo.

Quando o eco de suas palavras sumiu, o único ruído no salão era o de nossa respiração. O leve som da balança se movendo atraiu minha atenção. Maat olhou para ela e estreitou os olhos, examinando o movimento durante um tempo. Prendi o fôlego enquanto a balança subia e descia, e finalmente ela parou, com o coração alguns centímetros mais baixo do que a pena, muito mais do que o de Amon.

Eu já ia dizer alguma coisa, protestar, lutar por Asten ou defendê-lo contando a Maat todo o bem que eu o tinha visto fazer, porém Maat pareceu antever minha intervenção e levantou um dedo de alerta, que me fez silenciar. Em vez de fazer seu julgamento ou mais perguntas a Asten, ela virou-se para Anúbis.

– Por que você escondeu de nós quem ele era?

– Não considerei isso importante.

– Ele é mortal.

– Não mais. – Anúbis mudou de posição e ergueu o olhar para Asten.

Maat inclinou a cabeça.

– Foi por isso que o escolheu, não foi?

Anúbis imobilizou-se.

– Como assim?

– Amon e Ahmose foram concebidos de modo sobrenatural. Asten não.

– É verdade. Mas isso não faz diferença.

– Não? – perguntou Maat.

– Não.

– Você devia saber – acusou Maat. – Como foi uma morte sobrenatural, você deve ter sido chamado para perto do bebê, do príncipe verdadeiro, para acompanhá-lo a Heliópolis e ajudá-lo a começar a jornada. Você sabia que ele havia morrido e no entanto insistiu que os Filhos do Egito poderiam sustentar o fardo do Cosmo.

– E estava certo, não estava?

– Até agora. Você teve sorte. Se soubéssemos...

– Se vocês soubessem, Seth não seria contido. Somente os três que foram criados por ele, mas alimentados por nós, têm o poder de mantê-lo a distância.

– Mas não temos três, não é mesmo? Temos dois. Asten não deveria ter a capacidade de exercer a mesma força dos dois irmãos. – Maat estreitou os olhos na direção do deus poderoso, mas ele se manteve firme, sem ceder um centímetro sequer. – Como você fez isso?

Sorrindo, Anúbis respondeu:

– Pedi à cegonha para me trazer um menininho.

Um sibilo exasperado escapou dos lábios de Maat.

– Então vejo que você planeja guardar seus segredos.

– Assim como você guarda os seus, Maat.

– Eu não tenho segredos – exclamou ela, e no entanto vi uma levíssima sugestão de alarme cruzar seu olhar.

Maat se aproximou do tablado.

– Diga-me, Asten, você sonhou seus próprios sonhos?

Asten virou a cabeça e pareceu relutante em falar. Por fim, disse:

– Refere-se aos Sonhos Que Poderiam Ter Sido?

A deusa suspirou, impaciente.

– Você sabe o que quero dizer. Não me importo com seus sonhos com cavalos de corrida ou lindas garotas saracoteando à sua volta numa campina.

Remexendo-se desconfortável, Asten respondeu:

– Eu vi mais de um caminho futuro.

– E...? – Ela se inclinou para a frente, em expectativa.

Asten deu de ombros.

– Isso tem importância? Talvez meus sonhos nem tenham a ver comigo. Você sabe muito bem que só vejo um futuro para cada alma, o sonho de uma vida perfeita, cheia de felicidade. Ver que há várias possibilidades para mim prova que há alguma coisa errada. Eu sou errado. Minha alma é quebrada. Então o que importam meus sonhos? Sei que todas essas possibilidades estão fora do meu alcance, de qualquer modo.

– Ele pode estar certo – disse Néftis. – Talvez a coisa não funcione com ele. Se fosse o príncipe verdadeiro, teria mais facilidade de acessar o poder de sonhar. Você sabe que às vezes ele tem dificuldade para invocar os sonhos.

Maat considerou as palavras dela.

– É verdade. Dar poderes como os que demos a um mortal deveria tê-lo destruído há muito tempo. É surpreendente que ele ainda funcione tão bem. – Ela pareceu chegar a uma decisão. – Muito bem, responda apenas a mais uma pergunta.

– O que é? – indagou Asten, cauteloso.

– Seus sonhos a incluem?

Maat apontou para mim e eu respirei fundo. Asten ergueu os olhos, fitando os meus, e havia algo neles que parecia ao mesmo tempo cheio de esperança e de pavor.

Depois de um momento cheio de tensão, ele admitiu baixinho:

– Incluem. – Meu coração quase parou. – Mas é o sonho que não deve se realizar.

– Por quê? – Dessa vez não foi Maat quem perguntou; fui eu.

Minha pele formigava e eu estava com dificuldade para respirar. Tinha a sensação de estar presa num espaço muito apertado e de que a única coisa que me mantinha concentrada em não perder o controle era Asten. Havia algo tangível entre nós. Algo quente que enchia meu ser e o espaço à minha volta. Algo que parecia errado e ao mesmo tempo certo.

– Por quê? – repeti.

– Porque...

Meu olhar prendeu-se ao dele e descobri que não podia desviá-lo.

– ... porque se esse sonho for verdadeiro, real, vai significar que eu traí meu irmão – disse ele baixinho. – E isso é algo com que eu não poderia viver.

Estávamos separados por alguns metros, mas por um breve momento foi como se estivéssemos suficientemente próximos para nos tocarmos. Fiquei em profunda sintonia com seu corpo, ciente dos ombros largos, da boca generosa, do cacho de cabelo que caía sobre a testa e de como seus olhos podiam me aquecer apenas com um olhar. Um formigamento agradável desceu pela minha coluna, como se alguém tivesse acabado de acariciar minha pele nua.

Osíris interrompeu:

– Você vai julgar o rapaz, então, Maat?

O calor abandonou minha pele e foi substituído por um medo de arrepiar. Mesmo sabendo que precisávamos chegar ao mundo dos mortos de alguma forma, eu não queria arriscar a alma imortal de Asten para isso.

– Sim. Vamos acabar logo com isso – disse Anúbis.

Maat pôs a pena na caixa, em seguida segurou o coração de Asten e ergueu os braços.

– Asten, Filho do Egito. Você submeteu seu coração a julgamento. Sua alma testemunha contra você. Decreto... que os feitos de seu passado não podem ser julgados adequadamente neste momento, porque você não teve tempo suficiente para ser absolvido dessas ofensas. A intervenção de um deus deformou sua linha temporal, e por isso vou conceder um adiamento temporário do julgamento.

Néftis sorriu, fazendo menção de se levantar, porém as palavras seguintes de Maat a fizeram parar:

– No entanto, para expiar seus crimes, condeno-o ao mundo dos mortos, para servir de guia a Lily e Tia. Se sobreviver às dificuldades que o esperam lá, se obtiver o perdão dos seus irmãos e aprender a colocar os outros à sua frente, iremos reavaliar sua situação... isto é, dependendo de você conseguir retornar, é claro.

Como se fossem um só, os deuses se levantaram e se aproximaram do tablado. Lado a lado, com expressão séria, esperaram enquanto Maat concluía:

– Que a misericórdia e a verdade estejam com você, Asten. Banimos seu coração para o mundo dos mortos.

O ar tremeluziu e a substância estelar que se encontrava na balança pegou fogo até se extinguir, deixando apenas fragmentos de cinzas pretas girando. O salão estremeceu e Asten caiu de joelhos, retorcendo-se e gemendo.

Corri até ele, abraçando-o com força, no momento em que tudo ficou imóvel.

Então Asten soltou um grito lancinante, seu coração se desintegrando em minúsculas partículas enquanto seu corpo sem vida sucumbia nos meus braços.

O Lago de Fogo

Anúbis segurou minha mão.

– A corda que a liga ao mundo dos vivos está ativa. Quando estiver pronta para deixar o mundo dos mortos, estenda a mão e pense em mim. Isso vai levá-la a um ponto de saída e eu irei pegá-la. Ahmose vai acompanhá-la, já que ele tem a capacidade especial de mantê-la no caminho reto e estreito. – Ele olhou para Ahmose. – Agora é com você, Desbravador.

– Entendi – respondeu Ahmose.

– E agora? – perguntei assim que os deuses desapareceram e o salão luminoso ficou outra vez envolto em escuridão.

Ahmose se agachou perto de mim e pôs a mão no meu ombro.

– Vamos esperar – disse ele. – Não deve demorar muito.

– O que estamos esperando? – perguntei enquanto afastava o cabelo de Asten da testa. Sua pele estava lisa e ainda quente ao toque. O rosto parecia em paz. Eu esperava que ele tivesse a segunda chance da qual Maat havia falado, que de algum modo ela pudesse enxergar Asten como eu enxergava. Ele havia cometido erros, mas eu não achava que fossem impossíveis de redimir. Meu coração chorava por ele e por tudo que ele havia passado, mas eu me consolava com o fato de que Anúbis tinha visto em Asten o mesmo que eu vira. Ele deu seu poder a Asten mesmo sabendo de tudo. Isso devia significar alguma coisa.

Enquanto eu fazia uma lista mental dos possíveis motivos para Anúbis ter mantido o segredo de Asten por tanto tempo, senti que o homem que eu tinha nos braços se mexia ligeiramente. Seus olhos se abriram, trêmulos, e ele ficou em pé devagar. Quando perguntei se estava bem, ele não respondeu, apenas começou a andar, parecendo estar em transe.

– O que há de errado com ele? – perguntei a Ahmose, deslocando-me para o lado quando Asten tentou passar por cima de mim.

– Ele está indo para o portão. Fique perto de mim.

Seguimos Asten por um corredor comprido e, quando chegamos a um beco sem saída, ele não hesitou e avançou em frente.

– Não conseguiremos ver – avisou Ahmose. – Só os condenados sentem o apelo do mundo dos mortos.

– Mas então como Amon... – eu ia perguntando quando Ahmose segurou meu braço.

– Ele está atravessando! – gritou. – Depressa, Lily!

Antes que eu entendesse o que estava acontecendo, Ahmose agarrou o ombro de Asten e passou o outro braço em volta da minha cintura. Foi bom ele ter feito isso, porque imediatamente nós três fomos sugados por um vórtice, um ciclone tão poderoso que levantou meu cabelo, arrastando-nos através do muro de pedras enquanto despencávamos juntos em círculos vertiginosos.

A mão com a qual Ahmose segurava o irmão escorregou e ele lutou para agarrá-lo novamente pela túnica e em seguida pelo pulso. Ao mesmo tempo, ele me puxou para junto dele. Envolvi sua cintura com os braços, enterrando a cabeça em seu peito enquanto o vendaval uivava à nossa volta. Absolutamente enjoada com os giros, tentei em desespero não vomitar em cima de Ahmose, uma atitude que seria extremamente ingrata, considerando-se que ele era a única presença firme no meio de todo aquele tumulto.

Justo quando pensei que não aguentaria mais nem um minuto, os movimentos giratórios cessaram. Mas só tivemos um breve momento de descanso antes que o vento começasse a nos jogar na direção oposta, a princípio devagar, depois cada vez mais rápido. Engoli em seco e mordi o lábio até sangrar, na esperança de me distrair da sensação de vertigem.

– Agora estamos transitando do superior para o inferior! – gritou Ahmose.

Mesmo se eu quisesse responder, não conseguiria. Os ventos nos golpeavam e eu era arremessada de um lado para outro com tanta rapidez que não sabia em que direção íamos. Meu cabelo se enroscava no rosto, como uma bandeira em um furacão. Se antes eu achara que ia vomitar, agora me sentia pronta para morrer de vez. Nem mesmo Tia, com seus instintos felinos, conseguia me ajudar a recuperar o equilíbrio, e de qualquer modo ela estava tão apavorada que eu mal conseguia mantê-la concentrada. Implorei silenciosamente a princípio, depois em sussurros desesperados, que aquilo acabasse logo e então me lembrei do presente que Hórus havia me dado.

Cravando os dedos da mão esquerda nas costas de Ahmose, levantei devagar a direita até o cordão em meu pescoço. Ao segurá-lo, ele esquentou e a força do vendaval diminuiu. A rotação ficou mais lenta e nossos movimentos ganharam peso, como um par de tênis numa secadora, batendo uns contra os outros enquanto girávamos até pararmos finalmente.

Abri os olhos e soprei o cabelo revolto de cima do rosto. Ahmose perguntou se eu estava bem e em resposta fiz um gesto com a cabeça, conseguindo apenas lhe oferecer um sorriso débil. Mais uma vez me senti grata, não só por sua força e pela capacidade de manter nós três juntos como também por sua presença tranquilizadora. Ainda estávamos descendo aos poucos, mas nossos corpos agora caíam com suavidade, devagar, como uma semente de dente-de-leão. Sem o vento, a sensação era quase agradável.

Ahmose grunhiu enquanto puxava o irmão mais para perto.

– Pode se segurar no meu pescoço, Lily? – perguntou.

– Posso. – Passei um braço em volta do seu pescoço e depois o outro, trançando os pulsos quando percebi que meus músculos não faziam mais força para me segurar a ele. – Quando disseram que eu poderia vir agarrada em alguém, não achei que o significado fosse literal – falei, olhando para as costas de Asten. Ele não havia falado desde o colapso, e eu me perguntei se Asten seria um zumbi durante todo o tempo em que estivéssemos no mundo dos mortos. Essa ideia me deixou muito inquieta.

– Isso é bastante perigoso, Lily. Você deve ficar perto de mim o tempo todo.

Voltei a atenção para o rosto de Ahmose, que estava a apenas alguns centímetros do meu. Seus olhos cinza-aço estavam cheios de preocupação. Assentindo, respondi:

– Vou fazer isso, acredite. Não precisa dizer duas vezes.

– Ótimo. – Sua mão quente estava aberta na base das minhas costas, e arrepios me subiram pelos braços. De repente fiquei muito consciente da proximidade de nossos corpos. Seu rosto roçou no meu, e a sensação de sua barba áspera na minha bochecha foi tão gostosa que me fez estremecer. Também notei quão cheirosa sua pele era: como uma floresta de carvalhos e musgo com os odores pungentes do outono.

Uma luz vinda de baixo iluminou a pele de Ahmose, fazendo os olhos cinza assumirem um tom prateado, e eu prendi a respiração, perdida neles por um breve momento. Ele olhou para baixo e apertou minha cintura.

– Aguente firme, Lily. Estamos quase lá.

O que há de errado comigo?, perguntei a Tia.

Anúbis disse que você tem uma conexão com os três irmãos. Talvez isso seja resultado dessa conexão. Em momentos de estresse, uma leoa procura seu protetor e se une a quem defende o bando.

Bom, se o estresse é o gatilho, pelo menos temos uma boa desculpa, pensei com ela, tentando afastar a sensação.

Segurando com mais firmeza o pescoço de Ahmose e ignorando o fato de que me sentia segura nos seus braços, fechei os olhos e esperei o impacto. Abri-os, surpresa, quando senti os braços de Ahmose envolverem totalmente minha cintura e me baixarem ao chão sem nenhum solavanco.

Asten, que Ahmose havia deixado na areia, estava se levantando devagar enquanto Ahmose se afastava, esfregando a nuca e me espiando com o canto do olho. Fiquei me perguntando se ele teria sido tão afetado por mim quanto eu tinha sido por ele e me senti mais confortável evitando encará-lo.

Indo rapidamente para a linha de visão de Asten, chamei seu nome e, como ele não reagisse, peguei sua mão e apertei. Ele nem ao menos se mexeu. Tentei engolir a frustração e depois inclinei a cabeça, buscando entender por que me sentia daquela forma. *Eu estaria querendo a atenção dele também?*

– Ele só vai poder responder quando acharmos seu coração – explicou Ahmose.

– Ah, entendo – falei, ainda sem olhar para ele. – Então, por onde começamos a procurar? – perguntei enquanto soltava Asten com relutância.

– O coração procura aquilo que lhe causa mais dor. Uma alma banida só recupera o coração se lutar contra os demônios que a assombram. Quanto pior o crime, mais intensa a batalha. O coração de Asten está sendo vigiado pelo demônio que se agarra a ele com mais força. Asten será atraído para esse monstro, então temos de segui-lo.

– Certo.

Ahmose ergueu os olhos, espiando a paisagem agourenta ao nosso redor. Parecíamos estar numa terra devastada. Um cheiro sulfuroso, de algo se queimando, era trazido pelo vento. Grandes montes de terra e pedras se espalhavam ao acaso. Com minha visão de esfinge eu podia detectar uma ligeira pulsação em alguns, que, se estivessem na Terra, teriam me feito pensar que eram cupinzeiros. Como estavam no mundo dos mortos, quem sabia que criaturas horríveis habitavam aqueles montes?

A princípio achei que o terreno era semelhante ao Lugar Onde os Sonhos Nascem, com seus pináculos e formações rochosas, mas, depois de inspecioná-lo mais um pouco, vi que as cores que iluminavam as rochas eram berrantes e ameaçadoras. Os montes de pedras lançavam sombras escuras onde coisas sinistras se retorciam, escondiam-se ou se arrastavam na penumbra crepuscular. Em vez de beleza, ocorreu-me a ideia de que a morte e a podridão estavam comendo lentamente aquela paisagem.

O chão era rochoso, com pedras afiadas espalhadas pela areia. E a profundidade da camada de grãos sugava nossos pés, quase me fazendo tropeçar a cada passo ao me arrastar pelo terreno. Minhas sandálias brancas rapidamente foram ficando desconfortáveis. Os únicos marcos que eu via no terreno eram algumas árvores nuas e feias que estendiam garras afiadas e esqueléticas para agarrar meu cabelo. Tia me emprestou sua força para que eu suportasse a temperatura infernal, mas não havia nada que eu pudesse fazer com relação ao fedor de enxofre e podridão.

Asten parecia seguir para o lugar de onde emanava o cheiro de enxofre. Sem saber se era uma coisa boa ou ruim, verifiquei se nossas facas estavam a postos e se meu arco e a aljava de flechas continuavam às minhas costas, e então fui atrás dele.

Meu coração dizia que Amon estava numa direção diferente, mas eu temia que, se não seguíssemos Asten, o perdêssemos. Tia concordou e começamos a acompanhá-lo. Depois de quatro passos, eu já estava com dificuldade para manter o ritmo. Asten deslizava sobre o terreno como um fantasma, enquanto eu me arrastava como se estivesse atravessando um lamaçal.

– Ele está se adiantando – gritei.

– Aqui – disse Ahmose. – Segure minha mão. Eu posso encontrar o caminho mais seguro.

Pus a mão na dele e ela foi rapidamente envolvida por sua palma grande e quente.

Isso é bom, disse Tia. *Não como o abraço de Hórus, mas acalma. Reconforta. Entendo seu desejo por este aí. Seus filhotes teriam bom tamanho e seriam saudáveis.*

Ai! Você está falando em filhotes? Pare com isso! A situação já está esquisita demais, repliquei em pensamento. *Sou jovem demais para pensar numa prole.*

Você não é capaz de se reproduzir nesta idade?, ela perguntou.

Isso estava ficando constrangedor. Com relutância, expliquei:

Meu corpo tem a capacidade, mas os humanos geralmente só se reproduzem quando se estabelecem. Primeiro terminam a faculdade, se casam e compram uma casa.

Ah, disse ela. *Acho que seria adequado encontrar um local bom para criar os filhotes. Como você está numa condição transitória, faz sentido esperar um tempo.*

Ignorando minha leoa interior, voltei a atenção para Ahmose, que mantinha a outra mão estendida acima da areia. A princípio nada aconteceu, mas então os grãos começaram a se mexer. Asten continuou a avançar e eu me preocupei de novo, pensando que ele ia escapar de nós. A areia endureceu e um caminho torto se formou, surgindo e desaparecendo de vista.

Ahmose pisou num trecho de areia firme.

– Se formos por este caminho, vamos evitar os buracos que iriam nos engolir e levar à destruição.

– E quanto a Asten?

– Asten deve seguir seu caminho. Vamos ficar o mais próximos dele que pudermos e só nos desviaremos da trilha se for absolutamente necessário.

– Certo. Você vai na frente.

Eu esperava que, assim que visse Amon de novo, esses sentimentos incômodos que estava tendo com relação a outros homens desaparecessem. Quer viessem de Tia ou não, aparentemente eu era uma participante voluntária, ainda que relutante.

Tentei não pensar no assunto, mas, como nesse momento Tia tinha os pensamentos voltados para os braços bem definidos de Ahmose, os meus também foram nessa direção. Ela se perguntava se poderia vir a amar algum dos dois, e eu não podia censurá-la. Ambos eram boas opções.

Seus pensamentos iam particularmente na direção de Asten e, enquanto andávamos, ela repassou na mente a confissão dele. Tinha simpatia por ele, pois ela também se sentia deslocada e pouco digna. A ideia de que Tia não se considerava tão importante quanto eu me chocou e prometi tentar dar a suas opiniões e seus pensamentos o mesmo peso que aos meus.

Asten surgia e desaparecia de vez em quando, mas Ahmose sempre nos garantia que ele estava perto; a trilha de fato parecia seguir a mesma direção em que ele andava. De vez em quando Ahmose parava, punha as mãos no caminho e descobria uma nova direção que nos levava para mais perto de seu irmão. Após algumas horas atravessando aquela paisagem monótona perdida em meus pensamentos, finalmente encontramos a fonte do cheiro de queimado.

A princípio não estava claro o que era aquilo. O horizonte reluzia com um tom laranja-dourado e pensei que podia ser um pôr do sol, embora Ahmose tivesse me dito que não achava isso possível. Um pôr do sol indicaria a presença de Amon-Rá, que, apesar de ter me guiado até Cherty, jamais havia posto os pés no mundo dos mortos. Pelo menos até onde Ahmose sabia.

Logo descobrimos o que provocava as luzes acima dos morros. Chegamos a um amplo lago com um líquido turvo e chamejante que ondulava e se mexia como se houvesse várias formas se retorcendo abaixo da superfície. Asten parou, como se avaliasse o ambiente. A luz que vinha daquilo se refletia em seu rosto como o tremeluzir de uma fogueira, e eu achei linda a força silenciosa e a aspereza de seu queixo. Senti uma ânsia avassaladora de passar a ponta dos dedos por ele.

Asten piscou, como se acordasse de um sonho, e nesse momento me olhou. Deve ter visto algo na minha expressão, porque a dele mudou. Seus olhos castanhos se iluminaram com ternura e os lábios se separaram ligeiramente, como se ele tivesse encontrado algo que procurava havia muito tempo. Dei um passo, chegando mais perto dele. Por um brevíssimo momento pensei que ele iria tocar meu rosto, mas então algo rompeu a superfície do lago e exigiu sua atenção.

Quando o momento passou, sacudi a cabeça ligeiramente, imaginando o que estaria acontecendo, afinal. Talvez o escaravelho do coração o estivesse afetando também. Eu sabia que era apenas questão de tempo até que a pedra começasse a influenciar Asten e Ahmose, mas essa era a primeira indicação de que um deles estava se dobrando ao seu poder. Respirando fundo, prometi ser mais forte e me virei para o lago.

Eu jamais havia imaginado uma coisa assim. Do outro lado da água ardente havia uma espécie de cachoeira que parecia alimentá-la, mas o líquido era denso e viscoso, de um dourado caramelo com chocolate, iluminado por trás. O lago era lindo à sua maneira, mesmo eu sabendo que os demônios pessoais de Asten deviam viver escondidos em suas profundezas. Enquanto pensava no que eles poderiam ser, Asten aproximou-se da borda daquela água feroz.

– Pare! – gritei. – Não entre!

O medo agarrou com força meu coração. Sentia um pavor mortal de que Asten se afogasse ou se queimasse naquelas ondas abrasadoras.

– Que lugar é este? – perguntei a Ahmose quando Asten parou à beira d'água.

– Já ouvi falar, embora não seja nem um pouco como eu imaginava. Chama-se Lago de Fogo, um local de purgação. Os erros que cometemos podem ser, em essência, lavados. Isto é, se a pessoa não se afogar durante o processo. É interessante que o coração dele tenha vindo parar aqui.

– Não são todos que vêm para cá?

– Não. A maioria vai para o Pântano do Desespero. O fato de o coração de Asten ter vindo para cá significa que os males que ele fez causaram mais dor a ele próprio do que a qualquer outra pessoa. A má notícia é que o coração dele procurou o ponto mais fundo do mundo dos mortos para se esconder, algo que podemos atribuir ao tempo que Asten permitiu que esses sentimentos e erros do passado infeccionassem. A boa notícia é que, se ele conseguir trazer o coração à superfície, poderá em essência ficar livre dos seus demônios. Isso não é um feito pequeno no mundo dos mortos.

– Então você está dizendo que Asten vai mergulhar? – perguntei, esperando estar errada.

– É o que suponho. Agora mesmo o coração dele o está chamando das profundezas.

Nesse momento uma criatura grande com mandíbulas escancaradas rompeu a superfície e mergulhou de volta. Seu olho deve ter nos visto porque ela veio à tona não uma, e sim duas vezes mais, sempre chegando mais perto. Sacudi a cabeça.

– É perigoso demais. Não podemos deixar que ele entre aí.

– Acho que não temos escolha – declarou Ahmose.

Asten se virou para nos olhar com um sorriso fraco e entrou na água.

Ahmose segurou meu braço quando tentei ir atrás dele, lançando-me um olhar dolorido.

– Ele precisa lutar contra os seus demônios para reconquistar o coração – disse ele, brincando com uma mecha do meu cabelo.

Virei-me e olhei desesperada para o lago. A água dourada se grudava nas pernas de Asten como uma gosma densa.

Entrei em pânico. Íamos perdê-lo. Não podíamos perdê-lo. Não quando eu pensava que poderia amá-lo. *Não. Espere. O quê? Está errado. Não, não é*, insistiu minha mente. Meu coração estava disparado como uma gazela e, antes que eu entendesse o que estava fazendo, saltei do caminho e corri para a margem.

– Lily! Espere! – gritou Ahmose, mas eu o ignorei e segui em frente, adentrando o líquido viscoso no momento em que Asten mergulhava.

– Asten! – gritei, jogando as facas, a aljava e o arco na areia antes de mergulhar sob as ondas também. Quando não pudemos mais enxergar, sintonizei minha mente com a de Tia e invoquei nosso poder. Subitamente a treva que preenchia nossa visão se dissipou e pudemos ver claramente Asten adiante. Uma rocha luminosa o atraía para adiante e para baixo.

Nadei desajeitadamente, minha metade humana e minha metade leoa movendo-se como duas criaturas disparatadas brigando. O tempo todo eu alternava do nado de peito para o nado cachorrinho e acabei chutando violentamente, rasgando a água como se ela fosse um grande animal. Ainda que o Lago de Fogo se mostrasse viscoso e avermelhado, a água era fria, tão fria que parecíamos ter afundado numa sepultura. Meus olhos se fecharam e Tia aumentou nossa temperatura corporal o suficiente para voltarmos a viver – pelo menos até onde isso era possível no mundo dos mortos.

Nossas garras se estenderam naturalmente quando um monstro coberto de escamas atacou. Riscamos as unhas pela lateral dele e o sangue preto encheu a água antes que a criatura desaparecesse. Usei a Estela de Cura de Hórus para consertar um talho maligno na perna que a fera dentuça havia aberto antes de sumir.

Um cardume de minúsculos peixes mordedores nadava ao redor de Asten, mas ele não prestava atenção, descendo cada vez mais. Sentindo que algo nos caçava, virei-me e tentei ver o que era, nadando depressa e ousadamente na direção do predador. Com um movimento rápido das garras, despachei a criatura e prossegui. Esse lago poderia ser o nosso fim. Asten já era apenas um pontinho na borda da minha visão. Eu mal podia vê-lo, mesmo com nossas habilidades de esfinge.

Outra criatura monstruosa me viu. Isso estava começando a parecer uma versão aquática daquele brinquedo em que se acerta com uma martelada o bicho que sai de um buraco só para ver surgir outro. Fechei o punho com força e usei apenas o poder da mente para destruí-lo. A fera enorme se sacudiu violentamente por um minuto antes de se imobilizar.

Eu já estava prendendo o fôlego por muito mais tempo do que conseguiria como humana, e meus pulmões nem estavam ardendo. Esperava que a mesma coisa estivesse acontecendo com Asten. Ele fora imbuído de poderes divinos e tecnicamente estava morto, de modo que isso podia contar a nosso favor. Enquanto ele nadava em meio ao cardume de peixes letais, seu sangue enchia a água, e eu me preocupava com a possibilidade de o cheiro atrair predadores maiores. Diminuí a distância entre nós.

Asten estava flutuando acima de seu coração reluzente, cercado pelas criaturas malignas que arrancavam pedacinhos de sua carne. Os gritos abafados dele me dilaceravam. Cheguei mais perto, mas os peixes me ignoraram completamente e nadaram para o outro lado dele, evitando-me quando eu me aproximava. Tentar atacá-los com as garras se mostrou infrutífero, por isso bati as pernas e tentei pegar o coração reluzente.

No entanto, o coração era pesado demais para que o levantasse. Fiz força, puxei e usei tudo que tinha para tentar arrancá-lo do leito em que estava. Não havia nada que eu pudesse fazer enquanto Asten era despedaçado. Ele lutava e se debatia, mas em vão. Não conseguia fazê-los parar. Então, subitamente, o comportamento dos peixes mudou. Em vez de atacar, eles pairaram, como se esperassem alguma coisa.

Meus cabelos giravam em espirais à minha frente e eu os empurrei para o lado, com raiva. *Asten!*, pensei, nadando mais para perto dele. *Não desista!* Mas ele havia desistido. Levantando as mãos e fazendo uma careta ao ver os pedaços de carne que pendiam da ponta de seus dedos e flutuavam como pedacinhos de pão encharcado, piscou uma vez, duas e então seus olhos me encontraram.

Ficamos nos encarando por um longo momento, e naqueles segundos preciosos tentei implorar com os olhos, transmitir quanto eu queria que ele vivesse. Asten pareceu entender. Com os lábios se curvando para cima num sorriso doce, assentiu e inclinou a cabeça para trás, estendendo os braços.

Fechou os olhos e se entregou ao cardume. Os peixes minúsculos porém monstruosos ficaram muito agitados. Nadaram ao redor dele com velocidade crescente, cada vez mais rápido, até que suas formas tornaram-se indistintas. Então, de uma só vez, todo o grupo mergulhou sobre ele, rasgando sua barriga, penetrando sob a pele. Asten gritou enquanto todo o seu corpo se enchia de luz – luz que emanava da ponta dos dedos arruinados, dos pés, da boca e dos olhos.

Todo o meu corpo tremeu, o coração pressionando contra as costelas, como se estivesse pronto para explodir. O pesar e a tristeza me rasgavam tanto que eu mal me importava se viveria. Asten ia ter uma segunda morte, a morte permanente, e eu não podia fazer absolutamente nada para impedir. De que adiantava ter o poder de uma esfinge se eu não podia proteger as pessoas de quem gostava?

Abaixo de nós o coração de Asten explodiu em mil partículas de luz, que flutuaram de volta para sua pele reluzente. Ali, afundaram nela, fazendo seus membros se curarem. Os espasmos de seu corpo diminuíram e, quando pararam, sua cabeça tombou para a frente. Ele flutuava na água de fogo, inconsciente. Pelo menos era o que eu esperava.

Retraí as garras, me aproximei devagar e passei um braço por sua cintura. Quando toquei seu rosto, os olhos se abriram. O alívio jorrou através de mim e desejei ser capaz de rir histericamente e chorar ao mesmo tempo.

Um brilho familiar iluminava os olhos cor de chocolate de Asten e ele piscou, a lateral da boca subindo em seu característico sorriso maroto. O gesto era sincero e genuíno. E no entanto não era. Ele se sentia feliz por estar vivo e por eu estar ali com ele. Embora estivesse obviamente cansado, era Asten inteiro e completo de novo. Só que agora havia uma calma aceitação em seus ombros.

Ele havia absorvido o fardo de seus demônios. Não somente os tinha enfrentado como também lutado contra eles e vencido. Sempre fariam parte dele, mas deixariam de prendê-lo. E, mais importante, não pesariam mais em seu coração. Asten segurou minha mão e apertou gentilmente, depois levou-a aos lábios e pousou um beijo suave na palma.

Puxou-me, querendo que eu ficasse mais perto, e fui voluntariamente, envolvendo seu pescoço com os braços. Suas sobrancelhas se levantaram numa interrogação, mas então ele assentiu, como se isso também fosse algo que ele pudesse aceitar. Depois olhou para cima e bateu as pernas, levando-me para a superfície.

Eu não sabia direito quanto tempo tínhamos passado submersos, mas, pela expressão de Ahmose, vi que fora tempo demais. Ele andava de um lado para outro freneticamente e só notou nossa presença quando ouviu as tentativas agitadas de chegarmos à margem. Veio correndo até a água e me puxou, apertando-me contra o corpo.

– Lily – ofegou, aliviado. – Achei que você estava perdida.

– Estamos bem – expliquei, dando-lhe um abraço rápido e depois me afastando, as densas ondas de líquido laranja me empurrando contra ele enquanto eu avançava.

– Não pude ir atrás de vocês. Tentei, mas cada vez que punha os pés na água ela ficava dura como pedra. Quando eu recuava ela voltava a ficar líquida. Achei que se tentasse chegar até você iria matá-la. Caso contrário, eu teria ido.

– Que estranho – comentei. – O lago permaneceu líquido o tempo todo em que estivemos lá embaixo. Por que será que ele me deixou ir atrás de Asten e não deixou você?

– Talvez ele tenha sentido nossa ligação – supôs Asten.

– É. – Ahmose cruzou os braços. – Talvez seja hora de você contar tudo sobre esse sonho do qual falou e qual é o papel de Lily nele.

Asten franziu a testa e estendeu a mão para mim. Aceitei seu braço com naturalidade e fui até a margem com ele. Quando olhei para trás, Ahmose é quem estava franzindo a testa. Por cima do ombro, Asten respondeu:

– Você sabe que só tenho permissão de compartilhar um sonho com a pessoa ou as pessoas que estão nele, e neste sonho... – ele olhou para mim brevemente – ... definitivamente *você* não está. – Asten ergueu os olhos, como se procurasse alguma coisa e, apesar de não haver um sol no céu, ele disse: – Sugiro que a gente encontre um abrigo. A noite está chegando.

Logo Ahmose se juntou a nós e também olhou para o céu antes de levantar as mãos e murmurar um encantamento. A areia ao redor se moveu e depois se acomodou enquanto os olhos dele viam alguma coisa que os nossos não enxergavam.

– Encontrei um caminho – disse ele.

– Bom. – Asten assentiu e se virou para mim, tocando a ponta do meu nariz com delicadeza, os olhos brilhando. – Por mais que você pareça fascinante encharcada com as águas ardentes, provavelmente está desconfortável e é a própria imagem de uma pobre devota. Se me permite, posso fazer alguma coisa mais adequada à sua condição...

Baixei a cabeça e tentei ignorar o modo como os olhos de Ahmose se estreitavam com uma ponta de ciúme. O escaravelho estava fazendo sua magia. Eu sabia que ele estava afetando Asten também, mas isso não me incomodava. Nem um pouco. E isso eu achava desconcertante.

Asten murmurou alguma coisa, movendo as mãos enquanto uma névoa familiar se erguia da areia e me cercava; as estrelinhas flamejantes tremeluziram em torno do meu corpo, me esquentando e se assentando na pele com pequenos estalos.

Um tecido seco me envolveu, abraçando meus membros. Mas, para meu deleite, o tecido se movia e se esticava junto comigo. Quando a nuvem reluzente se dissipou, passei a mão pelo braço, gostando da sensação da blusa de seda branca sobre a pele. Meu arnês de couro ainda estava confortável nos ombros, as facas-lanças facilmente desembainhadas, como se tivessem acabado de ser limpas e afiadas, e eu usava uma calça capri cáqui macia e justa com botas marrons que chegavam ao meio da canela.

Momentaneamente em pânico, passei as mãos sobre a blusa e soltei um suspiro de alívio quando encontrei o escaravelho do coração de Amon preso ao arnês.

– Obrigada – falei, maravilhada com a maciez do tecido. Levei a mão ao cabelo e descobri metade dele preso frouxamente na nuca com uma tira de couro. As outras partes, mais curtas, esvoaçavam com a brisa.

– Achei que você gostaria de alguma coisa prática e simples no cabelo – disse ele.

– E gostei.

Sorri para ele. *Espere aí. Eu sorri?* Tia me garantiu que nós sorrimos, mas de repente eu não conseguia lembrar. Pensei mais um pouco, o cérebro dolorosamente forçando lembranças para a superfície até que elas finalmente se soltavam como tesouros esquecidos enterrados embaixo da areia. Mesmo assim, eram embaçadas, quase desbotadas, e percebi que só podia recordá-las de uma certa distância. Minha mente estava lenta. Menos... no estilo de Lily. Lembrei-me então de que Amon gostava do meu cabelo solto e encaracolado, do meu jeito de sempre, e pude relaxar de novo. Amon era o motivo de eu estar ali. O motivo para eu ter vindo ao mundo dos mortos. Como podia ter distanciado meus pensamentos dele ao menos por um instante?

Ahmose segurou minha mão e me virei para trás e ofereci a outra a Asten.

– Você vem? – perguntei.

Asten inclinou a cabeça em direção à minha e respondeu com uma piscadela travessa.

– Nem mil feras monstruosas poderiam me afastar de você.

Dei um sorrisinho e, com ele de um lado e Ahmose do outro, tudo parecia bem. Partimos juntos – nós quatro, incluindo Tia – e não se passou muito tempo até que eu percebesse que havia um motivo para ter tido dificuldade em me lembrar de Amon. Ele estava se distanciando de mim propositadamente, para me proteger. No entanto, eu ainda podia sentir que seu coração me chamava. Agora que eu tinha Asten e Ahmose do meu lado, a distância de seu coração parecia insuportável.

Seguimos em frente, eu me esforçando ao máximo para ignorar a dor e o sofrimento que agora podia sentir reverberando em meu corpo. Aquilo me enfraquecia a ponto de eu achar difícil andar. Logo notei que Asten e Ahmose também estavam perturbados. Algo estava nos exaurindo. Roubando nossa energia. A certa altura fui carregada e finalmente apaguei, sonhando com uma coisa terrível, mortal. E essa coisa sabia que eu estava ali.

O sopro do mal

Abrir meus olhos não afugentou os monstros. Pelo contrário. Meu nível de desconforto aumentou. Asten e Ahmose não estavam à vista. O fogo que eu podia jurar que estivera queimando havia sumido. Era como se eu estivesse sonhando acordada. Parei de andar quando subitamente o estalo de um chicote reverberou na escuridão. Então um grito familiar me fez sair daquele estado e dei mais um passo adiante, e depois mais outro.

A forma indistinta à minha frente acabou sendo uma pedra coberta com uma fina camada de areia. O ar estava quente e opressivo, como se algo denso e pegajoso tivesse penetrado nos meus pulmões. Não demorou muito para que eu sentisse uma pontada na lateral do corpo em razão da respiração dificultosa. Ainda assim, eu sabia que o grito havia sido de Amon. Eu precisava encontrá-lo.

O escaravelho do coração de Amon batia violentamente contra meu ombro, o ritmo irregular no lugar da pulsação firme e forte de sempre, mas eu podia senti-lo me guiando, me fazendo avançar. Meu coração começou a imitar aquele ritmo entrecortado e cheio de medo. Esgueirando-me pela penumbra, só me restava a esperança de encontrar a fera que causava o sofrimento de Amon.

Uma voz rouca e gutural veio das profundezas do caminho.

– Sim. Ela se aproxima. Exatamente como previ.

– D-deixe-a... – gaguejou Amon – ... deixe-a fora disso.

– Acho que não – respondeu a voz antes de soltar uma gargalhada aguda que me causou arrepios.

Ao mesmo tempo, ouvi o som de mil pares de asas que pareciam alçar voo.

Não dava para ver nada, mas minha imaginação conjurava bandos de coisas aladas e assustadoras à minha volta, prontas para extrair meus olhos e arrancar tiras de carne com mordidas. Arquejei, me dando conta de que exatamente isso podia estar acontecendo com Amon agora. Acelerei o passo, uma das mãos roçando na pedra grande, a outra tateando no escuro. Quando cheguei a uma parte lisa, parei e examinei a estrutura com as pontas sensíveis dos dedos.

– Não é pedra – murmurei baixinho.

Uma ânsia instintiva fez com que eu me inclinasse à frente, fechasse os olhos e inalasse. Mesmo sem a ajuda de Tia eu soube, de algum modo, o que era. Quase podia sentir o gosto na língua.

– É ferro. Uma parede de ferro.

Perguntando-me onde eu poderia estar, fui em frente.

O calor continuava a pressionar meus pulmões a cada respiração, como se o diabo tivesse envolvido minhas costelas com as mãos. Comecei a inspirar de forma mais rasa e forçada. A última coisa que eu queria agora era desmaiar. Amon precisava de mim. Corri na direção das vozes, arfando, mas não havia abertura na parede de ferro e logo ficou claro que a conversa que eu estava entreouvindo acontecia do outro lado.

Amon soltou um grito e o desespero crescente me dilacerou.

– Tem de haver um modo – murmurei.

Suba, sussurrou Tia. Quase instintivamente permiti que o poder da esfinge fluísse pelos meus membros; o calor que desceu pelos braços me encheu de força. Meus dedos se retesaram e alongaram, as garras impiedosas tornando-se ainda mais afiadas diante dos meus olhos.

Com um grunhido, recuei alguns passos e saltei. Meu olhar se fixou num ponto pouco nítido acima, que talvez eu pudesse usar como apoio para as mãos. Quando passei facilmente por ele, ofeguei surpresa e tateei desajeitadamente na pedra até que minhas garras se prenderam. Para meus olhos humanos, a parede era lisa e intransponível, mas com os sentidos aguçados eu podia sentir imperfeições minúsculas, pequenas cristas e fendas estreitas.

Como um gato numa árvore, subi com agilidade, sustentando todo o peso do corpo apenas com a força dos dedos. No topo do muro, agachei-me, apoiada nos calcanhares, enquanto utilizava a força combinada que me tornava, junto com Tia, única. No entanto, eu sabia que nossa força não era mais como antes. Nossos olhos se estreitaram e entraram em foco. Pisquei e, como se alguém tivesse apertado um interruptor de repente, os vultos escuros que estavam lá embaixo tomaram forma.

Inclinei a cabeça para escutar à medida que uma espécie de teatro ao ar livre empoeirado surgia diante dos meus olhos. No formato de uma tigela e cercado por um muro de metal impossivelmente alto, estava sendo usado para um espetáculo, e a principal fonte de entretenimento era o homem que eu amava. Em vez de arquibancadas, as bordas do estádio circular estavam cheias de espectros que não estavam se divertindo nem um pouco. Pelo que eu via, estavam mais para torturados.

Magras e débeis, as criaturas puxavam os próprios cabelos e as roupas, sibilando. Debatendo-se, seus corpos se fundiam e se moviam de modos estranhos, quase atravessando uns aos outros, como fantasmas. Dava para ver claramente as bordas e as quinas do muro de ferro contra o qual elas comprimiam os corpos. Ainda que suas formas flutuassem entre o carnal e o imaterial, elas pareciam incapazes de atravessar o muro e escapar. Eram tantas se movendo num espaço tão apertado que mais pareciam uma fera multifacetada do que indivíduos.

Eles são muitos, disse Tia.

Concordei, horrorizada. Então alguma coisa provocou a massa. Como se fossem um só, eles começaram a chorar e rasgar as roupas. Uma mulher – pelo menos achei que era uma mulher – pressionou as mãos contra o rosto e estas se fundiram às faces enquanto ela uivava.

Aquilo me fez lembrar do quadro O grito, de Edvard Munch, que ficou exposto por um tempo no Metropolitan. Lembro-me de admirá-lo imaginando que coisa medonha podia ter acontecido para fazer alguém berrar daquele jeito. Agora eu sabia. A pessoa estava sendo banida para o mundo dos mortos.

No centro do círculo formado pela horda, Amon pendia de correntes que prendiam seus pulsos a um grande poste. Sua túnica caía da cintura para baixo em trapos. Uma fera monstruosa, muito parecida com um Minotauro albino, só que com dois pares de chifres e boca de crocodilo, se aproximou. Com braços da grossura de pernis natalinos, golpeou com um chicote as costas de Amon, produzindo um estalo retumbante.

Gritei quando o ar deixou o meu corpo. Tiras de carne tinham sido arrancadas e feridas fundas e entrecruzadas decoravam suas costas musculosas e nuas. Agora eu sabia por que estava tendo dificuldade para respirar.

Um qilinbian, disse Tia debilmente, e odiei a ideia de que as pontadas que eu estava sentindo e a fraqueza no meu corpo se deviam ao que estava sendo feito com Amon. O fato de ele ter mantido a maior parte dessa dor longe de mim por tanto tempo significava que ele estivera sofrendo imensamente e, pela aparência, por um bom tempo.

Um o quê?, perguntei.

Em vez de falar através da nossa conexão mental, que parecia mais difícil do que normalmente, uma imagem do que ela queria dizer se formou na minha *mente. De súbito entendi o propósito da arma e de como era utilizada. Era um chicote usado contra unicórnios.*

Suficientemente afiado para cortar a carne, que era muito, muito mais resistente do que a de qualquer animal do mundo mortal, causava um dano terrível, até mesmo na carne dos mortos, o que eu imaginava que seria difícil de conseguir. Encolhi-me pensando no que uma arma daquelas poderia fazer a um ser vivo, até mesmo um ser vivo imbuído de poder como eu e Tia.

Contive um soluço, sentindo-me impotente para proteger de tanta dor o homem que eu amava, mas havia uma parte nova de mim que absorvia a cena com uma espécie de indiferença calculada. Meu lado mortal, humano, berrava desesperadamente que iríamos salvá-lo. Precisávamos salvá-lo. Era para isso que tínhamos vindo até ali. Era o motivo até mesmo de Tia estar comigo.

Mas ali agachada, observando todas as variáveis e avaliando como superá-las, meu tumulto emocional diminuiu. Assim como eu ocupava um lugar "nos fundos" no meu próprio corpo quando Tia estava no comando, senti meu eu humano ser posto de lado. Mas quem assumiu o controle não foi totalmente Tia nem fui totalmente eu; foi... nós.

Nesse momento não éramos leoa e humana residindo no mesmo corpo. Éramos alguém novo, alguém poderoso – um ser natural que era totalmente... outro. Um guerreiro que desejava lutar, e não por amor ou dever, nem por alimento ou para proteger os filhotes. E sim porque esse era o nosso propósito.

Esse era o motivo pelo qual tínhamos sido criadas. Esse era o motivo. Para derrubar essa ameaça. E esse novo alguém queria resgatar Amon, mas não queria necessariamente salvá-lo pelos mesmos motivos que eu.

Eu... nós... piscamos. Alguma coisa estava mudando. Apesar de eu fazer uma tentativa débil para impedir aquilo e assumir de novo o controle do meu corpo, de algum modo sabia que, se eu e Tia quiséssemos usar nosso poder inteiramente, como era necessário, precisaríamos permitir que essa mudança acontecesse e precisaríamos aceitá-la. Sentindo mais do que ouvindo a concordância de Tia, respirei fundo e parei de lutar, tornando-me mais observadora do que participante.

Nossas garras se cravaram na borda do muro enquanto nos inclinávamos para a frente, deixando arranhões fundos no ferro. As aparas do metal que se soltaram caíram sobre a cabeça dos seres lá embaixo, mas nenhum percebeu. Os corpos não pareciam ter consciência de muita coisa além do próprio sofrimento.

A simples ideia de entrar no mesmo espaço ocupado por aqueles corpos fez meu sangue gelar nas veias. Mas isso só impactou a minúscula versão humana de mim mesma, espremida dentro de mim. A parte que era esfinge temia pouca coisa. Enquanto me esgueirava pela borda procurando o lugar mais rápido e mais silencioso para descer, preparei-me mentalmente para o que estava decidida a fazer, sabendo que logo estaria cercada pelos mortos perdidos.

Nesse momento, a voz falou de novo. Fiquei paralisada no topo do muro e olhei para baixo. O Minotauro havia enrolado seu chicote e estava imóvel, de cabeça baixa. Perplexa, procurei a fonte da voz. Havia pensado que era ele falando. Mas então a vi.

A princípio foi difícil distingui-la. Uma espécie de nuvem escura a cercava, ocultando-a até que ela quisesse ser vista. A nuvem se movia com bichos alados que guinchavam batendo as asas coriáceas, permitindo-me brevíssimos vislumbres do ser que se encontrava no centro do bando ameaçador.

Lentamente a massa que se retorcia se aproximou do Minotauro e um braço comprido e torneado se estendeu na direção do monstro pálido. As unhas dela eram pintadas de preto, a pele tinha um tom cinza-esverdeado. As asas golpearam o corpo do Minotauro, mas a fera não se mexeu, nem mesmo quando várias daquelas criaturas a morderam com força suficiente para tirar sangue, que escorreu brilhante pelo braço pálido.

Quando sua mão envolveu lentamente o bíceps enorme do Minotauro, a criatura deu um sorriso beatífico. Mesmo a distância dava para ver que ele estremecia de prazer com aquele toque.

– Pode senti-la, deusinho bonito? – perguntou a mulher a Amon enquanto uma perna comprida emergia da massa alada. – Ela está muito perto. Talvez, se você... cooperar – provocou –, eu acorrente os dois juntos, para que você possa olhar enquanto sugo a vida dela.

Sua voz parecia familiar. Eu a tinha ouvido antes, mas naquele momento não consegui identificar onde.

Os morcegos preto-avermelhados aproximaram-se ainda mais dela, acomodando-se por fim em suas costas e ombros e formando uma capa ondulante. Os menores, de asas prateadas, pousando-lhe na cabeça, tornaram-se um adereço reluzente. O efeito causava arrepios, especialmente quando os lacaios pousados em seus ombros erguiam as asas afiadas na forma de dragonas pontudas que protegiam o que de outra maneira poderia ser uma garganta vulnerável. Minhas mãos coçavam, ansiosas para testar o gume das facas-lanças contra sua armadura viva.

Ela era bonita, com cabelos compridos presos no topo da cabeça, curvilínea, no estilo de uma mulher fatal. Cada centímetro dela a fazia parecer a rainha

*do mundo dos mortos. O Dr. Hassan havia me mostrado imagens da Devora-
dora num livro durante a viagem para Luxor. Nelas, a Devoradora parecia um
hipopótamo monstruoso com dentes afiados.*

*A versão verdadeira, contudo, mais parecia o tipo de mulher que dominava
cada homem que conhecia usando apenas um olhar – e depois tirava tudo que
ele possuía. Também era fácil demais imaginá-la mastigando as vítimas no
café da manhã, cuspindo as carcaças mutiladas e pegando mais uma dúzia
para o almoço. Era atraente, esperta, perigosa e provocadora – exatamente
como a viúva-negra que aparentava ser.*

*– Ah! – Ela gargalhou, um som ao mesmo tempo adorável e absolutamente
apavorante. – Ela está trazendo seu coração. Isso é melhor ainda. Agora posso
me demorar saboreando você durante séculos!*

*O brilho devasso nos olhos ou o modo como ela lambia os lábios cor de ce-
reja poderiam ser confundidos com algo sugestivo, mas a parte de mim que era
Tia sabia o que era. A criatura estava faminta. E eu e Amon éramos um verdadeiro bufê com o qual ela poderia se refestelar. Pela primeira vez no sonho
imaginei se minha presença representaria para Amon um risco ainda maior.
Se nossa conexão no mundo dos mortos significava que eu estava mesmo ali, e
não apenas sonhando.*

*A Devoradora correu a mão pelo ombro maciço do ajudante monstruoso ao
seu lado e depois fez beicinho.*

– Sabe, faz muito tempo que eu não como. Estou praticamente definhando.

*A mulher passou as mãos pelas curvas de seu corpo em formato de ampu-
lheta, fazendo os pequenos morcegos que a adornavam guinchar e se rearru-
mar em seu vestido. Algo dentro de mim me incitava a agir, apenas em parte
para colocá-la no devido lugar. O outro lado reagia ao desafio de outro predador que tentava roubar o que nos pertencia. Amon era nosso e ninguém iria
tirá-lo de nós nem questionar nosso direito.*

*Levantei-me e corri, os pés leves como o voo de uma ave de rapina, sal-
tando do muro de ferro, dando uma cambalhota no ar e aterrissando agachada, com um joelho no chão, de frente para a Devoradora e seu gigantesco
lacaio com o chicote. Conscientemente eu havia me colocado entre eles e Amon.
Fiquei surpresa com a distância que havia percorrido com um único salto, mas
não demonstrei. Ergui a cabeça e olhei furiosa para a mulher, que me devolveu
o olhar com uma mistura de prazer e leve curiosidade.*

*Saber que ela podia sentir minha presença era desconcertante; quando seu
olhar se cravou em mim, imaginei se teria cometido um erro ao me mostrar.*

Antes, quando andava nos sonhos com Amon, nenhuma criatura do mundo dos mortos havia notado. Agora tudo era diferente.

Pondo-me corajosamente em pé, os dedos estendidos em garras de aspecto maligno, anunciei:

– Eu diria que você está mais para gordinha.

O sorriso dela hesitou. Agora que estava mais perto, notei os detalhes que a tornavam mais demônio do que humana. Seus olhos tinham pupilas verticais alongadas, como as de um réptil. Em vez de cílios, ela tinha minúsculas plumas que se abriam em leque em torno das pálpebras, como pés de galinha felpudos, e se fundiam à pele acima das faces. O cabelo comprido que pendia como penas terminava em minúsculas farpas espinhosas que se moviam por vontade própria enquanto ela andava, estendendo-se na minha direção feito cobras prontas a dar o bote.

As pequenas criaturas prateadas que formavam o adereço de cabeça piscaram, me olhando; seus olhos pretos assentavam-se tão fundo nas cabeças recobertas de ossos que pareciam esqueletos vivos. E, quando ela abriu os lábios, vi uma luz esverdeada emanando de sua boca, como se tivesse engolido alguma coisa radioativa.

– Que delícia você ter vindo se juntar a nós – disse ela com expressão de júbilo. – Estou ansiosa para conhecê-la melhor.

Então começou a vir lentamente em minha direção, o cabelo subindo e ondulando em volta da cabeça. Levei a mão às costas, por cima dos ombros, procurando as facas-lanças, e entrei em pânico ao ver que não estava com elas. Erguendo as mãos, com as unhas pretas a uma distância em que ela poderia me arranhar, ela abriu a boca e soltou um gemido capaz de arrepiar. A luz em sua boca soltou uma névoa verde que me envolveu rapidamente. Ao respirá-la, senti que estava me afogando num veneno gelado que tomava conta dos pulmões, como se nitrogênio líquido tivesse sido derramado pela minha garganta.

Levantei as garras para atacar, mas seu corpo passou direto pelo meu, deixando-me com um arrepio que penetrou nos ossos e com um gosto de hortelã mofada na boca. Ela girou, gritando de novo, mas dessa vez em frustração. Com isso, veias cinza-esverdeadas se projetaram de sua pele lisa como porcelana, fazendo-a se rachar e se partir. Uma luz verde vazou pelas rachaduras, mas, quando a criatura respirou fundo, elas se fecharam.

A Devoradora sorriu, dessa vez ligeiramente irritada, e se dirigiu a mim educadamente, como se tivesse me convidado para tomar um chá:

– Este é apenas um revés temporário – garantiu. – Só preciso reunir minhas forças. Eu estava definhando – acrescentou num aparte à criatura-touro albina que continuava parada exatamente no mesmo lugar. Agora que ela não o estava tocando, ele parecia muito menos apaixonado pela benfeitora. Na verdade, notei que ele me lançava um olhar de admiração. Interessante.

Com um floreio da mão, ela convocou cerca de uma dúzia de membros da multidão que gemia nas extremidades do espaço. Seus gritos de protesto se intensificaram enquanto eles marchavam compulsivamente – contra a sua vontade, estava claro. Quando a massa de formas fantasmagóricas se aproximou, todos tremeram e, apesar de o escolhido lutar contra o poder da Devoradora, finalmente virou o rosto na direção dela e baixou a cabeça.

– Coma – ordenou ela.

Comer? Eu pensava que ela é que comia. O que está acontecendo?, pensei. Só então notei que cada fantasma tinha um globo reluzente nas mãos: o próprio coração.

O espectro se sacudiu violentamente e depois gritou, como se todo o seu corpo estivesse sendo rasgado. Sua boca se abriu mais e mais e, quando ficou escancarada, parecendo apta a engolir um leitão assado inteiro, seus olhos mudaram de apavorados para ferozes. O fantasma engoliu seu próprio coração, depois saltou sobre o fantasma mais próximo e mordeu sua forma etérea.

O segundo fantasma uivou miseravelmente e não se passou muito tempo até ser totalmente consumido; então ele comeu o próximo, cada um tentando passar por cima do outro para escapar do horror.

Fiquei parada, como se estivesse presa numa casa mal-assombrada sem ter como escapar. Queria cobrir os olhos com as mãos e gritar até que a cena de pesadelo acabasse, mas também precisava saber exatamente o que a Devoradora era capaz de fazer, para encontrarmos um modo de derrotá-la.

Horrorizada, empurrei o medo para uma parte minúscula dentro de mim. Assim como minhas emoções com relação a Amon foram suprimidas, meus sentimentos com relação ao que acontecia foram ignorados. Eu não estava no comando. Tia não estava no comando. A esfinge estava no controle e queria testemunhar isso.

– Pronto, pronto – disse a Devoradora com um estalo da língua. – Já está acabando, Gostoso. Vamos pôr fim ao seu sofrimento, está bem? – Ela estendeu a mão num gesto que era quase caloroso, mas, por baixo dele, via-se claramente uma ameaça gélida.

O fantasma tornou a entrar em pânico, correu na direção do muro invisível *e tentou subir usando suas garras. Enquanto ele fazia isso, a boca da rainha má se abriu e, apesar de não ter se escancarado tanto quanto a do espectro, também pareceu de um tamanho que não era natural. Uma luz verde fluiu de dentro dela, envolvendo-o como uma névoa ártica sobre um iceberg.*

Ela estendeu as mãos e envolveu a alma trêmula do homem nos braços, segurando-a com força e fundindo sua essência na dela. Seu toque era quase terno – isto é, até que seus cabelos se levantaram em torno da forma dos dois e as farpas se cravaram no ser fantasmagórico, grudando-se dolorosamente a ele. A Devoradora guinchou com o som de mil trens se chocando e foi quase um alívio quando o fantasma começou a perder a coesão antes de ela sugá-lo completamente e o ruído áspero cessar.

Virando-se para nós, ela lambeu os lábios, usando o dedo para enfiar os fiapos cinza que pendiam da boca.

– Humm – disse, e seus olhos calculistas nos percorreram de cima a baixo, os lábios manchados tão vermelhos quanto um coração partido. – Delicioso. – Delicadamente, alisou as criaturas aladas que pendiam de sua capa. – Então, onde é que nós estávamos? Ah, sim. Venha cá, pequenina. Confie na minha sombra e eu vou devorá-la.

– Lily! – gritou Amon. – Acorde!

– O quê?

Olhei na direção dele, confusa, mas então minha atenção foi novamente capturada pela Devoradora, que se esgueirava, aproximando-se cada vez mais. O fato de ela ser capaz de se mover de modo tão imperceptível quanto um vampiro era inquietante.

– Acorde, Lily! – gritou Amon de novo.

Acordar?, *repeti na minha mente, o cérebro enevoado.*

– Acorde logo!

Em vez disso, desmaiei.

– Acorde, Lily! – gritou uma voz diferente.

Abri os olhos e encontrei Asten e Ahmose preocupados, debruçados sobre mim. A fogueira tinha virado brasas.

– O que... o que aconteceu? – perguntei.

– Não conseguíamos acordar você – disse Ahmose.

– Você estava chorando enquanto dormia – acrescentou Asten.

Assentindo, sentei-me e segurei as mãos dos dois irmãos.

– Tenho uma notícia terrível.

O Pântano do Desespero

— O que é? — perguntou Asten ao me ajudar a levantar.

Ele não me soltou, mesmo depois de eu estar de pé, o que achei ao mesmo tempo perturbador e reconfortante.

— Amon foi capturado pela Devoradora. Ela... ela o está torturando.

Ahmose recebeu o anúncio sem se abalar, assentindo, como se esperasse isso.

— Nós sentimos. Ela não pode matá-lo, Lily. Pelo menos até que a energia dele, junto com a nossa, esteja totalmente drenada.

— Sim — ecoou Asten. — Ainda há tempo. Podemos salvá-lo.

Olhei para um e depois para outro.

— Vocês já sabiam?

Desconfortável, Ahmose me encarou.

— Desde o momento em que chegamos ao mundo dos mortos.

— Vocês sentem a dor dele. Como quando os olhos dele foram arrancados.

— É suportável — disse Asten. — Dividir a dor entre nós três diminui a dele.

— Mas... os ferimentos nas costas dele. — Soltei rapidamente a mão de Asten e fui para trás dele. Antes que ele pudesse protestar, levantei sua túnica para avaliar os danos. Sangue seco e vergões cobriam a pele lisa e dourada, como se alguém tivesse usado sua carne para afiar uma tesoura. A visão me causou tanta angústia como quando eu vira Amon sendo torturado. A Devoradora pagaria pelo que tinha feito.

— Mas eu também senti os ferimentos dele. Por que os meus não são tão graves quanto os seus? — perguntei.

Ahmose suspirou, incomodado.

— Nós três estivemos agindo como um escudo para você. E Amon usa o Olho de Hórus para protegê-la da pior parte. À medida que ele for enfraque-

259

cendo, talvez você comece a sentir os efeitos. Primeiro vem a desorientação, em seguida a dor física em um grau cada vez maior, que pode até levar à sua morte. Isso não podemos permitir. Para você, morrer uma primeira morte no mundo dos mortos implicaria ficar presa aqui para sempre.

– Como assim, "primeira morte"?

– Todos os que vêm ao mundo dos mortos, exceto você, morreram como mortais ou como imortais que foram destituídos de seu poder. Quando encontramos esses seres, Ahmose e eu temos o poder de despachá-los, oferecendo-lhes uma segunda morte permanente, uma morte que manda sua essência ao lugar do qual nem nós temos conhecimento.

– Talvez de volta às Águas do Caos? – sugeri. – Amon-Rá me falou um pouco sobre isso.

Asten inclinou a cabeça.

– Os deuses não acharam adequado compartilhar tudo conosco. Aparentemente você sabe mais do que nós.

– Não estou dizendo que todos vamos para lá. Ele só falou sobre a energia retornar quando... – Sacudi a cabeça. – Agora não importa. O principal neste momento é que vocês me deixem compartilhar a carga...

Erguendo a mão, ele me interrompeu.

– Nós somos imortais, Lily. Podemos suportar a dor mais facilmente. Assim como não somos tão sensíveis ao toque, não somos tão sensíveis à dor. Para você, uma mortal, suportar isso... – ele balançou a cabeça – iria debilitá-la.

– Mas agora eu sou uma esfinge. Posso aguentar. Há coisas piores do que a dor.

– É verdade, mas você precisa entender, Lily, que sua ligação com Amon é muito mais poderosa do que a nossa. Você o sustenta. Precisamos mantê-la forte, se não para blindá-la, pelo menos para ajudá-lo. Você deve permitir que a protejamos assim – concluiu ele.

Ajeitei gentilmente a camisa de Asten e me virei para Ahmose. Seus lábios eram uma linha fina quando ele fez que sim com a cabeça, respondendo à minha pergunta não verbalizada.

– Vamos ficar bem, Lily – disse Asten, pegando minha mão de novo e apertando-a para me tranquilizar. – Os ferimentos no corpo são temporários. A preocupação maior é com a energia vital de Amon sendo drenada. Precisamos salvá-lo antes que o dano seja maior.

Confirmei com a cabeça e de repente percebi que minha mão estava presa na de Asten e que ele esfregava distraidamente o polegar, descrevendo pequenos círculos sobre a carne entre meu polegar e o indicador. Quando ergui os olhos para ele, soltou minha mão e se virou, um rubor subindo-lhe pelo pescoço. Franzi a testa e resolvi ignorar o formigamento na minha pele no ponto onde ele havia tocado.

Pela primeira vez desde que Amon e eu estávamos separados, desejei que os irmãos fossem mortais de novo para que também pudessem se ligar a mim e pegar um pouco da minha energia. A transformação em esfinge e o uso da Estela de Hórus pareciam ter me revigorado com energia de sobra. Mesmo não tendo dormido, meu corpo tinha força suficiente para funcionar durante horas. Eu abriria mão tranquilamente de parte dessa energia para que eles se curassem.

Mas por ora não havia nada que eu pudesse fazer – pelo menos que eu soubesse –, por isso decidi que o melhor caminho era me dedicar a salvar Amon.

– Há mais coisas que não contei a vocês – murmurei. – A Devoradora sabe que estou aqui. Se Amon não tivesse me alertado para acordar... – Fiz uma pausa. – Tive a sensação de que ela tem o poder de agir contra mim, mesmo num sonho acordado.

– É possível, Asten? – perguntou Ahmose. – A conexão de sonho dela pode ser tão poderosa assim?

Suspirando, Asten coçou a nuca.

– Não sei. Não existe precedente. A única ligação semelhante a essa é entre Ísis e Osíris. E a ligação deles é forte, mesmo nos sonhos. Ela permite que os dois se comuniquem mesmo através de distâncias enormes. Mas nenhum dos dois jamais ficou cara a cara com a Devoradora nem entrou no mundo dos mortos, até onde eu sei. Não temos informações suficientes para saber com certeza.

Ahmose grunhiu.

– Então vamos ter de presumir o pior e torcer pelo melhor.

Olhando por cima da minha cabeça, Ahmose franziu a testa ligeiramente para Asten e então ergueu uma sobrancelha.

– Não posso – disse Asten. – Não me peça isso.

Virei-me para ele e perguntei:

– Você não pode o quê?

Ele suspirou, olhando para o irmão em busca de ajuda, mas Ahmose apenas cruzou os braços e olhou fixamente para Asten.

Por fim, ele respondeu à minha pergunta:

– Eu posso monitorar seus sonhos.

– Parece uma boa solução. Então você poderia me ajudar a lutar com a Devoradora quando eu a vir de novo?

– Não. Não é assim que a coisa funciona. Você não pode lutar com a Devoradora nos sonhos. Na verdade, não.

– Eu tive a sensação de que podia.

– Bom, não pode. Ou pelo menos não deveria. O mundo dos sonhos é cheio de possibilidades vagas e sugestões do que poderia ser, mas também é alterado pelo que desejamos. E às vezes, quando ele fica sabendo do que mais desejamos, tira essa coisa de nós. É um negócio complicado, e nunca deveríamos confiar em nada enquanto estamos sonhando. Vezes sem conta vi pessoas se perderem, para jamais entrarem de novo no mundo desperto.

Depois de uma breve pausa, ele prosseguiu:

– Até eu, que recebi o poder sobre os sonhos, já fui suscetível a eles. Tenha em mente que, mesmo presumindo que seja possível, derrotar a Devoradora num estado de sonho não significa que isso aconteceria na realidade. E, com sua conexão com Amon, tudo que você poderia conseguir seria revelar a ela seus pontos fortes e suas habilidades de luta. Talvez ela até já tenha acesso ao seu paradeiro real, seguindo seu eu do sonho de volta ao acampamento.

– O que significa que devemos partir logo deste lugar – disse Ahmose.

– É, deveríamos – respondeu Asten, e fez menção de partir.

– Espere um momento. – Pus a mão em seu braço para impedi-lo. – Nada disso explica por que você não quer me ajudar. – Asten olhou para minha mão e lentamente, trêmulo, a cobriu com a dele. Quando seus olhos encontraram os meus, acionei instintivamente meu poder de descobrir a verdade, mas, antes que eu pudesse usar a magia, ele rompeu a conexão.

A ponta de seu dedo se colocou embaixo do meu queixo, erguendo meu rosto para ele.

– Não faça isso – disse ele simplesmente. – Sei que você quer respostas, mas, por favor, peço que não sonde mais fundo. Principalmente com relação a isso.

A dor que preenchia seus olhos me comoveu de tal modo que assenti, com vergonha de ter tentado ver o que ele obviamente não queria revelar. Baixei a cabeça, as lágrimas enchendo meus olhos.

Sua voz quente atravessou baixinho o espaço entre nós e, ainda que as palavras fossem simples, eu sabia que havia camadas de coisas não ditas semeadas entre as palavras.

– Por favor, não chore. Me desculpe, Lily.

Havia alguma coisa no modo como ele disse meu nome. Fez com que eu me sentisse inquieta, esperançosa e alerta, tudo ao mesmo tempo. Algo estava acontecendo. Fiquei confusa, mas minha sensibilidade estava estimulada. Meu coração saltava num ritmo *staccato* e uma suspensão discernível na minha respiração teve eco na dele. Ao mesmo tempo, a angústia cresceu entre nós, derramando-se e afogando as emoções como leite despejado em um copo cheio demais.

Asten piscou e se mexeu, rompendo o contato visual. Sem uma palavra, virou-se e se afastou, deixando-me sozinha com Ahmose, a marca de suas pegadas a única coisa que restava para indicar seu caminho.

– O que há de errado com ele? – perguntei a Ahmose, enxugando uma lágrima desgarrada. Provavelmente eu deveria ter feito a mesma pergunta a mim mesma. Ao olhar para Asten ainda há pouco, eu sentira alguma coisa, e era muito mais do que o afeto por um irmão.

Estou ficando maluca?, perguntei a Tia. *Você acha que estou começando a me apaixonar pelo Asten também?*

Passou-se um longo momento até Tia responder:

Asten é uma boa escolha, não é?

Sim. Mas esse não é o ponto.

Você o culpa pelos erros do passado?

Não.

Eu queria que ela me dissesse que alguma coisa estranha, decorrente da esfinge, estava guiando meus atos, que eu não estava sendo desleal com o homem que eu amava. O homem que eu queria. O homem que eu tinha vindo salvar.

Ela sabia o que eu precisava escutar, mas em vez disso disse uma coisa que fez o sangue gelar nas minhas veias e meu coração murchar de tristeza.

Os sentimentos podem mudar.

Depois dessa resposta enigmática, Tia ficou quieta. Era a primeira vez que eu suspeitava que ela estivesse escondendo alguma coisa de mim. Não gostei dessa sensação. Nem um pouco. Ter outra pessoa na mente já era bastante ruim, mas suspeitar que ela estivesse sabotando seus pensamentos ou manipulando suas emoções...

Sacudindo-me de leve, Ahmose me trouxe do mundo dentro da minha cabeça.

– O que há de errado, Lily?

O que não há de errado?, pensei.

– O que Asten não quer me contar? Quero dizer, sobre os sonhos?

– Conectar-se aos sonhos de outra pessoa é uma experiência muito...

íntima. – Ahmose pôs a mão nas minhas costas para me guiar na direção das pegadas de Asten. – Seus pensamentos e desejos se tornariam claros para ele, e os dele para você. Imagino que não seja muito diferente do seu relacionamento com Tia.

Fantástico. Já era suficientemente ruim ter uma leoa comigo. Como seria separar os pensamentos, sentimentos e sonhos de três indivíduos diferentes? Nesse momento percebi como eu estava suscetível a perder a identidade e me perder, não somente para Tia, mas também para a personalidade da esfinge. Se algum dia eu saísse dessa, precisaria de uma terapia de verdade.

– Então como essa conexão com Asten me ajudaria?

– A presença de Asten substituiria a de Amon. Em vez de ir para o mundo dos sonhos dele, você entraria no de Asten.

– Sei – falei, subitamente muito desconfortável com a ideia de compartilhar sonhos com Asten.

– Ele está preocupado com a ideia de compartilhar meus pensamentos nesse nível?

Seus olhos prateados se viraram para os meus.

– Eu diria que ele está mais preocupado com a ideia de *você* conhecer os *dele* – respondeu Ahmose baixinho.

Isso era algo com que eu não estava nem um pouco preocupada. Se eu possuía um talento que era meu, algo que era puramente Lily, e não que tivesse adquirido ao me tornar esfinge, era ser uma excelente avaliadora de caráter.

– Ahmose? – Mordi o lábio.

– O que foi?

– Você está aborrecido com Asten por ele não ter contado quem era de verdade?

Dando ligeiramente de ombros, Ahmose respondeu:

– Asten sempre foi meu irmão. O outro, o filho biológico da rainha, nunca fez parte da minha vida. As circunstâncias do nascimento de Asten não me importam nem um pouco.

– Mas e aquela história de ele ter seduzido a garota de quem você gostava? Qual era mesmo o nome dela?

– Tiombe – respondeu Ahmose, a voz embargada.

– É. Você... você o perdoou, não foi?

Ahmose suspirou.

– Na verdade, eu o perdoei há décadas. Nunca disse isso a ele. Deixei que ele sofresse achando que eu ainda me ressentia pelo envolvimento dele, mas, se eu soubesse quanta dor ele estava guardando... bom, digamos apenas que eu me arrependo de não ter dado o perdão antes. Tive muitos séculos para pensar no que aconteceu. Se eu tivesse tido mais tempo com Tiombe, acabaria descobrindo sozinho a verdadeira natureza dela. O fato de isso ter sido revelado rapidamente quando Asten a cortejou tornou o afastamento bem mais fácil. Na ocasião, achei que nunca mais falaria com ele. Mas, mesmo naquela época, dava para ver que Asten não fez aquilo para me ferir. Ele achou que estava ajudando.

– Então você não o culpa? Nem por nenhuma das coisas que confessou?

– Todos nós temos segredos. O fato de os dele terem se tornado públicos não afeta minha opinião sobre Asten. Conheço e amo meu irmão. Além disso, saber que Anúbis tinha conhecimento de tudo e ainda assim lhe concedeu poderes torna Asten ainda mais excepcional aos meus olhos. O que me entristece é que ele não achou que poderia nos contar. Depois de nossa primeira morte, nossas posições como príncipes não tinham mais importância.

– Talvez Asten não quisesse que vocês o menosprezassem.

– Nós poderíamos ter compartilhado o fardo. Asten deixou que seus erros exaurissem seu coração, e teme que nosso afeto por ele mude tão facilmente quanto a areia se move. Amon e eu somos feitos de material mais sólido.

Meneei a cabeça, concordando, depois perguntei:

– Se você sabe que ele é um homem bom e eu sei que ele é um homem bom, por que o coração dele foi banido?

– É uma pergunta muito boa. Suspeito que isso tenha menos a ver com as escolhas de Asten durante a mortalidade e mais com a necessidade de nos mandarem para cá. Esse é um assunto que pretendo abordar seriamente com os deuses assim que retornarmos.

Contornamos uma grande colina até uma planície ampla. Asten estava parado, olhando-a do alto. Embora não tenha se virado para acusar nossa presença, falou conosco no instante em que nos aproximamos por trás.

– Este é o Campo dos Medos.

– Vão embora! – disse uma voz chiada.

Um homenzinho corcunda espiava por trás de uma pedra grande. Bolhas infectadas sobressaíam em seu nariz e nos braços. Uma delas estourou, vertendo pus amarelo. Notei um macaco em suas costas, guinchando e segurando um globo reluzente semelhante ao coração de Asten.

Asten levantou seu arco.

– Quem é você? – perguntou.

– Só um fantasma em dificuldades, fraco, que não vale o tempo que você levaria para lutar comigo.

Apesar de ele declarar fraqueza, não deixei de perceber seus dentes rilhando e a expressão decidida. Sem dúvida, ele saberia se defender muito bem.

– Estamos procurando um amigo.

Com expressão calculada, o homenzinho disse:

– Sei onde ele está. Posso levá-los até ele. *Se* me derem alguma coisa em troca. – Ele cutucou minha mochila. – Você tem coisas poderosas aí dentro.

– Eu... eu acho que poderíamos dividi-las – gaguejei.

O fantasma soltou uma risada aguda e nos guiou pelo Campo dos Medos.

Na metade do caminho, Asten diminuiu o passo.

– Ele pisou num medo – queixou-se nosso guia. – Corações sangrentos com seus medos idiotas. De todos os lugares, ele vai ficar parado justo aqui? Ridículo.

– Do que ele está com medo? – perguntei.

– Esse é o medo "Ninguém me ama e estou totalmente sozinho" – respondeu o guia num tom de voz zombeteiro e cantarolado. – Quem se importa com a porcaria do amor? Para que ele serve? Eu estou sozinho o tempo todo. Isso não me dói nem um pouco.

– Ele se sente sozinho? – perguntei, a voz mais rouca do que o normal.

– Como podemos tirar esse sentimento? – perguntou Ahmose.

– Fácil. Dê a ele alguma coisa mais temível para pensar. – O homenzinho agarrou meu braço. Seu macaco guinchou e me mordeu com força. Uma pústula gigante surgiu na minha pele. Asten se moveu de repente, livrando-se do medo, e agarrou o pequeno fantasma com uma das mãos.

– O que você fez com ela? – perguntou, os olhos queimando.

– O que precisava fazer – respondeu o fantasma, esperneando inutilmente.

– Asten, vou ficar bem. Está vendo? – Canalizei o poder da estela curativa e a bolha inflamada do meu braço encolheu até desparecer.

– Meu preço acaba de subir – disse o fantasma. – Quero esse negócio que cura.

– Não – respondeu Asten bruscamente. – Não funcionaria, de qualquer modo. Seus ferimentos são seu castigo.

O fantasma tentou intimidar os irmãos com o olhar, mas eles não se deixaram influenciar.

– Tudo bem – disse ele, cedendo. – Só não vão ficar presos no medo de gatinhos ou cachorrinhos. Se ficarem, deixo vocês lá.

Quando finalmente terminamos de atravessar o campo, deixei escapar um suspiro de alívio. Tínhamos conseguido.

– Vocês vão encontrar o que procuram naquela direção. Agora me dê o que prometeu.

Ofereci ao fantasma carrancudo meu punhado de passas e ele desapareceu.

Tínhamos dado apenas quinze passos quando Asten disse:

– Acho que fomos enganados.

– Mas o escaravelho diz que Amon está mesmo naquela direção – observei.

– Talvez o caminho que vai até ele esteja além – respondeu Asten.

– Além de quê?

– Daquilo. – Ele moveu a cabeça indicando o caminho à nossa frente. – O pior lugar em que você pode ir parar no mundo dos mortos: o Pântano do Desespero. É grande demais para contornarmos. Infelizmente o caminho mais rápido é atravessá-lo.

– Se sobrevivermos – murmurou Ahmose.

– Maravilha. Outra experiência de quase morte... – Fiz uma pausa, enfiando a mão na sacola para oferecer a Asten um gole da garrafa de sidra. Ele estava suando. Era a primeira vez que eu o via suar no mundo dos mortos, o que era perturbador. Imaginei se, naquele momento, Amon estaria sofrendo abusos e se eles estavam sentindo os efeitos e não queriam me contar.

Distraída, enfiei a mão na boca aberta da minha sacola e a tirei sem nada.

– Ele roubou tudo! – gritei. – Aquele macaco traiçoeiro nas costas dele roubou a sidra e os bolos. Agora ele está com tudo!

Olhei para Ahmose; o suor brotava em sua testa também. Ambos tinham a boca contraída em uma linha fina.

– Ela está machucando Amon agora, não é? – perguntei.

Asten assentiu rigidamente.

– Cada momento que Amon fica nas mãos da Devoradora é demasiado – murmurei baixinho.

Logo um peso insuportável caiu sobre meus ombros também. A Devoradora estava drenando Amon, e agora isso afetava nós três. Relaxei o corpo, apoiando-me em Asten. Eu tremia, mas me senti reconfortada pela ideia de que a energia que ela tirava era compartilhada entre todos nós e que, enquanto estivéssemos vivos, podíamos ter certeza de que Amon também estava. Um tremor me atravessou; embora eu quisesse saber o que havia acontecido com ele, ao mesmo tempo não queria. Passou-se pelo menos uma hora antes de nos sentirmos suficientemente recuperados para retomar a viagem.

– Está preparada? – perguntou Ahmose. Confirmei com a cabeça. Ele esfregou a mão no maxilar. – Atravessar pode levar pelo menos um dia.

– Você pode encontrar o caminho mais rápido – Asten encorajou o irmão.

Aliviada por saber que a tortura de Amon havia passado, olhei para além das pedras perigosas e cheias de pontas que desciam até o vale lá embaixo, até as incontáveis ondas de capim branco. Um gemido fantasmagórico lançou um eco etéreo e olhei o movimento do capim alto, intrigada. As plantas se moviam aleatoriamente, não como o trigo numa fazenda.

– O que é aquilo? – perguntei.

Não é algo natural, sussurrou Tia na minha mente. *Não é da Terra.*

– Aquilo, não. *Eles* – respondeu Ahmose.

– Eles?

– Sim. São os mortos-vivos. Os que foram banidos e que, ao contrário de Asten, não conseguiram derrotar seus demônios – explicou Ahmose.

– São como o nosso guia fantasma – acrescentou Asten. – Só que foram descobertos e trazidos para cá. Alguns acham que não têm motivo para lutar contra os próprios demônios. Outros tentam, mas são derrotados rapidamente e ficam fracos demais para afastar aquilo que os atormenta. Aqui, no pântano, são torturados durante a eternidade, tendo seus corações balançados diante deles como pão diante de uma pessoa faminta.

– Então são como os fantasmas que eu vi a Devoradora consumir? Eles não eram tão sólidos quanto nosso guia.

Os punhos de Asten se apertaram, mas não tive certeza se ele tinha consciência disso.

– Sim. Esta é a horta dela. Onde ela colhe sua... comida.

– Isso é horrível! – exclamei.

– Não há opção a não ser atravessar – disse Asten. – Se formos depressa, podemos cruzá-la antes que os ceifadores cheguem.

– Ceifadores? Por que isso parece ainda pior do que a existência de uma fazenda de mortos-vivos?

– Não é possível brincar com os ceifadores. Qualquer alma apanhada em seu caminho será colhida. Confie em mim quando digo que não devemos nos demorar por aqui.

– E como vamos descer até lá? – perguntei. – Você consegue achar um caminho, Ahmose?

– Só há um caminho seguro para descer. Vamos ter de carregar você.

– Me carregar? Vocês vão pular?

– Não exatamente – disse Ahmose, esquivando-se. – Venha. Você vai comigo.

– Eu a levo – disse Asten, e se adiantou, pondo uma das mãos no meu braço. Ahmose lançou um demorado olhar para o irmão, mas depois assentiu e recuou. Pelo jeito, nesse momento Ahmose não estava sentindo os efeitos do escaravelho do coração com tanta intensidade quanto seu irmão. Ahmose levantou os braços e levitou, indo para a lateral do penhasco e descendo rapidamente.

Asten colocou-se diante de mim e me deu um sorrisinho com um ligeiro brilho nos olhos que me fez lembrar de sua versão petulante com que eu estava mais familiarizada. Pegando meus braços, colocou-os em torno do pescoço e se inclinou para sussurrar no meu ouvido:

– Agora segure-se em mim com força.

Assenti e ele se inclinou e me pegou no colo. Num piscar de olhos ele havia se alçado no ar e começamos a flutuar lentamente, descendo na direção do vale. De novo percebi meus sentidos mais aguçados se afinando com o homem que me carregava. A sensação de seus ombros fortes sob minhas mãos, o cabelo roçando na ponta dos meus dedos e o modo como ele me segurava me encantavam.

Enquanto eu olhava seu rosto, uma parte de mim tentou se lembrar de Amon, mas os detalhes que eu tanto amava pareciam empalidecer em comparação, e descobri que eu não conseguia manter sua imagem na mente, não quando Asten estava tão perto. Um minúsculo murmúrio de consternação escapou dos meus lábios e ele olhou para mim.

– Você está bem, Lily? – perguntou, me apertando com mais força.

– Estou – consegui falar com uma voz esganiçada.

Asten me examinou e pareceu ver na minha expressão algo que eu vinha tentando esconder. Um calor cresceu entre nós e os olhos dele se dissolveram em poços líquidos. Com minha visão aguçada, pude perceber a fagulha de pequenas estrelas brilhando dentro deles. O canto de sua boca subiu, não num risinho irônico, mas numa promessa tórrida, e, ao que quer que ele estivesse me prometendo em silêncio, eu queria, precisava dizer sim.

Ele aproximou-se mais, encostando o nariz no meu e depois roçando nossas faces centímetro a centímetro, numa experiência hipnótica, até que seus lábios encontraram minha orelha. Enrolando os dedos em seus cabelos e acariciando-lhe a nuca, concentrei-me naquela sensação, imbuindo o toque com meu poder, querendo que ele sentisse a carícia e o contato de sua pele na minha. Ouvi quando ele arquejou e depois seu murmúrio provocou arrepios no meu pescoço.

– Cuidado, leoazinha – disse Asten com voz rouca. – Um homem não consegue resistir por muito tempo a uma mulher como você.

Engoli em seco.

– Mas eu não estou...

Não consegui terminar o pensamento. Minha pulsação martelava na garganta e o perfume quente dele – cedro, âmbar, especiarias, com uma leve sugestão de chocolate – me envolveu. Seu cheiro era delicioso. Como algo que eu queria provar. Havia alguma coisa muito errada no que estava acontecendo, mas outra parte de mim achava que aquilo era muito certo. *Nós queremos isso*, sussurrou uma voz na minha mente. *Nós o queremos.*

Asten ergueu a cabeça, chamas brilhando em seus olhos. Ele também queria, eu podia sentir. O espaço à nossa volta parecia febril e frenético. Inclinei a cabeça e o puxei para mais perto, seus lábios a apenas centímetros dos meus.

– Asten – comecei com uma voz sedutora e suplicante.

– *Lily* – respondeu ele, ecoando a mesma avidez.

Inclinei a cabeça para cima e esperei, prendendo o fôlego, com uma expectativa quase dolorida, o seu beijo. Que não veio. Abri os olhos e encontrei os dele fechados.

– Asten? – sussurrei, a confusão dissipando a névoa passional em que eu mergulhara.

– Não podemos fazer isso, Lily. – Seus olhos finalmente se abriram, mas o que vi não era o desejo que eu esperava, e sim o arrependimento e a recriminação a si mesmo. – Apesar de você ser tão pura e adorável para mim quanto a estrela mais brilhante do céu, não farei isso com meu irmão.

– Mas... Asten, eu...

– Desculpe. Não vou acrescentar você à minha lista de erros.

– É só isso que eu seria para você? – acusei. – Um erro?

– Não. Não foi isso... – Ele sacudiu a cabeça. – Não me entenda mal.

Nossos pés tocaram o chão e Ahmose se aproximou.

– Entender mal o quê? – perguntou ele.

– Nada – respondeu Asten.

Pus as mãos nos quadris, sentindo a fisgada dolorida da rejeição misturando-se à náusea da culpa.

– Isso mesmo. Não é nada – falei bruscamente e ajeitei o arco nas costas, ao mesmo tempo verificando as facas. Quando me virei para seguir na direção do campo de fantasmas ondulando ao vento invisível do mundo dos mortos, como se fossem milhares de bonecos infláveis cinzentos, empurrei para o fundo da mente o pensamento de que não tinha sentido nem um pouco de medo de voar quando estava nos braços de Asten.

Ahmose segurou meu braço.

– Espere, Lily – disse ele. – Primeiro deixe-me encontrar o caminho.

Assenti e cruzei os braços. Quando Ahmose se agachou e abriu a palma da mão sobre a areia, fiz um breve contato visual com Asten, cuja expressão era um misto de confusão e culpa e fazia eco à minha.

Enquanto atavessávamos o campo, tentando em vão evitar o contato com os fantasmas, eu ponderava sobre o porquê de estar tão perturbada. Asten tinha feito a coisa certa. Não sabia o que tinha me dado nem por que estar perto dele me inspirava o desejo de rasgar sua camisa com minhas garras.

Agora não havia como negar que eu estava agindo de modo horrivelmente desleal em relação a Amon, e a ideia da dor que ele sentiria com minha traição me fazia ter vontade de chorar. Não apenas derramar uma ou duas lágrimas, e sim soluçar com o mais absoluto desgosto, como quando Anúbis me fez matá-lo. Era essa a sensação. Como se eu estivesse matando Amon lenta mas inevitavelmente. Eu não podia suportar.

Lágrimas escorreram de meus olhos e senti vontade de gritar e arrancar os cabelos, assim como os fantasmas que estendiam inutilmente as mãos para mim tentando me agarrar enquanto eu passava. Com os olhos lacrimosos, notei que as fileiras de almas perto de nós tinham acesso a seus corações. Os globos reluzentes estavam tão perto delas que quase podiam ser tocados, mas nenhuma delas se dava ao trabalho de tentar. Se ajudassem umas às outras talvez pudessem ter os corações de volta.

Parando diante de uma mulher triste e desolada, curvei-me para pegar seu coração e entregar a ela, mas Ahmose segurou meu pulso antes que eu o tocasse.

– Não faça isso – disse ele. – São pesados demais. O desespero só vai fazer seus pés afundarem no pântano.

Lembrando-me da incapacidade de arrancar o coração de Asten do Lago de Fogo, assenti e seguimos em frente. Parecia que os únicos fantasmas prestando atenção em nós eram aqueles com os quais fazíamos contato, e à medida que as horas passavam comecei a ver uma mudança nas fileiras. Mais adiante os espectros eram mais... animados.

Metade deles parecia afetada pelo amor que sentiam por mim, e a outra metade tentava me agarrar, faminta, como a Devoradora havia feito. A maior parte parecia ter um ou dois atormentadores girando em volta das pernas, mordiscando-os de vez em quando. Cada alma tinha o próprio tipo de perseguidor. Vi uma variedade de insetos, cobras, vermes, morcegos, pequenos lagartos, e até uma coisa que parecia um cruzamento entre uma miniatura de anão de jardim e uma gárgula, atormentando-os. O número de demônios que atacavam os fantasmas aumentava a cada hora.

Além dessa visão perturbadora, Asten parecia decidido a não fazer contato visual comigo, o que, para mim, estava ótimo. Quanto mais distância houvesse entre nós, mais no controle eu ficava. O que havia de errado comigo?

Tentei perguntar a Tia, mas ela havia se trancado longe da minha consciência. Estava lá. Eu podia senti-la, mas tinha se enrolado feito uma bola e, por mais que eu cutucasse suas costas mentalmente, ela não se virava para me encarar. Não que eu a culpasse. Pensei que ela deveria estar com vergonha de mim, considerando o modo como eu tinha agido.

À medida que prosseguíamos, o caminho ia ficando mais estreito. Ahmose pediu desculpas e procurou uma direção melhor, mas não encontrou. Precisaríamos ficar muito perto dos alimentos da Devoradora. Mãos e braços tentando nos agarrar chegavam cada vez mais perto.

Então um espectro que parecia mais sólido do que os que estavam ao seu redor, com pelo menos uma dúzia de criaturas que pareciam abelhas do tamanho de punhos enxameando em torno de sua cabeça e picando-o repetidamente, estendeu a mão para mim e conseguiu agarrar a manga da minha blusa. Puxou-me desesperadamente, gritando para eu salvá-lo. Suas pernas pareciam enraizadas, como se tivessem sido plantadas na areia. Ainda que a maioria de seus companheiros fosse insubstancial, ele tinha matéria – por falta de uma palavra melhor – suficiente para que seu aperto fosse bastante forte.

Quando eu lhe disse que sentia muito, mas não podia fazer nada, que ele precisava lutar contra seus próprios demônios, suas súplicas se transformaram em fúria.

– Você vai me ajudar – vociferou, com o rosto inchado, cheio de picadas horríveis. – Ou vai morrer ao meu lado. Já matei um número suficiente de coisinhas bonitas como você. Eu nem piscaria.

– Você já está morto – respondi, imaginando se teria de invocar minhas garras e se elas conseguiriam se cravar na forma dele.

– Sei disso, garota bonita mas idiota – sibilou. – Estou falando da segunda morte. A primeira para você, a última para mim. Vamos afundar juntos. É quase romântico. Talvez, se eu oferecesse a ela uma garota bonita como você, viva, ela levasse tanto tempo para digeri-la que eu conseguiria escapar. – Ele começou a bater na própria cabeça. – Não. Não. Não. Nós gostamos dela. Não. Nós mesmos vamos comê-la.

– Acho que não – declarei. – Além disso, você não pode escapar da Devoradora. Eu já a vi em ação e ela não liberta ninguém. Mas anime-se. Nós vamos tentar matá-la, então talvez você consiga se livrar, no fim das contas.

– Rá! – gritou ele. – Ela não pode ser derrotada. Todo mundo sabe disso.

– Bom, nós vamos tentar.

– Vai morrer fazendo isso.

– É melhor morrer lutando do que ser colhida como trigo.

O rosto cinza ficou mais escuro e uma espécie de cuspe preto escorreu do canto de sua boca.

– Você vai pagar por isso.

Outros fantasmas ali perto começaram a reagir ao que estava me segurando. Apesar de estarem presos em montes de areia, estenderam as mãos para cima, como zumbis finalmente captando o cheiro de miolos frescos, as expressões quase igualmente vazias. Mas nenhum deles estava suficientemente perto para fazer muito mais do que roçar em minhas pernas e meus braços, seus membros atravessando minha pele e deixando um arrepio na carne.

O fantasma que me segurava puxou e se debateu, tentando me levar mais para perto dele, mas consegui firmar os calcanhares o suficiente para impedi-lo de fazer algum avanço. Ainda assim, ele não parecia disposto a me soltar. Foi somente quando Asten e Ahmose me ladearam e lançaram um olhar feroz para ele que sua atitude mudou.

– Guardiões! – gritou ele em voz esganiçada, balançando-se para trás e para a frente. Em seguida me soltou e voltou a bater com os punhos na própria cabeça. – Idiota. Idiota. Idiota! – gritou enquanto se golpeava. – Eu deveria ter visto que estavam aí. Por que estão aqui? – O fantasma olhou para nós de um modo esperançoso, desesperado. – Foi um engano, não foi? Vocês vieram aqui para me levar de volta?

– De volta! – ecoou outro fantasma.

– Foi um engano – gritou mais outro.

– É! Um engano.

– Engano.

– Levem a gente de volta.

Asten segurou meus ombros e me puxou contra seu peito enquanto Ahmose se aproximava do fantasma palpável.

– Sinto muito – disse ele. – Estamos aqui para um assunto nosso.

– Assunto de vocês? Que assunto vocês poderiam ter aqui? Este não é o domínio de vocês! Aqui não é o lugar de vocês. Saiam! Saiam!

Os outros fantasmas começaram a gemer, a intensidade aumentando e se espalhando até que todo o campo gritava numa cacofonia alarmada.

– Saiam! – gritavam. – Vocês não são daqui!

Enterrei a cabeça no peito de Asten, inalando seu cheiro quente enquanto ele acariciava meus cabelos.

– Só estamos na metade do caminho, e vai ficar mais difícil daqui em diante – disse Ahmose. – Os fantasmas mais para a frente estão aqui há mais tempo. São menos... bem, *menos*. Os que estão aqui atrás foram plantados mais recentemente. Os de lá serão mais fortes. E terão a capacidade de atrapalhar nossa passagem.

– Podemos voar por cima deles, não é? – perguntei, secretamente encantada com a perspectiva de ficar de novo no colo de Asten.

Ele balançou a cabeça.

– Aqui nós ficamos pesados. Sentimos o efeito do desespero deles. Só poderemos levitar de novo quanto estivermos longe.

– Ah, por isso o nome de Pântano do Desespero.

– Sim.

– Certo, então só precisamos que Ahmose encontre o melhor caminho e...

Minhas palavras foram interrompidas quando o choro e os gemidos dos mortos se tornaram gritos. Um novo tipo de pânico foi passado de fantasma em fantasma até chegar às massas onde estávamos.

Mais que depressa, Asten e Ahmose seguraram minhas mãos e começaram a correr. Não tínhamos mais tempo. A única palavra que não queríamos ouvir estava sendo repetida por absolutamente todos os fantasmas num campo onde havia milhares deles.

Ceifadores.

Ceifadores e chacais

– Corra, Lily! – gritou Asten, me puxando pelo campo. Fiquei alarmada quando nosso progresso praticamente parou, por mais que tentássemos ir depressa. O caminho que levava à saída do campo estava apinhado de fantasmas prostrados, abrindo sulcos no chão com as unhas, gadanhando desesperadamente os companheiros e tentando arrancar os pés do atoleiro que os prendia.

Agarravam nossos tornozelos, as unhas afiadas espetando minha pele. Quando conseguiam nos segurar, uivavam desesperados:

– Me salve!

– Me leve com você!

Outros gritavam:

– Não deixe que me colham!

– Vocês não podem detê-los?

Por mais que eu desejasse ser capaz de fazer alguma coisa, sabia que não poderíamos ajudá-los. Quanto mais longe íamos, mais violentos os fantasmas se tornavam.

Um espectro particularmente agressivo conseguiu me fazer tropeçar e um rosnado escapou de meus lábios. Ahmose invocou sua maça e seu machado, formados com os grãos de areia ao nosso redor, e Asten criou seu arco com uma aljava cheia de flechas com pontas de diamante. Puxei meu arco das costas e encaixei nele uma das flechas de Ísis.

Com Ahmose abrindo caminho e Asten na retaguarda, não havia muita coisa para eu fazer. Assim que eram acertados com a maça, os fantasmas afastavam os braços, cuidando dos vários ferimentos, embora alguns parecessem ter feridas muito piores do que qualquer uma causada por Ahmose.

Mesmo assim eles gemiam e gritavam, numa angústia terrível, e eu suspeitei de que a razão seria mais do que simplesmente a dor que infligíamos ao passar. Vários mordiam os pulsos ou tremiam de medo, depois ficavam olhando a distância.

– Continue – disse Asten quando parei para olhar de novo para trás.

Um fantasma enlouquecido se aproveitou de minha imobilidade e agarrou minha perna, puxando com tanta força que caí nos braços dele. Imediatamente fui enterrada num casulo de membros que puxavam meu cabelo e minhas roupas.

Saí cambaleando pela fileira, distanciando-me do caminho encontrado por Ahmose. Meu arco caiu para o lado e ficou para trás, enquanto as facas eram arrancadas das minhas mãos e jogadas com indiferença no chão fora do meu alcance.

Instintivamente minhas garras emergiram e eu as cravei no peito, nos braços e no pescoço dos que estavam ao meu redor. No entanto, eles prosseguiram com mais intensidade ainda, tão inabalados por meus ataques quanto zumbis. Entrei em pânico quando a imagem de uma matilha de hienas decididas a me destruir preencheu a minha mente.

Gritando em desespero, eu empurrava e dava socos, tão frenética para escapar que não havia nada da esfinge e nem mesmo da leoa em minha atitude. Tinha sido reduzida a uma casca trêmula de mim mesma, uma criatura fraca que só conseguia reagir aos golpes com lágrimas.

Uma sombra caiu sobre a pilha de corpos e um a um os agressores desapareceram numa nuvem de areia que soprou no meu rosto. Asten estava usando uma das suas flechas com ponta de diamante, enchendo-me de alívio e de uma esperança fervorosa. A princípio achei que ele estava espetando os crânios dos mortos, mas, depois de ele ter afastado um número suficiente deles, vi que seu alvo eram os corações.

Alguns fantasmas perceberam o que ele estava fazendo e gritaram, tentando se afastar dele ou, quando isso não dava certo, distraí-lo para não ver os globos reluzentes que eram seus corações. Ele os deixou afastar o corpo o máximo que os pés enraizados permitiam, depois rapidamente acabou com os fantasmas mais agressivos que continuavam perto de mim. Os outros nas proximidades se encolhiam como cachorros espancados, os braços cruzados sobre a barriga, as costas curvadas ao se afastarem de nós.

– Você está bem? – perguntou Asten, agachando-se ao meu lado. Seu olhar percorreu meu rosto e depois desceu pelo meu tronco trêmulo. Eu ansiava por ser abraçada. Ser acariciada e reconfortada. *Por que ele não me toma nos braços?* Asten tocou a parte de baixo do meu queixo e ergueu meu rosto até nossos olhares se encontrarem. Tentei expressar através dos olhos quanto precisava dele, quanto ardia por seu toque, mas creio que não tive sucesso. Ele perguntou de novo: – Você está machucada, Lily?

Algo dentro de mim se encolheu e recuou, como os fantasmas ao redor.

– Estou – respondi, sentindo a confiança e o controle das emoções retornarem a cada momento que passava. – Vou ficar bem.

Asten inclinou a cabeça e me olhou como se não confiasse nas minhas palavras, mas por fim assentiu e estendeu a mão.

– Então venha.

Depois de me ajudar a ficar de pé, me entregou as facas-lanças e o arco com as preciosas flechas de Ísis.

– Asten?

– Hein? – respondeu ele, atento aos fantasmas ao redor.

– Por que eles estão tão obcecados por mim?

– Deve ser o escaravelho do coração. Como imortais, eles podem sentir coisas além da compreensão de um ser vivo. Coisas como o amor ficam tangíveis para nós. É uma coisa física, inebriante. Como Filhos do Egito podemos manipular encantamentos para controlar o que não é visto, mas o amor é um encantamento ímpar, incontrolável, mais poderoso do que qualquer coisa que os deuses possam criar. Talvez por isso até eles sejam vítimas do amor.

Eu estava tentando entender suas palavras quando os fantasmas à nossa volta ficaram em absoluto silêncio. Sem nos movermos, olhamos ao redor. Cada fantasma no campo estava encolhido, com os braços envolvendo as pernas e as cabeças abaixadas quase entre os joelhos.

– O que está acontecendo? – perguntei.

– Não sei direito – respondeu Asten, pondo a mão no meu ombro num gesto tranquilizador de que parte de mim precisava desesperadamente.

O que quer que estivesse acontecendo não parecia bom. Se antes já éramos visíveis demais no campo de formas cinzentas, agora que estávamos de pé num campo plano e baixo, rapidamente ficou óbvio que seríamos alvos fáceis. Só demorou alguns segundos para nossos temores mais profundos aflorarem à superfície.

– Eles estão aqui – declarou Ahmose.

A calma fantasmagórica era agora pontuada por um novo som – um estalo que crescia em intensidade a cada momento que passava.

Não havia onde nos escondermos.

Ahmose se ajoelhou no chão e, estendendo a mão sobre a areia, murmurou um encantamento. Depois de alguns segundos, ficou de pé.

– Por aqui – anunciou. – Sobre esse morro há uma pedra grande contra a qual podemos apoiar as costas.

Enquanto seguíamos para a pedra, os estalos aumentavam e em seguida diminuíam repetidamente. Os fantasmas ao redor se afundaram mais no pântano. Notei que meus passos ficaram mais lentos, os pés aderindo ao chão, ainda que o solo parecesse igual.

Quando contei isso a Asten e Ahmose, eles se entreolharam rapidamente e Ahmose explicou:

– É o desespero. Você está sentindo o peso dele no coração. Tente se concentrar nas coisas que elevam sua alma.

– Isso está afetando vocês também?

– Está. Mas é alarmante saber que o solo está pegajoso para você. Significa que se encontra mais adiantada. Está preocupada com Amon? – perguntou ele.

– Amon? – A verdade era que, desde que havia voado nos braços de Asten, eu pensava em pouca coisa além dele. *Isso não está certo*, pensei. Avaliei meus sentimentos. Parecia haver uma espécie de infelicidade escura preenchendo meu ser, e isso não era normal. Eu não era o tipo de garota que chafurdava na tristeza. Eu me levantava e fazia alguma coisa para consertar o que estivesse me incomodando. Não tinha tendência à depressão.

Se era mesmo o desespero que fazia meu coração pesar, não era por causa de Amon. Eu tinha uma certeza razoável de que estava no caminho certo para salvá-lo. Estava preocupada com ele, claro. Salvá-lo era a coisa mais importante para mim e, ao mesmo tempo, não era. Havia outra coisa me corroendo no fundo da mente. E quanto mais eu pensava nisso, mais a emoção parecia estranha. Como se ela não me pertencesse. Mordi o lábio, tentando deduzir o que era.

Chegamos à pedra e Asten me olhou longamente antes de se aproximar de Ahmose e conversar com ele em voz baixa. Alguma coisa faminta e feroz dominou meu ser e então essa coisa se despedaçou e as solas dos meus pés afundaram alguns centímetros na areia. Entrei em pânico, lembrando-me da areia movediça que quase me havia matado. Isso não ia acontecer de novo.

Tentei respirar fundo para me acalmar, me concentrar como Ahmose havia aconselhado, mas meus pulmões não se expandiam. Envolvi a garganta com as mãos, fechei os olhos e me concentrei. Era difícil engolir e sentia uma ardência dolorosa nos olhos.

De repente eles se abriram. Eu sabia qual era a emoção turbilhonando dentro de mim. Era a dor do coração partido. Mas isso não tinha lógica. Amon estava vivo. Ele me amava. Por que meu coração doía como quando Anúbis me levara de volta para Nova York? A ideia de que uma coisa horrível, uma coisa... definitiva havia acontecido com Amon congelou o sangue nas minhas veias. Mas eu continuava sentindo o coração dele bater firme no ponto em que o escaravelho encostava na minha pele, de modo que não podia ser isso.

Ahmose nos deixou brevemente para procurar uma posição melhor.

– O que há de errado? – perguntou Asten, a preocupação gravada no rosto bonito.

– Isso... isso dói. – Foi uma declaração gutural arrancada das profundezas da minha alma.

– Dói o quê?

– Eu não... eu não sei – sussurrei, os lábios tremendo enquanto lágrimas escorriam dos cantos dos olhos. Sacudi a cabeça ligeiramente, tentando afastar as ondas de tristeza que pareciam me dominar.

Com expressão dolorida porém resignada, Asten passou um braço por sobre meu ombro e, desajeitado, ficou dando tapinhas nas minhas costas. Um choro desesperado brotou de mim e enterrei o rosto em seu peito, envolvendo sua cintura com os braços. Mais senti do que ouvi seu suspiro quando ele passou o outro braço ao meu redor, me envolvendo completamente em seu calor.

– Diga o que a incomoda, leoazinha – murmurou Asten, esfregando minhas costas em pequenos círculos. – O que provocou isso na minha guerreira feroz?

– É minha irmã – eu me ouvi dizendo.

Asten se inclinou para trás e me olhou com uma certa confusão, que só aprofundou a covinha linda em seu queixo.

– Sua irmã? – perguntou – Eu não sabia que você tinha uma irmã.

Pisquei, e uma lágrima reluzente que estivera grudada em meus cílios caiu em sua camisa. Toquei a ponta do dedo no ponto molhado, fechei os olhos e depois abri a mão sobre seu peito musculoso.

– Está se referindo a Tia? – insistiu ele.

Respirando fundo, levantei a cabeça.

– Não. Não estou falando de Tia. – Uma onda de profundo ressentimento e desapontamento tomou conta de mim. – Tudo bem, Asten – falei com um leve tremor na voz. – Vou ficar bem.

Ele me lançou um olhar mostrando que não estava nem um pouco seguro disso. Nesse momento, Ahmose veio correndo para onde estávamos, gritando:

– Eles vêm aí!

Os estalos que haviam surgido desde que os fantasmas ficaram em silêncio tornaram-se mais intensos, até que ficou impossível dizer de onde vinham. Estávamos envoltos pelo som e fiquei bastante confusa com ele. Queria atacar e nos proteger, mas lutei comigo mesma, esperando a orientação de Ahmose. Levei a mão às costas para pegar o arco, mas parei abruptamente, com o braço levantado. *Não!*, gritou Tia na minha mente. *O arco, não!*

O quê?, respondi, abalada porque não conseguia mais controlar o braço. *Por que está fazendo isso? Quer brigar por causa de armas, agora? Os ceifadores estão vindo!*

Sei que os ceifadores estão vindo, Lily. Ela quase cuspiu meu nome. *E desta vez vamos lutar nos meus termos. Não nos seus. Só porque compartilho seu corpo não significa que compartilho seu pensamento o tempo todo.*

Qual é o seu problema? Primeiro me ignora quando tento falar com você, agora está gritando comigo. Será que não poderia arranjar uma hora melhor para discutir?

Não estou discutindo. Estou simplesmente dizendo como isso vai acontecer. E que vamos usar nossas facas, não *o arco.*

Lutei para ter o controle, mas percebi rapidamente que Tia estava decidida e minha mente ficou imobilizada por sua rebelião. Foi Tia, e não eu, que levou a mão às costas e pegou as facas. Foi Tia que as girou nas mãos e pressionou com o polegar o botão que alongava as armas, transformando-as em lanças mortais. Fincando-as na areia junto aos nossos pés, ela olhou para o campo, inclinando as orelhas em busca da origem dos estalos.

Não foi preciso esperar muito. Formas escuras circulavam preguiçosamente acima do campo. Eram aéreas, e de vez em quando desciam em intervalos aleatórios para colher uma vítima escolhida. Como o clichê da morte, os anjos da segunda morte dos fantasmas carregavam uma espécie de foice curva, mas não tão longa quanto aquela carregada pelos ceifadores dos filmes de terror. Essas criaturas agiam como grandes pássaros mergulhando no campo atrás de uma espiga de milho ou de uma minhoca, mas o ato finalizava com um ensurdecedor ruído de corte, seguido por um grito rápido mas apavorante.

Um instante depois, um fantasma cinza, de membros frouxos, após ter o coração reluzente enfiado sem cerimônia pela goela abaixo, era jogado de modo casual numa sacola pendurada no ombro do ceifador vestido com um manto. Essa era uma coisa que as lendas haviam acertado. Os ceifadores usavam mesmo mantos pretos, compridos, que flutuavam no vento infernal do deserto. Cheiravam a desespero e podridão.

Permanecemos quietos, prontos para lutar, mas na esperança de sermos ignorados. Observando a colheita com fascínio, perguntei-me o que o Dr. Hassan acharia deste lugar. Asten e Ahmose mantinham-se perto de mim, empunhando suas armas, a respiração ressoando nos meus ouvidos.

Justo quando estávamos finalmente em segurança para fugir, um fantasma não muito distante, escolhido como alvo por um ceifador, começou a agitar as mãos na nossa direção e a gritar:

– Invasores!

Jogando o fantasma no chão como se fosse um saco de lixo, o ceifador virou-se em nossa direção. O fantasma abandonado, com uma das pernas ainda presa no atoleiro, tentou freneticamente escapar do campo. Não teve sucesso. Em alguns instantes, outro ceifador apareceu, agarrou o espectro agitado e terminou de colhê-lo, junto com seu coração.

A forma vestida de preto que nos olhava aproximou-se e esticou o corpo no ar. O estalo terrível começou quando ele virou a cabeça para um lado e depois para outro. Com o movimento, o capuz caiu para trás e pude ver de onde o barulho vinha. Era a mandíbula do ceifador.

Através de Tia eu soube que a criatura sentia nosso cheiro por meio do movimento do maxilar. Quando o ceifador abria a boca, a língua, um músculo preto e comprido, provava o ar. Depois de puxar o órgão de volta para a bocarra escancarada, a mandíbula estalava cerca de uma dúzia de vezes, como se mastigasse nosso cheiro.

A criatura mais parecia um inseto do que um esqueleto, mas dava para ver como ela poderia ser confundida com um esqueleto. A distância, os padrões em preto e branco em sua cara lembravam ligeiramente um crânio humano. A mandíbula, porém, tinha um formato diferente; era mais como a de uma formiga ou vespa.

A boca que estalava não se movia para cima e para baixo, como um maxilar humano. Em vez disso, um lado batia contra o outro horizontalmente. E era uma boca enorme, muito maior do que uma criatura daquele tamanho deveria ter. O ruído que aquilo fazia, pairando acima dos fantasmas, me fez lembrar de um enxame de marimbondos. Olhos reluzentes ardiam, nos examinando.

Depois de um momento tenso, o zumbido aumentou em vários graus e notamos que vários outros ceifadores se aproximavam rapidamente. Asten deve ter concluído que seria melhor lutar contra um deles logo do que esperar o ataque do grupo, por isso disparou uma flecha. A ponta de diamante encontrou o alvo e se cravou no pescoço do ceifador. Um berro insano encheu o ar e a criatura flutuou lentamente para o chão, debatendo-se nos espamos da morte.

Outros berros soaram enquanto Asten disparava uma flecha depois da outra. Logo eles chegaram suficientemente perto para serem alcançados pelas lanças, e eu atirei uma e depois a outra, conseguindo ferir seriamente um ceifador e matar mais um. O número das criaturas aumentou, fomos cercados e a luta passou a ser corpo a corpo. Invoquei minhas garras e ataquei com elas, continuando a matar. Havia algo catártico em estar num combate.

Toda a confusão que eu havia sentido se dissipou e minha mente se esvaziou das preocupações e emoções errantes. De repente me senti no controle do meu corpo. Enquanto lutava, meus membros se moviam sem hesitar, instintivamente. Busquei o poder da esfinge e meu desejo foi atendido. Nunca Tia e eu havíamos trabalhado de modo tão unificado, e eu adorei a sensação. Com a mão, esmaguei a traqueia de um ceifador enquanto cravava as garras no coração de outro. Não havia disputa. Nem domínio. Nem incerteza. Éramos uma só, com uma conexão ainda maior do que a que havíamos experimentado no barco de Cherty.

A segunda onda de ceifadores se aproximou, dessa vez com os ferrões à mostra. Derrotei facilmente meus dois atacantes, mas cinco desceram para cercar Ahmose, que fora atingido mais de uma vez pela foice curta de um ceifador. O sangue tingia a manga de sua túnica. Senti o cheiro forte no ar, mas dava para ver que o ferimento não ameaçava sua vida.

Fui na direção dele, mas então Asten foi picado na perna e eu hesitei. Sem pensar, mudei de direção e segui até Asten, usando as garras para arrancar o ferrão do corpo do ceifador. Depois agarrei o manto do ceifador e bati com sua cabeça numa pedra até que o corpo ficou frouxo. Ansiava por confortar Asten, mas ouvi o grito de Ahmose e trinquei os dentes.

Sentindo que não me restava outra opção, coloquei uma das preciosas flechas de Ísis na corda, levantei o arco e mirei. A flecha se cravou no ombro de um ceifador, mas a criatura reagiu de modo muito diferente de como reagia às de Asten. Em vez de gritar ou cair quando foi ferido, imediatamente o ceifador parou de lutar e veio na minha direção, o braço ferido pendendo frouxo, a flecha ainda se projetando de seu corpo.

O zumbido familiar enchia o ar, um som tão poderoso que minha pele formigava com as vibrações. Os outros ceifadores pararam, olhando o primeiro, e um a um o seguiram enquanto ele descia até o chão junto aos meus pés. Gradualmente os sons fizeram sentido e as palavras tomaram forma.

– Como podemos servir à deusa? – disse o ceifador ferido.

Nem Asten nem Ahmose pareceram entendê-lo.

– Para começo de conversa, podem parar de nos atacar – respondi, com as garras ainda estendidas de modo ameaçador.

– Vamos deixar que vocês passem – afirmou outro.

– O que diremos à senhora? – perguntou um ceifador alarmado aos irmãos. – Muitos morreram!

– Ela saberá! – arengou outro. – Vai nos devorar!

O ceifador que eu tinha acabado de ferir disse:

– Vamos distraí-la com um número dobrado de corações e tentar esconder nossos ferimentos e nossas baixas.

– Ela vai descobrir! – lamentou um, desesperado.

– Não importa! – gritou o primeiro. – As lágrimas da deusa nos chamam. Se isso significar nossa morte, que seja.

– Obrigada – falei. – Meu amigo foi picado. Vocês podem curá-lo?

– Infelizmente, não – respondeu o ceifador, as palavras zumbindo na minha mente. – Mas o unguento da árvore-mãe na Floresta Turquesa pode anular o veneno.

– Sim – ecoou outro. – Se vocês chegarem a tempo. Ele só tem algumas horas.

– Horas? – perguntei, o medo por Asten crescendo em meu peito. Até então ele não dava sinais de estar envenenado, exceto pela perna ferida, que mancava um pouco, e por uma película de suor que cobria sua testa.

– Vão para oeste – disse um deles. – Encontrem a Fonte dos Chacais. O caminho por baixo vai levá-los às árvores.

Os ceifadores se viraram para ir embora, mas um deles hesitou.

– Vamos esconder a presença de vocês da Devoradora enquanto pudermos, mas a mente dela é afiada. Ela vai descobrir logo nossa duplicidade. É melhor se apressarem.

– Espere! – gritei antes que o último ceifador fosse embora. Ele hesitou, flutuando no ar acima de nós. – Depois de curarmos Asten, planejamos atacar a Devoradora. Vocês vão nos ajudar?

O ceifador me olhou, as mandíbulas estalando baixinho enquanto ele pensava no pedido.

– Vocês são guerreiros corajosos, mas são três, e ela tem o poder de milhares à sua disposição. Nós, ceifadores, somos subordinados a ela, estamos a seu serviço. Ela saberá, se ousarmos desafiá-la. Já houve um tempo em que servíamos a uma deusa diferente, mas fomos enganados para ajudar ao Caos, e agora estamos aqui, sob as ordens da Senhora dos Mortos. Mas sempre vamos nos lembrar de quem foi nossa criadora. Daquela que perdemos.

Ele fez uma pausa.

– Vou pedir a meus irmãos que pensem na sua proposta. Mas saiba que a coisa da qual você fala é muito perigosa. Provavelmente pereceremos todos na tentativa e ela vai se vingar de toda a nossa colmeia. Se ela matar nossa rainha e nossos não nascidos, nossa espécie vai perecer.

– Mas, se tivermos sucesso, vocês não precisarão mais servir a ela – argumentei.

– Verdade. – O ceifador provou o ar enquanto pensava. – Quando vier para o combate, dispare uma das flechas da deusa para o céu e nós veremos o que podemos fazer.

– Obrigada – agradeci, e me despedi com um gesto de cabeça.

Enquanto os ceifadores partiam, eu me aproximei de Asten.

– Como você está? – perguntei.

– Minha perna só está meio entorpecida. Acho que posso andar com alguma ajuda.

Fiz uma careta ao examinar o ferimento.

– Você pode fazer um pedaço de pano, Ahmose?

Em alguns segundos Ahmose criou uma pilha de ataduras, que se dobraram nas minhas mãos. Levantei uma sobrancelha para ele.

– O que foi? – perguntou, notando minha expressão.

– Será que você poderia ser um pouquinho menos agourento? – perguntei, enrolando a atadura na perna de Asten. – Isto é atadura de múmia.

Ahmose deu de ombros.

– Foi a primeira coisa em que pensei.

Suspirei.

– Acho que não posso culpá-lo. Quando voltarmos ao mundo real, terei de levar vocês em um tour para conhecer todo tipo de coisas modernas, inclusive hospitais com suprimentos esterilizados.

– E comida – acrescentou Asten. – Eu gostaria de experimentar mais daqueles doces que Amon me apresentou.

– Fechado – concordei com um sorriso.

Por um momento fiquei imóvel, lembrando-me de quanto Amon apreciava comida, especialmente aqueles discos doces recheados com frutas. Havia muitos lugares que eu poderia apresentar a ele. Um monte de comidas novas que poderíamos experimentar juntos. No entanto, as palavras seguintes de Asten furaram minha bolha de felicidade:

– Infelizmente não vamos voltar com você. Você sabe que, mesmo se derrotarmos a Devoradora, Ahmose, Amon e eu não poderemos retornar ao seu mundo. Só devemos despertar daqui a mil anos.

– Será que eles não deixariam que vocês tirassem umas feriazinhas merecidas? – propus. – Quem sabe durante uns cem anos?

– Duvido, Lily – disse Ahmose. – Nunca, nos nossos longos séculos de existência, tivemos folga.

– Teremos de fazer algo para mudar isso. Mas uma coisa de cada vez. Agora precisamos salvar Asten, depois Amon. Você consegue encontrar um caminho para a Fonte dos Chacais, Ahmose?

– Acho que sim.

Ele soltou o braço de Asten e eu o peguei, oferecendo ajuda enquanto ele tentava se apoiar na perna ferida. Ahmose levantou os braços para entoar um encantamento, depois bateu palmas.

Todo o vale começou a estremecer.

– O que está acontecendo? – gritei.

– Não sei! – exclamou Asten, tropeçando. Nós nos agarramos um ao outro enquanto os penhascos ao redor ribombavam, prontos para nos esmagar.

Uma fenda se abriu na montanha no fim do vale, poeira e pedras chovendo no espaço escuro que se formou. Ahmose havia fendido a montanha ao meio. Quando o terremoto acabou, nós três olhamos a fenda recente que levava para fora do vale.

Em menos de uma hora estávamos na fenda e rapidamente ficou claro que seria um grande esforço para Asten escalar o terreno rochoso.

– Vocês deveriam me deixar para trás – disse ele depois de fazermos uma parada, ambos ofegando de exaustão.

Ahmose procurava os melhores lugares para subir, encontrando os pontos mais estáveis enquanto descansávamos. Mesmo assim, Asten exibia sinais de fraqueza e tínhamos um caminho longo, muito longo, a percorrer.

– Não vamos deixar você – garanti. – Isso não vai acontecer.

– O tempo é crucial. Você precisa salvar Amon. Sem dúvida o mundo é mais importante do que eu. Eu nem sou um receptáculo escolhido. Sou apenas um ser humano que foi envolvido nisso.

– E o que você acha que eu sou? Eu não decidi exatamente virar o que sou agora. Nós fazemos isso para salvar as pessoas que amamos, e eu considero você parte desse grupo.

– É mesmo? – Seu olhar percorreu meu rosto, examinando-me como se procurasse a resposta para sua pergunta.

– É mesmo o quê? – respondi baixinho.

Ele não esclareceu, mas levou a mão ao meu rosto e limpou uma mancha de terra. Pressionei minha mão contra a dele, desejando que ele sentisse o toque. Asten me deu um sorriso doce que me dizia que podia de fato sentir. A dor que eu havia sentido antes, apesar de ainda não entender totalmente sua causa, dissolveu-se com seu sorriso. Asten se inclinou para mais perto e minha respiração falhou, o coração palpitando no peito enquanto o ar à nossa volta ficava denso.

– Só mais um pouquinho e você poderá levitar, Asten! – Ahmose gritou e desceu até onde estávamos, e o momento íntimo passou. – O poder de atração do Pântano do Desespero enfraquece uns cinco metros acima. Assim que levarmos você até lá, deve ficar muito mais fácil para nós.

Fiquei feliz porque iríamos conseguir. Iríamos salvá-lo. Mas então por que o Pântano do Desespero continuava puxando meu coração? Pensei nisso até chegarmos ao ponto em que Asten pôde levantar voo.

Um instante depois Ahmose estendeu a mão para mim e me puxou para seus braços. Flutuamos os três, subindo a encosta do penhasco. Permanecemos no ar, sobrevoando um terreno rochoso pontilhado por montes pulsantes de terra que certamente abrigavam feras monstruosas que não queríamos encontrar. Picos serrilhados furavam o céu, lançando sombras agourentas.

Não havia sol, mas a luz era suficiente para enxergarmos. Diferentemente do alvorecer, não existia promessa de claridade e esperança, nada para esperarmos com ansiedade. Sabíamos que somente o sofrimento nos esperava. Tudo era crepúsculo. Anoitecer. Feio e desprovido de estrelas. Era como se estivéssemos à beira do horror e do desespero, aguardando que os monstros que se escondiam embaixo da cama se sentissem tranquilos com nossa presença para se revelar.

O ar assombrado de expectativa que me mantinha nervosa ecoava na paisagem. Mesmo com a visão aumentada, eu só podia enxergar a uma curta distância. Cavernas e bolsões escuros, tocas escondidas e mirantes escarpados por toda parte, todos potencialmente ocultando alguma coisa ou alguém decidido a nos destruir. Arrepios levantavam os pelos da minha nuca. Eu tinha certeza de que estávamos sendo vigiados. Seguidos.

Para me distrair, perguntei a Ahmose sobre os ceifadores.

– Por que eles não viraram pó, como os fantasmas?

– Eles são como você – respondeu ele.

– Como eu? O que você quer dizer?

– Estão vivos. Quando morrem, é a primeira morte. Seus corpos são enterrados aqui e as almas são julgadas. Os fantasmas têm uma segunda morte, definitiva.

– E isso poderia acontecer com vocês? Quero dizer, virar pó?

– Poderia, mas a Devoradora vai manter Amon vivo pelo maior tempo possível – disse ele, deduzindo que eu estava pensando em Amon. – O coração dele pode alimentá-la por muito tempo.

– Quanto? – perguntei, distraída.

– Quanto o quê?

– Quanto tempo até ela ter absorvido o suficiente do poder dele para se libertar?

– Não sei. Amon é o mais poderoso de nós três, já que possui o Olho. Mas pode ser que não demore muito.

Pensei em Amon, maravilhada por ele ter conseguido sobreviver tanto tempo no mundo dos mortos. Ao contrário de mim, ele estava sozinho.

Com o tempo a paisagem soturna mudou e chegamos a uma espécie de oásis alienígena. Árvores estranhas se erguiam no ar e o som de água nos atraiu.

Pousamos e Ahmose foi até o irmão. Um calor febril e uma camada de suor haviam brotado no rosto de Asten e, apesar de suas tentativas para nos tranquilizar, ele gritou quando seu pé tocou o chão. Mesmo com a perna coberta pelas ataduras, dava para ver como estava inchada.

As árvores estavam próximas demais para que Asten continuasse levitando, por isso Ahmose carregou o irmão nas costas enquanto eu ia à frente, com as facas preparadas. No momento em que encontramos a fonte de água – um grande poço borbulhante no meio do oásis –, o barulho das criaturas parecidas com pássaros nas árvores cessou. A experiência recente demais com os fantasmas e os ceifadores me veio à mente e eu soube com Tia que o som das criaturas na vegetação ao redor significava que tudo estava bem e que o momento em que o barulho cessou foi aquele em que o predador chegou. Esperei, mas sem muito otimismo, que os predadores que eles pressentiam fôssemos nós.

Estava errada.

Um cheiro almiscarado, sinistro, como o de um animal que vivia numa toca, tingido pelo leve fedor de podridão, atacou minhas narinas. Girei, mantendo-me de costas para a água e com os irmãos atrás de mim. Ahmose pousou Asten e também sacou suas armas, posicionando-se ao meu lado.

Antes mesmo que eu pudesse me preparar para atirar uma faca, dezenas de criaturas enormes, parecidas com lobos, nos cercaram. O pelo de suas costas encurvadas estava eriçado, as garras afiadas estalando nas pedras do caminho. Encontravam-se agachados, desnudando as presas brilhantes, os olhos amarelos cintilando com intenção assassina. Seu rosnado, reverberando, provocava pequenos arrepios na minha pele. Minha respiração acelerou e um medo frio lambeu-me as veias. *Chacais!*, gritou minha mente.

Antes, lutando contra os ceifadores, eu me senti confiante, segura. Por algum motivo, essa situação era diferente. Eu sabia que as presas afiadas como navalhas rasgariam minha garganta, me devorariam. Eles não tinham misericórdia. Não hesitariam em destruir. Matar.

Um dos animais chegou mais perto, sua forma se dissolvendo como fumaça líquida e depois se solidificando próximo demais para que eu me sentisse confortável.

Por que vocês estão aqui?, perguntou a criatura parecida com um lobisomem gigante. *Vieram saciar nossa fome?*

– Os ceifadores disseram que vocês podem nos ajudar a chegar à Floresta Turquesa.

E por que faríamos isso?, perguntou a fera com uma espécie de riso gorgolejante, a mandíbula se abrindo e depois desaparecendo por um átimo antes de se fechar de novo como uma armadilha. O sopro de ar que ele lançou pelas narinas trouxe um gosto apimentado e feroz à minha língua. Ele levantou a cara e depois se dissolveu, reaparecendo pouco mais de um metro à minha direita.

Forasteiros. O cheiro de vocês nos instiga, disse o chacal líder. *Vocês agitam nosso sangue com o gosto estimulante do seu pavor. Ele paira sobre nós preguiçosamente e nos revigora até ficarmos loucos com o que promete.* O chacal moveu a cabeça, empolgado. *Nós, chacais, temos a força das grandes rochas. Nossa carne é como ferro. Nossos dentes, afiados. Nossas mandíbulas, armadilhas de aço. Seus dentes são quebrados, cegos. Um de vocês está fraco. O veneno bebe o espírito dele. E você?*, disse, dirigindo-se a mim. *Você cheira a medo. Acho que a matilha vai jantar bem esta noite.*

Sangue do coração

Tirei uma flecha de Ísis da aljava. *Restam onze.* Os olhos amarelos da criatura se arregalaram, seu corpo foi virando fumaça. Mas, antes que ele pudesse desaparecer por completo, cravei a flecha fundo no músculo grosso do pescoço do chacal, esperando que ela se firmasse.

Felizmente isso aconteceu. Um uivo fantasmagórico encheu o ar e logo foi ecoado por cada membro da matilha. Imaginei se minhas ações teriam nos salvado ou simplesmente dado aos cães do inferno o motivo de que precisavam para atacar.

Afastando o braço, invoquei minhas garras, preparando-me para cravá-las na garganta do animal que se retorcia embaixo da minha flecha.

– Como chegamos à Floresta Turquesa? – gritei.

Não nos curvamos à sua vontade. Não importa quem a proteja.

– Você vai me contar ou morre – sibilei.

O chacal virou rapidamente a cabeça para morder meu braço, mas fracassou. Todo o seu corpo tremia enquanto tentava virar fumaça, mas a flecha o obrigava a permanecer como carne e sangue.

Nós não servimos a ela. Não mais, sibilou. *Agora obedecemos a uma nova rainha.*

– A Devoradora – completei, e me perguntei se teria cometido um erro grave ao achar que aquelas feras seriam pacificadas tão facilmente quanto os ceifadores. – Ótimo. Então você escolhe a morte! – exclamei, segurando a flecha, torcendo-a e enterrando-a mais fundo.

A fera gritou com um ganido patético.

Espere!, cuspiu ele.

– Mudou de ideia? – perguntei com falso ar de inocência.

O chacal não respondeu de imediato e eu dei de ombros, na intenção de acabar com ele. *É o que ele merece*, minha voz interior me garantiu. *O vira-lata, carniceiro da morte. A espécie dele é uma praga na savana. Não serve nem para aves de rapina. Toda a espécie precisa ser erradicada.*

O que está acontecendo comigo? Pisquei, tentando entender meus pensamentos. Eu nunca tinha sido vingativa. Principalmente com relação a animais. Claro, aquele ali pretendia nos transformar em jantar e eu o mataria se fosse necessário, mas preferia afugentar todos, na pior das hipóteses, e, na melhor, arrancar deles a informação de que precisávamos. Esses pensamentos sombrios de matar absolutamente todos devia ser coisa da esfinge. *Espero. Preciso me controlar.*

– Olhe – argumentei –, prefiro não matar você. – A voz dentro de mim gritou em oposição. – Só quero levar meu amigo à Floresta Turquesa. Não há necessidade de derramar sangue.

A única coisa que me impedia de atacar – um gesto que certamente acabaria na minha primeira morte ou na segunda de Asten e Ahmose, ou de todos os três – era a lembrança de que Asten estava se deteriorando rapidamente. Ele precisava chegar à cura. Isso era muito mais importante do que qualquer possível necessidade de matar a matilha de chacais monstruosos.

– Digam o que preciso saber, agora mesmo! – gritei para o grupo. – Digam ou o seu líder morre!

Olhei o círculo de olhos amarelos piscando até que notei um movimento à direita. Um chacal menor, fêmea, avançou devagar. *Não temos opção a não ser obedecer, apesar de meu pai lutar valorosamente contra a coerção*, disse ela.

Uivando de dar pena, ela avançou se arrastando à frente e encostou a cabeça no flanco do pai. Ele se virou e a mordeu, abocanhando sua pata e apertando até sangrar, mas mesmo assim ela falou: *Você deve entrar nas Águas do Esquecimento. Mergulhe fundo. Quando emergir, vai estar na Floresta Turquesa.*

Ouvi um estalo e o pequeno chacal soltou um grito. O pai havia quebrado a pata da filha. Ela desmoronou e lambeu o sangue do membro partido.

– Uma última coisa – falei, me curvando para falar com a filhote que sofria. – Por que ainda não atacaram?

Não podemos, gemeu a pequenina. *Não enquanto a flecha estiver no nosso líder.*

A fera principal rosnou, maligna, e latiu para a matilha. Os outros ecoaram os latidos e eu soube que era apenas questão de tempo antes que se lançassem sobre nós. Levantei as costas e disse:

– Então é melhor irmos. Ahmose, leve Asten até a água. Vou me juntar a vocês em instantes.

O ódio do chacal por mim era tangível.

Vou rasgar sua barriga e me refestelar em suas entranhas suculentas enquanto você olha, prometeu, sem que os olhos que pareciam joias jamais se desviassem dos meus. *Se a Devoradora encontrar você primeiro, ela vai fazer ensopado com seus ossos e jogar para mim as entranhas fervidas como petisco. De qualquer modo, vamos consumir você.*

– Nenhum *chacal* – cuspi a palavra para o animal ferido – jamais vai me pegar desprevenida. – Com isso segurei a flecha e a cravei o mais fundo que pude em seu pescoço, depois quebrei a haste, deixando a ponta entranhada em seu corpo. Ele desmoronou, mas ainda estava vivo. Torci para que permanecesse assim pelo tempo suficiente para escaparmos.

A matilha começou a latir feito louca, uma cacofonia que entendi e temi instintivamente. Eles nos caçariam. Apesar de se curvarem ao poder de Ísis, agora serviam à Devoradora. Diferentemente dos ceifadores, esse grupo de criaturas do mundo dos mortos não ia nos ajudar contra aquela a quem serviam.

Mantendo as costas voltadas para o poço, os olhos fixos nos animais, que chegavam mais perto, fui recuando lentamente, um passo de cada vez. Logo estava à beira d'água e, sem olhar para baixo, me dirigi cada vez mais para o fundo até a água estar batendo no peito. Torci para que ela não estragasse o arco, mas nenhuma opção me ocorreu a não ser mergulhar com ele.

Por alguns segundos achei que os chacais tinham nos enganado, levando-nos para uma posição mais vulnerável antes de nos atacar. Mas então me lembrei dos ceifadores. Eles tinham dito que chegaríamos à floresta encontrando a Fonte dos Chacais e seguindo o caminho por baixo. Mergulhar no poço era o caminho mais baixo que poderíamos seguir. Respirei fundo e mergulhei, com Asten e Ahmose logo atrás.

Nadei, descendo cada vez mais, mas não consegui encontrar o fundo. Senti um braço roçar no meu, mas, quando tateei no escuro e olhei naquela direção, não vi nada além do negrume. Batendo as pernas, continuei. Diferentemente do que havia acontecido no Lago de Fogo, meus pulmões começaram a arder. O que quer que estivéssemos procurando, era melhor encontrar logo. Pisquei. *O que era mesmo?*

Nós estávamos procurando alguma coisa. *Nós? Quem éramos nós? Por que estou na água? Isto é um sonho? Um pesadelo?* Minha mente era uma página em branco. Gritei, mas rapidamente reprimi o grito para economizar o ar. Bolhas escaparam de minha boca, descendo para onde eu estava virada, e não para cima. Bati os braços e nadei em círculos, procurando alguma coisa, qualquer coisa, que me dissesse onde eu estava e como sair.

Então, de repente, uma luz se acendeu perto de mim. Assumiu a forma de um homem. Era bonito e forte, mas seu rosto indicava dor. Movia-se desajeitadamente na água. Nadei para perto dele, querendo ajudá-lo, e nisso esqueci a pontada nos pulmões. Ele me fitou com uma expressão curiosa quando me aproximei, mas estava claro que também não sabia quem eu era.

Hesitante, estendi a mão para a dele. Quando nossos dedos se tocaram, minhas lembranças voltaram num jorro. *Asten.* Juntos procuramos Ahmose e o encontramos ali perto. Quando Asten segurou o ombro dele, Ahmose olhou para nós. Seu corpo se iluminou como o de Asten, com uma diferença: o corpo de Asten era de um branco brilhante a ponto de ser quase azul, e o de Ahmose, de um branco mais suave, mais pálido. Os dois eram diferentes de Amon, cuja pele reluzia num tom de ouro amanteigado. Perguntei-me se aquela variação teria algo a ver com seus poderes ou com os corpos celestiais que representavam.

Então lembrei do amuleto que Hórus tinha me dado. Ele dissera que a pedra não só ia me curar como também me ajudaria a me orientar. Assim que segurei a pedra, tudo mudou. Meu corpo se moveu na água como se houvesse uma força invisível me puxando. Nós três começamos a nos mover, mas não por esforço próprio; era a água. Assim que os três nos unimos, ela jorrou à nossa volta com tanta força que precisei fechar os olhos.

Mal podia ver Asten e Ahmose através da nuvem dos meus cabelos, mas suas auras reluzentes ainda iluminavam a água que nos cercava, por isso eu sabia que eles estavam perto. A luz do dia nos chamava para o alto e, justo quando não pude mais segurar o fôlego, rompemos a superfície.

Tia?, tentei alcançá-la, mas, desde nossa luta, ela estava silenciosa. Procurei-a mentalmente, mas não pude sentir sua presença. Percebi então que vinha se tornando cada vez mais difícil encontrá-la quando ela não queria ser achada.

As preocupações com Tia, porém, tiveram de ficar em segundo plano. A primeira coisa que precisávamos fazer era pegar o unguento da árvore para salvar Asten. Tínhamos de descobrir qual árvore na floresta era a mãe. Vadeei até a margem e fiquei de pé, sacudindo vigorosamente o corpo para tirar o excesso de água e torcendo o cabelo, aborrecida por tê-lo mantido por tanto tempo. Sabia que deveria raspá-lo ou, no mínimo, cortá-lo. Estava uma confusão só e os fios compridos se embolavam.

Jogando-o por cima do ombro, verifiquei imediatamente as armas, tirando pelo menos um litro de água de dentro da aljava. Agachei-me perto de Asten e pus a mão em sua testa. A pele estava fria; eu não sabia se isso era natural para ele no mundo dos mortos ou se estava mesmo perto da morte.

– Vamos encontrar a cura – sussurrei – e esse sofrimento vai passar como a água de um rio fundo.

Franzi a testa. Quando foi que me tornei assim tão poética?

No entanto, fui recompensada pela eloquência quando Asten pegou minha mão, me presenteando com um leve sorriso que aprofundou a cova em seu queixo. Retribuí o sorriso, mas depois balancei a cabeça ligeiramente e tirei a mão.

– Ahmose, precisamos encontrar a árvore-mãe – declarei.

– Eu vou – ofereceu-se ele. – Você deve ficar com Asten.

– Não. É melhor eu ir. Esta floresta é a mesma por onde viajei nos sonhos... – olhei para Asten, cujos olhos me examinavam abertamente – ... com Amon.

Alguma coisa me fez sentir culpa quando disse seu nome em voz alta.

Asten virou a cabeça.

– Deixe-a ir – disse baixinho a Ahmose. – Mas, se você não voltar em algumas horas, vamos procurá-la.

Assenti, embora soubesse que tão cedo Asten não sairia de onde se encontrava.

– Algumas horas, então – concordei.

Levantando-me, segui para a floresta, memorizando os cheiros que me guiariam de volta ao lugar onde os havia deixado.

Contornando o poço amplo, examinei as árvores por ali, me perguntando como seria uma árvore-mãe. Imaginei que seria a mais velha da floresta, e as que ficavam perto do nosso acampamento tinham no máximo uns dez anos, pelo menos pelo que eu sabia da flora no mundo dos vivos. Além disso, as folhas das árvores mais novas tinham um tom azul mais brilhante.

Sabendo que precisava encontrar uma área de árvores mais antigas, tomei a direção oeste, procurando os grupos de espécimes mais escuros. Meus passos eram suaves, quase silenciosos, enquanto seguia pelo musgo macio que crescia em tufos verde-azulados. Odores mais almiscarados, de idade e morte, me informaram que estava indo na direção certa.

A floresta se encontrava num silêncio fantasmagórico. Não se ouvia o zumbido normal de insetos ou o canto dos pássaros. Animais maiores se escondiam nos arbustos. Eu podia ouvi-los se movimentando, intranquilos com minha presença, mas o fedor de amônia se grudava neles, tornando-os totalmente impróprios como alimento.

Por duas vezes senti o cheiro de algo que fez minha boca se encher d'água, e quando parei só por um instante tive a sorte de capturar um deles. Joguei o corpo na minha sacola, mas o que eu havia apanhado não seria grande coisa como jantar.

A floresta era fria. Era o lugar mais frio em que eu estivera no mundo dos mortos. Ansiei por sentir o sol na pele. Como seria bom me esticar no capim aquecido e aproveitar o calor do sol!

Andei e andei pela floresta, mas as árvores que via eram novas, as folhas turquesa cintilando e dançando à brisa fria.

– Olá? – gritei para qualquer criatura que estivesse ouvindo. – Estou procurando a árvore-mãe.

Não houve resposta. Uma hora depois finalmente cheguei a uma parte mais antiga da floresta. Essa região era escura, especialmente no interminável crepúsculo do mundo dos mortos. De novo gritei, dessa vez mais baixo:

– Olá?

Nada. Mas podia sentir que alguma coisa me vigiava. Senti o calor denunciador formigando em minha coluna.

Parei ao pé de uma árvore grande, muito parecida com a que tinha dado água a Amon no meu sonho. Pelo canto do olho percebi minúsculas asas adejando, mas, quando me virei naquela direção, não havia mais nada.

Era possível que eu tivesse imaginado, mas por um momento pensei ver movimento nos galhos que se arqueavam sobre minha cabeça.

– Que floresta linda! – falei, bocejando, na esperança de que elogios atraíssem quem me vigiava. – É de longe o lugar mais lindo e seguro do mundo dos mortos. A gente quase esquece todos os problemas aqui. É um paraíso num lugar infernal.

– Não estou nem aí! – ouvi uma voz minúscula sussurrar.

Pisquei e prendi a respiração, tentando captar novamente as palavras. Eu não as teria percebido se não fosse minha superaudição de esfinge.

– E daí se você gosta dela? Não vou lá embaixo. – Uma pausa. – Se ficarmos quietas, ela vai embora.

– É você, fada pequenina? – arrisquei, mas a única resposta foram os ramos farfalhando. – Não vou machucar você. Venha conversar comigo, por favor...

Após alguns segundos de silêncio um galho estalou no alto da árvore e um objeto reluzente desceu em disparada. Parou flutuando à minha frente, cruzou os braços e disse:

– Não sou *pequenina*. E seu lugar não é aqui. Sugiro que vá embora.

Abri um sorriso.

– Você me parece bem pequena, bonitinha.

– Ah, eu sou bonita mesmo – disse a fada, acariciando o cabelo ruivo e brilhante e agitando as asas quase translúcidas. – Mas não sou pequena. Sou tão grande quanto você. – Ela levantou o queixo com orgulho e depois me olhou de cima a baixo. – Ou pelo menos já fui. Bom, talvez não tão grande quanto você. Suas mãos são gigantescas! – Ela olhou minhas mãos, boquiaberta.

– O quê? – Levantei-as para examiná-las e franzi a testa. *Minhas mãos são grandes demais? Será que as garras fizeram alguma coisa com elas? Agora tenho dedos de gorila?* Eu nunca havia me sentido insegura em relação a uma parte do meu corpo e não gostei daquele sentimento. Olhei para ela, a testa ainda franzida. – Minhas mãos são perfeitamente proporcionais ao restante do corpo.

– *Eu* discordo – disse ela, voando em círculos ao meu redor. E farejou delicadamente. – E mais: para mim você está com um cheirinho de sujeira, também.

– Olha, eu passei por muitas coisas. Não vim aqui para brigar com você. Preciso de um favor.

– Rá! Eu falei que ela queria alguma coisa. – Ela balançou o dedo para a árvore como se dissesse "Eu avisei". – O que você quer? – perguntou com as mãos nos quadris. – Não que eu vá dar. Só estou perguntando para acabarmos logo com isto e nos livrarmos de você.

Estreitei os olhos para a fada.

– Você é uma coisinha impertinente. E pensar que quase senti pena de você vendo como ajudou Amon quando ele estava morrendo de sede.

A fadinha me olhou boquiaberta, em choque.

– É um truque. Não vê? – disse ela para a árvore. – As palavras bonitas dela não passam disso. Se a gente escutar o que ela fala, isso vai acabar mal. Eu tenho certeza. – Ela inclinou a cabeça para ouvir, mas eu não escutei nada. – Nem venha com essa! Você confia demais! – gritou para a árvore. – Você tem mesmo o tronco rachado. Talvez a Devoradora a tenha mandado. Já pensou nisso? – A fada girou e ergueu as mãos, atarantada. – Está bem! Vou perguntar. Isso vai deixar você feliz?

– Não quero fazer mal a nenhuma das duas – declarei. – E não fui mandada pela Devoradora. Na verdade, eu vim aqui para destruí-la. Ela está com meu... meu Amon prisioneiro, e agora mesmo, enquanto conversamos, ela está sugando a energia do coração dele.

A fada piscou.

– Amon é seu namorado, então?

Confirmei com a cabeça.

– E você disse que a Devoradora o pegou? – perguntou, parando imediatamente de discutir.

– Nós dois somos... conectados. Foi assim que eu soube que você estava aqui.

A mocinha alada aproximou-se e me olhou nos olhos.

– O que você quer de nós?

– Meu... amigo, irmão de Amon, foi picado por um ceifador. Eles disseram que o unguento da árvore-mãe da Floresta Turquesa poderia salvá-lo. Estou presumindo que esta seja a árvore-mãe – falei, indicando a copa folhosa acima de nós.

– Claro que esta é a árvore-mãe – disse a fadinha, irritada, e soltou um sopro de ar. – Mas não importa. Ela não vai lhe dar o unguento.

– O quê? Por que não? Você não quer que a gente salve Amon?

– Quero. Isto é, não fico feliz por ele ter ido parar nas garras da Devoradora, mas na verdade a culpa é dele. Se tivesse ficado aqui, escondido, como eu disse a ele...

– Bom, agora o irmão dele está morrendo. É isso que você quer? Não sente nenhuma simpatia pelos outros?

A fada ofegou, como se tivesse levado um tapa. Lágrimas encheram seus olhos verdes brilhantes, embora ela se recusasse a deixá-las se derramar, e suas faces rosadas ficaram ainda mais coradas.

Ela respirou fundo algumas vezes, depois disse com voz abafada:

– Eu... não quero que nada de mal aconteça com Amon nem com o irmão dele. E não pense que sou ingrata. Não sou. Só aprendi a ter cuidado. Você precisa entender que a árvore enfraquece quando dá a seiva. A força dela impede que o mal lá de fora entre na nossa floresta. Se ela entregar a energia para salvá-lo, não vai ficar com o suficiente para nos proteger nem para proteger a si mesma. Ela poderia morrer.

Soltei um breve suspiro e disse:

– Sinto muito. Mas você precisa entender que eu sou capaz de qualquer coisa para salvar Asten. Estou pedindo porque é o modo certo de fazer as coisas, mas eu... preciso dele. Ele tem de viver. Qualquer outra coisa é inaceitável.

– Devo entender que você está nos ameaçando? Não gostamos de ameaças. Especialmente vindas de garotas recém-chegadas do campo como você.

Eu não tinha a menor ideia se ela tinha acabado de me insultar ou elogiar.

– Não é ameaça – repliquei. – É só como as coisas são.

A fadinha me olhou desconfiada.

– Olhe – eu disse –, dê apenas o suficiente para salvá-lo. Só peço isso. Nós até podemos ficar acampados aqui, vigiando a árvore enquanto ele se cura, mas, assim que isso acontecer, precisaremos ir em frente.

– Não gosto muito de você – disse a fada, franzindo a testa. – E além disso... – Ela parou e virou a cabeça bruscamente para o alto. – Não! – gritou. – Não vou fazer isso, seu arbusto tolo. – Em seguida disparou cerca de um metro e meio para o alto e olhou o tronco com expressão incrédula. As folhas da árvore tremularam. – Você não pode! Não faça isso! – gritou, sacudindo o punho.

A fada voou ao redor do tronco, gritando e puxando o cabelo ruivo. Fiquei de pé e tentei acompanhar seu voo errático, mas nisso um galho em movimento atraiu minha atenção. Ele passou por cima da minha cabeça e sua ponta fina tocou o tronco. Lentamente riscou um caminho descendente e com isso uma luz irrompeu do tronco, rachando-o, como se o galho estivesse abrindo um zíper.

Estreitei os olhos por causa da claridade, mas vi que alguma coisa batia dentro do tronco. Respirando fundo, percebi que estava vendo o coração da árvore. O globo reluzente pulsava num ritmo lento e constante. Era lindo. A árvore tinha pegado seu coração de volta. Havia enfrentado seus demônios, como Asten. Sorri, mas nesse momento o membro fino furou o coração da árvore.

– Não! – gritei, justamente quando a fada desceu ligeira para ver o que estava acontecendo.

Então irrompeu em copiosos soluços, agarrando-se ao tronco.

– Depressa, pegue o líquido que escorre do coração – disse a fadinha. – Não deixe que se desperdice nem um pouquinho!

Corri para a árvore e pus as mãos em concha perto de seu coração. A seiva branca, quente e pegajosa, escorreu para os meus dedos. A fada voltou justo quando a seiva ameaçava se derramar e trouxe uma folha enorme visivelmente pesada demais para ela, mas, de algum modo, conseguiu posicioná-la embaixo das minhas mãos. Levantei o joelho para sustentá-la e com cuidado deixei toda a seiva escorrer para ela. A fada ergueu um dos lados para impedir que a seiva escorresse pela borda.

– Agora chega! – ordenou a fada.

A luz dentro da árvore havia diminuído significativamente. Depois de mergulhar com delicadeza as mãos na seiva, a fada comprimiu as palmas contra o ferimento no tronco, esfregando a seiva nas bordas, e o corte fundo se fechou.

– Sua árvore idiota, altruísta, generosa demais, que adora correr riscos! – lamentou a fada. – Morrer uma vez não bastou? Você teve de lutar tanto para conseguir o coração de volta e agora entrega para a primeira pessoa que pede ajuda.

A fada se virou para mim com um olhar furiosíssimo.

– Espero que esteja feliz. Agora saia daqui e salve o irmão de Amon. Se conseguir fazer metade das coisas que prometeu, vou ficar impressionada. Mas provavelmente esse presente precioso vai ser desperdiçado. Sugiro que use suas mãos gigantes para garantir que nenhuma gota se derrame. E aqui. – A fada estalou os dedos e uma bolsa se materializou encostada no meu quadril.

– O que é isto? – perguntei.

A fada deu de ombros.

– A ideia não foi minha. A árvore acha que você vai precisar. Se fosse por mim, não teria dado nada. E vou avisar agora mesmo: se eu descobrir que você é uma forjadora de mentiras, vou caçá-la e fazê-la sofrer até que nem todos os trevos da Irlanda possam salvá-la.

Assenti, solene. Por mais que ela fosse diminuta, levei suas palavras a sério.

– Obrigada – eu disse à árvore, depois me virei para a fada. – Então, como eu faço o unguento? – perguntei, irritada com ela, mas ao mesmo tempo com respeito e gratidão.

– A seiva *é* o unguento. É o sangue do coração da árvore. Agora vá. Depressa. E espero nunca mais pôr os olhos em você.

Com isso, me levantei cautelosa, cuidando para que a seiva se mantivesse estável na folha. Depois de dar alguns passos, virei-me.

– Obrigada. Às duas. Prometo que este presente será lembrado e bem usado. Se houver algum modo de retribuir o favor, contem comigo.

Demorei duas horas para voltar ao acampamento e, quando entrei na clareira, senti dois cheiros distintos. O primeiro era de uma fogueira, e me senti grata por Ahmose ter acendido um fogo. Se ele ainda não havia caçado, achei que poderíamos comer o que eu tinha trazido e de manhã caçar de novo. Francamente, nesse momento o sono era mais importante para mim do que a comida. O segundo cheiro que senti foi de deterioração. Podridão. E me detive bruscamente, uma sensação de horror tomando conta de mim.

– Ahmose, ele...?

– Morreu? – Ahmose sacudiu a cabeça. – Ainda não.

– Então precisamos correr. Espero que possamos salvar a perna. Esse unguento deve curá-lo. Só espero que seja suficiente. – Aproximei a folha cheia de seiva da perna dele e cobri o ferimento com ela. O líquido reluzente empoçou lentamente embaixo da folha e escorreu gosmento pela coxa dele. Esfreguei a folha em círculos minúsculos, certificando-me de concentrar a maior parte da seiva no ferimento. Asten gemeu e se debateu. – Segure-o! – gritei para Ahmose.

Eu não sabia o que faria se o perdesse.

– Vou lavar as mãos. Você pode fazer ataduras novas?

Ahmose assentiu e fui até o poço, mergulhando as mãos na água e esfregando com força.

O líquido reluzente chiou e borbulhou, criando uma nuvem de luz que lentamente se dissipou. Onde a água brilhante batia na margem, minúsculas coisas verdes começaram a reluzir e crescer. Plantinhas estendiam as folhas vibrantes e o musgo se adensou e se espalhou. Fiquei observando, fascinada, e depois corri de volta para Asten.

Ahmose estava enrolando a perna do irmão.

– A febre já diminuiu – disse ele. – Parece que seu unguento está funcionando.

– Vamos torcer para que não seja tarde demais.

Ahmose terminou de enrolar as ataduras e se levantou.

– O que é isso? – perguntou.

– O quê?

– Que sacola é essa? Você não estava com ela quando saiu daqui.

– Ah. É uma coisa que a fada me deu. Isso e um tipo de criatura da floresta que eu peguei.

– Fada?

– Sim. É uma longa história. – Puxei o cordão, soltando a sacola, e a abri. – Comida! – exclamei. Dentro havia uma variedade de castanhas e frutas secas. – A árvore fez questão que eu trouxesse isto, junto com a seiva.

– Teremos de agradecer a ela – disse ele, enfiando a mão na bolsa para pegar um punhado. Também me entregou um odre de água, e pelas grossas dobras de tecido vi que ele o havia feito e provavelmente enchido com a água do poço. Vários outros estavam na base de um tronco caído, gordos e quase estourando com o líquido precioso.

Ahmose sugeriu que nos revezássemos vigiando e se ofereceu para ficar de olho em Asten enquanto eu dormia. Fiquei grata demais, e tinha acabado de deixar que o sono se aproximasse furtivamente quando um pensamento me ocorreu. Lembrei que de jeito nenhum poderia dormir até que Asten pudesse vigiar meus sonhos. A probabilidade de a Devoradora nos encontrar seguindo meu eu do sonho era grande demais para que eu corresse o risco.

Ahmose já havia se afastado, circulando em volta do nosso pequeno acampamento. Não querendo incomodar Asten nem interromper seu processo de cura, espiei o ferimento, notando que um cheiro medicinal havia substituído o fedor de podridão. Parecia estar se curando em um ritmo muito rápido. Ele se remexeu.

Agachei-me ao seu lado e pousei a ponta dos dedos em sua testa para ver se estava com febre.

– Como está se sentindo? – perguntei.

Asten abriu os olhos.

– Não tão bem como você parece estar. – Ele me ofereceu uma versão débil de seu sorriso maroto. Mas este foi tão bem-vindo quanto a época das chuvas depois de uma seca. Eu não tinha percebido quanto sofrera com a possibilidade de nunca mais vê-lo. – Oi, leoazinha – disse ele em voz baixa. – É bom ver que você conseguiu voltar. Se tivesse de ir atrás de você, eu a faria se arrepender.

Retribuí seu sorriso.

– Por que não guarda essa ameaça para quando puder cumpri-la?

– Talvez eu faça isso – respondeu ele, e suspirou, tornando a fechar os olhos.

Quando supus que ele tinha caído no sono de novo, tentei me afastar, pensando em encontrar Ahmose e dizer que não havia sentido em nós dois ficarmos acordados, mas Asten segurou minha mão e a apertou contra o peito.

– Não me deixe – murmurou, sonolento.

Devagar, levantei a outra mão para afastar seu cabelo da testa.

– Não vou, *Tene*. – Franzi a testa, cogitando onde teria ouvido essa palavra. Seria egípcia? Asten respirou fundo e senti na mão as batidas de seu coração. – Agora fique quieto. Você precisa descansar.

– Você também precisa dormir. – Sua voz vibrou levemente sob o peito.

– Eu... não posso. Primeiro você precisa ficar bem.

– Estou me curando. Posso sentir os efeitos do veneno se esvaindo. Então relaxe. Vou sobreviver.

– Não é isso. – Minhas bochechas ficaram vermelhas. – Você precisa estar suficientemente bem para... vigiar meus sonhos.

Asten abriu os olhos, inclinando a cabeça para me olhar.

– Posso fazer isso – disse baixinho.

– Mas eu pensei...

– Venha. – Asten estendeu os braços. Quando viu que hesitei, explicou: – Vai ser mais fácil para mim se estivermos nos tocando enquanto dormimos.

Assenti e me desloquei, desajeitada, para o seu lado. Ele então me envolveu com um dos braços. Em seguida, me puxou mais para perto, minha cabeça apoiada em seu ombro, e pegou minha mão e a levou ao peito.

– Pronto – disse ele. – Muito melhor. Agora tente acalmar o corpo. Prometo que vou esperar você em seus sonhos.

Havia alguma coisa ao mesmo tempo apavorante e empolgante nessa ideia, mas tentei seguir suas instruções e acalmar meu coração disparado. Felizmente o corpo estava tão exausto que não protestou muito e eu fechei os olhos, deixando a mente vaguear para longe, muito longe.

24

Onde há fumaça

O sonho chegou suave e lentamente, como camadas de crepúsculo que se aprofundassem e escurecessem, como se sedosos lençóis de luz fossem retirados com uma carícia e um sussurro. Eu estava deitada de costas, as mãos na nuca. Uma brisa agitava as folhas de uma árvore próxima, mas a copa não bloqueava a visão do céu noturno.

Estrelas opalescentes reluziam acima de mim, tão perto que pareciam ansiar pelo meu toque. O capim amassado sob meu corpo tinha um cheiro doce e eu me remexi ligeiramente na reentrância que tinha feito, sentindo-me livre e animada. Fechei os olhos, desfrutando do ambiente e da paz que envolvia.

– Oi, leoazinha – disse uma voz atrás de mim.

Virei-me de bruços, me retorcendo para ver quem falava. Asten encontrava-se com as costas apoiadas no tronco de uma árvore antiga. Sua figura era longilínea e esguia e, estranhamente, ele parecia tão à vontade nessa paisagem quanto no mundo desperto.

Parecia não haver nele nenhum traço da febre ou do ferimento na coxa. Uma das pernas estava cruzada sobre a outra numa postura casual. Seus olhos castanhos brilhavam nas sombras da árvore enquanto ele me observava, sua atitude me lembrando um gato preguiçoso que tivesse acabado de fazer uma refeição satisfatória e procurasse alguma coisa com que brincar.

– Então é com este lugar que você sonha – disse ele. Seu olhar percorreu a paisagem, o céu estrelado e em seguida pousou de novo em mim. – Gosto da vista – murmurou baixinho, seus olhos percorrendo meu corpo, acendendo pequenas fogueiras onde quer que tocassem.

Uma tempestade cresceu dentro de mim, embora eu não entendesse completamente por quê. Passei a língua pelos lábios, imaginando seu toque, e a sensação tempestuosa revestiu a ponta da minha língua. Gostei do onírico sabor de mel.

– Por que você está aí tão longe? – perguntei. – A vista daqui é melhor.

Asten riu baixinho e o som daquele riso foi uma coisa elétrica que deixou meus membros trêmulos.

– É mesmo.

Ele se aproximou e eu me deitei de costas outra vez, espreguiçando-me com prazer, de um modo propositadamente lento, membro por membro. Quando tornei a me acomodar, mantive as mãos ao lado do corpo. Colocá-las debaixo da cabeça outra vez faria com que me sentisse vulnerável. A sombra de Asten caiu sobre mim e olhei seu rosto, agora com um halo de estrelas. Respirei fundo.

– Você é lindo – afirmei.

Asten se imobilizou por um momento e uma expressão de culpa passou rapidamente por seu rosto.

– Não diga isso, Lily. Você não está falando sério.

Franzi a testa por mais de um motivo.

– Mas estou. Nunca vi uma figura tão agradável aos olhos quanto a sua.

Ele me lançou um olhar curioso.

– Você deveria ter cuidado com o que diz numa paisagem de sonho.

– Por quê?

Sua boca curvou-se de satisfação.

– Às vezes eu esqueço de como você é jovem. – Quando estreitei os olhos, ele esclareceu: – O que quero dizer é que sua inocência é encantadora. Às vezes isso faz com que eu esqueça quem sou. Nem sempre isso é ruim, veja bem. Na verdade, gosto especialmente de seu jeito direto. Mas nesse caso ele pode causar... problemas.

Refleti sobre seus comentários e perguntei:

– Você não fala o que pensa, como eu?

– Não com tanta frequência quanto gostaria. Ouvir você... bom, faz com que eu me sinta... livre. – Ele disse a última parte com um olhar embaraçado.

– Você se sente numa armadilha, então? É o seu passado que o assombra?

Asten inclinou a cabeça e se ajoelhou ao meu lado. Segurei sua mão e o puxei para baixo. Quase com relutância ele se deitou perto de mim, a cabeça apoiada numa das mãos, para poder me olhar.

– Há um grande número de coisas que me assombram, pequena.

– É por isso que você não queria compartilhar meus sonhos? Ahmose disse que você tem medo de que eu saiba demais.

– Ahmose não deixa de ter razão, mas você já sabe a maior parte dos meus segredos, pois testemunhou meu julgamento.

– Você não merecia o banimento. Até Ahmose concorda comigo.

Asten suspirou, recostando-se no chão e pondo as mãos na nuca, como eu tinha feito antes.

– Ahmose tem o coração terno e perdoa depressa.

– Você não acha que é digno de perdão?

– Talvez, por algumas coisas.

Uma criatura noturna alada piou ao levantar voo e nós acompanhamos sua trajetória com os olhos até ela desaparecer.

– Quais dos seus atos antigos continuam incomodando você? – perguntei bruscamente.

Ele me lançou um olhar cauteloso.

– Não é o meu passado que me incomoda. Eu já me entendi com meus demônios. É o futuro.

– O futuro? Você sabe o que vai acontecer?

– Ser o Guardião dos Sonhos é uma responsabilidade muito grande, especialmente quando os sonhos têm a ver comigo.

– Você disse que tinha sonhado comigo. Me conte o que aconteceu no sonho.

– Eu... – começou ele, mas mudou de posição, desconfortável. – É melhor eu guardar essas coisas para mim.

– Acha que vou julgá-lo?

– Não. Acho que você pode me encorajar, e me encorajar é a última coisa de que preciso. Mal consigo me controlar do jeito que a coisa está.

Ficamos quietos por vários instantes, então me apoiei no cotovelo e disse:

– Você não precisa fazer o papel de príncipe, de semideus ou mesmo de irmão enquanto está comigo, se não quiser. Quando olho para você, só vejo um homem, um homem que me agrada na aparência e no temperamento. Um homem que admiro e ao lado de quem tenho orgulho de lutar. Não há segredo que você possa contar que altere minha percepção ou o que sinto por você.

Asten me olhou com uma expressão cheia de algo esperançoso e eufórico. Gentilmente estendeu a mão e prendeu uma mecha do meu cabelo atrás da orelha, e ao fazê-lo a ponta dos seus dedos reluziu. Aquela parte do meu cabelo agora reluzia, os fios tornando-se brancos como as estrelas. Inclinei a cabeça de modo que sua mão acariciasse meu rosto.

– Posso sentir você aqui, sabia? – disse ele. – Quero dizer, sem que você use *seu poder. No mundo dos sonhos, o toque acontece num plano diferente. Não importa que você esteja viva e eu não.*

Fechei os olhos e disse:

– Quando você me toca, meu coração dispara mais rápido do que jamais experimentei. É como se eu estivesse correndo e ao mesmo tempo absolutamente imóvel. Fazer qualquer movimento agora seria uma tortura.

As pontas dos seus dedos percorreram meus lábios de um modo deliciosamente lento. A sensação era gloriosa, hipnótica, inebriante. Abri os olhos e me lembrei de como era sentir o calor do sol da tarde na pele. Asten era uma estrela ardente e o calor com que me olhava esquentou meu sangue a um ponto que eu queria me entregar àquilo, a ele, para sempre.

Mover os lábios contra sua mão era algo intoxicante, excitante, e logo ficou evidente que a paixão que me inflamava ecoava em Asten. Deixei escapar um som breve e involuntário e então ele recolheu a mão. A ternura que eu tinha visto em seu rosto desapareceu, substituída por uma expressão de dúvida e preocupação.

Ele se sentou e abraçou os joelhos, aparentemente desejando esquecer a experiência passional que tínhamos acabado de compartilhar.

– Você viu Amon?

– Amon? – ecoei, a confusão tomando conta de mim. Sentei-me ao seu lado. – Não. Deveria ter visto?

– Não. Pelo menos não esta noite. Isso é bom. Significa que estou com você desde que seu sonho começou. – Um rubor subiu pelo seu pescoço.

– Você está com vergonha.

– Não. Não é isso.

Ele se levantou e se afastou alguns passos, olhando o céu noturno.

Eu o observei, sentindo redemoinhos de incerteza corroendo a experiência agradável que acabara de ter. Era óbvio que ele havia se arrependido de me tocar.

Eu ansiava por ficar perto dele, mas não suportava a ideia de que ele não me queria. Que não ansiava minha proximidade tanto quanto eu ansiava a dele.

– Sinto falta delas – disse Asten, interrompendo meus pensamentos.

– De quem?

– Das estrelas. Parece errado olhar para cima e não vê-las. Elas são o que mais me faz falta nas minhas longas temporadas.

– São? – perguntei, finalmente reunindo coragem para me aproximar.

Ele me lançou um olhar rápido.

– Sim. Se bem que agora terei outra coisa da qual sentir falta.

Apontei para o céu e disse:

– Ah, Asten. Olhe!

Uma estrela cadente riscou o céu. Fiquei encantada por vê-la e tive um pouco de inveja da velocidade e da liberdade que lhe permitia correr pela vastidão do espaço.

Depois que ela passou, virei-me e o encontrei me olhando com uma expressão de tristeza e desejo.

– Estou surpreso – disse Asten.

– Com o quê?

– Vendo que é com isso que você sonha. – Ele estendeu as mãos, girando o corpo. – É... é tão tranquilo – disse, virando-se de volta para mim.

– A maioria dos sonhos não é?

– Não.

– Com que a maioria das pessoas sonha, então?

– Nos sonhos as pessoas processam as coisas do cotidiano. As preocupações são analisadas e elas encontram soluções. Algumas sonham com coisas terríveis das quais não ousam falar e que não ousam fazer no mundo real. Mas, num sonho conectado como este, posso ver o que a pessoa mais deseja no mundo.

– E o que é que eu desejo? – perguntei, aproximando-me mais um pouco.

Asten me olhou com uma mistura de fascínio e medo. Sua reação fez com que eu me sentisse poderosa. Levantei-me e passei por ele no intuito de correr a mão pelo galho grosso de uma árvore ali perto. Arqueando as costas, espreguicei-me como um gato e depois me virei para ele, um braço ainda pousado no galho. Ele engoliu em seco. Então, com os olhos brilhando, percorreu a distância entre nós.

– Você quer desfrutar da luz das estrelas numa noite ainda suficientemente quente para aquecer sua pele – disse ele.

Em seguida, ergueu a mão, riscando um caminho entre meu cotovelo e o pulso. O toque furtivo era irresistível e eu estava desesperada para que continuasse.

– O que mais? – pressionei, com um sorriso misterioso.

Ele se apoiou no galho e olhou para o céu.

– Você observa as estrelas como se elas tivessem segredos para os quais você procura respostas. Por que elas a intrigam tanto?

– As estrelas estão... além.

– Como assim?

– Elas me chamam. Quando me uni a Tia e virei esfinge, uma parte de mim passou a pertencer à Terra, ao meu lar anterior, mas outra parte passou a per-

tencer também a outro lugar. Quero correr entre as estrelas e descobrir todos os mundos e todos os seres que existem lá. A ideia de me perder e deixar a vida antiga para trás me atrai.

– Sem dúvida há alguma coisa da sua vida antiga que você gostaria de manter – murmurou ele.

Meus olhos ficaram cheios de lágrimas.

– Não. – Balancei a cabeça com tristeza. – Não tem nada lá para mim.

– Nada? – perguntou ele, pondo a mão no meu rosto e enxugando as lágrimas com o polegar.

Pisquei e sua mão deslizou até o canto da minha boca. O toque agitou meu desespero, levando as emoções que eram chamas sonolentas a se transformarem em um fogo tão poderoso que me dominou. Seu olhar, antes cheio de simpatia, agora era alimentado por algo mais, algo que ardia.

– Há outra coisa que eu quero – declarei. – Sabe o que é?

– Sei – respondeu, o olhar percorrendo meu rosto e se fixando na minha boca.

Um som sutil escapou dos meus lábios – parte respiração, parte gemido. Antes, isso tinha feito com que ele recuasse um passo, mas dessa vez Asten chegou mais perto, tão perto que nossos corpos se tocaram. Eu havia pensado antes que ele era frio, mas essa não devia ser sua predisposição normal, porque agora ele estava quente. Ficar perto dele era como me aquecer sob a luz de mil, milhares de sóis.

A expectativa de alguma coisa que eu não conseguia descrever queimava, inflamando cada centímetro da minha pele. Eu tremia, ansiosa, sem saber como fazer com que a pulsação forte em minhas veias se estabilizasse. Devagar, quase hesitante, ele baixou a cabeça até que seus lábios fizeram contato com a pele delicada, onde minha pulsação estava disparada.

Eu me encolhi por um momento, mas ele não mordeu. Sua carícia foi gentil, suave, como o mais leve dos toques. Ele deliberadamente traçou uma linha de beijos suaves pelo meu maxilar até o canto da boca. Eu me perdi naquela sensação, saboreando cada contato de seus lábios em minha pele, rendendo-me ao seu abraço.

Quando sua boca roçou minha orelha, ele parou e deslizou a mão até meus ombros. Entrei em pânico, achando que ele pararia de me tocar daquela maneira delicada e deliciosa.

– Asten? Não pare – implorei.

Ele afastou a cabeça, respirando fundo. Como se fosse incapaz de manter as mãos longe da minha pele, envolveu com elas meu pescoço e levantou os olhos para me encarar, a expressão assombrada.

– Me desculpe – disse.

– Por quê?

– Porque não consigo controlar meu desejo por você no mundo dos sonhos.

– Era disso que você estava com medo?

Ele assentiu, relutante.

– E você nos viu juntos assim no futuro?

Ele fez uma pausa, como se decidisse o que poderia me contar, mas então suspirou e disse baixinho:

– Vi.

– Então não entendo sua hesitação.

– Minha... – ele engoliu em seco e mordeu o lábio inferior, um gesto que achei magnético – ... minha hesitação vem de saber o que você sente por Amon.

– Amon? – pisquei, e uma irritação fria surgiu, acomodando-se no meu estômago e ameaçando esmagar o ardor crescente que eu sentia. O ressentimento levou embora cada uma das sensações felizes de instantes atrás.

– Eu não tenho direito à liberdade de amar quem eu quero? De explorar meus sentimentos? De seguir os desejos do meu coração? Da minha alma?

– Claro que você tem direito a essas coisas.

– Então você precisa entender que há um fervor correndo pelo meu corpo, um fervor que clama por você. Vou fazer tudo para salvar Amon. Vou lutar contra a Devoradora. Posso até morrer. Mas, antes de fazer todas essas coisas, quero entender esses sentimentos. Descobrir os pequenos prazeres que só comecei a aprender. – Acariciei seu rosto e achei a aspereza da barba crescendo uma distração reconfortante.

Ele deteve minha mão, cobrindo-a com a dele.

– Tem certeza de que quer mesmo isso, leoazinha?

Sorri.

– Isso é algo que quero muito, Tene. – Amor. A palavra parecia certa. Ele parecia certo. E, no entanto, um pensamento incômodo me atormentava. – Mas...

– Mas? – Asten franziu a testa.

– Há uma coisa que eu preciso saber. – Ele assentiu, me encorajando a falar, e apertou minha mão. Hesitante, perguntei: – O desejo que você diz sentir por mim é por causa do poder de atração do escaravelho?

– Você está perguntando se eu posso amá-la por você mesma?

Confirmei com a cabeça, o alívio e a gratidão tomando conta de mim. Ele me compreendia de uma maneira que ninguém mais compreendia. Ele conseguia ver dentro do meu coração.

Asten me examinou por um momento e então, lenta e intencionalmente, os olhos jamais se afastando dos meus, levou a palma da minha mão aos lábios. Seu beijo foi tão doce que todo o meu corpo zumbiu. Então, abraçando minha cintura, me puxou para ele.

– O escaravelho não tem poder no mundo dos sonhos – murmurou, roçando o nariz na minha orelha. – O que sinto por você aqui é genuíno e vem do meu coração. Esta resposta satisfaz?

Assenti.

Ele beijou minha testa e continuou:

– Eu fui um homem que usurpou o lugar de outro. Que escondeu quem era e o que desejava. Se tudo que eu conseguir for amar você nos sonhos, vou aceitar e agradecer a sorte.

Eu já ia protestar, mas ele levantou a cabeça e encostou um dedo nos meus lábios.

– E se, quando você acordar, decidir que as coisas que dissemos e fizemos foram um erro, vou entender. Há muito tempo fiz a promessa de nunca mais tirar o que pertence a outro homem, especialmente meu irmão. Mas, no que diz respeito a você... – fez uma pausa, passando a ponta dos dedos pelo meu rosto, descendo pelo queixo e deixando um leve formigamento em seu rastro – ... acho que violar um juramento é uma perspectiva muito agradável.

Encostei-me nele, um gemido minúsculo escapando dos meus lábios, mas ele segurou meus ombros. Apertando-os de leve e deixando que o vento frio e insensível corresse entre nós, esperou que meus olhos se abrissem e fitassem os seus.

– Quero que você entenda – disse ele. – Se, depois que tudo isso terminar, você decidir que quer continuar com esse... esse sentimento entre nós, eu vou mover as estrelas nos céus para encontrar um modo de ficar com você. Isso eu prometo.

Sorri, provocando-o ligeiramente.

– Está pedindo para confiar em você, então? Alguém que confessou que viola juramentos?

Seu olhar me atravessou.

– Eu violaria cada juramento que já fiz ou irei fazer só pela chance de capturar ao menos um instante do que vi nos meus sonhos. Mas a hora ainda não chegou, pequena.

Asten fez uma pausa, observando minha expressão como se quisesse se certificar de que eu entendia o que ele estava dizendo. Infelizmente, entendi bem demais. Ele estava dizendo que deveríamos esperar. Deixar de lado os sentimentos ardorosos e fingir que éramos apenas cúmplices até derrotarmos a Devoradora. Eu não sabia se seria capaz.

Inclinei a cabeça de modo malicioso, o que não era nem um pouco do meu feitio.

– Se eu concordar, você me concederia um presentinho?

– O que você quer? – perguntou ele, inseguro.

– Quero experimentar um pequeno prazer, mesmo que só aconteça neste mundo dos sonhos.

– E o que é?

– A sensação das suas mãos no meu cabelo e seus lábios no canto da minha boca outra vez. Bem aqui. – Apontei o ponto que ele havia beijado com tanta ternura.

– Ah. – Ele sorriu e eu soube que tinha vencido.

– Você se importa de repetir? Só mais uma vez? – Se ele rejeitasse a sugestão, eu não sabia o que faria. Sentia que todo o meu ser estava concentrado em obter esse toque especial, ser abraçada por esse homem. Nesse momento nada no mundo era mais importante para mim.

– Humm. – Ele deve ter percebido meu desespero, porque, depois de guerrear brevemente consigo mesmo, cedeu e disse: – Talvez eu possa fazer algo melhor.

Uma expectativa ofegante me dominou quando seus lábios se aproximaram. Ele sorriu e parou, provocando-me com a distância, mas depois, justo quando eu estava pronta para gritar de frustração, segurou meu pescoço, passando o polegar lenta e carinhosamente por meu queixo antes de enfiar as mãos no meu cabelo.

Por que um dia pensei que os cabelos não tinham um propósito? Obviamente o propósito de ter os cabelos compridos e soltos era este: um homem correr as mãos entre eles e segurar nossa cabeça durante um beijo. Asten fez exatamente isso. Inclinou minha cabeça e por fim... por fim colou os lábios nos meus, de maneira lenta, deliberada, perfeita.

Suas mãos estavam no meu cabelo e depois segurando meu rosto, acariciando-me o pescoço enquanto os lábios se moviam sobre os meus, fazendo com que eu me derretesse num poço quente de sensações. O beijo foi inebriante, empolgante, e muito, muito melhor do que qualquer coisa que eu houvesse esperado.

Despertei aos poucos e verifiquei como Asten estava. Ele dormia em paz, com um meio sorriso no rosto. Eu já não me sentia mais inquieta. Havia alguma coisa tranquilizadora em estar perto dele, nossos membros entrelaçados. Minhas pálpebras baixaram, sonolentas, mas permaneci semiadormecida, semidesperta, motivo pelo qual pude reagir com tanta rapidez quando as primeiras plumas de fumaça escuras se ergueram no oeste.

Rapidamente me soltei de Asten e o sacudi. Ele gemeu, estendendo a mão e tentando me puxar de volta.

– Não! – sibilei, tateando no chão à procura do meu arnês de couro. – Acorde, Asten! Ahmose? – chamei.

– O que foi? – Ahmose pôs-se ao meu lado quase instantaneamente.

– Fumaça – respondi.

Ele tentou enxergar no crepúsculo sombrio.

– Será que é outra fogueira de acampamento? – perguntou.

Sacudi a cabeça.

– Grande demais. Quer ficar com Asten ou vir comigo olhar?

Ao ouvir seu nome, Asten enfim despertou o suficiente para abrir os olhos.

– O que está acontecendo? – perguntou.

– Fumaça no horizonte – respondi em tom casual. – Estamos decidindo quem vai ficar tomando conta de você.

Asten me lançou um olhar demorado que não consegui decifrar.

– Estou me sentindo bem. Acho que posso ir com vocês – disse finalmente.

– Tem certeza? – perguntei. – Você dormiu feito um morto.

De novo Asten fez uma pausa, a testa ligeiramente franzida. Ele tinha um ar de expectativa, como se estivesse esperando que eu dissesse outra coisa, mas então começou a desenrolar suas ataduras. A coxa estava curada.

– Você consegue ficar de pé? – perguntou Ahmose.

Com a ajuda do irmão, Asten deu alguns passos cautelosos e em seguida se curvou para se alongar, testando os músculos.

– Não entendo como isso aconteceu – disse, referindo-se à força que havia retornado.

– Não há tempo. Vamos explicar no caminho. Depressa! – acrescentei quando senti que eles estavam demorando muito. – A fumaça vem da área onde encontrei a árvore-mãe, e eu jurei protegê-la.

Asten me ajudou a colocar o arnês de couro, os dedos roçando a borda da minha blusa junto à nuca. Levei um susto e olhei-o perplexa enquanto ele murmurava:

– Não queremos que você viole um juramento, não é, leoazinha?

– Hã, não – respondi, sem expressão, achando que tinha ouvido mal ou deixado passar alguma coisa. – Vamos logo!

Eles vieram atrás, confiando que eu encontraria o caminho certo, o que pude fazer com facilidade. Mesmo com o cheiro da fumaça enchendo minhas narinas, eu sabia qual o caminho por onde tinha andado e reconhecia as árvores. A fumaça no alto se adensava, ficando mais negra a cada passo.

Quanto mais perto chegávamos da árvore-mãe, mais certeza eu tinha de que o fogo ia alcançá-la logo, se é que já não tinha alcançado. A tensão borbulhava dentro de mim, enchendo meu corpo, e pressionei mais os dois homens, correndo pelo mato baixo mais rápido do que eles podiam, mesmo como guardiões imortais do além. Acionei minhas garras e rasguei as trepadeiras e os galhos que surgiam no caminho.

Chegamos rapidamente à área do incêndio. Ahmose avançou e usou seu poder para encontrar o caminho mais seguro. Apesar de sua habilidade, de vez em quando as chamas nos alcançavam e nosso progresso se tornou mais lento, mas conseguimos avançar apesar do calor e da fumaça preta. Quando ficou muito difícil enxergar, descobri que Ahmose possuía outro dom.

Segurando meu braço, ele me fez parar.

– Fique imóvel por um instante.

Levantando as mãos bem alto, ele entoou um encantamento e um vento suave levantou meu cabelo e a bainha da minha blusa. Logo um vento forte soprava à nossa volta e precisei proteger os olhos e me firmar contra uma árvore no meio daquele redemoinho. Em poucos instantes a fumaça se dissipou o suficiente para continuarmos, mas o vento que ele havia criado atiçou o fogo mais ainda.

A árvore-mãe ficava logo adiante. As árvores ao redor estavam enegrecidas como esqueletos calcinados estendendo os braços para o céu, pedindo ajuda divina. Em torno da árvore-mãe, uma fumaça branca e reluzente subia e, embora suas folhas se sacudissem e os galhos tremessem, ela ainda estava viva. A esperança floresceu.

– Depressa! – gritei. – Ela ainda está aí! – Cobrimos a distância e corremos até a árvore, pisoteando as chamas no capim junto às raízes. Virei-me para Asten. – Precisamos apagar o fogo! Você pode fazer cobertores para abafarmos as chamas?

Asten sacudiu a cabeça.

– Alguns cobertores não vão bastar. O fogo se espalhou demais.

– Preciso fazer alguma coisa! Eu prometi a ela! – O rugido do fogo suplantava minha voz, mas gritei o mais alto que pude: – Fada! Fada, você está aí?

Não houve resposta. Corri até Asten, agarrando sua camisa e sacudindo-o ligeiramente.

– Asten, precisamos fazer alguma coisa! Por favor!

Gentilmente ele pôs as mãos nos meus ombros.

– Ahmose? – disse Asten. – Se eu lhe emprestar minha força você acha que consegue?

– Posso tentar.

Asten explicou rapidamente:

– Ahmose é o Portador de Tempestades. Foi como ele pôde afastar a fumaça há pouco, mas invocar a chuva no mundo dos mortos é muito complicado. Não há muita água aqui. A tentativa vai nos deixar muito fracos.

Asten segurou a mão do irmão enquanto os braços dos dois subiam bem alto. Eles entoaram um encantamento e o vento se expandiu, chicoteando as chamas à nossa volta e levando-as a uma altura cada vez maior. Nuvens se formaram no alto, acumulando-se, até que o céu ficou cinza e mais escuro ainda do que o normal.

Gotas gordas caíram, a princípio uma de cada vez, depois mais e mais rápido até que uma torrente nos encharcou. Durou pouco tempo e não foi suficiente para apagar todas as chamas, mas pelo menos as fez diminuir. Quando a última gota caiu, os dois irmãos desabaram no chão, absolutamente exauridos e ofegantes.

– É só... – Asten engoliu em seco e respirou com dificuldade. – É só isso que conseguimos.

Assenti e retomei a busca. Tinha acabado de dar a volta na árvore quando senti alguma coisa. Rapidamente saltei para o lado e uma arma pontuda bateu no tronco a centímetros de onde minha cabeça havia estado. Ofeguei ao ver a arma preta ser retirada violentamente do tronco, arrancando lascas de madeira. Virei-me para encarar o inimigo, saquei as facas-lanças e me vi cara a cara com um escorpião gigante.

Suas garras afiadas como navalhas fecharam-se rapidamente com um estalo, ameaçando me decapitar, enquanto a cauda enorme assomava no alto, preparando-se para dar o golpe. Quando as acertei com minha faca-lança, fagulhas voaram, mas não cheguei nem a amassar a carapaça, que parecia uma armadura. Dei a volta na árvore, com o escorpião me seguindo, acompanhando cada movimento meu.

A cauda atacou de novo e, antes que ela pudesse se recolher, aproveitei a oportunidade. Saltei no ar, aterrissando em suas costas, e mergulhei a faca-

-lança entre as placas em seu pescoço, apertando o botão no cabo da arma. Quando a faca se alongou virando uma lança, o escorpião demônio tremeu, soltando um guincho terrível antes de desabar no chão, morto.

Ouvi um grito. Asten apontou para cima. Mais dois escorpiões que tinham se camuflado nas enormes árvores enegrecidas que cercavam a árvore-mãe desceram, as pinças cortando o ar com sons afiados de tesoura.

Enquanto eu enfrentava um, o outro deu a volta e, por trás, atacou os dois irmãos. Asten conseguiu cortar uma das patas do monstro e Ahmose usou o machado para decepar o ferrão. Então o exoesqueleto negro se iluminou por dentro, tornando a criatura vermelha como uma lagosta cozida. Ondas de calor emanaram do monstro e então a cor vermelha foi se aprofundando através dos segmentos da cauda danificada.

Quando chegou ao auge, o fogo disparou daquele apêndice. Como lava líquida, um gel viscoso e vermelho cobriu o local onde Asten tinha estado um segundo antes. O chão fumegou e a fumaça subiu, e qualquer coisa viva na área pegou fogo.

Parte do líquido acertou a árvore-mãe, já enfraquecida. Ela lutou corajosamente contra o ataque, até conseguindo absorver parte do líquido feroz, mas agora chamas lambiam a casca do tronco.

Quando matei o segundo escorpião e ajudei Ahmose e Asten a acabar com o terceiro, vi que era tarde demais. Chamas tragavam a maior parte da copa, as cinzas das folhas queimadas chovendo na minha cabeça. Lágrimas de exaustão e tristeza escorriam pelo meu rosto e, apesar do fogo no alto, envolvi o tronco com os braços e chorei.

– Sinto muito. Eu não estava aqui para proteger você. Sei que prometi.

Um galho minúsculo e meio chamuscado estendeu-se em minha direção e puxou minha blusa. Enxuguei os olhos, manchas pretas de fuligem colorindo meus dedos.

– O que foi? – perguntei à árvore. – Há alguma coisa que eu possa fazer?

O tronco se abriu e o galho fino desapareceu lá dentro, saindo em seguida com a forma ferida da minúscula fada. Metade do corpinho estava queimada. O que restava de seu glorioso cabelo ruivo pendia em tufos em torno do rosto, e ela chiava, como se mal conseguisse respirar.

Peguei a fada, aninhando-a nas mãos, enquanto o galho se desenrolava da cintura dela.

– O que eu posso fazer? – supliquei à árvore. – Como posso salvá-la?

A árvore estremeceu e um grande galho no alto se partiu, soltando-se do tronco. Senti que não demoraria muito até que ela também morresse. Com folhas tremendo no galho que mal se mexia, a árvore o estendeu para mim e tocou minha testa com sua ponta.

– Cuide dela – disse uma voz matronal. – Por favor, proteja minha preciosa Ashleigh.

– Vou proteger – prometi.

Independentemente de quanto a fadinha vivesse, eu tentaria lhe dar o máximo de conforto possível.

Nisso, a árvore-mãe estremeceu e, com um estalo portentoso, o tronco se partiu em dois, uma fumaça branca e reluzente se espalhando no ar antes de desaparecer. A árvore, que já fora mágica, a grande árvore-mãe e guardiã da Floresta Turquesa no mundo dos mortos, teve uma segunda e definitiva morte.

Meus ombros tremiam enquanto eu chorava. Asten passou o braço por eles, tentando oferecer apoio, mas eu estava inconsolável. Segurando com cuidado a fada gravemente ferida, consegui esfregar o rosto no ombro, enxugando as lágrimas que borravam minha visão.

Então olhei para minhas mãos e ofeguei, alarmada.

A fadinha havia sumido.

A sombra de
um homem

O sumiço da fada logo seria a menor das minhas preocupações. Minha visão estava girando, o som de ondas enchendo minha mente. O peso da nossa situação estava finalmente se assentando, e tudo que eu pude fazer foi soltar um grito capaz de coagular o sangue.

Braços me seguraram e ouvi uma voz que parecia um vento forte chamando meu nome.

– Lily? Lily! – gritava ela, mas eu não tinha como responder.

Minha mente se desconectou do corpo e senti que estava caindo, caindo, caindo. E depois veio o nada.

Fui vagamente tomando consciência das vozes. Uma fogueira crepitava ali perto envolta em sombras. Num jorro, o pânico me dominou. Tentei me afastar rapidamente das chamas, só parando quando bati em alguma coisa... ou melhor, em alguém, e esse alguém me abraçou e me amparou.

– Calma, leoazinha – disse o homem que me segurava.

– Onde estamos? O que aconteceu? – perguntei.

– Você desmaiou embaixo da árvore. Não sabemos por quê.

Ahmose se ajoelhou à minha frente. Desajeitada, sentei-me e abracei os joelhos. Estremeci, apesar do calor da fogueira, e fiquei me balançando para a frente e para trás, lágrimas enchendo os olhos. Um gemido baixo, quase indecifrável, zumbia no fundo da minha garganta.

– Lamento que tenhamos perdido a árvore-mãe – disse Ahmose baixinho. – Não podemos fazer nada. Chegamos tarde demais. A Floresta Turquesa se foi.

O gemido tornou-se mais alto.

– E a... a fada? – perguntei. Tinha a sensação de que estava vertendo lágrimas por todas as partes possíveis do rosto.

Balançando a cabeça com tristeza, Ahmose disse:

– Não conseguimos encontrar o corpo. Trouxemos você para cá e, vendo que era um lugar seguro, achamos que precisava de descanso.

– Quanto tempo? – perguntei entorpecida.

Ahmose franziu a testa.

– Quanto tempo o quê?

– Quanto tempo fiquei inconsciente?

– Quase doze horas – respondeu Asten, sério. – Você não sonhou – acrescentou rapidamente. – Eu estava... monitorando, mas você não apareceu na paisagem do sonho. Isso significa que ficou totalmente apagada.

Pisquei e inclinei a cabeça num gesto interrogativo.

– Mas vocês não estavam fracos demais para me carregar?

– Nós levitamos e nos revezamos – explicou. Asten estendeu a mão como se quisesse tocar meu ombro, mas se deteve antes do contato.

Virando-me, demasiadamente absorta em meu próprio desespero, examinei o ambiente. A paisagem parecia montanhosa e rochosa outra vez, como o Deserto Pintado, no Arizona. As únicas árvores visíveis eram atarracadas e cheias de olhos que piscavam, observando cada movimento nosso.

– Estamos no território da Devoradora – afirmei.

– É mesmo? – perguntou Ahmose, olhando ao redor. – Tivemos sorte, então. Sem você sentindo o coração de Amon, não havia como saber se estávamos na direção certa. Eu só procurei o caminho mais fácil para longe do fogo.

Levantei os olhos para aquela versão cinzenta e opaca do céu e desejei que houvesse estrelas. Parecia errado elas não estarem ali, mas rapidamente afastei a ideia. Não veríamos as estrelas de novo até salvarmos Amon. Mudei de posição, desconfortável na areia, e Ahmose me estendeu um espeto com carne assada. Enquanto mordiscava, comentei:

– Fico surpresa por você ter encontrado alguma coisa comestível aqui.

– Teria sido melhor caçar na floresta – disse Ahmose. – Só resta um pouquinho dos suprimentos que a árvore deu, e comemos a carne antes que estragasse. Guardamos o que pudemos para você, mas precisávamos da energia para carregá-la. Desculpe não haver mais.

Assenti e de repente um pesar avassalador tomou conta de mim outra vez. Lágrimas errantes escorreram novamente pelo meu rosto.

– No mundo dos mortos as árvores são tão raras quanto dentes de galinha – comentei, fungando. – O calor aqui é forte o suficiente para cozinhar uma ovelha pastando. Ela protegia a floresta da maior parte do calor. É culpa de vocês ela estar fraca demais para se defender – acusei. – Deveriam tê-lo deixado morrer – terminei, apontando o polegar para Asten.

Ahmose estreitou os olhos, mas Asten arquejou, chocado. Lancei um olhar furioso para ele, meu corpo se sacudindo, desafiador, enquanto eu esperava que ele me dissesse que estava errada, para que eu pudesse atacá-lo.

– Ela era mais importante do que qualquer coisa – falei rispidamente.

Asten me encarou, um vácuo frio preenchendo o espaço entre nós. Parte de mim sabia que eu tinha dito algo extremamente ofensivo, que o havia machucado mais do que ele merecia, mas minha boca parecia desconectada do cérebro e meu coração se partiu por causa disso. Eu teria esperado que Asten tentasse eliminar a distância entre nós e me oferecesse consolo, mas foi Ahmose quem estendeu a mão.

Colocando-a no meu ombro, ele disse:

– Ora, vamos, você não quer dizer isso. Não está no seu juízo perfeito. Sofreu uma perda enorme e nós não ajudamos muito. Lamento pela sua... sua amiga. Ela era nobre e digna, e não merecia uma morte tão infame. O sacrifício dela deve ser honrado.

Fungando, assenti. Ahmose criou um pedaço de pano para eu assoar o nariz. Minha cabeça estava pesada e o coração, dilacerado.

– Não importa que o dia seja longo, a noite sempre chega – murmurei.

– O que isso quer dizer? – perguntou Ahmose.

– Minha mãe costumava dizer isso quando coisas ruins aconteciam. Quer dizer que o sofrimento vai terminar. Podemos não saber quando, mas um novo dia vai acabar chegando.

Ele sorriu.

– Gosto disso.

– A árvore mágica morreu bem. Acho que eu não poderia esperar algo diferente da parte dela. Ela fez isso antes, de modo que eu não deveria ter ficado surpresa por ela fazer de novo.

– A fada contou isso a você? – perguntou Ahmose.

Balancei a cabeça ligeiramente como se quisesse clarear a névoa.

– A fada? Ah. Sim. O nome dela era Ashleigh – acrescentei, melancólica.

– Ashleigh. É um nome bonito – disse ele.

– Era. – Assenti. – Agora não sei direito como me chamar.

– Como se chamar? Como assim? – perguntou Ahmose.

– O quê? – Pisquei, confusa, e uma névoa pareceu se dissipar dentro de mim.

– Você disse que não sabia como se chamar.

– Eu disse? Que estranho. – Joguei o espeto no fogo e apertei a cabeça com a palma das mãos, tentando aliviar a dor que sentia chegar. Ahmose me ofereceu um gole do odre que estava carregando. – Obrigada – falei depois de quase esvaziar o odre. Então fiquei imóvel. – Diga que tem mais.

– Só temos o que Ahmose pôde pegar antes do incêndio. Dois odres estouraram em meio às chamas – respondeu Asten. E apontou para o chão, indicando que restavam três. – Ahmose pode invocar mais um pouco, mas não vai durar muito.

– Então não temos muito tempo. A floresta e os poços são as únicas fontes de água potável no mundo dos mortos – falei.

– Como sabe disso? – perguntou Asten.

– Não tenho certeza. Simplesmente sei. Vocês dois dormiram?

– Não precisamos dormir muito – respondeu Ahmose. – Se você estiver pronta, podemos ir em frente.

– Ótimo – assenti, levantando-me com as pernas trêmulas, a determinação empurrando o sofrimento para o fundo da mente. – É hora de encontrar Amon.

Tínhamos caminhado somente por algumas horas quando descobrimos que estávamos sendo seguidos. Ao chegar ao cume de uma montanha serrilhada, paramos para olhar o amplo vale abaixo e vi um bando escuro de alguma coisa no horizonte.

– O que é aquilo? – perguntei. – Algum tipo de búfalo do mundo dos mortos?

Embora eu tenha feito a pergunta, parte de mim suspeitava – não, sabia – que era apenas uma ilusão minha. Ainda assim, esperava estar errada.

– Não, não são búfalos – disse Asten, finalmente quebrando o silêncio pétreo que havia mantido desde que deixáramos o acampamento. Olhou ao longe, observando por um tempo os animais que se aproximavam. – É o que estou pensando? – perguntou ao irmão.

– Temo que sim – respondeu Ahmose.

– O que *vocês* acham que é, então? – perguntei, não querendo de fato que eles confirmassem o que minha mente gritava ser verdade.

– É a matilha.

Não! Não podemos deixar que eles nos alcancem! Senti o pânico de Tia e tentei acalmá-la, mas ela não quis ouvir.

– Tem certeza? – perguntei baixinho.

Ahmose confirmou com a cabeça.

– Eles devem ter se libertado de algum modo.

– E agora estão vindo atrás de nós.

Nós três ficamos olhando a matilha de chacais diabólicos que, pelo que avaliei, devia estar a alguns quilômetros de distância, mas se aproximava rapidamente. Se estivéssemos a favor do vento, eu já teria sentido o cheiro.

– A montanha vai fazer com que andem mais devagar – disse Asten.

Ahmose esfregou o queixo.

– É. Mas vão acabar nos alcançando.

– Podemos lutar contra eles? – perguntei.

Asten sacudiu a cabeça.

– Não. São muitos. Poderíamos lutar contra uma matilha com metade do tamanho dessa, mas contra todos os cães infernais do mundo dos mortos? Não é possível. – Olhou para o irmão. – Acho que devemos correr. Na pior das hipóteses, podemos voar.

Ahmose considerou a sugestão e assentiu.

– Concordo. É hora de ir, Lily. Vamos testar sua velocidade. Veja se pode ser mais rápida do que nós.

Eu estava ansiosa, apavorada e hesitante, tudo ao mesmo tempo, mas pensar em Amon me fez avançar. Perceber que ele e seu sofrimento nem sempre estiveram em primeiro plano na minha mente me atormentava com culpa. Quando a descida da montanha se tornou traiçoeira, Asten me pegou no colo e nós três descemos flutuando. Abracei seu pescoço com força.

Voar agora parecia mais natural do que nas outras ocasiões. Era quase... instintivo. Eu não era afetada pela tontura ou a vertigem. Só quando pousamos percebi que estivera brincando distraída com o cabelo de Asten. Todas as minhas preocupações haviam diminuído significativamente só por estar perto dele. Ele não tinha dito nada sobre minha mudança de humor e eu fiquei vermelha, envergonhada com as minhas atitudes. O que estava acontecendo comigo?

Eu diria que está agindo como uma garota inconsequente, sussurrou uma voz na minha mente.

Acho que é isso mesmo, pensei. *Mas, para ser justa, eu não estava agindo assim de propósito.*

Parte de você estava, argumentou a voz. *Parte de você queria.*

Tia?, perguntei.

O quê?, ouvi sua voz carrancuda, monótona, responder.

Tia, você sabe como eu me sinto.

É a mesma coisa de antes, disse ela finalmente, depois de um silêncio tenso. *Se você não estivesse aberta à ideia, esses sentimentos não estariam aí.*

Suspirei. Como eu ia consertar essa confusão? *De qualquer forma*, racionalizei enquanto corria, *a coisa mais importante não é minha vida amorosa; é salvar Amon.* Tudo o mais eu poderia resolver mais tarde.

Tem certeza de que quer lutar?, contrapôs minha voz interna. *Uma boa fuga é melhor do que um mau combate, você sabe.*

O que eu estava dizendo?

Será que parte de mim temia enfrentar a Devoradora? Nós poderíamos vencer. Eu acreditava nisso. Os deuses também deviam acreditar, caso contrário, por que teriam nos mandado para cá? Quando comecei a correr, cambaleei. Minha pele ardia e o suor escorria pelo rosto. Alguma coisa estava errada. Eu me sentia como se estivesse correndo com as pernas amarradas, o passo preso e descoordenado. O poder e a graça da esfinge me escapavam. Dobrando-me, ofeguei e implorei a ajuda de Tia. *Precisamos regular nossa temperatura ou vamos nos esgotar antes de chegar*, falei.

Tentei de novo e, depois de alguns minutos, algo se encaixou, estalando uma, duas vezes, e encontrei o ritmo. Meu corpo esfriou e corri mais rápido que nunca. Minha velocidade espantou os dois irmãos, e eu poderia tê-los deixado para trás facilmente se não fosse necessário nos mantermos no caminho escolhido por Ahmose.

Corremos por umas duas horas até que Ahmose pediu para parar. Eles estavam exaustos e eu soube que era porque sentiam outra vez os efeitos da tortura de Amon. Nós três descansamos enquanto sentíamos a energia se esvair. Quando recobramos os sentidos, eu estava faminta e rapidamente devorei o pouco que restava da comida que a árvore tinha nos dado, depois de os irmãos insistirem que meu corpo vivo precisava mais do combustível. Ver Asten e Ahmose apenas bebendo água não me pareceu certo.

Ofereci-me para caçar para eles, mas os dois concluíram que a caçada tomaria tempo demais; eu sabia que tinham razão. Quando ergui o nariz para farejar o ar, o vento trouxe o fedor dos chacais. Estremeci e a parte de mim que queria matar absolutamente todos eles e estraçalhá-los com as garras veio à superfície. Dei um riso de zombaria.

– Bichos sarnentos – sibilei. – Não merecem uma segunda morte calma e simples. Deveriam ser mortos repetidamente até que não restasse nada além de uma mancha no chão onde morreram. – Fazendo uma pausa, inclinei a cabeça à esquerda e murmurei: – O peixe morre pela boca.

– O quê? – perguntou Ahmose.

– Ah, nada – respondi. – Acabei. Vamos indo.

Corremos sem parar até eu ter certeza de que nem mesmo o poder da esfinge poderia me levar um passo além.

– Precisamos descansar – gritei. – Estou em frangalhos.

– Em frangalhos, é? – Ahmose deu uma risadinha, depois se dobrou com as mãos nos joelhos, tentando recuperar o fôlego. – Nunca ouvi alguém dizer isso antes – acrescentou.

Sorri.

– Você tem uma risada gostosa. Minha mãe sempre diz: "Uma boa risada e um bom sono são as duas melhores curas."

– E o que eles curam? – perguntou ele.

– Ah, tudo. Todas as dores do mundo desaparecem se você puder encontrar um motivo para rir e, se não puder, as coisas costumam parecer diferentes pela manhã.

Ahmose já ia dizer alguma coisa quando uma mão segurou meu braço.

– O que você está dizendo, Lily? – perguntou Asten.

– O quê? – respondi irritada por ele me segurar daquele jeito. – Vou agradecer se você me soltar agora mesmo.

Ele respirou fundo e olhou rapidamente para Ahmose.

– Acho que precisamos conversar. A sós – acrescentou com ênfase.

Agora eu estava muito irritada.

– Não. Qualquer coisa que você tenha a dizer, pode falar na frente dele. Não tenho nada a esconder.

– Não tem nada a esconder? – reagiu Asten, passando a mão pelo cabelo. A covinha no seu queixo se aprofundou e os olhos cintilaram perigosamente. – Você está... – Ele trincou os dentes. – Você não é você mesma, *Lily*.

– Quer me difamar, é? E ainda por cima bem na frente desse belo cavalheiro? – indaguei, apontando por cima do ombro com o polegar na direção de Ahmose. – *Lily* – falei com desprezo, zombando do uso do nome. – Quem é você para julgar o que eu sou? – perguntei, enfiando o dedo no peito de Asten. – *Lily* é um fragmento do que somos. Eu sou muito mais do que *Lily*. Quando você me chama assim, diminui minhas outras partes. Não acho isso bom. Talvez, meu amigo... – balancei os dedos, correndo-os por seu peito, pela covinha do queixo e indo dar um tapinha no seu nariz – ... você deva considerar que muitas vezes é melhor ter boas maneiras do que boa aparência.

Asten levantou meu pulso como se eu fosse um peixe que ele estivesse mostrando na feira e olhou para Ahmose.

– Está vendo? – perguntou enquanto eu lutava para me soltar. – Ela está diferente. Mais ainda do que quando apareceu como esfinge.

– Me solte! – insisti, e Asten finalmente me soltou.

Esfreguei o pulso e olhei irritada para ele, enquanto o tempo todo uma parte de mim ansiava por sentir seus braços à minha volta.

Ahmose aproximou-se cautelosamente de mim, exalando ternura e compaixão pelos olhos cinza e reluzentes.

Funguei e esfreguei a palma das mãos nos olhos. Eles coçavam. Meu cérebro também. Apertei a estela, mas não senti nenhum jorro de energia.

Delicadamente Ahmose segurou meus ombros.

– Você não quer mais ser chamada de Lily? – perguntou.

Sacudi a cabeça negativamente, mas fiquei confusa com a razão de ter respondido assim.

– Então de que deveríamos chamar você? Esfinge?

– Sim. Quero dizer, não. – Suspirei e apertei as têmporas para que a dor parasse. – Acho que por enquanto é o melhor a fazer.

Eu podia sentir o olhar de Ahmose em mim.

– Sua cabeça dói?

Encolhendo-me, assenti.

– A estela vai curar você?

– Nós tentamos – respondi. – Parece que não funciona.

– Podemos tentar ajudar, se você deixar. Eu faço curas, lembra?

– Sim – murmurei baixinho. – Lembro.

– Então feche os olhos e tente relaxar. Respire fundo.

Obediente, fiz o que ele pediu e respirei bem fundo. Ahmose tirou gentilmente minhas mãos da cabeça e começou a massagear minhas têmporas.

– Ah, isso é maravilhoso – declarei, sentindo a tensão do corpo se aliviar pela primeira vez no que parecia uma eternidade.

Um zumbido melodioso entrelaçado com um ronronar encheu minha mente.

Asten se aproximou e falou baixinho no meu ouvido:

– Você me reconhece?

– Reconheço – respondi, com a sensação de que outra pessoa estava se comunicando por mim. – Você é Asten. – Minhas bochechas se retesaram brevemente enquanto eu me sentia sorrir. – Um guerreiro bonito e corajoso. Que leva meu coração às estrelas.

Fez-se uma pausa.

– Ah, sim. Quando eu falar, você vai me responder com sinceridade. Não fazer isso lhe traria grande tristeza. Entende?

– Tem certeza de que isso é necessário? – ouvi Ahmose dizer.

Sua voz parecia distorcida, como se eu estivesse ouvindo embaixo d'água. Não escutei a resposta de Asten.

– Diga – pediu Asten. – Quem é você?

Mexi o maxilar para a frente e para trás, a boca formando palavras que pareciam tiradas direto da minha mente. Numa voz de transe, quase irreconhecível para mim, respondi:

– Sou Lily. – Um trovão ecoou no fundo do meu peito e virei a cabeça para a direita, com os olhos ainda fechados, e escutei uma voz sedosa, mas poderosa, anunciar: – Sou Tia. – Senti Asten se preparando para fazer outra pergunta, mas eu ainda não tinha terminado. Inclinei a cabeça para a esquerda e uma terceira voz, com um hesitante sotaque irlandês, disse: – E sou... Ashleigh.

Assim que a terceira voz falou, algo se rompeu dentro do meu cérebro e, se Asten não houvesse me segurado, eu teria desabado com força no chão.

Quando acordei, deparei com Asten e Ahmose me olhando com preocupação, mas também havia algo mais nos olhos deles. Algo que achei que nunca tinha visto antes, nem mesmo quando os dois enfrentaram um gigantesco exército de zumbis. Era o medo puro.

– O que foi? – arquejei. – Os chacais nos encontraram?

– Não. Estamos em segurança por ora – respondeu Ahmose baixinho.

Olhei em volta e vi que estávamos no alto de um monte íngreme e estreito.

A área onde nos sentávamos era plana e só tinha tamanho suficiente para nós três, desde que apenas um dormisse de cada vez. Logo atrás de mim o penhasco vertical despencava em linha reta até o chão, e parecia que o mesmo acontecia em torno de toda a formação rochosa. Na verdade, o único modo possível de termos chegado ao topo era voando. Formas escuras lá embaixo cercavam nosso minúsculo poleiro.

– Eles nos alcançaram – afirmei.

– É – respondeu Asten. – Mas no momento essa é a menor de nossas preocupações.

– A *menor* de suas preocupações? Eu diria que é uma preocupação bastante grande, especialmente porque é provável que a Devoradora saiba onde estamos. O que mais poderia estar preocupando vocês?

Asten fabriu a boca, mas pareceu hesitante em falar. Então olhou para Ahmose, que franziu a testa antes de finalmente dar voz ao que tinha na mente.

– Como você está se sentindo, Lily? – perguntou, atento.

Cruzei os braços.

– Bem. Considerando tudo. Por quê?

– Onde você nasceu?

– Nova York.

– Qual é o primeiro nome do Dr. Hassan?

– Oscar.

– Por que estamos aqui?

– Para salvar Amon. – Levantei os braços. – Por que tantas perguntas?

– Só queríamos ter certeza de que você é você – disse Asten.

– Quem mais eu seria? – perguntei, irritada.

Ahmose suspirou.

– Fizemos um encantamento em você e... – ele pareceu desconfortável – ... descobrimos que você não está sozinha em sua mente.

– O que vocês estão falando? Vocês sabem que tenho a Tia também. Ainda que ela esteja extremamente quieta nos últimos tempos. Fazer com que ela fale está muito difícil.

– É exatamente isso, Lily. Ela tem estado quieta, mas agora há outra voz assumindo o controle.

– Outra?

Ahmose assentiu.

– Você ainda está aí, o que é um alívio, mas existem Tia e agora... Ashleigh.

– Espere aí. Você está dizendo que a fada também está na minha mente?

– O encantamento confirmou – respondeu Asten. – Não sabemos direito como isso aconteceu. Talvez tenha tido alguma coisa a ver com a árvore.

– Ou magia de fada – sugeriu Ahmose.

Um zumbido começou a preencher meu cérebro de novo.

– Não. Não. Não é possível. Como poderia ser? – Comecei a me balançar para a frente e para trás, os braços apertando os joelhos. – Estou ficando maluca, não é? Aconteceu com a outra esfinge. Ela enlouqueceu. Pediu para ser morta. O que vou fazer? – Estendi uma das mãos, agarrei o braço de Asten e segurei a mão de Ahmose com a outra, sacudindo ambos. – Vocês precisam me ajudar. Existe alguma coisa que possam fazer?

Ahmose balançou a cabeça com tristeza.

– Nunca vimos uma coisa assim. O que é... perturbador é que há ocasiões em que você não parece perceber que não está no controle.

– O quê? – ofeguei. – Tem certeza?

– Só há um modo de descobrir – disse Asten. – Você se lembra de ter... sonhado comigo?

– Sonhado? Do que você está falando especificamente?

– Havia uma estrela cadente, uma colina coberta de grama.

– Não. – Sacudi a cabeça. – O último sonho de que me lembro foi quando vi Amon sendo torturado.

Asten assentiu rapidamente.

– Então isso é a prova. Não era você.

– Não era eu? Você me viu mas não era eu?

– Era você no corpo, mas não na mente. O Dr. Hassan disse alguma coisa sobre a fusão das consciências ou sobre o desaparecimento de uma de vocês?

Pensei por um momento.

– Ele disse que, como eu não matei Tia, nossas mentes lutariam pelo controle do meu corpo. E Hórus mencionou alguma coisa sobre o poder da esfinge funcionar quando nós duas estivéssemos de acordo sobre o que fazer e que a única ocasião em que poderíamos ser totalmente nós mesmas seria quando a outra, ou acho que *outras*, agora, concordassem ou dormissem.

– Então foi Tia que sonhou comigo – disse Asten, pensativo.

Apertei o rosto com as mãos.

– Isso é muito confuso. – Respirando fundo, olhei o céu do mundo dos mortos e me perguntei o que seria de mim. Então percebi que isso não importava. O que importava era terminar o que tinha vindo fazer. Louca ou não, possuída ou não por uma leoa e uma fada, eu ia salvar Amon.

Levantei-me, limpei as mãos na legging e assumi o controle, silenciando todas as outras vozes na mente.

– Vamos colocar de molho esse meu negócio de personalidades múltiplas e decidir em outra hora o que fazer a respeito. Por enquanto temos coisa mais importante a fazer. Vamos torcer para que encontremos uma solução mais adiante. Se alguma das outras garotas sair para brincar, confio que vocês dois irão mantê-la apontando na direção certa.

Asten e Ahmose se entreolharam e assentiram.

– Ótimo. Vamos, então?

Asten me entregou minhas armas e notei que seus dedos se demoraram na minha mão por um momento a mais do que o necessário, mas ignorei o gesto. Quando ele se ofereceu para me carregar, fui propositalmente até Ahmose, tentando não prestar atenção no maxilar trincado de Asten e em como isso fazia a covinha em seu queixo se aprofundar. Estava louca para perguntar a Tia o que ela estivera fazendo enquanto controlava meu corpo, mas abafei esses pensamentos que cheiravam a traição. A verdade era que eu precisava dela e sabia disso.

Ahmose parecia disposto e feliz em ajudar, e aparentemente não notou como o irmão estava quieto. Pressionando o escaravelho do coração de Amon com a mão, senti as batidas contra a palma e girei-o lentamente até saber a direção que deveríamos tomar. Senti-lo me estabilizou.

– Para lá. – Apontei e, quando decolamos, ouvi os uivos dos chacais lá embaixo. Embora eu soubesse que eles nos seguiam, logo nos distanciamos da matilha.

Algumas horas depois avistei uma coisa que parecia muito familiar. Era a muralha de ferro que meu eu do sonho escalou quando vi pela primeira vez a Devoradora. Não tinha certeza se ela estava lá, mas sabia que Amon estava. Seu coração me chamava. Batia muito mais fraco do que antes, mas pelo menos eu sabia que ele estava vivo.

Pousamos numa laje onde podíamos nos agachar e olhar o teatro de pedra abaixo. Não havia sinal da mulher que eu tinha visto, mas eu sabia que isso não significava muita coisa. Examinei a área. Ainda que o poste onde Amon estivera acorrentado continuasse ali, ele não estava. As correntes de ferro que o haviam prendido pendiam frouxas, tilintando baixinho ao baterem umas nas outras agitadas pelo vento.

– Onde ele está? – sussurrei.

– Seu coração diz que ele está aqui? – perguntou Asten.

– Diz.

– Talvez seja um truque – sugeriu Ahmose.

– Acho que é possível – concordei. – Vamos tentar descer.

Já ia pegar as armas quando me detive.

– Ela vai sugar a gente direitinho, com tanta certeza quanto estou falando com vocês agorinha mesmo. Lutar contra tantos é que nem tentar esvaziar um lago com um dedal. Acho melhor a gente pôr sebo nas canelas. Se sairmos bem quietinhos, pode ser que ela nem note.

– O que você disse? – perguntou Asten, uma expressão de surpresa cruzando seu rosto.

Olhei para ele irritada, não gostando nem um pouco de seu ar desconfiado.

– Ashleigh? – Ahmose se virou para mim com paciência.

– O quê? – Sorri, gostando daqueles olhos cinza brilhando na minha direção.

– Nós precisamos muito de Lily aqui agora.

Meu sorriso desapareceu.

– Eu não tenho direito de ir aonde quero?

– Tem. – Ele segurou minhas mãos com as suas, quentes, e algo em mim tremeu. – Mas neste momento precisamos travar uma batalha. Talvez você fique mais segura mantendo-se o mais escondida que puder. Mas empreste sua força a ela, se possível.

Examinei-o, procurando alguma falsidade, mas não encontrei.

– Certo, então. Vou me esconder. Mantenha a gente viva. Está entendendo?

– Estou. Vou fazer isso.

– Vou cobrar, hein?

Piscando, descobri que estava olhando muito profundamente nos olhos de Ahmose. Suas sobrancelhas estavam levantadas. Assenti rapidamente, com as bochechas ardendo por causa das coisas que estivera pensando – que *ela* estivera pensando, corrigi – e suspirei. Isso era confuso demais. Parte de mim sabia que os pensamentos não eram meus, no entanto eles pareciam tão reais quanto o toque da mão dele. Endireitando os ombros, fiz sinal para os irmãos.

Tínhamos acabado de nos levantar quando percebemos movimento lá embaixo. Rapidamente nos agachamos quando o som de pedras raspando ecoou nos nossos ouvidos. A areia se moveu no piso da arena e desapareceu por uma fenda que foi se alargando. De baixo da superfície de arenito subiu um tablado em cima do qual havia um grande caldeirão preto. Uma porta se abriu no recinto e criaturas de todo tipo entraram, enchendo o espaço em volta do caldeirão gigante.

Quando todos tomaram seus lugares, um tambor soou e, como se fossem uma só, as criaturas olharam para o céu. Milhares de seres alados preencheram o ar, guinchando ao serem convocados. Encolhi-me sabendo que eram lacaios da Devoradora e esperando em vão que não nos notassem.

Enquanto eles voavam, o capataz Minotauro entrou.

– Ah! Olhem só para ele! – observei alto demais. – Vocês não vão querer montar naquilo numa batalha, vão? Puxa, ele tem uma cara que parece um buldogue mastigando um marimbondo!

Ahmose me deu uma cotovelada.

– Ashleigh, você precisa tentar falar baixo.

– Tudo bem – eu disse, balançando a cabeça. – Ainda estou aqui. Ela tem pensamentos muito altos, só isso. É difícil bloquear.

O Minotauro foi seguido por uma figura encapuzada em forma de homem. Senti o coração saltar pensando que poderia ser Amon, mas então vi que a pessoa não estava acorrentada. Andava por vontade própria. O homem que eu conhecia lutaria até o último suspiro. Não. Amon estava ali, em algum lugar, mas não era o homem de capuz.

As criaturas aladas parecidas com morcegos se agitavam loucamente, mergulhando cada vez mais até que uma forma se materializou no meio delas. As asas coriáceas se acalmaram de imediato, transformando-se em uma capa. O Minotauro sorriu – uma visão arrepiante, ligeiramente repulsiva.

– Salve a Devoradora! – gritou.

A saudação foi ecoada pela multidão de monstros arruaceiros de modo tão aterrorizante que eu soube que teria pesadelos com eles durante uns dez anos; presumindo, claro, que sobrevivesse para sonhar de novo.

A personificação de tudo que eu odiava deu um passo à frente. Levantou os braços para a multidão, de costas para nós, e gargalhou.

– Obrigada a todos por comparecerem a esta ocasião muito auspiciosa! – disse a Devoradora em sua voz linda e abominável. Em seguida girou, oscilando os quadris curvilíneos, e vi que dessa vez ela usava um vestido de prata reluzente, muito *grudado* no corpo. A capa viva que se arrastava atrás era eriçada com os chifres dos lacaios alados que se grudavam uns nos outros e os crânios de alguns animais pequenos adornavam cada ombro.

O cabelo comprido e escuro descia pelas costas em ondas lustrosas e até mesmo a distância notei que as pequenas contas prateadas que adornavam as mechas também eram vivas, apertando algumas partes com as garras e fixando uma coroa reluzente, cheia de joias, sobre sua cabeça. As pedras preciosas eram vermelhas como sangue. *Que adequado!*, pensei.

Estava mais linda do que na última vez em que eu a vira. As veias cinza-esverdeadas que afloraram no nosso último encontro tinham desaparecido. Agora ela era toda em tons de creme e rosa, a não ser pelos mesmos lábios vermelho-sangue. Era como se a Devoradora tivesse florescido enquanto se banqueteava com o poder de Amon. Tecnicamente, ela estivera sugando as energias de todos nós. A ideia de que a cor em suas faces tivesse vindo de mim me deixou nauseada. Estremeci, sabendo que era bem provável que isso tivesse acontecido. Ela prosperava compartilhando nosso poder.

– Ela não é nem um pouco como eu esperava – sussurrou Ahmose.

– Em todas as histórias que ouvi, ela era sempre citada como o mais feio dos imortais – acrescentou Asten.

– Vocês podem achar que ela é bonita agora – afirmei. – Mas esperem até que ela abra a boca como se estivesse para enfiar um peru de Natal inteiro goela abaixo. Isso revira o estômago da gente. – Ahmose e Asten olharam para a mulher como se estivessem apaixonados ou, no mínimo, fascinados. Dei-lhes uma cotovelada. – Preciso deixar vocês dois aqui? Vão ser capazes de lutar contra uma mulher bonita?

Ahmose teve a decência de parecer constrangido.

– Desculpe, Lily. Vamos lutar quando chegar a hora.

– Espero que sim. Já vai ser bem difícil derrotá-la mesmo com vocês dois me apoiando. Se ficar difícil demais, concentrem-se no Minotauro e no resto dos demônios que eu cuido dela. Entenderam?

– Sim, leoazinha – disse Asten com seu sorriso petulante.

Lancei-lhe um olhar desconfiado.

– Certo, então.

A Devoradora sinalizou para seu serviçal e o Minotauro subiu no tablado, seguido pelo homem de capuz. Com um movimento das mãos, a capa que ela usava se levantou, desnudando os ombros, e os seres alados desapareceram, guinchando numa nuvem de fumaça. A névoa preta criada por seus corpos desceu rapidamente, entrando no caldeirão e enchendo-o com um líquido escuro que borbulhava e estourava. Um fedor doce e doentio encheu o ar.

– Pronto – disse a Devoradora. – Agora é hora de colocar o ingrediente final. – Ela curvou o dedo e o homem de capuz se adiantou.

Com um estalo, o capuz caiu para trás e ali, no tablado, estava Amon.

Soltei um arquejo agudo.

Amon tinha o peito nu e manteve uma expressão passiva enquanto a Devoradora passava as mãos por seus ombros. Mais perturbador do que a falta de emoção era a condição de seu corpo. Ele estava pálido. Tão pálido que jurei que quase podia enxergar através dele. Estava bem parecido com os fantasmas presos no Pântano do Desespero, e senti o coração se partindo, achando que talvez fosse tarde demais para o salvarmos.

– Amon! – sussurrei em desespero, e senti o braço de Asten envolver minhas costas. Seu toque me acalmou e me estabilizou.

A voz da Devoradora se espalhou pela arena. Apesar de falar baixinho, cada palavra me rasgava como se ela estivesse gritando:

– Antes de assarmos seus ossos para que eu possa sugar até a última gota da energia que lhe resta – ela fez uma pausa e inclinou a cabeça, fazendo beicinho –, que tal um último beijo?

Amon não respondeu. Nem piscou. Simplesmente obedeceu. Aproximou-se dela e a Devoradora o abraçou, comprimindo sua forma curvilínea contra o corpo dele, antes musculoso mas agora emaciado. Ela puxou a cabeça dele para baixo, capturando seus lábios, e eu gritei, a energia sendo sugada diretamente de mim.

Quando ela terminou o beijo, fiapos de névoa branca e reluzente emoldurados por uma luz verde ligavam a boca de Amon à dela. Delicadamente, ela limpou os lábios com os dedos, capturando aquela coisa densa e engolindo a energia vital de Amon como se estivesse comendo uma tigela de macarrão com manteiga. Ela estremeceu.

– Absolutamente delicioso. Vou sentir muito sua falta.

Ela meneou a cabeça e o Minotauro ordenou que Amon entrasse no caldeirão fervente.

Ele só dera um passo quando me levantei. Asten e Ahmose não estavam se recuperando tão depressa, então sussurrei um rápido agradecimento às outras duas ocupantes da minha mente. Provavelmente era a presença delas que me ajudava na recuperação. Num instante uni a mente à delas. Todas concordamos que era hora de aumentar nosso potencial.

Algo primitivo e firme me deixou mais centrada. A confusão, a indecisão e a hesitação não existiam mais na minha mente. Eu era esfinge: decisiva, mortal e determinada. Peguei o arco e disparei uma flecha de Ísis para o céu. *Restam dez.* Quando Amon deu mais um passo, saltei em cima do muro de ferro correndo para ele e pulei. Dando uma cambalhota no ar, saquei as facas-lanças do arnês de ombro e aterrissei suavemente, como se estivesse desafiando a gravidade, entre Amon e o caldeirão borbulhante.

Pressionando o ombro contra Amon, eu o impedi de continuar.

– Não faça isso – implorei. – Por favor, pare. – Mas ele continuava me empurrando, tentando chegar ao caldeirão.

A Devoradora gargalhou, deliciada.

– Amon, querido. Volte aqui para perto de mim. Temos uma visita.

Imediatamente Amon se virou e se posicionou ao lado da Devoradora.

– Torcemos tanto para que você aparecesse – disse a Devoradora, como se ela e Amon fossem os anfitriões de uma reunião social.

– É mesmo? – respondi com azedume. – Acho que seu convite se perdeu no correio do mundo dos mortos. Desculpe invadir sua festa.

A coroa da
Senhora do Pavor

A carranca da Devoradora não conseguiu diminuir sua beleza.
– Talvez a destruição da Floresta Turquesa tenha sido sutil demais. Ah, bom. Aprendi a lição. Da próxima vez serei mais direta.
Meus punhos se fecharam e, antes que pudesse me conter, gritei:
– Seu animal metido a besta e maligno! Você a matou! A floresta era a única coisa boa que restava neste buraco do inferno que você chama de lar.
Parte de mim reconheceu que não era eu quem estava falando, no entanto cada sílaba e cada movimento da língua pareciam naturais. As coisas que eu dizia eram minhas. As passageiras da minha mente eram apenas camadas invisíveis de minha psique. Tinham se integrado ao meu ser a ponto de seus pensamentos serem meus e os meus, delas. Nossa ligação fazia com que eu me sentisse mais bem-acabada. Mais... inteira.
Portanto fui eu, tanto quanto qualquer uma das outras, que levantou a faca-lança ameaçadoramente na direção da Devoradora, furando o ar enquanto minhas palavras continuavam a jorrar.
– Seu bafo cheio de vermes já soprou no nosso cangote por tempo demais. É hora de pagar pelo que fez! Quando a gente acabar com você, os lobos vão despedaçar seu corpo e se refestelar com os ossos até que não sobre nada nem pra maré levar!
Ela franziu os lábios.
– Ora, ora – disse. – Que humor! Seus modos são atrozes. – Um sorriso de fera iluminou seu rosto. – Mas, por falar em lobos... – A Devoradora balançou a mão dramaticamente e uma fumaça jorrou na arena, vinda de todos os lados. Nuvens escuras se partiram em massas pulsantes, com olhos amarelos reluzindo nas profundezas antes que a matilha assumisse forma física.

O líder, rosnando e com a boca espumando, ocupou seu lugar ao lado da Devoradora. Lambendo os beiços com olhar mortal, sua voz encheu minha mente. *Deixe-me pegá-la, minha rainha. Anseio por sentir o gosto da morte dela.*

– Ora, ora. Paciência, cachorrinho. Essa aí é poderosa e não quero que ela seja drenada. – O chacal ganiu e ela o acalmou coçando suas orelhas. Com o olhar fixo no meu, a Devoradora se abaixou lentamente e sussurrou para ele:
– Por enquanto.

Ele soltou um rosnado baixo e ela gargalhou.

Olhei a arena ao redor. O número de criaturas era muito grande. Como é que uma garota – ou melhor, três garotas num corpo – poderia enfrentar tantos, com ou sem o poder da esfinge? Mesmo com Asten e Ahmose ajudando, estávamos em número tremendamente menor. A melhor hipótese seria eu distrair a Devoradora enquanto Asten e Ahmose desciam voando, pegavam Amon e fugiam. Derrotá-la não era muito provável. *Por que foi que não bolamos um plano?*, pensei.

– Devo confessar – disse a Devoradora, interrompendo meus pensamentos – que não esperava que você ainda tivesse tanta capacidade de luta. Principalmente depois de uma estadia tão longa no mundo dos mortos. – Ela inclinou a cabeça. – Fico imaginando como durou tanto.

Não deixei de notar a solenidade que dava às palavras, o que fez correr um arrepio de nervosismo pela minha coluna, um arrepio que deixou uma coceira desconfortável na nuca. Até agora Asten e Ahmose tinham permanecido escondidos, o que era bom. Eu não queria que ela soubesse que eles estavam comigo – pelo menos por enquanto. Não seria bom mostrar os trunfos tão cedo. Em um jogo assim, qualquer coisa podia sair do controle.

– Não me entenda mal – continuou ela. – Estou bastante satisfeita com sua... vitalidade. Afinal de contas, quanto mais força você tiver, mais tempo poderá me alimentar. – A Devoradora inspirou profundamente e sorriu. As pupilas dos olhos reptilianos se alongaram, colorindo de preto os globos oculares, como se ela estivesse dominada pela sede de sangue. – Que aroma delicioso! Imagine! Um coração vivo. Faz eras que não como algo tão fresco. Saber que esse banquete está iminente me deixa de excelente humor.

Os chacais latiram, concordando, felizes, como se a dona estivesse se preparando para compartilhar os melhores petiscos de seu prato.

Girei as facas-lanças e ri com desprezo.

– Quer mesmo comer mais? Se quer saber, você está meio gorducha. Talvez seja bom diminuir a ingestão de calorias, se é que me entende.

Seus olhos se estreitaram e plumas minúsculas brotaram em leque em volta deles, logo se transformando em perigosos espetos afiados. O cabelo que descia por suas costas se ergueu em torno do corpo, formando um halo, como serpentes que eu, tolamente, houvesse despertado.

– Posso garantir que seus jogos bobos não vão dar em nada. Você não pode pensar que tem chances de vencer.

Inclinando a cabeça ao avaliar a situação, olhei as mechas de cabelo que se moviam, tomando o cuidado de me manter longe do alcance delas.

– Ninguém lhe disse quanto colesterol existe num coração? Isso não pode fazer bem. – Inclinei-me para a frente com as sobrancelhas levantadas. – Cá entre nós, que somos mulheres, você não está na sua melhor forma. Está inchada feito um colchão largado na chuva.

Franzindo o nariz, acrescentei:

– Além disso, há um certo cheiro em você. Parece um pouco com mofo. Bolor. Seja lá o que for, faz os olhos lacrimejarem. – Estendi minha faca-lança, apontando-a da cabeça aos pés dela, em parte num insulto, em parte como ameaça. – Provavelmente, é o resultado de consumir uma quantidade grande demais de corações podres. Mas imagino que isso faça parte da sua função. Você sabe como dizem: lixo entra, lixo sai. Levando-se tudo em consideração, acho que minhas chances são boas.

A boca vermelha da Devoradora se escancarou e eu sorri feito o gato de Alice – até que ela se virou para Amon e passou a ponta do dedo, agora pintada de verde, por seu peito nu.

– Amon? – chamou docemente.

– Sim, minha rainha? – respondeu ele em voz monocórdia.

– Poderia dar uma lição sobre respeito a essa garota insignificante?

Amon piscou uma vez, duas, depois inspirou fundo e veio na minha direção, os braços levantados, pronto para destruir.

– Amon? – gritei. – Amon, pare! – Ele tentou me agarrar, os braços se agitando, mas girei, saindo facilmente do seu alcance, e me afastei. Ele caiu contra o caldeirão borbulhante, como um brinquedo quebrado, eu ouvi o chiado de carne queimando. Ele não gritou, apesar do ferimento, e quando se virou para mim havia um enorme vergão vermelho na lateral de seu corpo, cheio de bolhas horrendas. – O que você fez com ele? – gritei. Guardei as facas-lanças e levantei as mãos vazias, com medo de machucá-lo mais ainda.

– Na verdade é uma coisa simples – disse ela enquanto assistia, com uma expressão de júbilo, a Amon tentando me acuar. – A mente dele está partida, o que significa que é controlado facilmente. Veja bem, quando eu tomo a energia dele, substituo com a bile dos condenados, um flagelo que envenena o pouco que resta de Amon. Isso faz com que seja mais fácil digeri-lo – acrescentou; depois franziu a testa. – Tem sido terrivelmente difícil sugar o que resta da energia dele. O último recurso é fervê-lo, o que traz o risco de perder o que resta. Ah, tudo bem. Agora que você está aqui, isso já não tem muita importância.

O fato de ela não ter conseguido acabar com ele provavelmente se devia a Amon possuir o Olho de Hórus. Havia muito Amon me contara que o símbolo do Olho era um sinal de proteção. Possuir o objeto de verdade deve tê-lo mantido vivo. Olhei-a com todo o ódio que pude reunir. Isso deveria ter bastado para atear fogo à mulher, mas ela nem estava me olhando. A Devoradora mordia a unha do polegar e estudava Amon enquanto ele saltava de novo na minha direção como um bêbado.

– Talvez eu o mantenha aqui um pouco mais – disse ela. – A presença dele deve motivá-la a cooperar. E Amon está sob o meu comando, afinal de contas, com a mente perdida nas Cavernas dos Mortos, pelo menos até que eu o libere para a segunda morte. O que eu estava prestes a fazer quando você apareceu. Foi sorte sua eu ter decidido esperar. E pensar que você poderia ter chegado tarde demais para salvar seu amado. Agora mesmo posso ouvir seu coração batendo por ele. O som... me diverte. Que emoções profundas! Têm o sabor da sobremesa mais deliciosa.

Amon lançou-se sobre mim e eu saltei de lado, erguendo uma perna para fazê-lo tropeçar. Ele desabou no chão, os membros soltos, esparramado. Senti-me grata por ele não estar no auge de sua força. Caso contrário, seria um oponente temível e eu não teria outra saída senão me defender. Eu já sentia que a Devoradora ia se cansando daquilo. Os chacais estavam por perto, atentos, esticando o pescoço disfarçadamente para morder quando achavam que a Devoradora não estava prestando atenção.

Chutei um deles com força e o chacal trombou com os irmãos, derrubando vários outros. Eles tornaram a se levantar e rosnaram. Aproveitei então a oportunidade para voltar à área mais aberta, no centro. Embora fosse perto demais do caldeirão fervente, achei mais seguro do que ficar no meio da matilha.

Amon invocou suas armas da areia, mas a fraqueza as tornava instáveis. Ele me golpeou com uma espada que num momento reluziu, mas no seguinte, ao me acertar, virou areia. Desviei-me do golpe seguinte e o agarrei por trás, prendendo seus braços.

Parte de mim adorou estar em contato físico com ele de novo, mesmo naquelas circunstâncias horríveis. Seu cabelo roçou no meu rosto e o peso do seu corpo contra o meu me trouxe a sensação de estar em casa. Como eu ansiava ser abraçada por ele! Sentir seus beijos quentes nas pálpebras e no rosto. Ele cheirava a sangue, suor e dor, mas por baixo de tudo eu ainda podia captar um vestígio de seu perfume que me deixava louca – âmbar liquefeito com um toque de caxemira e uma leve sugestão de mirra aquecida ao sol.

A certeza absoluta de que eu estava apaixonada por ele me percorreu e sorri. Nós pertencíamos um ao outro, ainda que o Cosmo parecesse decidido a nos manter separados. Como esfinge, eu podia discernir a verdade das coisas, até sobre mim mesma, e soube, no fundo do coração, que meu amor por Amon era verdadeiro; não importava o que acontecesse, não importava que outros sentimentos eu abrigasse, eu o amava.

Enquanto Amon lutava para se soltar, tentei distrair a Devoradora, esperando que seu controle sobre Amon diminuísse.

– Está obcecada pelo amor? – gritei. – Acho que uma comedora de corações ficaria mesmo. Estou surpresa por você reconhecer isso. Por falar nisso, é um espanto você não ter um namorado, com seus beijos de veneno e coisa e tal. Será que o mundo dos mortos tem um serviço de encontros para pessoas como você? Talvez você devesse montar um site. Poderia chamar de meubafofede.com. – O Minotauro me olhou com interesse e eu pisquei para ele, jogando uma isca para ver se poderia trazê-lo para o meu lado com o poder do escaravelho do coração.

O tilintar de risos encheu minha mente. Animada, olhei brevemente para o muro, na esperança de vislumbrar Asten ou Ahmose. Não os vi. Rezei para que isso significasse que ninguém mais tinha visto também. *O que eles estão esperando?*

Amon jogou a cabeça para trás, acertando meu nariz. Estrelas dançaram diante dos meus olhos. Em seguida, ele agarrou meu braço e me puxou para a frente, jogando-me não contra o bando de chacais, mas contra a multidão de devotos da Devoradora. Garras riscaram minhas costas e meus braços, tentando roubar as armas.

Tive uma leve consciência dos filetes de sangue escorrendo pelo meu braço, pingando do cotovelo, mas meu nariz latejava e eu não conseguia enxergar direito. Um frenesi de guinchos e puxões veio em seguida e Amon se tornou o menor dos meus problemas. Fui apanhada num redemoinho de membros demoníacos. Corpos tombavam em cima de mim como se eu fosse uma bola lançada contra pinos de boliche.

Um rugido soou na arena. Saído de mim. Uma represa havia se rompido dentro do meu corpo, despejando toda a dor, a frustração e a tristeza que haviam se acumulado desde o início da jornada. Como eu tinha guardado as facas-lanças no esforço de não machucar Amon, ataquei com as garras. Lutei como um animal acuado, golpeando e rasgando. A bile encheu minha boca e eu pisquei, percebendo que tinha mordido alguém, e o gosto desse alguém era horrível.

– Não a destruam! – ouvi a Devoradora gritar. – Tragam-na para mim. Agora!

As criaturas pararam de lutar, embora uma delas tenha me dado um último soco no queixo, os calombos duros nos nós dos dedos arranhando a minha pele. Meus braços foram contidos por nada menos do que seis capangas, que não viram nenhum problema em me chutar nos rins quando tentei me soltar. Eles me arrastaram até a rainha. Parada diante dela, usei a estela para curar os pequenos ferimentos. Amon, que tinha acompanhado os demônios que me seguravam, ficou por perto, os olhos fixos no nada.

– Garota idiota – disse a Devoradora, aproximando-se de mim. – Por mais forte que seja, deve saber que meu poder aqui é irrefutável. – Ela acenou com o braço na direção da multidão. – Olhe à sua volta. Você está sozinha. Uma criança fraca, patética, enfrentando todas as criaturas malignas do mundo dos mortos.

Ela me alcançou e percorreu com a ponta gelada do dedo uma linha da minha têmpora até o queixo. Seu hálito cheirava a morte, podridão e desespero. Ela era a ausência de todas as coisas luminosas, boas e fortes. Eu queria me encolher, mas algo dentro de mim exigiu que me mantivesse firme, sabendo que seria um erro desviar os olhos.

– Veja bem, nós somos as coisas que se movem ocultas na noite – sussurrou a Devoradora. Sua voz era frígida como o abismo mais negro do oceano mais fundo. A pele do meu pescoço se arrepiou. – Somos o formigamento que você sente subindo por sua coluna. Somos os medos secretos do seu coração. Sempre inquietantes, sempre perturbadores e sempre buscando sua morte.

Quando ela desceu o dedo até meu coração, eu o senti se agitar. Ela fez uma pausa, um sorriso de triunfo no rosto.

– Até você pode sentir – declarou. – Seu coração sabe do poder que tenho sobre ele.

O sorriso da Devoradora hesitou.

– Mas espere – disse, franzindo a testa ao refletir. – Quase esqueci. Há mais de um coração aqui, não é?

Congelei, em pânico por ela saber sobre Tia e Ashleigh, mas nesse momento ela mudou a posição do arnês de couro e encontrou o escaravelho do coração.

– Está fraco agora – observou. – Quase o deixei passar.

A Devoradora acariciou a carapaça preciosa do escaravelho. Se meus braços não estivessem presos, eu a teria empurrado para longe. Seu toque parecia uma profanação.

– Talvez *esta* seja a razão de eu nunca ter conseguido drená-lo completamente. Humm... Eu me pergunto se o encantamento do caldeirão poderia ter funcionado. Que desafio! – disse ela, animada, e então deu tapinhas no meu rosto, com ar de superioridade. – Estou ansiosa para dobrar você, querida.

Ela se virou e começou a sussurrar instruções para seu escravo Minotauro. Enquanto isso, relaxei o suficiente para que uma única lágrima escapasse do meu olho. *Então é isso. Alguma coisa deve ter acontecido com Ahmose e Asten.* Eu estava sentindo tanta pena de mim mesma que quase deixei de perceber a névoa escura e cintilante que pairava próximo ao grupo de demônios. Meus olhos se grudaram à forma. Ela envolveu completamente um demônio e, quando passou pelo lugar onde a fera havia estado, não existia mais nada. Nem mesmo seus irmãos demônios ali perto notaram que ele tinha sumido.

Por quanto tempo Ahmose e Asten estavam trabalhando em silêncio? Fazendo alguns cálculos rápidos, vi que agora havia um número significativamente menor de demônios. Não demoraria para que a Devoradora percebesse a diferença. Eu precisava ganhar mais tempo para eles. Infelizmente, não tive oportunidade de pensar em nada.

O fedor de deuses menores enche minhas narinas!, gritou o líder dos chacais. *Não posso vê-los, mas eles estão aqui.*

– O quê? – perguntou a rainha. – Quem está aqui?

Aqueles com quem ela viajou.

Num ataque de fúria, a Devoradora agarrou o focinho do chacal e inalou. Uma luz verde emanou da cara da criatura enquanto fiapos de fumaça cinza saíam de suas narinas. O chacal gemeu de dor, tentando inutilmente se soltar.

Ela respirou fundo, inalando a fumaça, e depois fechou a boca.

– Cachorro estúpido! – esbravejou e o jogou de lado. – Por que não pensou em me dizer isso?

A criatura, derrotada, se encolheu com o rabo entre as pernas e baixou a cabeça até o focinho tocar a terra. *Não achamos que eles fossem importantes*, disse. *A senhora só mandou vigiar a garota.*

– Seu vira-lata burro. Será que sou a única com um cérebro no mundo dos mortos? Eles são os Filhos do Egito! – gritou. – Vão! Encontrem-nos! Tragam-nos para mim!

A matilha começou a latir enfurecida e foi na direção do cheiro que assaltava suas narinas. Embora Asten e Ahmose estivessem escondidos na magia de Asten, logo a matilha encontrou a fonte. Os chacais latiam em triunfo, dançando em volta da névoa. Os que entravam eram rapidamente jogados longe, com os corpos machucados.

A fumaça se dissipou e dois deuses dourados emergiram. Asten, equipado com uma armadura de bronze espelhando o tom de seus olhos, que brilhavam no escuro, levantou o arco e começou a disparar as flechas com pontas de diamante contra a matilha, derrubando seis chacais em rápida sucessão.

Ahmose, cuja armadura era pálida como o luar prateado, ergueu o machado e a maça reluzentes e soltou a voz num grito de guerra. Diante dos dois, a matilha não conseguia se aproximar o suficiente para morder. A rainha observava a luta, incrédula com o fato de os dois irmãos conseguirem manter os chacais a distância durante tanto tempo. Então captei seu olhar examinador. Suas narinas se abriram e eu soube que ela estava sentindo o cheiro do coração dos dois. De seus corações muito imortais, muito poderosos.

Um sorriso se abriu em seus lábios vermelhos.

– Arranquem os braços e as pernas dela! – gritou para seus lacaios alto o bastante para fazer com que Asten e Ahmose hesitassem.

Os dois irmãos pararam e, como se fossem um só, alçaram voo. A Devoradora observou o progresso deles com o olhar fixo.

Uma flecha de Asten voou, direcionada à cabeça da rainha, mas ela se manteve firme, calma, plácida e mal percebeu quando seu capataz Minotauro pegou a haste com a mão, quebrando-a ao meio. Enquanto isso, os demônios que me seguravam começaram a puxar.

A força da esfinge foi o único motivo de eu não ter sido despedaçada naquele instante, mas lágrimas afloraram aos meus olhos. Sabia que não conseguiria resistir por muito tempo. Ela iria me partir em duas, depois sugaria a energia do meu coração e o tutano dos meus ossos e – que o céu egípcio me ajudasse – não havia absolutamente nada que eu pudesse fazer para impedir.

Amon veio cambaleando em minha direção, as mãos outra vez estendidas, como se quisesse participar. Seu olhar não demonstrava nenhuma emoção. Nenhum sinal de perceber o que estava fazendo. Movia-se como um zumbi obcecado por um cérebro suculento. Levando a mão ao meu braço, passou-a por cima das mãos dos demônios que me seguravam.

Eles pararam, confusos.

A Devoradora gargalhou.

– Que adequado você ser feita em pedaços por seu amor! Que emoção terrivelmente deliciosa de engolir! Vou guardar esse petisco apetitoso para o final.

Amon se virou para ela como se pedisse permissão. Os demônios, ofegando pesadamente à minha volta, esperavam para ver o que ela queria.

Ela acenou para Amon, como se encorajasse seu garotinho a ir brincar numa caixa de areia.

– Vá – instigou. – Arranque o braço dela.

Amon me encarou de novo. Lágrimas escorriam pelo meu rosto enquanto eu o olhava, desejando ser capaz de me despedir direito, de ver seu olhar amoroso só mais uma vez.

Alguma coisa mudou.

E meu desejo foi concedido.

Gotas de suor brotaram na testa dele, sinal de um esforço monumental, apesar de ele mal ter se movido nos últimos dez minutos. Ele levantou a cabeça e eu vi não só reconhecimento como também algo mais. Ele passou a língua pelos lábios, a voz fraca falhando enquanto tentava falar. Foi uma única palavra, mas nela encontrei esperança.

– Lily – disse ele.

Seus olhos azuis penetrantes fixaram-se nos meus, a mão deslizando pelo meu braço até o ombro, onde cobriu o escaravelho do coração. Se meus braços não estivessem presos, eu teria segurado seu rosto com as mãos e lhe dado um beijo. O calor ardia onde a palma de sua mão estava e, quando ele recuou, um sorriso cruzou seu rosto antes de ele desmoronar no chão.

– Amon! – gritei, mas imediatamente o calor do meu ombro se espalhou pelo peito e desceu pelo corpo. Sacudi os braços e os demônios que me seguravam voaram para longe, como água sacudida das costas de um tigre. Na minha mão surgiu um escudo verde reluzente e uma armadura envolveu meu corpo, cada segmento se encaixando com um estalo. O escaravelho do coração havia mudado de lugar e agora se encontrava na minha cintura. Um poder renovado percorria meus membros, e eu sabia que vinha de Amon. Ele tinha me dado o pouco que restava de sua energia.

Entrei em pânico, achando que ele estava morto, mas, assim que vi Asten disparando flechas e ouvi a pancada da maça de Ahmose ao atingir um demônio, soube que ele continuava conosco, ainda que por pouco. Nesse momento jurei usar o dom de Amon para salvá-lo. Não queria pensar no que havia lhe custado libertar-se do domínio da Devoradora. A rainha, obscurecida pela nuvem de sua capa viva, gritava para os lacaios nos pegaram.

Quando os demônios retornaram, chutei o caldeirão gigante, derrubando-o e derramando o conteúdo abominável no chão. As criaturas que pisavam na substância viscosa soltavam um grito insano, penetrante, que era interrompido quando o alcatrão preto se fechava sobre seus corpos, derretendo a carne e não deixando nada além de ossos deformados.

Invoquei o vento. Ele passou por cima da parede de ferro e criou um vendaval de tamanha ferocidade em torno dos demônios que eles cambalearam para trás, protegendo os olhos da terra e da poeira. Os poucos que conseguiam atravessar para me enfrentar eram estrangulados. Meu poder era tanto que eu conseguia incapacitar três de cada vez, mas matá-los desse modo ainda demorava demais. Enquanto minha atenção estava fixa em três, um chacal atacou. Esmaguei seu crânio com as mãos enluvadas como se sua cabeça fosse um melão. O vento mantinha todos os atacantes longe de onde eu estava. Somente a rainha, seus guarda-costas e Amon se encontravam dentro do círculo de calmaria.

Tudo o mais ao redor era caos.

Com a poça de piche mortal às costas e Asten e Ahmose voando em segurança acima do turbilhão e atacando outros demônios que lutavam, senti confiança para voltar toda a atenção para a rainha.

Amon estava caído aos meus pés, inconsciente mas respirando. Espiei a Devoradora com os olhos estreitados, vendo-a com clareza apesar das criaturas que a protegiam, e peguei as lanças, que, por meio da magia, tinham ficado presas ao arnês de couro. Parti para cima dela e ataquei, mirando seu pescoço, mas ela girou, desviando-se no último instante, quase tropeçando no vestido prateado.

Sua coroa reluzente caiu e rolou na minha direção. Estendendo o pé, pisei em sua borda, parando-a no meio do giro. Uma sede de sangue, um desejo de que sua cabeça fosse o objeto sob meu pé atravessou minha mente.

– Acho que agora isto me pertence – gabei-me, espetando a coroa com a faca antes de atirá-la de lado.

Alonguei uma das facas-lanças, recuei o braço e mirei seu coração.

– Chega do seu reinado. Faça uma boa viagem para onde quer que as rainhas más como você vão.

27

Nomes secretos

O corpo da Devoradora desapareceu numa explosão de criaturas aladas logo antes que minha lança a atravessasse. Os morcegos foram substituídos por dezenas de demônios que brotaram de rachaduras no chão. Eles avançaram em minha direção. Justamente quando erguia a faca que restava para me defender, dois corpos desceram do céu e enfrentaram o grupo com um retinir de armas.

Asten havia guardado o arco e agora lutava com as cimitarras de ouro do irmão caído. Nós nos posicionamos de modo que Amon estivesse protegido no centro do triângulo que formávamos. Voltados para fora, cuidávamos também das costas uns dos outros enquanto lutávamos.

– Peguem Amon e vão embora! – gritei enquanto cravava a lança na garganta de um oponente. – Eu os detenho!

– Não podemos fazer isso, leoazinha – disse Asten por cima do ombro no momento em que girava as duas cimitarras em direções opostas, decapitando um demônio que desapareceu numa nuvem de poeira. – Precisamos matá-la. Se fizermos isso, Amon vai ter o poder de volta. Se não, talvez nunca se recupere.

– Ótimo.

Os demônios e os chacais que restavam e que a rainha conseguira canalizar para nosso círculo no centro da tempestade ainda eram muitos e continuavam a nos atacar num fluxo interminável. A rainha não estava mais à vista.

Ergui instintivamente o escudo e, quando o fiz, o escaravelho do coração esquentou na minha cintura. Um poderoso jorro de luz verde disparou e derrubou uma dúzia de criaturas, cujos berros de agonia ecoaram nos muros de ferro antes que elas se transformassem em nuvens de pó.

– Que prático! – falei, e tentei usar o poder de novo quando a próxima horda de criaturas se reuniu cautelosa ao nosso redor.

Infelizmente, não consegui descobrir como repetir o processo. Frustrada, cravei o escudo esmeralda na areia e joguei o elmo de lado. Asten conseguira recuperar minha lança perdida quando um demônio decidiu usá-la contra ele. Atirou-a para mim e imediatamente me senti melhor tendo as duas facas-lanças.

Sem dúvida existia um lado meu que ansiava por me testar na batalha. Queria ver o medo no rosto dos oponentes enquanto os estripava. Era muito mais satisfatório de perto do que à distância do comprimento de uma lança, em especial ao matar os chacais.

– Eu gostava mais de você com o arco – disse Asten, olhando para trás enquanto esperávamos o próximo ataque dos demônios.

Os três ofegávamos. Mesmo com a força da esfinge, eu estava me cansando. O vento amainou e os demônios que tinham se comprimido contra o muro começaram a vir em nossa direção. Meu peito rugia de expectativa.

– Prefiro as garras, se tiver opção. – Era Tia, que viera à superfície para falar. Nós três vínhamos agindo harmoniosamente na maior parte do tempo, mas o fato de estar com as costas quase encostadas em Asten a havia trazido à tona.

– Aposto que sim – disse Asten com um sorriso de triunfo totalmente deslocado, mas que de algum modo me fez sorrir. – Vamos deixar as coisas um pouquinho mais a nosso favor, está bem? – Ele começou a murmurar um encantamento e achei que o resultado seria sua familiar nuvem de obscuridade. Em vez disso, toda a arena foi banhada pela luz de estrelas.

Estendendo as mãos, Ahmose juntou seu poder ao encantamento e a luz se multiplicou por dez.

– Vejamos se os que conspiram no escuro correm feito baratas à luz do dia – gritou.

Seus instintos estavam certíssimos. Os demônios piscaram e começaram a tatear às cegas, trombando uns nos outros enquanto nos procuravam, o que os deixava muito mais vulneráveis ao nosso ataque. Isso igualou um pouco as chances. Mas os chacais ainda chegavam facilmente até nós, tentando morder nossos tornozelos e nos separar.

Conseguimos resistir – isto é, até que a rainha, que não tinha o mesmo problema com a luz, lançou alguma magia. Eu a vi parada atrás de seu escravo Minotauro, que tinha os braços cruzados e exibia uma expressão presunçosa, como se estivesse gostando do espetáculo diante dele.

Com o canto do olho, vi os braços da rainha erguidos. Tive um mau pressentimento e recuei alguns passos.

– Ela está aprontando alguma! Cuidado! – alertei.

Os demônios que tínhamos matado haviam desaparecido numa nuvem de poeira, mas os chacais, sendo criaturas naturais do mundo dos mortos, estavam tendo sua primeira morte e continuavam empilhados no chão ao redor dos nossos pés. O feitiço dela os estava trazendo de volta à vida.

Como cães zumbis, os membros dos chacais tremeram e eles se levantaram devagar. Logo estávamos cercados, lutando contra legiões de chacais mortos-vivos, e foi somente alguns momentos de agonia mais tarde que nos lembramos de que o único modo de lhes dar uma segunda morte era apunhalá-los no coração.

Infelizmente, o coração deles não ficava no lugar esperado. Com um golpe de sorte de Ahmose, logo descobrimos que o coração de um cão do inferno ficava logo abaixo do pelo grosso de seu pescoço, tendo uma placa de osso como única proteção. Ele gritou rapidamente o que deveríamos fazer depois que seu chacal morto-vivo desapareceu numa nuvem de poeira. A arma precisava ser cravada no lugar certo.

Ahmose foi mordido violentamente em seu braço dominante, o que inutilizou o membro. Eu perdi uma das facas-lanças no corpo de um chacal que teve a primeira morte muito longe do meu alcance. Então, quando achávamos que as coisas não poderiam piorar, meu poder de manter o vento falhou completamente, e fantasmas recém-chegados começaram a nos atacar também.

Vinham correndo para nós numa fúria enlouquecida. Evidentemente nossa resistência na batalha dera tempo para que os inimigos da segunda linha chegassem. Eles não eram tão fortes como os companheiros, mas ainda conseguiam puxar meu cabelo, arranhar meus tornozelos e morder minhas orelhas. Desesperados por viver, faziam todo o possível para nos distrair. Minha determinação estava falhando. Não havia como vencê-los.

Então um zumbido glorioso, ameaçador, encheu o ar.

Os ceifadores haviam chegado.

Ainda tínhamos chance.

Enquanto desciam às dúzias, com as mandíbulas estalando, as foices curtas reluziam cortando fantasmas e chacais ao meio. No entanto, os chacais eram mais rápidos. Saltavam no ar, derrubando os ceifadores antes que eles pudessem usar as foices.

Quando os ceifadores tinham sua primeira morte, desapareciam numa explosão de luz. Eu esperava que isso significasse que eram levados de volta a Ísis, a deusa a quem ainda serviam. Eles mereciam paz depois de todo o sofrimento que haviam passado no mundo dos mortos. Quando a rainha viu que estávamos num impasse, mudou de tática e ordenou que todos que permaneciam em seu exército visassem Amon. Apesar de termos tentado mantê-lo no centro, no decorrer da batalha tínhamos nos afastado dele. Gritei e voltei numa tentativa desesperada de salvar sua vida. Um demônio com o rosto cheio de piercings ergueu um cutelo de aparência maligna tentando decapitar Amon.

Eu sabia que não tinha como chegar até Amon a tempo. Asten lutava contra três chacais ao mesmo tempo e Ahmose estava num combate corpo a corpo com um demônio três vezes maior que ele e de punhos imensos.

Corri, saltando por cima dos chacais e passando por baixo de armas que golpeavam no ar. Um fogo ardia dentro de mim. E então o tempo desacelerou. O cutelo continuava em seu arco descendente, mas se movia em câmera lenta.

Num momento eu estava correndo, no outro havia parado por completo.

Uma cacofonia de vozes encheu minha mente. Gritavam. Rugiam. Imploravam. Então, como engrenagens se encaixando, senti um estalo.

Um... dois... três.

Meu corpo subiu no ar como se eu pesasse menos do que uma nuvem. Luzes atravessaram minha visão e lá no alto vi três estrelas cadentes convergindo para um mesmo ponto, as caudas descrevendo um arco no céu, num símbolo que eu tinha visto antes – o Triângulo Impossível.

Quando as estrelas alcançaram seu destino, a luz explodiu numa chuva, caindo sobre todo o teatro. Ninguém embaixo parecia notar o fenômeno, e enquanto eu os observava, todos pareciam minúsculos e impotentes. Os fragmentos brilhantes tocaram minha pele e eu os absorvi. Fechei os olhos, respirando fundo e permitindo que o peso de minha forma corpórea me levasse de volta ao chão.

Meus pés tocaram de leve o campo de batalha e me movi entre os demônios e guerreiros como um fantasma, invisível e intocável. Quando eu soltava o ar, a cena ao redor se desenrolava espasmódica, desajeitada, como se os jogadores no campo fossem marionetes que eu poderia manipular se ao menos encontrasse os fios.

As estrelas tinham me dado um presente.

Eu sabia o que fazer.

Sabia como controlá-los.

Sorrindo, inclinei a cabeça enquanto avaliava o demônio pronto para atacar Amon. Um nome veio à tona em minha mente, enchendo-me de um sentimento de poder. Calma, com fluidez, gritei, e o som ressoou como um canhão num campo de batalha:

– Aquele Que Brande a Faca Afiada.

O demônio se imobilizou, o cutelo suspenso enquanto ele se virava para mim.

– Baixe a arma – falei gentilmente. Ele obedeceu no mesmo instante. – Sente-se e não se mexa.

Para minha surpresa, foi o que ele fez. Virei-me e olhei o monstro que lutava contra Ahmose. Outro nome surgiu flutuando na minha consciência.

– Hipopótamo Furioso – falei com calma –, pare. Você não lutará mais. – Um a um repeti o processo, gritando nome após nome. – Serpente da Lama – gritei. – Aquele Que Dança No Sangue, Dentes do Crocodilo de Cera, Aquele Que Arde Em Fogo, Vermes O Devorem, Rebelde Inerte, Aquele Que Come Serpentes, vocês pararão de lutar imediatamente.

Assim que terminei de dizer o nome de todos os demônios, virei-me para os chacais.

– Comedor de Carniça, Pata Esmagada, Cauda Cotó, Olho Que Nada Vê, Pulga Que Pica, Comedor de Tripa, Orelha Peluda... – prossegui, dando o nome de cada criatura que lutava contra nós. Quando cheguei ao líder dos chacais, fechei os olhos e depois os abri com um sorriso. – Aquele Que Esvazia a Bexiga ao Vento. – O chacal líder ganiu, baixando a cabeça. A matilha rosnava para ele baixinho. – Sentados! – ordenei em tom autoritário.

Todos obedeceram.

A rainha gritou em fúria, o rosto bonito azedando enquanto partia para mim. Ahmose e Asten me flanqueavam com as armas em riste. Acima de nós o restante dos ceifadores pairava, as capas pretas ondulando ao vento quente.

O cheiro de morte tomou conta de mim enquanto eu olhava a Devoradora se aproximar. Não sentia medo. Nenhuma emoção além de curiosidade. Alguma outra força controlava os fios dela. Inclinando a cabeça, nomes me vieram à mente.

Apontei para ela e disse:

– A Comedora de Corações. A Rainha da Glutonaria.

Ela cambaleou, mas se recuperou depressa. Esses nomes lhe pertenciam. Eu sabia. No entanto faltava um elemento. Alguma parte dela que eu tinha deixado de notar.

– Como é que você, uma simples garota humana, conhece os nomes que estão no Livro de Amduat? – cuspiu a Devoradora, furiosa. – Nenhum mortal jamais teve acesso a ele. Só meu senhor e eu conhecemos os nomes secretos dos que estão registrados lá.

A rainha do mundo dos mortos aproximou-se mais um passo e eu passei a língua pelos lábios, tentando forçá-la como havia feito com os outros.

– Pare! – ordenei.

Seus olhos se arregalaram e ela então sorriu, percebendo que ainda podia se mexer.

– Pensou que iria me dominar em meu próprio reino? – Ela gargalhou, a confiança crescendo a cada passo. – Você pode ter controle sobre esses lacaios estúpidos, mas não sobre mim nem sobre aquele a quem eu sirvo.

– Seth – murmurei.

– É. A barreira agora está fraca. Ele já quase consegue rompê-la, e não há nada que você e seus patéticos Filhos do Egito possam fazer para impedir. – Ela observou o cenário à sua volta e estalou a língua. – Olhe só o que você fez com meu lar imaculado.

– Você destruiu o meu – sibilei, pensando em Amon e na Floresta Turquesa ao mesmo tempo. – Nós destruímos o seu. – Gesticulei com o braço, indicando a morte que nos cercava. – Eu diria que estamos quites. Ou estaremos, assim que acabarmos com você.

A Devoradora gargalhou.

– Você não pode fazer isso. Sou a Rainha dos Corações, lembra? – Ela deu um passo adiante. – E na última vez em que verifiquei – ela mostrou os dentes, com um brilho feroz nos olhos – todos vocês tinham um.

Ela estalou os dedos e o Minotauro branco, o único servidor leal que lhe restava, adiantou-se.

– Sim, minha rainha? – disse ele.

– Traga-me o coração dela.

Uma maligna expressão de prazer iluminou os contornos apavorantes do rosto dele. Asten e Ahmose levantaram as armas e atacaram, mas ele os jogou de lado como se fossem moscas. Eles estavam para além de exaustos. Quando os ceifadores tentaram intervir, o Minotauro desenrolou o qilinbian e estalou o chicote.

Uma descarga elétrica disparou pelo ar e um a um os ceifadores caíram no chão, inconscientes.

As armas de Ahmose e Asten pareciam ter ficado pesadas em seus braços enquanto eles lutavam contra o demônio renovado e muito poderoso. Fechei os olhos e me concentrei, tentando invocar seu nome. Pedaços e partes das coisas das quais ele era feito se encaixaram, mas nenhum nome em que eu conseguia pensar era exato.

Era como se ela o tivesse criado como Frankenstein, costurando várias partes de outros demônios até moldar o serviçal perfeito. Cada parte retinha um pouco do que ele havia sido, mas nenhuma abarcava o que ele era agora. Então saquei as facas-lanças, desistindo de dizer seu nome como havia feito com os outros.

Eu havia recuado minha lança, pronta para atirá-la, quando vi Asten e Ahmose baixarem as armas e andarem em transe até a Devoradora.

– Pronto – disse ela ao serviçal. – Agora pegue-a.

O Minotauro se aproximou, mas eu o ignorei e chamei os dois. Eles não reagiram. A criatura pálida preencheu meu campo de visão no exato momento em que ouvi a rainha maligna dizer:

– Olá, bonitão. Que tal um beijo?

Abaixei-me e o chicote estalou acima de mim. Captei um vislumbre de Asten baixando a cabeça e uma parte de mim se agitou bruscamente enquanto eu lutava para manter a serenidade que antes havia sido tão fácil. Desesperada, agarrei-me ao poder recém-encontrado, mas nesse momento os lábios dele tocaram os da rainha e um rosnado me escapou.

– Asten! – gritei.

Girando, entrei em modo reflexo e chutei o joelho do meu oponente. Isso nem o fez cambalear. No segundo seguinte, ele arrancou as facas das minhas mãos. O chicote estalou de novo e fez contato. Apesar de bater nas costas protegidas com a armadura verde, a dor foi diferente de tudo que eu já havia sentido. Foi crua e áspera, e o ar saiu do meu corpo. Eu não sabia como o pobre Amon conseguira suportar aquilo. Minhas garras emergiram e cravei-as fundo em seu peito, mas isso não o deteve. *Ele já deve ter tido uma primeira morte*, pensei. *Preciso encontrar seu coração.*

Cravei as garras nele repetidamente, mas era o mesmo que enfiar alfinetes numa almofada, a julgar pela atenção que ele dava aos ferimentos que eu lhe infligia.

Depressa!, gritou uma voz na minha mente.

– Não estou encontrando! – gritei, lágrimas escorrendo pelo meu rosto. – Onde fica o coração dele?

Ouvi o corpo de Asten cair e outro pedaço do meu coração se partiu.

– Esplêndido – disse ela. – Esse era um tanto apimentado. – A mulher maligna curvou o dedo, chamando Ahmose, que seguiu na direção dela como um robô. – Deixei espaço para a sobremesa – declarou com voz gutural. – Aposto que você é doce. Vamos provar.

– Acho bom você deixar em paz esse rapazola bonitão! – gritei.

O outro elo na minha mente saiu da harmonia perfeita. Abaixei-me enquanto um braço grosso girava, errando por pouco minha têmpora. *Andem, garotas! Pensem! Nós podemos conseguir!*

Minha mente girava com as possibilidades do nome do meu oponente enquanto tentava usar o poder que ia se esvaindo. O tempo estava acabando. Tínhamos perdido Asten e Amon e iríamos perder Ahmose também. Era inútil. Então, de repente, consegui.

– Bate-Testa – sussurrei. – O nome dele é Bate-Testa. Onde fica o seu coração, Bate-Testa? – perguntei. Ele apontou para a própria testa, o último lugar onde eu imaginaria que o coração estivesse. Mirando a testa grossa da criatura, eu já ia cravar as garras nela quando a Devoradora percebeu que seu lacaio estava em risco.

– Pare! – gritou ela, e eu me imobilizei com as garras a centímetros da testa dele. Parecia que uma mão gelada havia segurado meu coração.

A Devoradora levantou a cabeça, fiapos de fumaça reluzente indo dos seus lábios até Ahmose e se dissipando enquanto ela se aproximava de mim.

– Como soube o nome dele? – perguntou, os olhos estreitados me encarando. – Eu nunca o registrei. – Como não respondi, ela franziu a testa. – Já estou farta de você. Agora tenho energia suficiente para libertar meu senhor, mas, antes disso, terei a satisfação de matá-la.

A Devoradora abriu a boca e chegou mais perto. Sua luz verde banhou meu rosto numa névoa gelada, mas, quando tocou minha pele, houve uma explosão. A conexão da rainha se rompeu, seu corpo foi lançado para longe de mim. Pude sentir o controle que ela possuía sobre meus membros se esvaindo enquanto ela caía, embolada, aos pés do seu Minotauro.

– O que isso significa? – perguntou, levantando-se furiosa.

Não respondi, e dessa vez, quando ela se aproximou, foi com hesitação. Apertou as pontas dos dedos gelados contra minha garganta e as deslizou para baixo até pousar sobre meu coração. A surpresa se registrou em seu rosto e então sua expressão se transformou rapidamente em horror.

– Três? – sussurrou. – Três corações? Como é possível? Não senti isso antes no sonho.

Afastou-se de mim e tropeçou, esparramando-se no chão, o corpo tremendo.

– O Triângulo Impossível – gritou. – A profecia é verdadeira. Você veio me matar.

– Ah, dãããã – repliquei. – Venho dizendo isso o tempo todo.

– Não! Não! Não! – A rainha se levantou. Torcendo as mãos, ela andava de um lado para outro. – O que vou fazer?

Seu cabelo flutuava, os fios se levantando em defesa, enquanto algumas mechas parecidas com serpentes se enrolavam em seus ombros como se quisessem oferecer conforto.

– Mestre! – gritou ela, olhando para o céu. – Mestre, o que eu faço?

Não ouvi resposta e me perguntei se finalmente ela havia enlouquecido. Tentei um novo nome.

– Demônio da Punição – falei, saboreando-o, mas sabendo que ainda não era totalmente correto. Por que minha nova habilidade me escapava justo quando era mais necessária? – Abra mão de seu poder.

Ela gritou e gadanhou os cabelos, deslocando as pequenas criaturas que se agarravam nele. Concentrando-me, tentei de novo, a mente girando enquanto me esforçava:

– Morte Grande e Definitiva, entregue-me sua vida. – Ainda não era isso. Ainda assim, o efeito que os nomes provocavam nela era tremendo. Eu estava chegando perto. Seu cabelo caía em tufos, fios grossos se retorcendo como se cada um estivesse sofrendo uma pequena morte. Seu nome verdadeiro estava na ponta da minha língua. Eu podia sentir seu gosto. Se me esforçasse um pouquinho mais... – Fel de Áspide! – gritei. Ainda não era o nome verdadeiro, mas eu estava perto. Muito perto.

– Bate-Testa! – gritou ela. – Preciso de você!

Arrancado de sua imobilidade, ele se ajoelhou aos pés da rainha. A Devoradora estendeu uma das mãos, trêmulas, e acariciou o braço musculoso.

– Meu primeiro e melhor escravo. Você faria qualquer coisa por mim, não faria? – perguntou.

– Sim, minha linda e amada Devoradora.

– Muito bem. – Ela sorriu. – Eu preciso do seu coração.

– Claro.

– Não, Bate-Testa, pare! – gritei, mas minhas palavras não surtiram efeito.

Ela o havia criado, portanto tinha controle definitivo sobre ele. De repente percebi que ela não queria simplesmente outro coração. Ao desfazer uma de suas criações, ela obteria um poder imenso. Era isso que Seth havia tentado fazer com Asten, Ahmose e Amon. Tentei deter Bate-Testa de novo, mas ele só tinha ouvidos para sua senhora.

Numa espécie de câmera lenta horripilante, vi quando ele comprimiu os dedos grossos contra a própria testa, arrancando a pele e desferindo um golpe de chicote no crânio. O osso se quebrou facilmente e, antes que eu pudesse piscar, o coração branco e reluzente estava ali, na palma de sua mão. Ele o estendeu para ela como um presente inestimável e com um triunfante ar de júbilo no que restava de seu rosto.

– Obrigada, meu precioso – disse ela, envolvendo o órgão brilhante com as mãos. – Com o sopro das minhas narinas ele é consumido. – Avancei atabalhoadamente, numa tentativa desesperada de impedi-la, mas ela esmagou rapidamente o coração nas mãos. O órgão virou fumaça, que espiralou ao redor dela enquanto o Minotauro desaparecia numa nuvem de poeira.

O chão sob nossos pés começou a tremer. Caí ao lado dela, sentindo que tinha vencido a batalha mas perdido a guerra.

Tudo que eu amava tinha sido destruído. Asten e Amon estavam no chão e Ahmose encontrava-se imobilizado. A Devoradora virou a cabeça e sorriu.

– Até nos encontrarmos de novo, *Wasret*.

O mundo dos mortos estremeceu, os muros da arena desabando, e a mulher que havia tirado tudo de mim desapareceu.

As Águas de Ísis

A poeira assentou e eu me ajoelhei, como se estivesse congelada. Minutos se passaram, ou talvez fossem apenas segundos. De qualquer modo, não tive consciência de nada até que senti uma mão tocar meu ombro.

– Lily?

Não reagi. Ahmose parou à minha frente e agachou-se. Eu o vi estalando os dedos, mas nem senti quando deu um tapa no meu rosto.

Ele tentou outra abordagem.

– Tia?

Eu queria responder, mas não conseguia. Estava presa na minha pele.

– Ashleigh? – chamou ele.

– Sim? Estou aqui – respondi, a voz parecendo vir de uma grande distância. Era minha, mas ao mesmo tempo não era.

– Você vai ter de me ajudar – disse ele. – Há alguma coisa errada com Lily.

Minha cabeça confirmou.

– Com Tia também – respondeu Ashleigh. – Elas foram para um lugar muito escuro. Será que vão voltar?

– Espero que sim. Precisamos sair daqui. Asten e Amon ainda estão vivos. Por muito pouco. Aparentemente nossas energias estão sustentando os dois. Espero que os deuses possam ajudá-los a se recuperar.

– O que devo fazer? – perguntou Ashleigh.

– Você pode curá-los usando a estela? A Devoradora me exauriu. Estou fraco demais para consertar o que ela fez com eles.

– Desculpe, querido – disse minha voz, num lamento. – Não posso fazer a cura sem Lily.

Ahmose girou, examinando a arena.

– Certo. Então você terá de invocar o poder da corda para nos levar de volta. – Ahmose pegou Amon e o colocou ao lado de Asten, depois se ajoelhou e estendeu a mão, indicando que Ashleigh deveria se posicionar entre eles. Quando se ajoelhou diante de Ahmose, ela encostou a palma da mão em seu rosto. Os olhos cinzentos dele se ergueram e neles pude ver a dor, a solidão e o medo avassalador de perder aqueles a quem amava.

– Não se preocupe tanto com eles – disse Ashleigh. – Seus irmãos vão viver.

– Como você sabe?

– As fadas têm o dom de saber das coisas. Além disso, você tem bons braços – disse ela, dando um tapinha no ombro forte de Ahmose.

Ele deixou escapar uma risada triste, sentida.

– O que isso tem a ver?

– A árvore das fadas sempre disse: "Quanto mais alto e forte você alcançar, mais pessoas poderá abrigar embaixo de seus galhos." Tenho a sensação de que você tem força suficiente para levar a carga inteira.

– Espero que esteja certa, Ashleigh.

– Em geral as fadas estão, mas nem sempre contam o que sabem. Bom, o que você acha de a gente dar o fora deste buraco fedorento e maligno?

Ahmose soltou o ar e assentiu.

Ashleigh pôs uma das mãos no braço de Asten e a outra no de Amon.

– E agora? – perguntou ela.

– Feche os olhos e agarre a corda.

Ashleigh obedeceu e senti meu corpo estremecer ligeiramente quando as mãos de Ahmose seguraram nossos ombros. Sentimos um ligeiro puxão, mas nem de longe forte o suficiente.

– Não consigo – arquejou ela. – Não sem Lily e Tia.

A culpa me assaltou. Eu sabia que deveria ter mais controle. O fato de não sentir mais minha conexão com Amon fez com que me encolhesse no fundo da mente. Forçar Ashleigh a assumir a liderança era errado, mas eu simplesmente não conseguia ser uma participante ativa no que acontecia. A Devoradora tinha escapado. Era minha culpa. Amon me dera a energia que lhe restava e eu a desperdiçara. Não matara a Devoradora. Ela fugira, e agora o mundo corria risco. Se ao menos eu pudesse ter descoberto seu nome verdadeiro!

– Tia! Lily! – gritou Ahmose. – Precisamos de vocês! Ajudem!

Tia acordou e tentou me cutucar, me fazer avançar, mas afastei minha consciência dela. Sem Amon, minha mente era um buraco negro tão absoluto que eu tinha a sensação de que ela poderia me engolir.

– Hassan – sussurrou Tia. – Pense em Hassan.

Tia uniu sua mente à de Ashleigh e forneceu à fada imagens de seu breve contato com o egiptólogo. O vento soprou à nossa volta, levantando poeira. Ganhou intensidade até virar um ciclone, envolvendo nossos corpos, e uma fina coluna de luz caiu sobre nós.

– Estou vendo a corda! – gritou Ashleigh. – Mas ainda não é suficiente!

– Desculpe, Lily – sussurrou Tia em minha mente, e então minha consciência se deslocou.

A percepção me empalou, cravando-se em mim como agulhas.

– Não! – gritei. – Não posso! Não sem Amon!

Tia e Ashleigh se enterraram em meus pensamentos, escavando meu cérebro com garras afiadas e procurando os pedaços de que precisavam. Uma imagem do Dr. Hassan foi arrastada até a superfície. Depois outra e outra. Escutei a voz dele, vi seus olhos, senti o cheiro de poeira que vinha de seu colete quando o abracei. A luz se intensificou, cercando-nos completamente, e fomos atraídos para dentro dela.

Então tudo ficou escuro.

Luzes minúsculas perfuravam as sombras ao nosso redor. Escutei vozes.

– Eles estão passando pelas Águas de Osíris, a caminho do Rio Cósmico.

– Agora as três são uma só – murmurou outra voz indistinta. – São mais importantes do que você pode imaginar.

– Não são totalmente uma. Ainda não.

Estrelas surgiram no meu campo de visão. Agitavam-se embaixo de mim, movendo-se sem padrão, mas pude reconhecer uma constelação fixa. Ela formava uma espécie de símbolo. Um símbolo que eu conhecia.

Era o sol nascente. O símbolo que o Dr. Hassan tinha me ensinado. O sol poente havia me guiado para o além, para a morte, e, se esse era de fato o sol nascente, isso significava que essa era a saída.

E traria a vida.

A vertigem me tomou e fechei os olhos, respirando pelas narinas na tentativa de aplacar a náusea.

– Ela não terá utilidade se essa melancolia continuar – disse Maat.

Uma voz que parecia a da deusa Néftis sugeriu:

– Talvez se ela dissesse adeus...

– Ela não é a única que sofre – lembrou-lhes Anúbis.

– Então devemos lhes dar o que elas necessitam. Utilize o Sonhador – instruiu Osíris.

Um zumbido encheu minha mente e fui levada a um sonho.

Asten estava de pé na borda de um penhasco olhando as estrelas. Pus a mão em seu ombro. O brilho da vida em seu corpo era tão fraco que eu mal podia sentir.

– As estrelas chamam – disse ele baixinho. – É como imaginamos no nosso sonho.

Virando-se para mim, ele sorriu e encostou a testa na minha.

– Meu desejo mais fervoroso é ver você outra vez. É com isso que vou sonhar agora. – Dando um suspiro fundo, acrescentou: – Por mais que eu desejasse que você estivesse aqui somente por mim, sei que há outro que você busca.

Antes que ele pudesse se virar, encostei a ponta do dedo na covinha de seu queixo e depois encostei os lábios nos dele. Agora seu gosto e seu cheiro me eram familiares. Asten era passado, presente e futuro, e nele encontrei algo que pensei ter perdido para sempre sem ao menos saber que sentia falta.

Com um pequeno gemido soltei-o, lágrimas escorrendo pelo meu rosto. Ele enxugou as lágrimas com o polegar e fechou os olhos, e seu corpo tremeluziu antes de desaparecer. Em vez da mão de Asten, agarrei a de outra pessoa.

– Amon? – perguntei, incrédula.

– Estou aqui, jovem Lily.

– Está mesmo? – perguntei, encostando a mão em seu rosto.

– Sempre estive. Nunca deixei você e nunca vou deixar – declarou, me abraçando. – Você acredita?

Respirei fundo e assenti ligeiramente, mas perguntei:

– Por que precisamos ficar separados?

Amon segurou minha mão.

– Nossos corações estão costurados juntos, Lily. Não se esqueça disso. Palma com palma... – Ele entrelaçou nossos dedos, apertando minha mão e pressionando-a de encontro ao seu coração. – Nós nos arriscamos juntos, vivemos juntos ou morremos juntos.

– Não vou esquecer – eu disse, envolvendo seu pescoço com os braços.

– Ótimo – sussurrou ele, os lábios colados aos meus. – Lily?

Meu corpo tremeu.

– O quê?

– Prometa que virá ao meu encontro em seus sonhos.

Com um suspiro fundo e trêmulo, respondi:

– Sempre. Eu prometo.

Então ele me beijou. A ferroada de uma brisa forte dançou nos riscos das lágrimas no meu rosto, mas eu a ignorei, deixando jorrar toda a emoção, todo o desejo e todo o amor naquele abraço.

Os lábios de Amon se moveram apaixonadamente sobre os meus. Seus braços me apertaram com tanta força que eu não conseguia respirar, não conseguia me mexer, mas eu não queria mesmo. Desfrutei de seu calor, do toque da luz do sol. O esplendor de seu amor assentou-se tão profundamente no meu coração que pareceu enraizado ali desde sempre.

Rodopiamos em círculos estonteantes, ligados num abraço tão poderoso que nem o vendaval que surgiu à nossa volta conseguiu nos separar.

Então, de repente, Amon foi arrancado dos meus braços.

Eu estava sozinha.

Mergulhei, gritando por ele. As constelações se revolviam ao meu redor, o horror inundando meu corpo quando vi mais à frente uma nebulosa turbulenta. Ela me esperava com uma bocarra gigantesca, pronta para me engolir inteira.

O Cosmo girou, estrelas reluzindo enquanto observavam minha descida com olhares gélidos, distantes. Eu girava cada vez mais depressa; as luzes se turvaram, transformando-se em linhas compridas até eu não conseguir mais distinguir o que era em cima e o que era embaixo.

O tempo desacelerou. Imobilizou-se, como as estrelas que piscavam.

Então, suavemente, como uma pluma caindo, meu corpo foi embalado e dormi como se estivesse morta.

EPÍLOGO

Farol

Tonta, com a mente lenta, comecei a despertar. O peso reconfortante de uma colcha de retalhos puxada até meu queixo parecia ao mesmo tempo certo e errado. Pensei que talvez tudo que eu tinha vivido houvesse sido um sonho. Que Tia não existia. Nem Ashleigh. Que eu estava na minha cama, de volta à casa da minha avó. Que o zumbido que ouvia dentro da cabeça era o som de grilos cantando lá fora. E que a brisa suave que passava sobre minha pele era porque eu tinha deixado a janela aberta.

Ainda estava escuro. O cheiro de bacon chegou ao meu nariz. Meu estômago roncou.

Então escutei as vozes:

– Você é o guardião dela e continua sendo a corda para ela. Como tal, é o encarregado de guiá-la no caminho certo. Você sabe quais são os riscos se fracassar.

– Sim, Anúbis – escutei uma voz familiar dizer. – Entendo meu dever.

– Ótimo. Descubra o que está gravado no coração dela. Até lá, os poderes dela estarão fracos.

– Sim. Mas, se me permite perguntar, o que acontecerá aos Filhos do Egito?

– Eles estão em segurança por ora. Os três estão novamente no além e retomaram os postos de guardiões. – Houve uma pausa. – Ele está resignado com seu destino. O protetor do Olho de Hórus sabe o que deve fazer e aceita esperar. – A pessoa que falava suspirou. – Somente ela tem agora o poder de trazê-los novamente à Terra.

Ouvi o ganido de um cão.

– E quanto tempo ela vai ficar assim?

– Não sabemos. A mente dela é como um ovo de serpente. Nem Amon-Rá conseguiria descobri-la agora, caso ela desejasse esconder-se. – Fez-se outra pausa. – Isso é bom, eu garanto.

– Sim.

– Prepare-a, vizir. Uma nuvem de escuridão nos encobre. Os dardos ferozes do adversário já começaram a voar, mas esteja certo de que a luz é sempre mais poderosa do que as trevas. Somos meras velas lançando nossa luz fraca sobre o universo, mas ela pode ser muito mais. Se ela permanecer como nosso farol, ainda há esperança.

AGRADECIMENTOS

Há algumas pessoas a quem eu gostaria de agradecer por terem me ajudado. Primeiro, meu reconhecimento a todos os professores incríveis que tive ao longo dos anos, especialmente os de inglês, que alimentaram meu amor pela literatura. Há uma professora em particular que se destaca na minha mente. É provável que ela já tenha partido deste mundo há algum tempo, pois ninguém na escola onde fiz o ensino médio sequer se lembra dela.

Essa professora tinha grandes cartazes espalhados por toda a sala representando os deuses gregos e eu passei o sétimo ano olhando-os e imaginando como seriam suas histórias. Ela me inspirou um amor tão profundo pela mitologia que o sinto até hoje. Atrás da porta da sala de aula, onde os diretores não podiam ver, havia outro pôster: Tom Selleck usando uma sunga Speedo. É possível que esse pôster tenha me influenciado um pouco também.

Como sempre, agradeço ao meu marido e à minha mãe e minhas irmãs, e também à minha cunhada, Suki.

Jamais poderei demonstrar apreço suficiente pelo meu grupo de primeiros leitores e verificadores de fatos: Linda, Neal, Fred, Liz e Cindy.

Meu agente, Robert Gottleib, é tão entusiasmado e me apoia tanto que eu gostaria que todos vocês tivessem uma pessoa assim ao lado. Este livro não seria o que é sem a orientação e as ideias de minha editora, Krista Vitola.

Obrigada a todos na Delacorte Press, inclusive Beverly Horowitz e Angela Carlino, à copidesque Carrie Andrews e a Chris Saunders pela capa.

E aos meus fãs, que tornaram possível que eu andasse com leões, tigres e unicórnios todos os dias, tanto nos sonhos quanto nas horas de vigília. É um prazer enorme poder criar essas histórias para vocês e saber que são tão queridas ao coração de vocês quanto ao meu.

Leia uma história mitológica exclusiva de
O CORAÇÃO DA ESFINGE

O Unicórnio e o Leão

– Por que não me conta a história do Unicórnio e do Leão? – pedi.

Ele não vai contar a verdade, resmungou Tia na minha mente.

– Tenho certeza de que você vai corrigir qualquer coisa que ele errar – afirmei, tentando consolá-la com bons pensamentos e bancar a diplomata.

Como sou uma criatura gentil, disse Nebu, *vou contar a história que você quer ouvir, desde que você continue acariciando meu pescoço. Gosto um bocado disso*, acrescentou.

– Trato feito.

Em primeiro lugar, você precisa saber que não se trata da história de um Unicórnio e uma Leoa. É O Unicórnio e o Leão.

O Leão e o Unicórnio, corrigiu Tia.

– Quieta – repreendi. – Vamos escutar.

O garanhão dourado começou:

Era uma vez uma donzela jovem e linda – na verdade, era uma princesa –, abençoada pelos deuses com uma beleza transcendental, um encanto inigualável, uma gentileza capaz de aquecer os corações e uma pureza capaz de partir corações.

– Por que a pureza dela era capaz de partir corações?

Vou chegar lá. Ela era doce como o orvalho na campina e feliz como o sol da primavera. Todo homem que a via ficava instantânea e perdidamente apaixonado. Ela preenchia os sonhos deles com calor e alegria, e cada um deles se punha a imaginar como seria a vida caso aquela jovem adorável fosse sua.

Era tão virtuosa que os que se aproximavam sentiam o desejo de se tornar iguais a ela, já que era amplamente sabido que somente um companheiro tão belo e único como ela serviria como seu par. Essa foi a causa do coração par-

tido de muitos homens. Veja, a esperança deles era efêmera. A maioria dos que buscavam sua mão em casamento não poderia nem sonhar em chegar perto desse nível de perfeição.

Eles imaginavam que, se ela fosse um pouquinho menos do que impecável, um pouquinho mais impressionável por uma forma e um rosto bonito, ou talvez um pouquinho mais disposta a comprometer a virtude, eles poderiam convencê-la a escolher um marido a partir de um momento de paixão. Infelizmente, ela não era conquistada com tanta facilidade. Quando se determinou que era a hora de ela se casar, seu pai, o rei, procurou o companheiro mais corajoso, mais firme e digno para ser seu marido.

Tia não tinha dito nada até então, mas dava para perceber que também estava escutando, examinando cada palavra dita por Nebu.

– Por favor, continue – encorajei.

Os homens vinham de grandes distâncias. Eram príncipes e camponeses. Cavaleiros e patifes. Serviçais e escravos. Seus postos, suas riquezas e suas belas figuras não importavam, porque a jovem só se preocupava com o que eles traziam em seu interior. Cada pretendente era levado diante da princesa, que segurava sua mão, olhando-o nos olhos e através da alma. Jamais encorajava nem rejeitava nenhum deles, mas, mesmo assim, um a um eles partiam, aceitando, infelizes, o fato de que ela jamais lhes pertenceria.

– Como eles sabiam que não eram o eleito?

Quando ela olhava dentro de seu coração, eles se encolhiam. Não conseguiam nem suportar seu olhar. Era como espiar o rosto de uma deusa e ter cada pecado e cada segredo revelado. Eles eram indignos e não havia como negar.

– O que aconteceu, então?

Quando todos os pretendentes tinham se apresentado e não restava mais ninguém, a princesa desanimou, de tanta solidão. Temia que jamais houvesse alguém como ela e que estava destinada a continuar sozinha em sua jornada neste mundo. Um dia ela estava na floresta, mergulhando os pés num poço fresco, quando um leão apareceu.

Ele também se apaixonou desesperadamente pela jovem. Então se aproximou e implorou para ficar ao lado dela. Apesar do medo, ela olhou no coração do leão e não encontrou maldade.

Veja, um leão não é uma criatura gananciosa, invejosa, embriagada com o próprio poder nem egoísta. É um animal, e suas ações se baseiam no instinto e na sobrevivência. Enquanto olhava o coração dele, a princesa percebeu que ali, finalmente, estava alguém que era igual a ela.

– Então ela... fez o quê? Levou o leão para casa, para apresentar ao pai? – Tia e Nebu se irritaram com minha observação blasé sobre o conto de fadas que os dois obviamente levavam muito a sério. – Desculpe – falei. – Não queria interromper.

Quando o rei recebeu a filha na porta lateral, encontrou-a acompanhada por um leão e ficou surpreso, para dizer o mínimo. Nunca havia esperado que um leão se tornasse herdeiro do trono.

– Espere um minuto. Então o leão ia mesmo se casar com a moça?

Sim. O rei tinha prometido a filha a quem se mostrasse digno dela.

Dentro da minha cabeça, perguntei a Tia: *Foi assim que o leão passou a ser conhecido como Rei dos Animais?*

Ela bufou, com desprezo.

Os leões não precisam da ajuda da realeza humana para receber esse título. Somos predadores majestosos sem igual. Mas pode haver alguma evidência de que os humanos tenham passado a reconhecer os leões desse modo por causa dessa história.

Como a moça estava sofrendo de solidão, continuou Nebu, *seu pai, o rei, concordou com a ideia de um casamento na primavera. A princesa e o leão passaram todo o tempo juntos no verão, no outono e no inverno, mas havia um lado negativo em ser noiva de um leão.*

– Só um? – Sorri.

Tia não gostou do meu comentário.

A jovem donzela estava acostumada a viver cercada de pessoas implorando sua atenção. Com um leão por perto, os cidadãos de seu reino, até os que professavam um amor profundo e permanente pela princesa, não se aproximavam dela, temendo a ira do leão. O leão não via nada de errado nisso. De fato, ele preferia tê-la somente para si, embora ficasse perturbado ao vê-la tão infeliz.

– E onde entra o unicórnio?

Na verdade ele entra na história agora, respondeu Nebu.

É aqui que ela fica interessante, acrescentou Tia.

O leão era igual à princesa em muitos sentidos. Em todos, menos um: a princesa não comia carne.

– Ah. – Pisquei. – Que importância tem isso?

Normalmente não teria, e ela sabia que o leão só comia carne para saciar a fome. Não matava arbitrariamente. Ainda assim, isso incomodava a jovem. Ela, que amava todos os seres, não suportava saber que seu noivo era o responsável pela morte de criaturas inocentes.

– E o que ela fez?

Ela chorava a cada morte, até que o leão parou totalmente de comer. Alguns meses se passaram e, apesar de ele tentar comer frutas e verduras como ela, ficou fraco. Jamais em sua existência havia sentido tamanha fraqueza. Mas tão grande era seu amor pela jovem que, para deixá-la feliz, continuou ignorando os instintos.

Uma tarde eles se dirigiram à floresta para um piquenique com maçãs, cenouras e morangos. O leão, ainda faminto e insatisfeito, deitou-se ao lado da moça que ele amava e, com a mão dela em suas costas, caiu no sono.

Enquanto ele dormia, a moça começou a andar entre as árvores, procurando flores, e encontrou um bosque secreto, opulento e luxuriante, que somente alguém com coração inocente e puro conseguiria achar. Era o lar de um unicórnio – um animal grande e nobre que também fora abençoado pelos deuses.

Tia fez o equivalente mental de revirar os olhos.

Interessado em conhecer a pessoa que havia encontrado seu lar, o unicórnio entrou na clareira e viu a linda jovem colhendo suas flores. Aproximou-se e, quando ela levantou os olhos, os dois souberam que tinham sido feitos um para o outro. O grande coração do unicórnio derreteu-se.

De imediato ele amou tudo que havia nela, desde a expressão modesta até o calor da presença. Achou delicioso seu riso efervescente, mas acima de tudo a pureza do coração e a riqueza da alma o atraíram. Como a jovem, o unicórnio era belo por dentro e por fora. E também conseguia ler o coração dos outros.

Ele possuía o mesmo tipo de magia que atraía os outros e fazia com que quisessem ser melhores. Seu coração era puro. Ele era digno. Era a combinação perfeita para ela. A jovem foi atraída por ele tanto quanto ele por ela. Era um sentimento, uma convicção diferente de tudo que a princesa havia sentido com qualquer outro, e no entanto esse conhecimento partiu seu coração.

A princesa ficou durante toda a tarde com o unicórnio e contou a ele que seria impossível permanecerem juntos. Estava noiva de um leão e a bondade dentro dela não lhe permitiria romper a promessa de casamento. O unicórnio chorou em desespero, porque conhecia o coração dela melhor do que o de qualquer pessoa e jamais pediria que ela fosse menos do que era. Pousou a cabeça no colo da princesa, decidido a aproveitar ao máximo o pouco tempo que tinham juntos.

Ela foi embora ao pôr do sol e disse que jamais iria procurá-lo de novo. Ele aceitou, apesar da dor em seu coração. Tornou-se taciturno à medida que os dias passavam, mas a princesa foi fiel à palavra e não voltou ao bosque oculto do unicórnio. Ele tentou dizer a si mesmo que tudo estava acabado. Que seu amor era um mero flerte, que ardia quente mas poderia ser apagado rapidamente. Porém, no fundo do coração, ele sabia que estava mentindo a si mesmo.

Estava loucamente apaixonado pela jovem e a separação lhe causava dor inacreditável, tormento indizível. Por isso entrou no mundo dos humanos só para vislumbrá-la mais uma vez. Quando fez isso, viu que ela estava tão melancólica quanto ele. Era essencial ficarem juntos.

Essa é a sua opinião!, sibilou Tia, ainda que o unicórnio não tivesse acesso a seus pensamentos.

Nebu continuou:

Bom, um unicórnio possui uma certa quantidade de magia, que fica concentrada no alicórnio, o chifre que brota no topo da cabeça.

– Mas você não tem um.

Correto. E agora você vai entender por quê. O unicórnio estava desesperado, por isso fez algo que nenhum unicórnio tinha feito antes.

Enganou o leão!, gritou Tia na minha mente.

Sacrificou o poder que tinha para dar um presente ao leão.

Mentira! Não era nenhum presente. O leão foi enganado!, exclamou Tia.

– Tia, quieta – pedi.

Esta é a parte em que o leão e o unicórnio discordam, explicou Nebu. *Provavelmente ela vai lhe dar outra versão da história. O presente*, prosseguiu, *que o leão atribuiu a um comportamento furtivo da parte do unicórnio, era a fonte de seu poder, o alicórnio.*

– Por que ele ofereceu isso ao leão?

O unicórnio encontrou o leão e confessou-lhe a verdade: que estava apaixonado pela jovem, assim como o leão, e que odiava vê-la infeliz. Disse ao leão que havia grande poder em seu alicórnio e que, se o leão o aceitasse, poderia usá-lo para alterar o corpo de modo a viver dos grãos, frutas e verduras de que a princesa se alimentava e ainda manter a energia. Resumindo, ele estaria imbuído de força outra vez.

– Então por que Tia diz que foi um truque?

Por causa do que aconteceu em seguida. Não tendo como retirar o chifre, o unicórnio se ajoelhou. E o leão, desesperado por permanecer com a jovem que ele amava, saltou sobre o unicórnio e usou as garras afiadas para cortar o chifre. Assim que foi cortado, o chifre perdeu o poder, tornando o unicórnio quase tão fraco quanto um cavalo mortal.

– Então a coisa não funcionou? O leão não ficou forte?

Ah, o leão ficou forte de novo, mas isso não importou, porque ele tinha intencionalmente feito mal a outra criatura por um ganho pessoal. Quando o leão levou o chifre cortado para a princesa e o colocou aos pés dela, ela chorou amargamente, porque agora seu noivo estava perdido. O coração dele não era mais puro. Em desespero, o leão gritou que tinha sido enganado e insistiu que só havia feito isso para ficar com ela.

O unicórnio mutilado foi até a jovem, perguntando se agora poderiam ficar juntos, já que se desejavam com tanto ardor. Apesar de amar o unicórnio e sentir que não havia malícia em seu coração...

Imagina!, disse Tia.

... a moça hesitou. O leão insistiu que o unicórnio o havia enganado e pediu ajuda aos deuses. Um tribunal foi formado e decidiu que as duas criaturas tinham agido com egoísmo e portanto seriam penalizadas. A linda jovem chorou, porque seu coração gentil não suportava ver nenhum dos animais que amava ser castigado. Pegou o alicórnio quebrado e o cravou no próprio coração. Quando ela morreu, nem o leão nem o unicórnio se importaram mais com o que acontecesse com eles. O único desejo era se unir no além à jovem que amavam.

O tribunal, furioso ao ver que o amor forjara um fim tão horrendo, não lhes concedeu esse desejo. Foi decidido então que todos os leões seriam banidos para o mundo humano. E, para lhes dar uma lição, estariam para sempre em rixa com os mortais. Os animais mortais não vão para o além após a morte, por isso o leão jamais veria sua noiva outra vez.

Quanto ao unicórnio, toda a sua espécie seria proibida de se mostrar aos mortais. Alguns violam essa lei, mas recebem um castigo rapidamente. Os unicórnios receberam o dom, ou a maldição, dependendo do ponto de vista, da imortalidade. Jamais poderemos entrar no além, e aquele unicórnio em particular jamais veria sua princesa de novo, ainda que seu amor fosse mais verdadeiro do que qualquer um que tenha existido ou venha a existir na Terra. Porque era o amor nascido de um coração puro.

Ah, por favor, murmurou Tia.

Ignorei-a, enquanto Nebu continuava:

Veja, o grande amor que o unicórnio sentia por sua linda princesa não morreu e procura renascer constantemente. É por isso que os unicórnios têm dificuldade para resistir a quem tem o coração inocente: essas pessoas os lembram da jovem perdida. Para garantir que o unicórnio se lembrasse da lição do tri-

bunal, todos os alicórnios foram eliminados. Seu poder foi retirado completamente, de modo que não restassem nem mesmo mínimos vestígios. Dizem que, se um unicórnio realizar um feito completamente altruísta, ele pode ganhar de volta o alicórnio, mas até agora nenhum conseguiu.

Agora eu sabia por que unicórnios e leões não se entendiam. Era trágico. Um destino terrível para todos. Tendo encontrado alguém com quem meu coração era capaz de falar, eu compreendia a dor da separação. Obviamente, eu também me sentia disposta a fazer o que fosse necessário para estar perto de Amon de novo.

Por fim, eu disse:

– Sinto muito. Fico triste por vocês dois. Ambos perderam muito.

A dor se embota com o tempo, mas acho que meu coração jamais irá se recuperar completamente, disse Nebu.

– Espere aí. Está dizendo... que aquele unicórnio era você? Que essa história é sua? Você é que se apaixonou pela princesa?

O que importa se fui eu?

– Mas... você é pai. Você tem filhos.

Não no sentido que você supõe. Os unicórnios não nascem. Somos criados. Sou simplesmente o mais velho da minha espécie. Os jovens me chamam de pai.

Tia?, pensei. *Você acha que é ele? O que realmente a amou?*

Se é, disse ela baixinho, *então é uma alma condenada por toda a eternidade. Eu não desejaria isso nem para meu pior inimigo.*

INFORMAÇÕES SOBRE A ARQUEIRO

Para saber mais sobre os títulos e autores
da EDITORA ARQUEIRO,
visite o site www.editoraarqueiro.com.br
e curta as nossas redes sociais.
Além de informações sobre os próximos lançamentos,
você terá acesso a conteúdos exclusivos e poderá participar
de promoções e sorteios.

www.editoraarqueiro.com.br

facebook.com/editora.arqueiro

twitter.com/editoraarqueiro

instagram.com/editoraarqueiro

skoob.com.br/editoraarqueiro

Se quiser receber informações por e-mail,
basta se cadastrar diretamente no nosso site
ou enviar uma mensagem para
atendimento@editoraarqueiro.com.br

Editora Arqueiro
Rua Funchal, 538 – conjuntos 52 e 54 – Vila Olímpia
04551-060 – São Paulo – SP
Tel.: (11) 3868-4492 – Fax: (11) 3862-5818
E-mail: atendimento@editoraarqueiro.com.br